Georg Ebers

Josua

eine Erzählung aus biblischer Zeit

Georg Ebers

Josua
eine Erzählung aus biblischer Zeit

ISBN/EAN: 9783743630185

Hergestellt in Europa, USA, Kanada, Australien, Japan

Cover: Foto ©Andreas Hilbeck / pixelio.de

Weitere Bücher finden Sie auf **www.hansebooks.com**

Josua.

Josua.

Eine Erzählung aus biblischer Zeit

von

Georg Ebers.

Dritte Auflage.

Stuttgart, Leipzig, Berlin. Wien.

Deutsche Verlags-Anstalt.

1890.

Den Manen

Gustav Baur's

gewidmet.

Vorwort.

—··—

Als ich mich im vergangenen Winter entschloß, das vorliegende Buch zu Ende zu führen, und während ich ihm die Gestalt gab, in der es nun in die Welt geht, hörte ich nicht auf, mich des teuren Freundes zu erinnern, dem ich es zu widmen gedachte. Jetzt ist es mir nur vergönnt, es den Manen Gustav Baur's dar- zubringen; denn vor wenigen Monden hat ihn der Tod uns entrissen.

Jeder, der diesem Verstorbenen näher treten durfte, empfindet seinen Hingang als unsagbar schweren Verlust, nicht nur weil sein sonnig heiteres Wesen und lichter Geist die Seelen der Freunde mit erhellte, nicht nur weil er aus dem übervollen Füllhorn seines reichen Wissens köstliche Gaben freigebig über diejenigen ausgoß, mit denen er in geistiger Wechselbeziehung stand, sondern, allem voran, um der Herzenswärme willen, die ihm aus den hellen Augen strahlte und mit der er anderer Lust und Leid zu teilen und in ihr Fühlen und Denken sich hineinzuversetzen verstand.

Bis ans Ende will ich ihm nicht vergessen, daß er in den letzten Jahren, selbst körperlich behindert und von Arbeiten, die das Amt des Professors und Konsistorial= rates ihm auferlegte, überhäuft, so manchesmal den Weg zu mir, dem noch schwerer Gehemmten, fand. Die Stun= den, die es mir dann vergönnt war, in lebhaftem Ge= spräch mit ihm zu verbringen, gehören zu denen, die man nach dem alten Horaz, den er so gut kannte und der ihm so wert, zu den guten schreiben soll. Ich hab' es gethan, und denke ich ihrer dankbar zurück, so klingt mir die Frage des Freundes ans Ohr: „Was macht denn die Exoduserzählung?"

Nachdem ich ihm berichtet, daß mir mitten in der Wüste, während ich den Spuren der ausziehenden Hebräer folgte, der Gedanke gekommen sei, ihre Wanderung poetisch zu behandeln, gab er mir in der fortreißend lebhaften Weise, die ihm eigen, seine Billigung zu erkennen. Als ich endlich dem auf dem Kamele konzipierten Entwurfe näher trat, hörte er nicht auf, mich zu ermutigen, obgleich er meine Bedenken wohl verstand und voll und ganz die Schwierigkeiten erkannte, welche sich der Lösung meiner Aufgabe entgegenstellten.

So gehört ihm denn gewissermaßen dies Buch, und

es dem Lebenden nicht mehr darbringen, sein feinsinniges Urteil nicht mehr vernehmen zu können, gehört zu den Schmerzen, die es schwer machen, sich mit dem Ergrauen, das ja sonst auch manches Freundliche mit sich bringt, zu versöhnen.

Ihm, der zu den berufensten, scharfsinnigsten und gelehrtesten Bibelforschern und Exegeten gehörte, waren die kritischen Arbeiten, welche die letzten Lustra auf dem Gebiet der alttestamentlichen Bibelkritik zu Tage förderten, wohl vertraut. Er hatte gegenüber den Ansichten der jüngeren Schule, welche den Auszug der Juden aus dem Bereiche der Geschichte zu verdrängen und ihn für ein späteres Erzeugnis des sagenbildenden Volksgeistes dar- zustellen versuchen, feste Stellung genommen und hielt sie mit mir für unhaltbar. Eines seiner Worte über diese Frage ist mir im Gedächtnis verblieben, und es lautete ungefähr also: „Wären die im zweiten Buch Mose's berichteten Ereignisse — was ich übrigens für ausgeschlossen halte — wirklich niemals vor sich gegangen, so hätte es doch nirgends und zu keiner Zeit eine historische Thatsache von gleich folgenschwerer Wirkung gegeben. Seit tausenden von Jahren lebt die Exodusgeschichte in der Vorstellung von zahllosen Menschen als etwas Wirk- liches und zeigt sich mächtig als solches. So gehört sie denn nicht weniger gewiß als etwa die französische Re- volution und ihre Folgen in die Geschichte."

Trotz solcher Aufmunterung fehlte es mir durch eine lange Reihe von Jahren an Mut, die Exoduserzählung zum Abschluß zu bringen, bis ich im vorigen Winter durch einen unerwarteten Aufruf von außen her veranlaßt wurde, ihr wieder näher zu treten. Nachdem dies geschehen war, führte ich sie ununterbrochen mit neuem Eifer und ich darf wohl sagen verjüngter Freude an dem gefährlichen und doch so reizvollen Stoff zu Ende.

Das Lokal der Erzählung, die Scenerie, wie man gegenüber dem Drama sagt, habe ich dem in Gosen und auf der Sinaihalbinsel Geschauten möglichst treu nachgebildet, und es wird sich mit der Vorstellung vieler Leser des „Josua" decken. Anders verhält es sich mit denjenigen Teilen der Dichtung, welche ich auf Grund altägyptischer Mitteilungen in dieselbe verflocht. Sie werden den Laien überraschen; denn nur wenige fragten sich wohl, wie die in der Bibel vom Standpunkt der Juden aus mitgeteilten Ereignisse auf die Aegypter gewirkt haben mögen und unter welchen politischen Zuständen sich das Pharaonenreich befand, als es die Auswanderer verließen. Ich habe diese Verhältnisse an der Hand der Denkmäler möglichst treu darzustellen versucht. Für die Schilderung der Hebräer, deren die Schrift gedenkt, bietet diese selbst den besten Anhalt. Den Charakter des „Pharao des Auszuges" bildete ich gleichfalls den biblischen Berichten nach, und es stimmen mit ihnen

die erhaltenen Porträts des schwachen Königs Menephtah
vortrefflich überein. Was wir von der späteren Zeit
erfahren, veranlaßte mich, die Verschwörung des Siptah,
die Thronbesteigung Seti II. und die Person des Syrers
Aarsu, der nach dem Londoner Papyrus Harris I., nachdem auch Siptah König geworden, die Herrschaft an sich
riß, in den Roman zu verflechten.

Die Lage von Pithom-Succoth haben die Naville-
schen Ausgrabungen außer Zweifel gesetzt. Dieselben
förderten auch das befestigte Vorratshaus von Pithom
(Succoth), dessen die Bibel gedenkt, zu Tage, und da
der Bericht der Schrift die Auswanderer an diesem Orte
rasten und von dort aus weiter ziehen läßt, muß angenommen werden, daß sie die Besatzung des festen Baues
überwältigten und sich des Inhaltes der geräumigen Vorratskammern bemächtigten, die bis heute erhalten blieben.

Schon in meinem 1868 erschienenen „Aegypten
und die Bücher Mose's"*) wies ich nach, daß das bib-
lische Etham gleich sei dem ägyptischen Chetam, das heißt
der Festungslinie, welche die Landenge von Sues vor
dem Einfall der Völker des Ostens schützte, und meine
Darlegung hat längst allgemeine Annahme gefunden.
Durch sie wird auch die Umkehr der Wanderer vor
Etham erklärlich. — Der Berg der Gesetzgebung ist für

---

*) Aegypten und die Bücher Mose's. Sachlicher Kommentar
zu Genesis und Exodus. Leipzig, W. Engelmann, 1868.

mich der majestätische Serbâl, nicht der Sinai der Mönche; aus welchen Gründen teilte ich eingehend in meinem „Durch Gosen zum Sinai" *) mit. Daß die von der Bibel „Dophka" genannte Raststätte des Volkes die verlassenen Bergwerke des heutigen Wadi Maghâra sind, habe ich gleichfalls in dem genannten Werke zu erweisen gesucht.

Mit Hilfe der inneren und äußeren Erlebnisse der einzelnen zum Teil frei erfundenen handelnden Personen hat der Dichter versucht, das gewaltige Schicksal des Volkes, das ihm zu schildern oblag, dem teilnehmenden Leser menschlich näher zu bringen. Glückte ihm dies, ohne den großartigen biblischen Bericht zu verkleinern, so hat er erreicht, was er wollte; mißlang es ihm aber, dann muß er sich zufrieden geben mit dem Andenken an die Freude und innere Erhebung, die er beim Schaffen dieses Werkes empfand.

---

*) Durch Gosen zum Sinai. Aus dem Wanderbuche und der Bibliothek. Leipzig, W. Engelmann. Zweite verbesserte Auflage 1882.

Tutzing am Starnberger See, 20. September 1889.

Georg Ebers.

Erstes Kapitel.

„Geh hinab, Großvater; ich wache."

Verneinend schüttelte der Greis, an den diese Bitte sich wandte, das geschorene Haupt.

„Aber Du kommst hier oben doch nicht zur Ruhe..."

„Und die Sterne? Und drunten? Ruhe in solchen Tagen?... — Wirf mir den Mantel über! — Ruhe in solcher gräßlichen Nacht!"

„Dich friert. Und die Hand, das Instrument, wie sie zittern!"

„So stütze mir den Arm!"

Der Jüngling, dem diese Forderung galt, gehorchte willig; doch nach kurzer Zeit rief er: „Es ist ja alles vergebens; Stern auf Stern verschlingt das finstere Gewölk. Ach, und das Jammergeschrei von der Stadt her ... Es kommt wohl auch aus unserem Hause. Mir ist so bang, Großvater, und fühle nur, wie mir der Kopf glüht! Komm hinab, vielleicht brauchen sie Beistand."

„Der liegt in den Händen der Götter, und hier ist mein Platz. Aber da — da. Ewige Götter! Schau

Ebers, Joina. 1

gen Mitternacht auf die See! — Nein, weiter gen Abend;
aus der Totenstadt kommt es."

„O Großvater, Vater — dort!" rief nun der andere, ein priesterlicher Jüngling, der dem Horoskopen des
Amon-Ra, dessen Enkel er war, auf der Sternwarte des
Tempels dieses Gottes zu Tanis, der Pharaonenresidenz
im Norden des Landes Gosen, hilfreiche Hand lieh, und
entzog dem Greise die stützende Schulter. „Dort, dort!
Bricht denn das Meer in das Land ein? Ist das Gewölk zur Erde niedergefallen und wogt nun hierhin und
dorthin? O Großvater, dort! Daß die Himmlischen sich
unser erbarmen! Die Unterwelt hat sich geöffnet! Die
Riesenschlange Apep, aus der Totenstadt kommt sie! Da
wälzt sie sich an den Tempeln vorbei, ich seh' es, ich
hör' es . . . Des großen Hebräers Drohung vollzieht
sich! Unser Geschlecht wird vertilgt von der Erde. Die
Schlange! Ihr Haupt ist gen Südosten gerichtet. Gewiß
will sie das junge Licht verschlingen, wenn es am Morgen
heraufsteigt."

Des Greises Blick folgte dem weisenden Finger des
Jünglings, und auch er nahm nun wahr, wie sich eine
gewaltige schwarze Masse, deren Umrisse mit dem Dunkel
verschwammen, durch die Finsternis wälzte; auch vernahm
er, zusammenschaudernd, ihr lautes Gebrüll.

Gespannten Auges und Ohres lauschten nun beide
in die Nacht hinaus; doch statt aufwärts waren der
Sternseher Blicke hinab auf die Stadt, das ferne Meer
und die flache Landschaft gerichtet.

Droben herrschte tiefes, aber ruheloses Schweigen;
denn der Höhenwind ballte das dunkle Gewölk hier
zu formlosen Massen zusammen, dort zersetzte er seine

grauen Schleier und jagte sie wild auseinander. Der
Mond war in dieser Nacht dem Menschenauge nicht
sichtbar, die Wolken aber trieben ihr Spiel mit den
hellen Sternen des Südens und verdeckten sie bald,
bald ließen sie ihren Strahlen die Bahn frei. Und wie
droben am Firmament, so gab es drunten auf Erden
einen steten Wechsel von blassem Licht und tiefschwarzem
Dunkel. Bald blitzte es hell auf von den Spiegeln der
Himmelskörper drunten, dem Meere und dem Wasser des
Stromarmes, den glatten Granitflächen der Obelisken
im Tempelbezirk und dem vergoldeten Kupferdach des
luftigen Königspalastes, bald verschwanden See und Fluß,
die Segel im Hafen, die Heiligtümer und Straßen der
Stadt, samt der palmenreichen Fläche, die sie umgab.
Was das Auge festzuhalten begehrte, ward ihm schnell
wieder entzogen, und ähnlich erging es dem Ohre; denn
bald war die Stille so tief, als sei alles Leben weit und
breit verhallt und erstorben, bald durchschnitt kreischendes
Jammergeschrei schrill die Stille der Nacht. Dann ließ
sich, von längerer oder kürzerer Pause unterbrochen, jenes
Gebrüll vernehmen, das der junge Priester für die Stimme
der Schlange der Unterwelt gehalten, und ihm lauschten
Großvater und Enkel mit wachsender Spannung.

Bei der Totenstadt und dem Fremdenquartier nahm
der dunkle Körper, dessen stetige Fortbewegung sich deutlich erkennen ließ, sobald das Sternenlicht sich Bahn brach
durch das streitende Gewölk, seinen Anfang.

Wie den Jüngling, so hatte auch den Greis ein
jäher Schrecken ergriffen; doch früher als jenem gelang
es ihm, sich zu fassen, und sein scharfes Sternseherauge
nahm bald wahr, daß es kein einzelner Riesenleib sei,

den die Totenstadt in die Ebene versandte, sondern eine Vielheit von beweglichen Körpern, die über dem Weideland hin zu wallen und zu schweben schien. Das Gebrüll und Geblöke ging auch nicht von einer Stelle aus, sondern ließ sich bald aus geringerer, bald aus weiterer Ferne vernehmen. Jetzt meinte er, es dringe aus dem Schoße der Erde, jetzt war es ihm, als komme es hoch aus der luftigen Höhe.

Da ergriff den Greis neues Entsetzen. Mit der Rechten faßte er des Enkels Hand, wies mit der Linken nach der Totenstadt hin und rief mit zitternder Stimme: „Es werden der Toten zu viele. Die Unterwelt fließt über wie der Strom, wenn sein Bett für das Wasser des Südens zu eng wird. Wie es wimmelt, schwebt und dahinrollt! Wie es sich hier- und dorthin zerteilt! Die Seelen der Tausende sind es, die der Tod dahingerafft hat. Belastet mit dem Fluch des Hebräers, unbestattet, ungeschützt vor dem Verderben sind sie auf die Sprossen der Leiter getreten, die sie in die ewige Welt führt."

„Sie sind es," kreischte der andere gläubig auf, entriß dem Alten die Hand, schlug die in Fieberglut brennende Stirn und rief, vor tiefem Grauen der Rede kaum mächtig: „Sie sind's, die Verdammten! In das Meer hat der Sturm sie getrieben, seine Flut spie sie aus und warf sie auf das Land, doch auch die heilige Erde will sie nicht und jagt sie auf in die Lüfte. Der reine Aether der Schu wirbelt sie zurück auf den Boden, und nun — sieh nur, höre nur. — Nun suchen sie brüllend den Weg in die Wüste."

„In das Feuer!" rief jetzt der Alte. „Läutere sie, Flamme, reinige sie, Wasser!"

Da stimmte der Jüngling ein in die Beschwörungs-
formeln des Greises, und während sie noch gemeinsam
die Stimme erhoben, ward die Fallthür aufgestoßen, die
zu der Sternwarte auf der Spitze des höchsten Tempel-
thores führte, und ein Priester niederer Ordnung rief
dem Greise zu:

„Laßt ab von der Arbeit! Wer fragt noch nach
den Lichtern des Himmels, wenn drunten, was Leben
hat, auslischt!"

Sprachlos lauschte der Greis, und wie der Priester
zaudernd fortfuhr, das Weib des Horoskopen sei es, das
ihn sende, stammelte der Alte:

„Hora? Auch meinen Sohn hat es ergriffen?"

Da neigte der Priester bejahend das Haupt, und
beide weinten bitterlich; denn der Alte hatte seinen Erstgeborenen und der andere den teuren Vater verloren.

Wie aber der Jüngling, von Fieberfrost geschüttelt,
krank und fassungslos sich an die Brust des Alten warf,
befreite sich dieser hastig aus seiner Umarmung und eilte
der Fallthür zu; denn wohl hatte der Priester bekannt,
daß er als ein Todesbote komme, doch für ein Vaterherz
bedarf es mehr als der Worte eines andern, um das
Recht aufzugeben, für das Leben seines Kindes zu hoffen.

Die steinernen Treppen hinab durch die hohen Hallen
und weiten Höfe des Tempels eilte der Alte, und der
Jüngling folgte ihm, obgleich die bebenden Kniee seinen
fiebernden Leib kaum mehr zu tragen vermochten. Der
Schlag, der seinen kleinen Lebenskreis getroffen, hatte
den Greis das furchtbare Gesicht vergessen lassen, das
vielleicht die ganze Welt mit Verderben bedrohte; von
dem Jüngling aber wollte es nicht weichen, und wie der

Vorhof hinter ihm lag und er den vordersten Pylonen näher kam, erschien es seiner von Angst und Kummer überspannten Seele, als tanzten die Schatten der Obelisken und als schlage das steinerne Standbilderpaar des Königs Ramses an den Eckpfeilern des hohen Thores dazu den Takt mit dem Krummstab.

Da zog das Fieber den geängstigten Jüngling zu Boden. Ein Krampf verzerrte ihm das Antlitz und schnellte ihm den jungen Leib in wilden Zuckungen auf und nieder; der Greis aber sank in die Kniee, und während er dem schönen, lockigen Haupte auf die harten Steinfliesen zu schlagen wehrte, klagte er leise: „Jetzt trifft es auch ihn!“

Dann raffte er sich zusammen und rief um Hilfe, doch vergebens und immer vergebens. Endlich senkte er die Stimme, um im Gebet Trost zu suchen, und nun hörte er es auf der Sphinxallee jenseits der Pylonen laut werden und neue Hoffnung hob ihm das Herz.

Was war es wohl, das zu so später Stunde heranzog?

In lautes Jammergeheul mischte sich priesterlicher Gesang, das Klingen und Klirren des metallenen Sistrums, das die heiligen Frauen der Gottheit schüttelten, und der Taktschritt in Prozession dahinschreitender Beter.

Ein Festzug nahte dem Tempel. Da hob sich der Blick des Greises und suchte, nachdem er die doppelten Reihen der Granitsäulen, der Kolosse und Obelisken im Vorhof gestreift, treu der Gewohnheit eines langen Lebens, das gestirnte Firmament, und nun flog ihm mitten im Leiden ein bitteres Lächeln um den eingefallenen Mund; ward doch auch den Göttern die Ehre versagt, die ihnen gebührte. Denn in dieser Nacht, der ersten nach dem Neumond, im Monat Pharmuthi, pflegte in anderen Jahren das Heiligtum des Gottes in reichem Blumenschmuck zu prangen. Wenn das Dunkel dieser mondlosen Nacht verschwand, dann sollte das hohe Fest der Frühlings-Tagundnachtgleiche und mit ihm das Erntefest beginnen. Zu Ehren der großen Göttin Neith, der Rennut, die den Segen der Felder spendet, und des jungen Horus, auf dessen Wink die Saaten sprossen, zog dann, wie es die Bücher von der göttlichen Geburt der Sonne vorschrieben, eine große Prozession in die Stadt, an den Strom und Hafen; heute aber herrschte die Ruhe des Todes in dem Heiligtum, dessen Vorhof sich sonst zu dieser Stunde mit Männern, Weibern und Kindern füllte, die Opfergaben brachten und sie auf dieselbe Stelle niederlegten, wo jetzt der Tod das Herz seines Enkels berührte.

Nun fiel ein heller Lichtglanz in den weiten Raum, den bis dahin nur wenige Lampen spärlich beleuchtet. Konnten die Rasenden daran denken, die Feier des Freudenfestes trotz der namenlosen Schrecken dieser Nacht zu beginnen?

Doch der Rat der Priester hatte ja gestern abend beschlossen, um der erbarmungslos wütenden Seuche willen den Tempel ungeschmückt und die Prozession unterbleiben zu lassen. Schon am Nachmittage waren ihm viele fern geblieben, deren Haus die Seuche befallen, und auch in dies Heiligtum mußte der Unhold gedrungen sein, während er, der Horoskop, dem Laufe der Sterne gefolgt war; warum hatten es sonst die Wächter und die anderen Sternseher verlassen, die es beim Untergang der Sonne mit ihm betreten und denen die Pflicht gebot, bei Nacht hier zu weilen?

Dann wandte er sich wieder mit zärtlicher Sorgfalt dem Leidenden zu. Aber bald fuhr er auf; denn die Thore öffneten sich, und voller und heller drang Fackel- und Laternenlicht in den Vorhof. Ein rascher Blick an das Firmament lehrte ihn, daß Mitternacht noch nicht lange vorbei sei, und doch schien er das Rechte befürchtet zu haben: die Priesterschaft drang in den Tempel, um die Morgenfeier des Erntefestes zu rüsten.

Aber nein!

Wann hätte sie je singend und in geordnetem Zuge zu solchem Zweck das Heiligtum betreten? Und es kamen auch nicht die Diener der Gottheit allein. Das Volk hatte sich an sie geschlossen; denn in die feierliche Litanei mischte sich das schrille Jammergeschrei klagender Weiber und wilde Rufe der Verzweiflung, wie er sie in seinem langen Leben noch nie an dieser geweihten Stätte vernommen.

Oder täuschten ihn die Sinne? Wälzte sich die brüllende Schar der ruhelosen Seelen, die ihm sein Enkel von der Warte gewiesen, in das Heiligtum des Gottes?

Da überfiel ihn neues Grauen, und mit hoch zur Abwehr erhobenen Armen wiederholte er kurze Zeit die Beschwörungen gegen die Tücke finsterer Geister. Bald aber ließ er die Hände wieder sinken; denn er hatte Freunde bemerkt, die gestern noch unter den Lebenden gewandelt: zuerst die hohe Gestalt des zweiten Propheten seines Gottes, dann die dem Amon-Ra geweihten Frauen, die Sänger und heiligen Väter, und wie er hinter den Horoskopen und Pastophoren auch seinen Schwager erblickte, dessen Haus gestern noch von der Seuche verschont gewesen, faßte er neuen Mut und rief ihn an. Doch seine Stimme ward von dem Gesang und Geschrei der herandrängenden Scharen laut übertönt.

Der Vorhof war hell geworden, doch jeden nahm das eigene Leid so ganz in Anspruch, daß keiner den alten Sternseher bemerkte. Da riß er sich den Mantel von den fröstelnden Gliedern, um das zuckende Haupt des Jünglings weicher zu betten, und während er dies mit väterlicher Sorgfalt verrichtete, hörte er aus dem Gesang und Geschrei der weiter vordringenden Menge erst wilde Flüche auf die Hebräer, durch die das Unheil über den Pharao und sein Volk gekommen, dann aber wieder und wieder den Namen des Thronfolgers seines Landes, des Prinzen Ramses, und der Ton, in dem man ihn ausrief, die klagenden Formeln, die sich mit ihm verbanden, lehrten den Kundigen, daß der Tod auch dem Erstgeborenen des Königs die Augen geschlossen.

Mit wachsender Angst schaute er nun in die bleichen Züge des Enkels; doch als dabei die Klage um den Thronfolger von neuem und immer lauter erscholl, zog ein leises Wohlgefühl über die Gerechtigkeit des Todes, welcher den Höchsten auf dem Thron so wenig schont wie den Bettler am Wege, durch seine Seele. Er wußte nun, was die lärmende Schar in den Tempel führte!

So schnell die alten Glieder es ihm gestatteten, eilte er den Reihen der Klagenden zu; doch bevor er sie erreicht, sah er aus dem Wächterhause den Thorhüter und sein Weib treten, die eines Knaben Leiche auf einer Matte ins Freie trugen. Der Mann hielt das eine, sein kleines, schmächtiges Weib das andere Ende; und der riesengroße Wächter mußte sich tief bücken, damit der starre Körper die wagrechte Lage bewahre und nicht nach dem Weibe hin ins Gleiten gerate. Drei Kinder schlossen den traurigen Zug, dem ein kleines Mädchen eine Laterne vorantrug.

Vielleicht hätte ihn niemand bemerkt, doch das Weiblein des Thorhüters zeterte sein Jammergeschrei den Klagenden so laut und scharf entgegen, daß es keiner zu überhören vermochte. So wandte sich denn erst der zweite Prophet des Amon, dann seine Begleiter nach ihnen um. Die Prozession hielt an, und da einige der Priester der Leiche näher traten, rief der Thorhüter mit lauter Stimme: „Aus dem Wege der Seuche! Unseren Erstgeborenen streckte sie nieder."

Das Weib hatte indessen dem Töchterchen die Laterne aus der Hand gerissen, leuchtete dem verstorbenen Knaben in das starre Antlitz und kreischte:

„Der Gott hat es geduldet! Unter seinem eigenen Dache läßt er das Gräßliche geschehen. Nicht sein Wille, nein, des Fremden Flüche haben Macht über uns und unser Leben. Seht hieher! Unser Erstgeborener war es, und zwei Tempeldiener hat es gleichfalls gepackt. Der eine ist schon hinüber. Dort in unserer Kammer streckt er die Glieder, und da — da liegt auch noch einer, der junge Ramus, des Horoskopen Rameri Enkel. Wir hörten den Alten rufen und sahen, was vorging; doch wer stützt wohl des andern Haus, wenn ihm das eigene einfällt? Wahrt euch bei Zeiten; denn die Götter haben den eigenen Tempel dem Unhold geöffnet; und wenn die ganze Welt zu Grunde geht, mich soll's nicht wundern, und grämen gewiß nicht! — Ihr hohen priesterlichen Herren, ich bin nur ein armes, geringes Weib, doch hab' ich nicht recht, wenn ich frage: Schlafen unsere Götter, hat sie ein Zauber gelähmt oder was treiben sie, wo sind sie, daß sie die Hebräerbrut mächtig sein lassen über uns und unsere Kinder?"

„Auf sie! Nieder mit den Fremden! In die See, in den Tod mit dem Zauberer Mesu!" *) Wie das Echo dem Rufe, folgten diese Verwünschungen dem Fluche des Weibes, und der Schwager des greisen Horoskopen, der Oberst der Bogenschützen Hornecht, dem beim Anblick seines lieben sterbenden Neffen das heiße Blut überschäumte, schwang das kurze Schwert und rief außer sich: „So folge mir denn, wer ein Herz hat! Auf sie! Leben um Leben! Zehn Hebräer für jeden Aegypter, den der Zauberer gemordet!"

Wie eine Herde ins Feuer stürzt, wenn ihr der Widder vorausspringt, riß des vornehmen Kriegers Aufruf die Menge mit fort. Die Weiber den Männern voran, drängten sie ihm nach dem Thore entgegen, und als die Diener der Gottheit zauderten, bis sie des Amon-Propheten Meinung erkannt, richtete dieser die majestätische Gestalt hoch auf und rief gelassen:

„Zum Gebet mit mir, wer das Priestergewand trägt. Das Volk ist der Himmlischen Werkzeug. In ihrer Hand liegt die Vergeltung. Wir bleiben hier zurück, um für das Gelingen der Rache zu beten."

---

*) Mesu ist der ägyptische Name des Gesetzgebers Mose.

Zweites Kapitel.

Bai, der zweite Prophet des Amon, der die Stelle des altersschwachen ersten Propheten und Oberpriesters Rui vertrat, zog sich in das Allerheiligste zurück, die Schar der anderen Diener der Gottheit folgte ihrer Pflicht, die wütende Menge aber stürmte durch die Straßen der Stadt, dem fernen Hebräerquartier zu.

Wie das wilde Hochwasser beim rauschenden Sturz zu Thale mit sich fortreißt, was es erreicht, so zwangen die zur Rache eilenden Haufen ihnen zu folgen, was sie berührten. Kein Aegypter, dem der Tod, was ihm lieb war, entrissen, versagte dem wachsenden Strom die Folge, und so wuchs er und wuchs, bis aus den Hunderten Tausende geworden. Männer, Weiber und Kinder, Freie und Sklaven eilten, beflügelt von der brennenden Begier, Verderben und Tod über die verhaßten Hebräer zu bringen, nach dem entfernten Stadtviertel, das sie bewohnten.

Wie die Hacke in die Hand dieses Handwerkers, die Art in die jener Hausfrau gekommen, sie wußten es selbst kann. Zum Töten und Zerstören strebten sie vorwärts, und was sie dazu bedurften, sie hatten es nicht gesucht, es war ihnen entgegengekommen.

Der erste, auf den die Wucht ihres Zornes sich stürzen mußte, war der Hebräer Nun, ein angesehener, bei vielen beliebter Greis und reicher Herdenbesitzer, von dem auch mancher Aegypter Gutes empfangen; doch wo Haß und Rache das Wort führen, zieht·sich die zage Dankbarkeit schweigend zurück.

Sein großes Anwesen lag wie die anderen Häuser und Hütten seines Volkes im westlichen Teile von Tanis, dem Fremdenviertel, und schloß sich am nächsten an die von Aegyptern bewohnten Straßen der Stadt.

Sonst pflegten zu dieser Stunde die Rinder und Schafe des Nun an die Tränke und auf die Weide getrieben zu werden, und der große Hof vor seinem Hause war dann voll von Vieh, dienenden Männern und Frauen, Karren und ländlichem Gerät. Der Besitzer pflegte den Aufbruch der Herden zu leiten, und ihn und das Seine hatte sich die Wut der Menge als erstes Opfer erkoren.

Jetzt erreichten die Schnellsten sein ausgedehntes Gehöft, und unter ihnen der Schwager des greisen Horostopen, der Oberst der Bogenschützen, Hornecht.

Da lagen Haus und Hof, hell bestrahlt von der jungen Morgensonne. Ein starker Hufschmied stieß mit dem Fuß an das feste Thor; doch die unverschlossenen Flügel gaben so willig nach, daß er sich an dem Pfosten festhalten mußte, um nicht zu fallen. Andere drängten sich ihm voran in das Gehöft, und unter ihnen der Bogenschützenoberst.

Doch was war das?

Hatte ein neuer Zauber die Macht des Hebräer=
führers Meſu, der ſo furchtbare Plagen über das Land
gebracht, und ſeines Gottes erwieſen?

Der Hof war leer, völlig leer. Nur in den Hürden
lagen etliche erſchlagene, mit Schäden behaftete Rinder
und Schafe, und ein lahmes Lämmlein flüchtete ſich
hinkend, als es die Eindringlinge wahrnahm.

Selbſt die Karren und Wagen waren verſchwunden.
Die brüllende und blökende Schar, die der Prieſter für
die Seelen der Verdammten gehalten, war der Zug der
auswandernden Hebräer geweſen, die nächtlicherweile mit
ihren Herden die alte Heimat unter Führung des Moſe
verlaſſen.

Der Anführer ſenkte das Dolchſchwert, und man
hätte glauben mögen, daß ihn, was er hier fand, an=
genehm überraſche; ſein Nachbar aber, ein Schreiber aus
dem Schatzhauſe des Königs, überſchaute enttäuſcht und
wie ein Betrogener den leeren Hof.

Das Meer der Gefühle und Entwürfe, das in der
Nacht hohe Wogen ſchlägt, ebbt beim hellen Licht des
Tages, und auch in dem Krieger war die leicht erregbare
Leidenſchaft längſt größerer Ruhe gewichen. Den übrigen
Hebräern mochte das Schlimmſte angethan werden, nicht
dem Nun, deſſen Sohn Hoſea ſein Kriegsgefährte war,
einer der angeſehenſten Feldhauptleute des Heeres und
dazu ein Freund ſeines Hauſes. Hätte er an ihn ge=
dacht und daß man das Gehöft ſeines Vaters zuerſt
angreifen werde, wäre er gewiß nicht an die Spitze dieſes
Rachezuges getreten; ja, er bereute ſchon wieder einmal,
die ruhige Ueberlegung vergeſſen zu haben, die ſein Alter
ihm vorſchrieb.

Doch da kamen Männer und Weiber und berichteten, während viele das verlassene Heim des entkommenen Nun plünderten und es niederzureißen begannen, auch in den benachbarten Häusern habe sich kein lebendes Wesen gefunden. Wieder andere erzählten von jammernden Katzen, die an den veröbeten Herden gehockt, von erschlagenem altem Vieh und zerstörtem Gerät; endlich aber schleppte die wütende Menge einen Hebräer mit den Seinen und ein blödsinniges, grauköpfiges Weib herbei, das sie aus dem Stroh hervorgezogen. Kichernd versicherte die Alte, ihre Leute hätten sich heiser nach ihr geschrieen, Mehela aber sei klug, und laufen, immerfort laufen, wie die Ihren es doch wollten, das möge sie nicht, sie habe ja so weiche Füße und nicht einmal Schuhe.

Der Mann, ein häßlicher Jude, den selbst wenige der Seinen des Mitleides würdig erachtet hätten, versicherte bald demütig bis zur Kriecherei, bald fortgerissen von der seinem Wesen eigenen dreisten Frechheit, er habe nichts mit dem Lügengotte zu schaffen, in dessen Namen der Verführer Mose sein Volk ins Verderben gelockt, und sich mit Weib und Kind immerdar zu den Aegyptern gehalten. — In der That kannten ihn viele; denn er war ein Pfandleiher, und während seine Stammesgenossen zum Wanderstabe griffen, hatte er sich versteckt gehalten, um seinen unredlichen Handel fortzusetzen und keinen Verlust zu erleiden.

Einige seiner Schuldner fanden sich unter dem wütenden Volk, doch auch ohne sie wäre es um ihn geschehen gewesen; denn er war der erste, an dem die erregte Menge zeigen konnte, daß es ihr ernst sei mit der Rache. So drang sie denn mit wildem Geschrei auf ihn ein,

und bald deckten die Leichen des Unglücklichen und der
Seinen den Boden. Niemand wußte, wer diese erste
Blutthat begangen; es hatten sich zu viele auf die Er-
schlagenen gestürzt.

Andere Zurückgebliebene, die man aus Häusern und
Hütten hervorgezogen, und es waren nicht wenige, ob-
gleich manche Zeit gefunden hatten, das Weite zu suchen,
fielen nicht minder schnell der Rache des Volkes zum
Opfer, und während hier Blut floß, wurden dort Aexte
geschwungen und mit Balken und Pfosten Mauern und
Thore berannt, um die Wohnungen der Verhaßten vom
Erdboden zu tilgen.

Die glühenden Kohlen, welche wütende Weiber heran-
schleppten, wurden verlöscht und zertreten; denn Beson-
nenere warnten vor der Gefahr, womit der Brand des
Fremdenviertels ihre nahegelegenen Häuser und die Stadt
Tanis bedrohe.

So blieb das Quartier der Hebräer von den Flammen
verschont; wie aber die Sonne höher stieg, verhüllten die
Stätte der zerstörten Wohnungen des ausgewanderten
Volkes undurchdringlich dichte Wolken weißlichen Staubes,
und da, wo noch gestern tausende von Menschen ein liebes
Heim besessen und große Herden an frischen Tränken den
Durst gelöscht hatten, bedeckte jetzt nur noch Schutt und
Stein, gebrochenes Gebälk und zersplittertes Holzwerk den
heißen Boden. Preisgegebene Hunde und Katzen irrten
unter den Trümmern umher, und zu ihnen gesellten sich
die Weiber und Kinder aus den Bettlerhütten am Saume
der nahen Nekropole, um mit der Hand vor dem Mund
unter dem erstickenden Staub und hohem Geröll nach dem
Gerät und den Nahrungsmitteln zu suchen, welche die

Ausgezogenen im Stiche gelassen und die Plünderer nicht fortgeführt hatten.

Am Nachmittag wurde Baï, der zweite Prophet des Amon, an dem vernichteten Quartier vorübergetragen. Er kam nicht, um sich an dem Anblick der Zerstörung zu weiden, sondern hielt sich nur auf dem nächsten Wege, der ihn aus der Netropole heimwärts führte. Trotzdem umspielte seinen ernsten Mund ein zufriedenes Lächeln, da er wahrnahm, wie gründlich das Volk seine Arbeit verrichtet. Was er selbst durchzusetzen gedacht, war zwar nicht zur Ausführung gekommen: die Führer der Ausgezogenen hatten sich seiner Rache entzogen; doch der Haß ist zwar nimmersatt, aber dennoch genügsam. Auch der kleinere Schaden des Feindes freut ihn, und der Priester kam von dem trauernden Pharao. Wohl war es ihm noch nicht gelungen, ihn ganz aus den Banden zu lösen, in die ihn der hebräische Zauberer geschlagen, aber er hatte sie gelockert.

Ein Wort war es gewesen, das der willensstarke, ehrgeizige Mann, dessen Art es sonst nicht war, mit sich selber zu reden, während er im Sanktuarium einsam das Geschehene und zu Verrichtende überdachte, wieder und wieder vor sich hingemurmelt, und dies Wort, es hatte gelautet: „So segne auch mich!"

Der Pharao selbst war es gewesen, der diese Bitte an einen andern gerichtet, und dieser andere war nicht der alte Rui, der Oberrichter und Oberpriester oder er selbst gewesen, die einzigen, denen es zustand, den König zu segnen, nein, der Verruchteste der Verruchten, der Fremde, der Hebräer Mesu, den er haßte wie keinen auf Erden.

Ebers, Josua.   2

„Und so segne auch mich!" Diese fromme Bitte, die aus der geängstigten Menschenseele vertrauensvoll quillt, war ihm wie ein Dolch in die Seele gedrungen. Es war ihm gewesen, als sei der Priesterschaft Aegyptens mit solchem Wunsche, den solche Lippen an die Gunst solchen Mannes richteten, der Krummstab zerbrochen und das Pantherfell von der Schulter gerissen worden, und als schände er sein ganzes Volk, das er liebte.

Wohl kannte er den Mose als einen der weisesten, die aus ägyptischen Schulen hervorgegangen, wohl wußte er, daß der Pharao unter dem Bann dieses Mannes stand, der in seinem königlichen Hause erwachsen und ein Freund seines Vaters, des großen Ramses, gewesen. Wohl hatte er den Herrscher dem Mose Unthaten vergeben sehen, die anderen, und wären es die Größten gewesen, das Leben gekostet hätten; — und was mußte dem Pharao, dem Sonnengott auf dem Weltenthrone, dieser Hebräer gelten, daß er am Sterbebett des eigenen Sohnes dem Drange unterliegen konnte, die Hände zu ihm aufzuheben und ihm zuzurufen:

„Und so segne auch mich!"

Das alles hatte er sich gesagt und reiflich erwogen, und dennoch wollte und durfte er dem gewaltigen Fremden nicht weichen.

Ihm und seinem Volke den Untergang zu bereiten, hielt er für die heiligste und bringendste der Pflichten. Um sie zur Erfüllung zu bringen, scheute er sich nicht, die Hand an den Thron zu legen; ja, der Pharao Menephtah hatte in seinen Augen mit dem verruchten Wunsche: „Und so segne auch mich!" das Recht auf die Herrschaft verwirkt.

Mose war der Mörder des Erstgeborenen des Pharao, er aber und der greise Oberpriester des Amon hielten das Wohl und Wehe der Seele des verstorbenen Knaben in der Hand, und diese Waffe war stark und scharf, und er kannte das schwache, wankelmütige Herz des Königs. Wenn der Oberpriester des Amon, der einzige, der noch über ihm stand, ihm nicht in seinen unberechenbaren, greisenhaften Launen entgegentrat, so war es ihm ein Kleines, den Pharao zum Nachgeben zu zwingen; doch was er heute bewilligt, nahm der wankelmütige Mann morgen zurück, wenn es dem Hebräer wiederum gelang, zwischen ihn und seine ägyptischen Räte zu treten. Heute noch hatte der unwürdige Sohn des großen Ramses, als er nur den Namen des Zauberers vernommen, das Antlitz verhüllt und wie eine geängstigte Antilope gezittert, und morgen sollte er ihm fluchen und das Todesurteil über ihn sprechen? Vielleicht ließ er sich dazu herbei; doch übermorgen rief er ihn sicherlich wieder zurück und bat ihn von neuem um seinen Segen. Fort mit solchem Könige, in den Staub mit dem schwankenden Rohr auf dem Throne! Er hatte auch schon unter den Prinzen von königlichem Geblüte den rechten Nachfolger gefunden. War die Zeit erst gekommen, — hatte der Oberpriester des Amon und Oberrichter Rui, der die Grenze der Lebenszeit längst überschritten, welche die Gottheit den Menschen vergönnt, die Augen geschlossen, dann trat er, Baï, an seine Stelle, ein neues Leben begann für Aegypten, und um Mose und die Seinen war es geschehen.

Zu Häupten des Propheten flatterte während dieser Erwägungen ein Rabenpaar und ließ sich kreischend auf den staubigen Trümmern eines der vernichteten Häuser nieder. Unwillkürlich blickte er ihm nach und bemerkte das Ziel seines Fluges, die Leiche eines von grauem Schutt halb bedeckten, erschlagenen Hebräers. Da glitt abermals über seine klugen, trotzigen Züge ein Lächeln, das die Priester geringeren Ranges, die seine Sänfte umgaben, nicht zu deuten vermochten.

Drittes Kapitel.

Der Oberst der Bogenschützen, Hornecht, befand sich jetzt unter den Begleitern des Propheten. Sie waren miteinander wohl vertraut; denn der Krieger stand mit an der Spitze der vornehmen Männer, die sich zum Sturze des Pharao verschworen.

Als sie sich dem zerstörten Hause des Nun näherten, wies der Priester den Obersten auf die Trümmer und sagte: „Der dies einst besessen, ist wohl der einzige Hebräer, dem ich Schonung gönnte. Er war ein wackerer Mann, und sein Sohn, der Hosea —"

„Er hält zu uns," unterbrach ihn der Oberst. „Im Heere des Pharao dienen wenig bessere Männer, und," fügte er leiser hinzu, „ich hoffe auf ihn für den Tag der Entscheidung."

„Davon vor weniger Zeugen," versetzte der andere. „Uebrigens schulde gerade ich ihm besonderen Dank. Während des libyschen Krieges — Du weißt ja — war ich in die Hände des Feindes geraten, und Hosea hieb mich mit seiner kleinen Schar aus dem wilden Haufen heraus." Dann senkte er die Stimme und fuhr, als habe er das hier Geschehene zu entschuldigen, in seiner lehrhaften Weise fort: „So geht es hienieden! Wo ein ganzer Menschenkreis sich strafbar machte, gereicht es auch dem Unschuldigen zum Schaden, ihm anzugehören. Selbst die Götter wissen in solchem Fall den einzelnen nicht von der Menge zu sondern, ja sogar über das schuldlose Getier kommt das Unheil. Sieh nur die Taubenscharen über dem Schutt; sie suchen vergeblich die Schläge. Und die Katze dort mit den Jungen! Geh, Veki, und nimm sie mit; es ist unsere Pflicht, die heiligen Tiere vor dem Hungertod zu bewahren."

Diese freundliche Sorge für die vernunftlosen Geschöpfe lag dem Manne, der eben noch mit wilder Lust auf den Untergang vieler Mitmenschen gesonnen, so warm am Herzen, daß er die Sänfte halten ließ und zuschaute, wie seine Diener die Katzen einfingen. Doch es ging damit weniger schnell als er gehofft; denn die eine hatte sich in die nächste Kellerluke geflüchtet, und diese war so schmal, daß sie den Dienern die Verfolgung des Tieres zu wehren schien. Der jüngere, ein schlanker Nubier, unternahm sie dennoch; aber kaum hatte er das Antlitz der Oeffnung genähert, als er es wieder zurückzog und seinem Herrn zurief: „Drunten liegt ein menschliches Wesen, und es scheint noch zu leben! Ja, jetzt erhebt es die Hand ... Es ist ein Knabe oder Jüngling, und ein Unfreier gewiß nicht; denn er hat den Kopf voller Locken, und — ein Sonnenstrahl fällt in den Keller — am Oberarm trägt er einen breiten goldenen Reifen!"

„Vielleicht einer von der Sippe des Nun, den sie vergessen," sagte der Krieger, und der Prophet Baï fügte eifrig hinzu:

„Eine Fügung der Götter! Ihre heiligen Tiere
weisen mir den Weg, dem Manne einen Dienst zu erweisen, dem ich Großes schulde. Suche hinunter zu
dringen, Beki, und bring mir den Jüngling."

Inzwischen hatte der Nubier den Stein beseitigt,
durch dessen Fall die Luke verengt worden war, und
bald darauf hielt er seinem Genossen einen regungslosen
jungen Leib entgegen, den dieser ins Freie und sodann
an den Brunnen zog, wo er ihn mit frischem Wasser
ins Leben zurückrief.

Der von der Ohnmacht Erwachte rieb sich die Augen,
schaute sich verwirrt und als wisse er nicht, wo er sich
befinde, rings um, und senkte darauf, wie von Kummer
und Entsetzen ergriffen, das Haupt, dessen Locken am
Hinterkopf von schwarzen Massen geronnenen Blutes zu-
sammengeklebt waren.

Der Prophet trug Sorge, daß man die tiefe Wunde,
die ein fallender Stein dem Knaben geschlagen, am Brunnen auswusch, und rief ihn, nachdem man ihn verbunden,
zu seiner von einem Schirm beschatteten Sänfte.

Vor Sonnenaufgang war der junge Hebräer nach
einer langen nächtlichen Wanderung von Pithom her,
das die Hebräer Succoth nannten, in das Haus seines
Großvaters, des Nun, gekommen, um eine Botschaft auszurichten; da er es aber leer gefunden, hatte er sich in
den verlassenen Räumen niedergelegt, um ein wenig zu
rasten. Durch das Geschrei der wütenden Menge war er
aufgeweckt worden, und als er die Flüche gegen sein Volk
vernommen hatte, von denen das ganze Quartier widerhallte, war er in den Keller geflohen, und die Decke, die
ihn bei ihrem Einsturz verletzt, sein Retter geworden; denn

die Staubmassen, die nach ihrem Falle alles verhüllten, hatten ihn den Blicken der Plünderer entzogen.

Der Prophet betrachtete ihn aufmerksam, und obgleich der Verwundete ungesäubert, bleich und mit einer blutigen Binde am Kopf, vor ihm stand, sah er doch, daß es ein schöner, herrlich gewachsener Knabe an der Grenze des Jünglingsalters sei, den er dem Leben zurückgegeben.

Von lebhafter Teilnahme erfaßt, milderte er den strengen Ernst seines Blickes und fragte ihn gütig, woher er komme und was ihn nach Tanis geführt; denn aus dem Antlitz des Geretteten ließ sich nicht einmal entnehmen, welchem Volke er angehöre. Ungestraft hätte er sich für einen Aegypter ausgeben können; doch der Jüngling bekannte offen, daß er ein Enkel des Nun sei. Er habe eben das achtzehnte Lebensjahr erreicht, heiße Ephraim, wie sein Ahnherr, der Sohn des Joseph, und um den Großvater zu sehen, sei er gekommen.

Aus diesen Worten klang starkes Selbstbewußtsein und Freude an seiner bevorzugten Herkunft.

Auf die Frage, ob er der Träger einer Botschaft, blieb er die Antwort kurze Zeit schuldig; bald aber sammelte er sich, schaute dem Propheten furchtlos ins Antlitz und entgegnete frei:

„Wer Du auch sein magst, man hat mich gelehrt, die Wahrheit zu reden, und so wisse denn, daß mir noch ein anderer Blutsfreund zu Tanis lebt, Hosea, der Sohn des Nun, der im Heere des Pharao als Feldhauptmann gebietet, und ihm hab' ich etwas zu melden."

„Du aber wisse," entgegnete der Priester, „daß eben dieser Hosea es ist, dem zu liebe ich hier verweile und den Meinen befahl, Dich aus dem verfallenen Hause zu ziehen. Ich schulde ihm Dank, und hat sich auch ein großer Teil Deines Volkes der schwersten Strafe schuldig gemacht, um seiner Trefflichkeit willen darfst Du frei und unverletzt unter uns weilen."

Hier schaute der Knabe mit einem stolzen und feurigen Blick zu dem Priester auf; doch bevor er selbst zu Worte kommen konnte, fuhr jener mit ermunternder Freundlichkeit fort:

„Aus Deinen Augen, mein Knabe, glaub' ich zu lesen, daß Du kommst, um durch Deinen Oheim Hosea Aufnahme im Heere des Pharao zu finden. Deine Gestalt macht Dich geschickt zum Waffenhandwerk, und an Unerschrockenheit fehlt Dir's wohl auch nicht."

Da flog ein Lächeln geschmeichelter Eitelkeit um den Mund Ephraims, und während er vielleicht absichtslos den breiten goldenen Reifen an seinem Oberarm drehte, entgegnete er eifrig:

„Daß ich mutig bin, Herr, hab' ich auf der Jagd oft genug bewiesen; doch daheim gibt es Rinder und Schafe· die Fülle, die jetzt schon mein eigen, und es scheint mir begehrenswerter, frei umher zu streifen und den Hirten zu gebieten, als zu thun, was mir andere befehlen."

„So, so," entgegnete der Priester. „Hosea wird Dich vielleicht eines andern, besseren belehren. Gebieten — ein köstliches Ziel für die Jugend! Schade nur, daß wir, die es erreichten, um so schwerer belastete Diener werden, je größer der Kreis wird, der uns gehorcht. Du verstehst mich, Oberst, und Du, Knabe, begreifst mich wohl später, wenn Du der Palmenbaum wirst, zu dem der Wildling heranzuwachsen verheißt. Doch die Zeit drängt. Wer sandte Dich zu dem Hosea?"

Der Jüngling blickte wiederum unschlüssig zu Boden; sobald aber der Prophet das Schweigen mit der Frage unterbrach: „Und die Aufrichtigkeit, die man Dich lehrte?" versetzte er wiederum selbstbewußt und entschieden:

„Einem Weib zu Gefallen, das Ihr nicht kennt, that ich die Wanderung."

„Ein Weib?" wiederholte der Prophet und schaute dem Obersten mit einem forschenden Blicke ins Antlitz. „Ein tapferer Krieger und eine schöne Frau, wo die einander suchen, kommen die Hathoren*) leicht hinzu und brauchen die bindenden Stricke; doch einem Diener der Gottheit steht es nicht an, bei solchem Vorgang den Zuschauer zu spielen, und so forsch' ich nicht weiter. Laß Dir diesen Knaben empfohlen sein, Oberst, und hilf ihm, seine Botschaft an den Hosea zu bringen; es fragt sich nur, ob er schon hier ist."

„Nein," entgegnete der Krieger, „doch heute noch erwarten die vom Waffenhaus seine Tausendschaften zurück."

„So führen die Hathoren, die den Liebesboten günstig sind, wohl auch diese beiden spätestens morgen zusammen," rief der Prophet dem Knaben zu; der aber fiel ihm unwillig ins Wort: „Ich trage keine Liebesgrüße von einem zu anderen," — und der Priester, den dieser lecke Einwurf ergötzte, versetzte heiter: „Ich hatte vergessen, daß es ein junger Herdenfürst ist, mit dem ich rede." Dann fuhr er ernster fort: „Hast Du den

---

*) Die Liebesgöttinnen der Aegypter, die man auch mit Stricken in der Hand dargestellt findet.

Hosea gefunden, so entbiete ihm meinen Gruß und
sage ihm, Baï, der zweite Prophet des Amon, den er
aus der Hand der Libyer befreite, glaube einen Teil seiner
Schuld abzutragen, indem er die Hand über Dich, seinen
Neffen, breite. Vielleicht ist es Dir gar nicht bewußt,
Du lecker Gesell, daß Du einer doppelten Gefahr wie
durch ein Wunder entrannst: das wütende Volk hätte
Dein Leben so wenig geschont wie der erstickende Staub
der zusammengestürzten Häuser. Das behalte im Sinne
und sage dem Hosea ferner von meiner, des Baï, Seite,
ich sei gewiß, daß, sobald auch ihm der Jammer vor
Augen komme, in den die Zauberkunst eines der Euren
das Haus des Pharao stürzte, dem er Treue geschworen,
und mit ihm diese Stadt und das ganze Land, er sich
mit Abscheu von den Seinen lossagen werde. Feige sind
sie geflohen, nachdem sie denjenigen, unter denen sie in
Frieden gehaust, deren Schutz sie genossen, die ihnen
lange Zeit Arbeit und reichliches Brot gaben, die schwersten
Wunden geschlagen und das Beste geraubt! So ist es
geschehen, und kenn' ich ihn recht, dann wendet er denen
den Rücken, die solches verbrachen. Berichte ihm auch,
daß dies bereits aus freien Stücken von den hebräischen
Unterbefehlshabern und Söldnern geschehen sei, über die
der Syrer Aarsu gebietet. Heute morgen — Hosea
wird es auch von anderen vernehmen — haben sie nicht
nur ihren Baalen geopfert und dem Seth, dem so viele
von euch gerne dienten, bevor euch der verruchte Zauberer
Mesu verführte, sondern auch dem Vater Amon und der
heiligen Neunzahl unserer ewigen Götter. Thut er das
Gleiche, so werden wir Hand in Hand hoch steigen, des
halte er sich versichert, und er verdient es. Den Rest

von Dank, den ich ihm wohl immer noch schulde, werde ich auf anderen Wegen zu tilgen wissen, die noch verborgen bleiben müssen. Das aber darfst Du dem Oheim schon heute versichern, daß ich den Nun, seinen wackeren Vater, zu schützen wissen werde, wenn der Götter und des Königs Strafe die anderen Männer eures Volkes ereilt. Schon — sage ihm auch das — werde das Schwert geschliffen, und ein Gericht ohne Gnade bereite sich vor. Heiße ihn sich fragen, was fliehende Hirten gegen die Streitmacht auszurichten vermögen, zu deren tüchtigsten Führern er selbst gehört. Ist Dein Vater noch am Leben, mein Sohn?"

„Nein, sie trugen ihn schon lange hinaus," entgegnete Ephraim mit zitternder Stimme.

Hatte ihn das Wundfieber ergriffen? Ueberwältigte diese junge Seele die Scham, einem Volke anzugehören, das solche Schandthaten begangen, oder hielt der Knabe zu den Seinen und war es Zorn und Empörung, sie so bitter schmähen zu hören, was seine Wangen bald erbleichen, bald erglühen ließ, und sein Inneres in solchen Aufruhr versetzte, daß er kaum zu reden vermochte? Gleichviel! Der rechte Verkündiger dessen, was der Prophet seinem Oheim anzuvertrauen gedacht, war dieser Knabe gewiß nicht! Darum winkte der Priester dem Bogenschützenobersten, ihm unter den Schatten einer breitästigen Sykomore zu folgen. Es galt, den Hosea um jeden Preis dem Heere zu erhalten, und so legte er dem Freunde die Hand auf die Schulter und sagte: „Du weißt, daß meine Gattin es war, die Dich und andere auf unsere Seite brachte. Sie dient uns besser und eifriger als mancher Mann, und wie ich die Schönheit

Deiner Tochter bewundere, so ist sie voll von dem herzgewinnenden Reiz ihrer Unschuld."

„Kasana soll teilnehmen an der Verschwörung?"
fuhr der Oberst unwillig auf.

„Nicht als thätige Helferin, wie meine Gattin, gewiß nicht."

„Sie würde auch schlecht zu dergleichem taugen,"
versetzte der andere in ruhigerem Ton; „denn sie ist wie
ein Kind."

„Und doch könnte durch sie unserer Sache ein Mann
zugeführt werden, dessen guter Wille mir unschätzbar er-
scheint."

„Du meinst den Hosea?" fragte der Oberst, und
die Stirn verfinsterte sich ihm wieder; der Prophet aber
fuhr fort: „Und wenn ich es thäte? Ist er denn noch
ein rechter Hebräer? — Kannst Du es unwürdig der
Tochter eines angesehenen Kriegers finden, einem Manne
die Hand zu reichen, den wir, gelingt unser Vorhaben,
über die gesamten Söldnerscharen als Oberbefehlshaber
setzen?"

„Nein, Herr!" rief der Krieger. „Aber zu den
Gründen, die mich gegen den Pharao aufbringen und
dem Siptah zuwenden, gehört auch der, daß jenes
Mutter eine Fremde war und in dem andern unser
Blut fließt. Die Mutter aber bestimmt die Herkunft des
Mannes, und die des Hosea ist eine Hebräerin gewesen.
Ich nenne ihn meinen Freund, ich weiß seine Vorzüge
zu schätzen, — Kasana ist ihm gewogen . . ."

„Und doch verlangt Dich nach einem vornehmeren
Eidam?" unterbrach ihn der andere. „Wie soll unser
schweres Vorhaben glücken, wenn den einzelnen, die das

Leben daran wagen, schon das erste Opfer zu groß ist?
Deine Tochter, sagst Du, sei dem Hosea gewogen?"

„Sie war es, gewiß!" rief hier der andere; „ja,
ihr Herz begehrte seiner; ich aber wußte sie zum Gehorsam zu zwingen, und nun sie Witwe geworden, soll ich
sie demjenigen zuführen, den ich sie — die Götter wissen,
unter wie schweren Kämpfen — aufzugeben zwang? Seit
wann wäre dergleichen erhört in Aegypten?"

„Seitdem es Männer und Weiber am Nil über
sich gewinnen," entgegnete der Priester, „einer großen
Sache zu Gefallen sich Forderungen zu unterwerfen, die
ihren Wünschen widerstreben. Bedenke dies alles, und
dazu noch, daß des Hosea Ahnfrau — auch in Deiner
Gegenwart rühmte er sich dessen — eine Aegypterin war,
die Tochter eines meiner Standesgenossen."

„Wie viele Geschlechter gingen seitdem zu Grabe!"

„Gleichviel. Es bringt ihn uns näher, und das muß
uns genügen. Auf Wiedersehen heute abend! Dem Neffen
Hoseas wirst Du wohl einstweilen Gastlichkeit und Deine
schöne Tochter freundliche Pflege gewähren; denn er scheint
ihrer wohl zu bedürfen."

Viertes Kapitel.

Wie in der ganzen Stadt, so herrschte auch im Hause des Obersten Hornecht tiefe Trauer. Den Männern war das Haar geschoren, und auch die Frauen hatten die Stirn mit Staub bestrichen. Die Gattin des Kriegers war längst gestorben, doch seine Tochter und ihre Frauen empfingen ihn mit wehenden Schleiern und lauten Klagen; denn dem Schwager des Hausherrn waren der erstgeborene Sohn und der Enkel gestorben, und in wie vielen befreundeten Kreisen hatte die Seuche Opfer gefordert!

Doch die Sorge um den ohnmächtigen Knaben nahm die Frauen bald völlig in Anspruch, und nachdem man ihn gebadet und ihm die schwere Wunde am Kopf neu und mit gutem Heilbalsam verbunden, wurde ihm feuriger Wein und Speise vorgesetzt, und erquickt und gestärkt folgte er dem Rufe der Tochter seines Wirtes.

Aus dem bestaubten und gebrochenen Gesellen war ein schöner Jüngling geworden. Das gesalbte Haar quoll unter dem frischen weißen Verband, der sein Haupt umzog, in langen, welligen Locken hervor, und mit Gold

verbrämte ägyptische Gewänder aus dem Nachlaß des
verstorbenen Gatten der Tochter des Hauses deckten ihm
die elastischen, leicht gebräunten Glieder. Er schien sich
in dem Feierkleid, dem ein ihm neuer, feiner Nardenduft
entströmte, zu behagen; denn die schwarzen Augen glänzten
ihm hell aus dem wohlgebildeten Antlitz.

Einen schöneren jungen Mann hatte die Tochter des
Obersten lange nicht gesehen, und sie war selbst von großer
und lieblicher Anmut. Nach einer kurzen Ehe mit einem
ungeliebten Manne hatte sich Kasana, kaum ein Jahr
nachdem sie es verlassen, in des Vaters Haus zurück-
begeben, dem die Herrin fehlte, und der große Besitz,
der ihr durch des Gatten Tod zugefallen, machte es ihr
möglich, in das schlichte Heim des Kriegers die Pracht
und das Behagen einzuführen, die ihr selbst zum Bedürfnis geworden.

Ihr Vater, der in Reih und Glied ein strenger, oft
maßlos jähzorniger Mann war, ließ ihr jetzt den Willen.
Früher hatte er dagegen den seinen schonungslos gegen
den ihren behauptet, indem er die Fünfzehnjährige zur
Ehe mit einem viel älteren Manne gezwungen. Dies
war geschehen, weil er bemerkt hatte, daß Kasana dem
Feldhauptmann Hosea das junge Herz zuwende und es
ihm schimpflich erschien, den Hebräer, der damals noch
keine hervorragende Stellung im Heere einnahm, zum
Eidam zu haben. Die ägyptische Jungfrau mußte dem
Vater widerspruchslos gehorchen, wenn er ihr den Gatten
erwählte, und auch Kasana hatte sich gefügt, doch dabei so
heiße Thränen vergossen, daß der Oberst froh gewesen
war, als sie sich seinem Willen unterworfen und dem
ungeliebten Gemahle die Hand gereicht hatte.

Aber auch als Witwe hing seine Tochter dem Hebräer
an; denn stand das Heer im Felde, so hörte sie nicht auf
zu bangen und Tag und Nacht in peinlicher Unruhe zu
verbringen. Wenn Nachrichten über die Truppen kamen,
fragte sie nur nach Hosea, und ihrer Neigung zu ihm
schrieb er, tief verdrossen, die Schuld zu, daß sie Freier
auf Freier abwies. Als Witwe besaß sie das Recht, über
ihre Hand zu verfügen, und die zarte, weichherzige junge
Frau mußte den Vater durch die schroffe Entschiedenheit
zu überraschen, die sie nicht nur ihm selbst und Werbern
aus dem eigenen Stande zu fühlen gab, sondern auch
dem Prinzen Siptah, dessen Sache der Oberst zu der
seinen gemacht.

Heute gab Kasana ihrer Freude über die Heimkehr
des Hebräers dem Vater gegenüber so offen und rück-
haltslos Ausdruck, daß der stürmische Mann ins Freie
eilte, um sich nicht zu unbesonnenen Thaten und Worten
hinreißen zu lassen. Seinen jungen Gast überließ er der
Fürsorge seiner Tochter und ihrer Amme.

Und wie wirkte das Haus des Obersten mit den luftigen Räumen und säulenreichen, offenen Veranden, der
leuchtenden, farbigen Bemalung, dem kunstvollen Gerät
und Zierat, den weichen Polstern und dem süßen Wohl-
geruch überall auf die empfängliche Seele des Knaben!
Neu und fremd war dies alles dem Sohne eines Herdenbesitzers, der zwischen den kahlen grauen Wänden eines
großen, aber völlig schmucklosen Landhauses und während
ganzer Jahreszeiten in linnenen Zelten unter Hirten und
Herden, mehr im Freien als unter Dach und Fach, zu
leben gewohnt war! Er hatte die Empfindung, als habe
ihn ein Zauber in eine höhere, begehrenswertere Welt

versetzt, und als passe er in den prächtigen Kleidern, mit den gesalbten Locken und dem frisch gebadeten Leibe recht wohl in dieselbe. Schön war es ja überall in der Welt, auch im Freien auf der Weide unter den Herden und in der Kühlung des Abends vor dem Zelt am Feuer, wenn die Hirten sangen und die Jäger von ihren Abenteuern erzählten und ihm zu Häupten die Sterne so wundervoll glänzten. Doch dem allen ging schwere, widrige Arbeit voran; hier aber war das bloße Schauen und Atmen Genießen, und wie sich nun der Vorhang öffnete, und die junge Witwe ihn freundlich begrüßte, ihn nötigte, sich ihr gegenüber niederzulassen, und bald Fragen an ihn richtete, bald teilnahmsvoll seinen Antworten lauschte, da wähnte er, er habe, wie vorhin unter den Trümmern des zerstörten Hauses, die Besinnung verloren, der süßeste aller Träume sei zu ihm niedergestiegen, und was ihn jetzt zu ersticken drohte und ihm den Fluß der Rede so oft unterbrach, das sei das Uebermaß der Wonne, das die große Aschera, die Gefährtin des Baal, über ihn ergossen, von der ihm die phönizischen Händler, welche die Hirten mit mancherlei guten Dingen versorgten, vieles berichtet, und von der ihm daheim die strenge Mirjam zu reden verbot.

Die Seinen hatten ihm Haß gegen die Aegypter, die Bedrücker seines Volkes, in die junge Seele gepflanzt; aber konnten die schlecht sein, konnte er diejenigen verabscheuen, unter denen es Wesen gab wie die schöne, freundliche Frau, die ihm hier so mild und doch so warm in die Augen schaute, deren Worte sein Ohr entzückten wie wohllautende Musik, und deren Anblick ihm doch das Blut in solche Wallung versetzte, daß er sich nicht zu laſſen wußte und die Hand auf das Herz preßte, um ſeinen wilden Schlag zu dämpfen.

Da ſaß ſie auf dem mit Pantherfell überzogenen Seſſel ihm gegenüber und zog ſeine Wolle von der Spindel. Er gefiel ihr, und ſie hatte ihn ſo freundlich empfangen, weil er zu dem Manne gehörte, den ſie von Kind an geliebt. Sie meinte auch Aehnlichkeit zwiſchen ihm und Hoſea zu finden, obgleich es dem Knaben noch an dem Ernſte des Mannes gebrach, dem ſie, ſie wußte ſelbſt nicht mehr wie und wann, das junge Herz zu eigen gegeben, obgleich er nie nach ihrer Liebe getrachtet.

Auf ihrem ſchwarzen, wohlgeordneten Lockenhaar lag eine Lotosblume, deren Stengel in anmutiger Biegung auf den geſenkten Nacken fiel, den ein Gewirr von zier-lichen Löckchen umrahmte. Schlug ſie die Augen zu ihm auf, dann war es ihm, als öffneten ſich zwei Quellen, um ihm Ströme von Seligkeit in die junge Bruſt zu gießen, und die zierliche Hand, welche die Wolle zog, er hatte ſie ſchon bei ihrem Gruß berührt und in der ſeinen gehalten.

Jetzt frug ſie ihn nach Hoſea und dem Weibe, das ihm eine Botſchaft geſchickt; ob es jung ſei und ſchön, und ob es in Liebe mit ſeinem Oheim verbunden.

Da lachte Ephraim hell auf; denn diejenige, welche ihn ausgeſandt, war ſo ernſt und ſtreng, daß der Ge-danke, auch ſie könne einer zärtlichen Regung fähig ſein, ſeine Heiterkeit erweckte. Ob ſie ſchön ſei, darnach hatte er nimmer gefragt.

Die junge Wilwe nahm dies Lachen für die Ant-wort, die ihr beſonders erwünſcht, und aufatmend legte ſie die Spindel aus der Hand und erſuchte Ephraim, ihr in den Garten zu folgen.

Wie es dort duftete und blühte, wie wohlerhalten die Beete waren, die Wege, die Lauben, der Weiher!

An sein schlichtes, heimisches Haus schloß sich ein wüster Hof, bar jeder Zier, mit den Hürden für Rinder und Schafe, und doch wußte er, daß er einst über großen Besitz zu gebieten haben werde; denn er war das einzige Kind und der Erbe eines vermögenden Vaters, seine Mutter aber die Tochter des reichen Nun gewesen. Die Knechte hatten ihm das alles mehr als einmal gesagt, und es verdroß ihn jetzt, daß sein Heim nicht viel prächtiger war als das Sklavenhaus des Obersten, das Kasana ihm wies.

Während der Wanderung durch den Garten mußte Ephraim ihr helfen Blumen pflücken, und als der Korb gefüllt war, den er ihr nachtrug, lud sie ihn ein, sich mit ihr in der Laube niederzulassen, um ihr zu helfen, Kränze zu flechten. Sie seien für teure Verstorbene bestimmt. Einen Ohm und einen lieben Vetter, der ihm ähnlich gewesen, habe in der letzten Nacht die Seuche dahingerafft, welche die Seinen über Tanis gebracht.

Von der Straße her, die an der Gartenmauer lag, ließ sich fortwährend das Jammergeschrei der Weiber vernehmen, die einen Verstorbenen beklagten oder ihn zu Grabe führten, und als es einmal besonders laut und schmerzlich klang, warf sie ihm freundlich vor, was die Taniten alles um der Hebräer willen erduldeten, und fragte ihn, ob er leugnen könne, daß die Ihren guten Grund hätten, diejenigen zu hassen, die solches über sie gebracht.

Da ward es ihm schwer, die rechte Antwort zu finden; denn er hatte vernommen, daß es der Gott

seines Volkes gewesen, der die Aegypter schlage, um die
Seinen aus Schmach und Knechtschaft zu befreien, und
er durfte die nicht verleugnen und verachten, deren Blutes
er war. So schwieg er denn, um nicht zu lügen oder
sich zu versündigen; sie aber ließ ihm keine Ruhe, und
endlich versetzte er, ihm sei alles zuwider, was ihr Kummer
bereite, doch sein Volk habe keine Macht über Gesundheit
und Leben; denn wenn ein Hebräer erkrankte, wende er
sich oft genug an ägyptische Aerzte. Was hier geschehen
sei, habe wohl der große Gott seiner Väter gethan, der
jedem andern Gott an Macht überlegen. Er sei nun
einmal ein Hebräer, und doch werde sie ihm glauben,
daß er, Ephraim, unschuldig sei an der Seuche, und
daß er ihren Oheim und Vetter gern ins Leben zurück-
riefe, wenn er die Macht dazu hätte. Für sie sei er
bereit, alles zu thun, auch das Schwerste.

Da lächelte sie ihn gütig an und versetzte: „Armer
Knabe! Wenn ich eine Schuld an Dir sehe, so ist es
nur die, daß Du einem Volke angehörst, das keine Schonung kennt, — kein Erbarmen! Unsere lieben, unglücklichen Verstorbenen! Sie müssen sogar der Totenklage
ihrer Angehörigen entbehren; denn das Haus, wo sie
ruhen, ist verpestet, und keiner darf es betreten!"

Schweigend trocknete sie die Augen und fuhr dann
mit dem Kranzwinden fort; doch eine Thräne nach der
andern floß ihr dabei über die Wangen; er aber mußte
nichts mehr zu sagen und reichte ihr nur Blumen und
Blätter, und wenn seine Hand dabei die ihre berührte,
wogte es ihm heiß durch die Adern. Der Kopf und
die Wunde begannen ihn heftig zu schmerzen und bisweilen schüttelte ihn leiser Frost. Er fühlte, daß er

fiebere, wie damals, als ihm die rote Krankheit beinahe das Leben geraubt; doch er schämte sich, es zu gestehen, und hielt sich aufrecht.

Als die Sonne sich zum Untergang neigte, trat der Oberst in den Garten. Er hatte Hosea schon begrüßt, und obgleich er sich aufrichtig gefreut, den bewährten Freund wiederzusehen, hatte es ihn doch verdrossen und beunruhigt, daß er sich vor jeder anderen Frage teilnahmsvoll nach seiner Tochter erkundigt. Er verschwieg ihr dies nicht, und das Rollen seiner Augen gab Kunde von dem Mißmut, mit dem ihn die Grüße des Hebräers erfüllten. Endlich wandte er sich an Ephraim und teilte ihm mit, Hosea halte mit seinen Scharen vor der Stadt. Um der Seuche willen sollten sie außerhalb derselben, zwischen ihr und dem Meere, das Lager aufschlagen. Sie müßten bald vorüberziehen, und sein Oheim lasse ihm sagen, daß er ihn später in seinem Zelte aufsuchen möge.

Als er den Jüngling seiner Tochter beim Kranzflechten hilfreiche Hand reichen sah, lächelte er und rief: „Heute morgen wünschte der junge Fant, sein Leben lang frei zu bleiben und zu gebieten, und nun hat er sich in Deine Dienste begeben, Kasana. Du brauchst nicht zu erröten, junger Freund! Und bringt es Deine Herrin oder Dein Oheim dahin, daß Du einer der Unseren wirst und Dich dem edelsten Handwerk, dem des Kriegers, widmest, so geschieht es zu Deinem Besten. Sieh mich an! Länger als vierzig Jahre führe ich den Bogen und freue mich heute noch meines Berufes. Wohl habe ich zu folgen, doch auch zu befehlen, und die Tausende, die mir gehorchen, sind keine Rinder und Schafe, sondern

tapfere Männer. Ueberlege Dir die Sache noch einmal.
Er würde einen prächtigen Bogenschützenanführer geben!
Was meinst Du, Kasana?"

„Sicherlich," versetzte die junge Frau, und sie hatte
mehr zu sagen im Sinne, doch jenseits der Gartenmauer
ließ sich der gleichmäßige Taktschritt einer nahenden Heerschar vernehmen! Da übergoß lichtes Blut die Wangen
der jungen Frau, ihre Augen gewannen eine Glut, die
Ephraim erschreckte, und ohne des Vaters und des Gastes
zu achten, eilte sie an dem Weiher vorbei, durch die
Baumgänge und Beete, stieg auf die Rasenbank neben
der Mauer und schaute gespannten Auges auf die Straße
und die bewaffnete Schar, die bald darauf an ihr vor-
beizog.

Hosea schritt in vollem Waffenschmuck an ihrer Spitze
dahin. Bei dem Garten des Obersten wandte er das ernste
Haupt, und da er Kasana wahrnahm, senkte er, freundlich
grüßend, das Schlachtbeil.

Ephraim war dem Obersten gefolgt, und dieser wies
ihm den Oheim und sagte: „Auch Dir würde der blanke
Waffenschmuck trefflich stehen, und man schreitet dahin
wie beflügelt, wenn die Trommel brummt, das Pfeif-
lein schrillt und sich die Standarten über uns erheben.
Heute schweigt die Kriegsmusik freilich wegen des furchtbaren Elends, das der hebräische Bösewicht über uns
brachte. Auch Hosea gehört ja zu seinem Volke, und so
wenig ich darüber hinwegsehen kann, muß ich doch bekennen, daß er ein echter Soldat ist, ein Vorbild für
das jüngere Geschlecht. Teile ihm nur mit, wie ich in
dieser Hinsicht über ihn denke. Jetzt sage Kasana schnell
Lebewohl und folge den Kriegern; das Mauerpförtlein

drüben steht offen." Dabei wandte er sich dem Hause zu, und Ephraim bot der jungen Frau die Hand zum Abschied.

Sie schlug willig ein, doch zog sie die ihre schnell zurück und sagte besorgt: „Wie heiß Deine Hand ist! Du fieberst!"

„O nein, nein!" lallte der Jüngling; doch während er noch sprach, sank er in die Knice, und ein Schleier breitete sich über die von Erregung zu Erregung gejagte Seele des leidenden Knaben.

Kasana erschrak, doch faßte sie sich schnell und kühlte ihm mit Wasser aus dem nahen Weiher Scheitel und Stirn. Dabei schaute sie ihm besorgt ins Antlitz, und so ähnlich dem Hosea war er ihr noch nie erschienen. Ja, der Mann, den sie liebte, mußte diesem Knaben gleichgesehen haben, als er selbst noch ein Knabe gewesen. Das Herz schlug ihr schneller, und während sie sein Haupt in den Händen hielt, küßte sie ihn leise.

Sie glaubte ihn bar der Besinnung; doch das erfrischende Naß hatte die leichte Ohnmacht schon von ihm genommen, und er fühlte mit süßem Schauer, was ihm geschah, und hielt die Augen geschlossen und hätte sein Leben lang so ruhen mögen, mit dem Haupt an ihrer Brust und in der Hoffnung, ihr Mund werde noch einmal den seinen suchen. Doch statt ihn wieder zu küssen, rief sie laut um Hilfe. Da raffte er sich auf, schaute ihr mit einem wilden, glühenden Blick noch einmal ins Antlitz, und bevor sie es hindern konnte, eilte er wie ein Gesunder der Gartenpforte entgegen, stieß sie auf und folgte der Kriegsschar. Bald hatte er die ersten Glieder erreicht, bald viele andere überholt, und als er sich endlich an der Seite des Befehlshabers sah, rief er seinen Oheim an und nannte seinen Namen. Da streckte ihm Hosea erfreut und überrascht die Arme entgegen; doch bevor Ephraim ihm an die Brust sinken konnte, verlor er zum andernmale die Besinnung, und kräftige Krieger trugen den Knaben in das Zelt, das die Quartiermacher bereits auf einem Dünenhügel am Meere errichtet.

Fünftes Kapitel.

———

Es war Mitternacht. Vor dem Zelte des Hosea brannte ein Feuer, und zu seiner Seite saß er allein und schaute bald trüb und nachdenklich in die Flammen, bald in die Ferne. In dem linnenen Hause lag der junge Ephraim auf dem Feldbett des Oheims.

Der die Tausendschaften desselben begleitende Arzt hatte die Wunde des Jünglings verbunden, ihm einen stärkenden Trank eingegeben und ihm anbefohlen, sich ruhig zu halten; denn das heftige Fieber, das den Knaben ergriffen, hatte ihn erschreckt.

Doch Ephraim fand nicht, was der Arzt ihm verordnet. Bald stellte sich Kasanas Bild vor sein inneres Auge und steigerte die Glut seines ohnehin überheißen Blutes, bald mußte er des Rates gedenken, wie sein Oheim ein Kriegsmann zu werden, und er schien ihm verständig; — weil er ihm Ruhm und Ehre verheiße, wollte er sich selbst glauben machen, doch in Wahrheit wünschte er ihn zu befolgen, weil er ihn derjenigen näher brachte, nach der seine Seele verlangte. Dann wieder bäumte sein Stolz sich auf, wenn er der Schmähungen

gebachte, mit denen sie und ihr Vater diejenigen gebrand-
markt, zu denen er durch Blut und Neigung gehörte.
Die Faust ballte sich ihm, wenn er sich des zerstörten
Hauses des Großvaters erinnerte, den er stets für den
ehrwürdigsten der Menschen gehalten. Auch seiner Botschaft hatte er nicht vergessen. Sie war ihm von Mirjam mehrfach wiederholt worden, und sein starkes Gedächtnis hatte sie Silbe für Silbe behalten, zumal er bei
der einsamen Wanderung nach Tanis nicht müde geworden war, sie sich zu wiederholen. Jetzt versuchte er
bisweilen das Gleiche, doch bevor er zu Ende kam, unterbrach ihn der mächtige Trieb, an Kasana zu denken.

Der Arzt hatte dem Hosea anbefohlen, ihm das
Reden zu verbieten, und als der Fiebernde seine Botschaft ausrichten wollte, mußte er ihm Schweigen auferlegen. Dann schob ihm der Krieger, sorgsam wie eine
Mutter, die Kissen zurecht, reichte ihm die Arznei und
küßte ihm die Stirn. Endlich setzte er sich an das Feuer
vor dem Zelte und stand nur auf, um dem Fiebernden
den Trank zu reichen, wenn die Sterne ihn lehrten, daß
eine Stunde verronnen.

Die Flammen beleuchteten das leicht gebräunte Antlitz
Hoseas, und es war das eines Mannes, der mancher
Gefahr ins Auge geschaut und sie mit ernster Beharrlich-
keit und kluger Besonnenheit furchtlos überwunden. Gebieterisch blickte sein schwarzes Auge, und seine vollen,
festgeschlossenen Lippen zeugten für das warme Blut,
aber lauter noch für die eiserne Willenskraft dieses kernfesten Mannes. Seine breitschulterige Kriegergestalt lehnte
an einigen über Kreuz in den Boden gestoßenen Lanzen,
und wenn er mit der kräftigen Hand durch das starke

schwarze Lockenhaar oder den dunklen Bart fuhr, und sein
Auge dabei grollend aufleuchtete, hätte man denken mögen,
es gäre in seiner Seele, und er stehe an der Schwelle
eines großen Entschlusses. Noch ruhte der Löwe, doch
wenn er aufsprang, mochten seine Feinde sich hüten!
Oft genug hatten seine Krieger den vollgelockten, unerschrockenen, eisenfesten Führer mit dem Könige der Tiere
verglichen, und nun er die Faust schüttelte und dabei
an seinem bräunlichen Oberarme die Muskeln schwollen,
als wollten sie den Goldreif sprengen, der sie umschloß,
nun heiße Flammen ihm aus dem Auge loderten, bot
er einen unnahbaren, Furcht erweckenden Anblick.

Dort gen Abend, dem er den Blick zuwandte, lag
die Totenstadt und das zerstörte Fremdenquartier. Vor
wenigen Stunden hatte er seine Schar durch die von
Raben umkreiste Trümmerstätte und hart vorbei an dem
niedergerissenen Vaterhause geführt.

Stillschweigend, wie der Dienst es gebot, war er
daran vorübergegangen, und erst wie es Halt zu machen
und zu vernehmen galt, wo seine Tausendschaften Quartier
nehmen sollten, war er durch den Bogenschützenobersten
Hornecht von den Ereignissen dieser Nacht unterrichtet
worden. Schweigend und ohne mit einer Wimper zu
zucken, hatte er ihm zugehört und mit keinem Worte
nähere Erkundigungen eingezogen, bis seine Truppen die
Zelte bezogen; kaum aber war er selbst zur Ruhe gekommen, als ein hebräisches Mädchen, trotz des Einspruches
der Wachen, sich zu ihm gedrängt hatte, um ihn im Namen
des Eliab, eines der ältesten Sklaven seines Hauses,
dessen Enkelin sie war, anzuflehen, ihr zu dem Greise zu
folgen. Dieser war zurückgelassen worden, weil ihm

Schwäche und Krankheit das Wandern verboten, und gleich nach dem Aufbruch des Volkes hatte man ihn und sein Weib auf einem Esel in das Häuschen am Hafen geführt, das Nun, sein großmütiger Gebieter, dem treuen Diener geschenkt.

Die Enkelin war dem gebrechlichen Paare als Pflegerin zurückgelassen worden, und nun sehnte sich das Herz des alten Dieners, den Erstgeborenen seines Herrn, den er als Kind auf den Armen getragen, noch einmal zu sehen. Er hatte dem Mädchen geboten, dem Feldhauptmann zu berichten, sein Vater habe den anderen verheißen, er, Hosea, werde die Aegypter verlassen und den Seinen folgen. Mit Jubel habe der Stamm Ephraim, ja das ganze Volk diese Kunde vernommen. Der Großvater werde ihm Näheres berichten; denn sie selbst sei bei dem allen vor Kummer und Weinen wie von Sinnen gewesen. Den reichsten Segen werde er verdienen, wenn er ihr folge.

Daß er diesem Wunsche willfahren müsse, stand von vornherein fest in dem Krieger, doch mußte er den Besuch des Greises auf den folgenden Morgen verschieben; die Botin aber hatte ihm noch in der Eile mancherlei berichtet, was sie selbst gesehen und durch andere vernommen.

Endlich war sie gegangen; er aber fachte das Feuer neu an, und so lange die Flammen hell loderten, richtete er den Blick finster und sinnend gen Westen. Erst als sie ihre Nahrung verzehrt hatten und nur noch matt und bläulich über das verkohlende Holz hinzüngelten und spielten, schaute er in sie hinein und auf die sprühenden Funken, und je länger er dies that, desto tiefer und unüberwindlicher erschien ihm der Zwiespalt in seiner gestern noch ungeteilt auf ein großes Ziel gerichteten Seele.

Anderthalb Jahre lang hatte ihn der Kampf gegen libysche Empörer fern von der Heimat gehalten, und seit zehn vollen Monden war ihm keine Kunde von den Seinen geworden. Vor etlichen Wochen hatte er den Befehl zur Heimkehr erhalten, und wie er heute der obeliskenreichen Ramsesstadt Tanis näher und näher gekommen war, hatte das Herz ihm so froh und hoffnungsreich geschlagen, als sei er, der Dreißiger, noch einmal zum Jüngling geworden.

In wenigen Stunden sollte er den geliebten, würdigen Vater wiedersehen, der ihm nur unter schweren Bedenken und auf Zureden der Mutter hin, die längst die Augen geschlossen, erlaubt hatte, seiner Neigung zu folgen und sich dem Kriegerstande im Heere des Pharao zu widmen. Heute nun hatte er gehofft, ihn mit der Nachricht zu überraschen, daß er über weit ältere Befehlshaber ägyptischen Stammes gestellt worden sei. Die Zurücksetzung, die Nun für ihn gefürchtet, hatte das Einsetzen der ganzen Person, seine Tüchtigkeit und, fügte er bescheiden hinzu, das Glück, in Bevorzugung verwandelt, und doch war er ein Hebräer geblieben. Wenn er bei Opfern und Gebeten der Notwendigkeit gegenüber gestanden, sich zu einem Gott zu bekennen, so hatte er sich zu demselben Seth gehalten, in dessen Heiligtum ihn der eigene Vater als Kind geführt und zu dem damals alles gebetet, was semitischen Blutes in Gosen. Für ihn selbst gab es aber noch einen andern Gott, und das war nicht der seiner Väter, sondern derjenige, der allen Aegyptern bekannt, die die Weihen empfangen. Dem Volke, das ihn nicht zu fassen

vermochte, blieb er verborgen; doch es kannten ihn nicht
nur die Adepten, sondern auch die meisten unter denen,
die im Staatsdienst oder Heere — mochten sie Diener
der Gottheit sein oder nicht — zu hohen Stellungen gelangt waren, und er, der Fremde und Ungeweihte, mit
ihnen. Wußte doch jeder, was da gemeint sei, wenn
man schlechthin von „dem Gott", der „Summe des Alls",
„dem Schöpfer seiner selbst" und dem „großen Einen"
sprach. Hymnen feierten ihn, Grabschriften, die jedermann
lesen konnte, sprachen von ihm, dem einigen Gott, der
sich in der Welt offenbarte, der das All durchdrang und
ihm gleichgesetzt ward. Er erfüllte die Schöpfung nicht
nur wie die Lebenskraft den menschlichen Organismus,
sondern war selbst die Summe des Geschaffenen — das
Weltall — mit seinem ewigen Werden, Vergehen und
Neuerstehen, das den Gesetzen folgte, die es sich selbst vor-
geschrieben. Wie in jedem Teile des Alls, so war auch
im Menschen sein Wesen lebendig, und wohin der Sterb-
liche schaute, konnte er das Walten dieses „Einen" erkennen. Außer ihm ließ sich nichts denken, und so war er
einig wie der Gott seiner Väter. Ohne ihn entstand und
geschah nichts auf Erden, und so war er allmächtig wie
jener. Hosea hatte diese beiden längst dem Wesen nach
für gleich und nur dem Namen nach für verschieden gehalten. Wer dem einen anhing, war auch des andern
Diener, und so hätte der Feldhauptmann ruhig vor den
Vater hintreten und ihm sagen können, daß er dem
Gotte seines Volkes treu geblieben sei als Krieger und
im Dienste des Königs.

Und noch ein anderes hatte ihm, da er die hohen
Pylonen und Obelisken von Tanis aus der Ferne erblickte,

das Herz schneller und freudiger bewegt; denn auf zahllosen
Zügen durch die schweigende Wüste und in manchem einsamen Lagerzelte hatte sich ihm das Bild einer Jungfrau
seines Volkes vor das innere Auge gestellt, die er als
eigenartiges, von allerlei sonderbaren Gedanken bewegtes
Kind kennen gelernt hatte, und die ihm dann als reife
Jungfrau in unnahbarer Würde und strenger Schönheit,
kurz bevor er seine Tausende zum letztenmal nach Libyen
geführt, wieder begegnet war. Zum Begräbnis seiner
Mutter war sie von Succoth nach Tanis gekommen, und
dort hatte sich ihr Bild tief in sein Herz geprägt, und
das seine, so durfte er hoffen, auch in das ihre. Zu
einer Prophetin war sie geworden, welche die Stimme
ihres Gottes vernahm. Während die anderen Mädchen
seines Volkes streng zurückgehalten wurden, hatte sie sich
frei bewegt, auch unter den Männern, und ihm trotz ihres
Hasses gegen die Aegypter und seiner Stellung nicht ver-
hehlt, daß es ihr weh thue, von ihm zu scheiden, und daß
sie nicht aufhören werde, seiner zu gedenken. Stark und
ernst wie er selbst sollte sein künftiges Weib sein, und Mirjam
war beides und stellte ein anderes, sonniges Bild in den
Schatten, dessen er vormals mit inniger Freude gedacht.
Er liebte die Kinder, und ein holdseligeres als Kasana
war ihm weder in Aegypten noch in der Fremde begegnet.
Die Teilnahme, mit der die liebliche Tochter des Waffen-
gefährten seinen Thaten und Schicksalen folgte, die be-
scheidene, warmherzige Zuneigung, die ihm später die
junge, vielumworbene Witwe zollte, welche andere herb
genug abzuweisen verstand, waren in Friedenszeiten seine
Freude gewesen. Vor ihrer Vermählung hatte er in
ihr seine künftige Hausfrau heranwachsen sehen, doch

ihre Ehe mit einem andern und des Obersten wiederholte
Versicherung, daß er sein Kind nie und nimmer einem
Fremden zur Gattin geben werde, hatten seinen Stolz
gekränkt und ihn entnüchtert. Dann war Mirjam ihm
begegnet und hatte ihn mit dem heißen Wunsche erfüllt,
sie zu besitzen. Dennoch war es ihm auf dem Heimmarsch ein freundlicher Gedanke gewesen, Kasana wiederzusehen, und daß er ihrer nicht mehr begehrte, war gut;
denn es hätte nur zu bitterem Aergerniß geführt; hielten
es doch Aegypter wie Hebräer für einen Greuel, die
Mahlzeit miteinander zu teilen, sich des gleichen Sitzes
oder Messers zu bedienen. Galt er selbst auch unter
den Waffengenossen für einen der Ihren, wenn auch
der Vater der jungen Witwe des seinen oft freundlich
gedachte, so waren „die Fremden“ doch für den Obersten
und alle freien Aegypter etwas Verhaßtes.

Er hatte ja in Mirjam die edelste Gefährtin gefunden. Mochte Kasana einen andern beglücken! Immer-
hin durfte sie das anmutsvolle Kind für ihn bleiben,
von dem man nichts fordert, als die Freude an seinem
lieblichen Wesen.

Von ihr als alter, zu jedem Dienste bereiter Freund
einen frohen Blick, von Mirjam sie selbst in ihrer ganzen
Hoheit und Schönheit zu fordern, war er gekommen;
denn er hatte die Einsamkeit des Lagerlebens lange genug
getragen, und seit sich dem Heimkehrenden keine Mutter-
arme mehr öffneten, fühlte er erst recht die Armut seines
ehelosen Daseins. Er wollte sich wieder auf die Friedens-
zeit freuen, wenn er nach Gefahren und Entbehrungen
jeder Art die Waffen niederlegte, es war seine Pflicht,
unter das Dach seines Vaters eine Hausfrau zu führen

und zu sorgen, daß der edle Stamm, dessen letzter
männlicher Sproß er war, nicht erlösche; denn Ephraim
war nur der Sohn seiner Schwester.

Mit so herzerhebend frohen Gedanken hatte er sich
Tanis genähert, und nun war er am Ziele, und was er
gehofft und gewünscht, das lag jetzt vor ihm wie ein
reifendes Aehrenfeld, das Hagelschlag und Heuschrecken-
schwärme verwüstet.

Wie zum Hohn hatte ihn das Schicksal zuerst durch
das Quartier der Seinen geführt. Wo das Vaterhaus,
in dem er groß geworden und nach dem sein Herz sich
gesehnt, einst gestanden, lagen jetzt staubige Trümmer;
wo ihm Blutsverwandte mit Stolz nachgeschaut hatten,
fand er Bettler, die den Schutt beutegierig durchsuchten.

Der erste, der ihm zu Tanis die Hand geboten, war
Kasanas Vater gewesen. Statt eines freundlichen Blickes
aus ihren Augen hatte er durch ihn lauter Mitteilungen
empfangen, die ihm ins Herz schnitten. Ein Weib hatte
er heimzuführen gedacht, und das Haus, in dem sie als
Herrin walten sollte, war dem Erdboden gleich. Der
Vater, nach dessen Segen ihn verlangte und dem seine
Erhöhung Freude bereiten sollte, war in die Ferne ge-
zogen und ein Feind des Königs geworden, dem er sein
Aufsteigen dankte.

Es war ein stolzes Gefühl für ihn gewesen, trotz
seiner Herkunft zu Macht und Ansehen gelangt zu sein
und das, was er vermochte, von nun an im großen
als Führer vieler Tausendschaften zu bewähren. In
seinem denkenden Haupt fehlte es nicht an Entwürfen,
die, wenn sie von den Vorgesetzten angenommen worden
waren, zum Guten geführt hatten; jetzt sollte er seine

Pläne auf eigene Hand ausführen dürfen und aus dem
Werkzeug die leitende Kraft werden.

Das hatte ein köstliches Hochgefühl in seiner Brust
erweckt und ihm beim Heimmarsch die Schritte beflügelt,
und nun er dies langersehnte Ziel erreicht, sollte er um-
kehren und sich zu den Hirten und Bauleuten gesellen,
zu denen er — wie ein schweres Unglück erschien es ihm
in dieser Stunde — durch Geburt und Herkunft gehörte
und denen er, da half kein Leugnen, so fremd geworden
war wie den Libyern, gegen die er im Felde gestanden.
In den meisten Stücken, die dem Manne wert sind, hatte
er nichts mehr mit ihnen gemein. Des Vaters Frage,
ob er als Hebräer heimkehre, hatte er bejahen zu dürfen
vermeint, und nun fühlte er, er sei es nur noch widerwillig und weniger als halb.

An den Standarten, unter denen er in den Kampf
geschritten und die er nun selbst zum Siege führen sollte,
hatte seine Seele gehangen. War es denn möglich, sich
jetzt von ihnen zu trennen und aufzugeben, was eigenes
Verdienst ihm erworben? Und doch hatte er von der
Enkelin des alten Sklaven Eliab vernommen, daß die
Seinen von ihm erwarten, er werde den Dienst verlassen
und ihnen folgen. Bald mußte ihn eine Botschaft des
Vaters erreichen, und unter den Hebräern gab es für
den Sohn keinen Widerspruch gegen das Gebot des Er-
zeugers.

Doch auch einem andern schuldete er strengen Gehorsam, dem Pharao, dem er einen feierlichen Eid geleistet,
ihm treu zu dienen und seinem Rufe ohne Zaudern und
Erwägen zu folgen durch Wasser und Feuer, bei Tag
und Nacht.

Wie oft hatte er den Krieger, der zum Ueberläufer geworden oder sich aufgelehnt gegen das Gebot seiner Oberen, einen Schurken und Ehrlosen genannt, und auf sein Geheiß und unter seinen Augen war mancher Fahnenflüchtige des schmachvollen Todes am Galgen gestorben. Sollte er nun selbst begehen, wofür er andere verachtet und sie des Lebens beraubt? Wegen seiner raschen Entschlossenheit war er im ganzen Heere bekannt, und wie schnell hatte er auch in den schwierigsten Lagen den rechten Entschluß gefaßt und ihn zur That werden lassen; in dieser einsamen nächtlichen Stunde aber kam er sich vor wie ein schwankendes Rohr, fühlte er sich ratlos wie eine verlassene Waise.

Nagender Grimm über sich selbst überkam ihn, und nun er den Speer in das Feuer stieß, daß die prasselnden Scheite zusammenfielen und die Funken hell leuchtend in die Nacht aufstoben, war es der Widerwille vor der eigenen schwankenden Seele, der ihm die Hand dabei führte.

Hätte ihm das Geschehene die Mannespflicht der Rache auferlegt, so wäre es mit dem Wägen und Zaudern vorbei und der Ruf des Vaters bestimmend für ihn gewesen; doch wer hatte denn hier die schwerere Unbill erfahren? Gewiß die Aegypter, denen der Fluch des Mose tausende von teuren Leben geraubt, während die Seinen sich durch Flucht der Vergeltung entzogen. Daß die Ersteren die Häuser der Hebräer vernichtet, hatte seinen Zorn entflammt, doch blutige Vergeltung dafür zu üben, sah er keinen Grund, wenn er bedachte, welch namenloses Leid durch die Seinen über den König und seine Unterthanen gekommen.

Nein! Zu rächen hatte er nichts, und er kam sich vor
wie ein Mann, der Vater und Mutter in Todesgefahr sieht
und sich sagt, daß er beiden nicht helfen kann, und wenn
er das Leben einsetzt, um diese zu retten, jenen zu Grunde
gehen lassen muß. Folgte er dem Rufe der Stamm-
genossen, ging die Ehre verloren, die er so blank gehalten
hatte wie das Erz seines Helmes, und mit ihr das Höchste,
was er vom Leben erwartet; blieb er dem Pharao und
seinem Eide treu, so verriet er das eigene Blut, der
Fluch des Vaters verfinsterte ihm das Licht jeden Tages,
und er mußte dem Schönsten entsagen, das er für die
Zukunft erhofft; denn Mirjam war ein echtes Kind seines
Volkes und wohl ihm, wenn ihre große Seele so heiß
zu lieben wie bitter zu hassen verstand.

Hoch und schön, aber finster blickend und mit einer
strengen, warnenden Geberde stellte sich ihm ihr Bild vor
das innere Auge, während er über das erlöschende Feuer
hin in die Nacht hinausschaute, und nun bäumte sich
in ihm der männliche Stolz auf, und es wollte ihm
schmählich erscheinen, aus Furcht vor dem Groll und
Tadel eines Weibes alles, was dem Krieger teuer ist,
in die Schanze zu schlagen.

„Nein, nein," murmelte er vor sich hin, und die
Wage, auf der die Pflicht, die Liebe und der Gehorsam des Sohnes neben dem Gebot des Blutes lagen,
schnellte hoch in die Höhe. Er war, was er war, ein
Oberbefehlshaber über zehn Tausendschaften im Heere des
Königs. Ihm hatte er Treue geschworen und keinem
andern. Mochten die Seinen dem Joch der Aegypter
entrinnen, er, Hosea, haßte die Flucht! Die Knechtschaft
hatte sie schwer gedrückt, ihm aber waren die Mächtigsten

des Landes wie ihresgleichen begegnet und hatten ihn
hoher Ehren würdig gehalten. Ihnen mit Treubruch und
Ueberlauf zu danken, das ging wider seine Art, und tief
aufatmend sprang er auf, und es war ihm, als habe er
das Rechte gewählt. Ein Weib und die schwächliche
Sehnsucht eines von Liebe erfüllten Herzens sollten ihn
nicht von den ernsten Pflichten und hohen Zielen seines
Daseins abwendig machen.

„Ich bleibe!" rief eine laute Stimme in seiner Brust.
„Der Vater ist weise und gütig, und sind meine Gründe
ihm kund geworden, wird er sie billigen und, statt mir
zu fluchen, mich segnen. Ich schreibe ihm, und der Knabe,
den Mirjam mir sandte, er sei mein Bote."

Ein Ruf aus dem Zelte schreckte ihn auf, und als
er auffahrend nach den Sternen schaute, fand er, daß
er seine Pflicht gegen den Kranken vergessen und trat
schnell an sein Lager.

Ephraim erwartete ihn hoch aufgerichtet und rief
ihm entgegen: „Ich sehne Dich schon lange herbei. Es
fährt mir so viel durch den Sinn, und allem voran die
Botschaft der Mirjam. Erst wenn ich sie ausgerichtet,
kann ich ruhiger werden, — und so höre mich denn."

Da winkte ihm Hosea, und nachdem der Jüngling
den Heiltrank genommen, den jener ihm gereicht, begann
er: „Mirjam, des Amram und der Jochebeth Tochter,
grüßt den Sohn des Nun, den Ephraimiten. Hosea
(Hilfe) heißt Du, und zum Helfer seines Volkes hat der
Herr unser Gott Dich erkoren. Josua*) aber, der,
dessen Hilfe Jehova, soll man auf sein Geheiß Dich

*) Eigentlich Johoschua, der, dessen Hilfe Jehova.

fürderhin nennen; denn durch Mirjam, seine Magd, be-
fiehlt Dir der Gott ihrer Väter, der auch der Deine,
Schwert und Schild zu sein Deinem Volke. Bei ihm
ist alle Macht, und er verheißt Dir, Deinen Arm zu
stählen, auf daß er die Feinde vernichte."

Leise hatte Ephraim begonnen, doch allmälich wuchs
die Kraft seiner Stimme, und die letzten Worte klangen
laut und feierlich durch die Stille der Nacht.

So hatte Mirjam sie ihm vorgesagt, ihm dabei
die Hände aufs Haupt gelegt und ihm ernst mit den
tiefen, nachtschwarzen Augen in das Antlitz geschaut,
und während er sie wiederholte, war es ihm gewesen,
als nötige ihn eine geheimnisvolle Gewalt, sie Hosea ent-
gegenzurufen, wie er sie aus dem Mund der Prophetin
vernommen. Dann atmete er erleichtert auf, lehrte sich
der linnenen Zeltwand zu und sagte gelassen: „Jetzt will
ich schlafen." Doch Hosea legte ihm die Rechte auf die
Schulter und rief gebieterisch: „Noch einmal!"

Der Knabe gehorchte; — doch diesmal sprach er die
ihm vorgesagten Worte gedankenlos und leise vor sich hin.
Dann sagte er bittend: „Aber nun laßt mich ruhen,"
schob die Hand unter die Wange und schloß die Augen.

Hosea ließ ihm den Willen, legte ihm behutsam einen
neuen Umschlag auf das heiße Haupt, verlöschte das
Licht und warf vor dem Zelt neue Scheite auf das
verglimmende Feuer; doch das alles that der wache,
willensstarke Mann wie im Traum. Endlich ließ er sich
nieder, stützte den Ellenbogen mit dem Knie und das Haupt
mit der Hand und schaute bald ins Leere, bald in die
Flammen.

Wer war der Gott, der ihn durch Mirjam berief,

damit er unter seinem Beistand seinem Volke Schwert sei und Schild?

Einen neuen Namen sollte er führen, und der Name war dem Aegypter der ganze Mann: „Ehre des Pharao Namen!" nicht: „Ehre den Pharao!" sagte man in Rede und Schrift, und wenn er hinfort Josua heißen sollte, trat damit die Forderung an ihn heran, den alten Menschen hinter sich zu werfen und ein neuer zu werden.

Was Mirjam ihm als den Willen des Gottes seiner Väter verkündete, enthielt nichts Geringeres als die For- derung, aus dem Aegypter, zu dem das Leben ihn ge- macht, wieder der Hebräer zu werden, der er als Knabe gewesen. Wie ein solcher zu handeln und zu fühlen sollte er lernen!

Mirjams Botschaft rief ihn auch zu den Seinen zurück. Was sein Vater von ihm erwartete, das befahl ihm durch sie der Gott seines Volkes. Statt seiner Tausend- schaften, die es zu verlassen galt, sollte er in Zukunft die Männer seines Blutes führen, wenn es zum Kampf kam! Das war der Sinn ihres Befehles, und wenn die hohe Jungfrau, die Prophetin, die das Wort an ihn ergehen ließ, ihm kund that, es sei Gott selbst, der aus ihrem Munde rede, so war das kein eitles Prahlen, und sie folgte in der That dem Gebote des Höchsten. Und nun wuchs das Bild des Weibes, dessen zu begehren er sich vermessen, zu unnahbarer Höhe vor ihm heran. Vieles, was er in der Kindheit von dem Gotte Abrahams und seinen Verheißungen vernommen, trat ihm wieder in den Sinn, und die Schale der Wage, die vorher die schwerere gewesen, hob sich und hob sich. Was jüngst zum Ent- schlusse gereift war, hielt nicht mehr stand, und wiederum

sah er sich vor dem furchtbar tiefen Zwiespalt, von dem
er eben noch gewähnt, er sei überwunden.

Wie laut und mächtig war der Ruf gewesen, den
er vernommen! Das klingende Ohr trübte ihm die Ruhe
und Klarheit des Geistes, und statt wie sonst gelassen zu
erwägen, erhoben Erinnerungen aus der Knabenzeit, die
er längst begraben wähnte, die Stimme und zusammen-
hanglose Gedankenblitze kreuzten ihm das Hirn.

Bizweilen drängte es ihn, sich im Gebet an den
Gott zu wenden, der ihn berief; doch so oft er sich anschickte, sich zu sammeln und Herz und Auge zu ihm zu
erheben, mußte er des Eides gedenken, den er brechen,
und seiner Tausendschaften, die er verlassen sollte, verlassen, um an ihrer, der wohlgeschulten, mutigen, gehor-
samen Waffenbrüder Stelle das verkommene Gesindel der
an harten Druck gewöhnten, feigen Fröner und eigen-
willige, rohe Hirtenscharen zu führen.

Die dritte Stunde nach Mitternacht war gekommen,
die Wachen wurden abgelöst, und nun gedachte er, sich
auf wenige Stunden Ruhe zu gönnen. Beim Licht des
Tages wollte er dies alles noch einmal mit der ihm
sonst eigenen, besonnenen Klarheit erwägen, zu der er
jetzt nimmer zu gelangen vermochte. Wie er aber das
Zelt betrat und Ephraims Atemzüge hörte, war es ihm,
als vernehme er noch einmal die feierliche Botschaft des
Knaben. Da erschrak er, und als er eben begann, sich
dieselbe zu wiederholen, ward es unter den Posten laut,
und ein lebhafter Streit unterbrach die Stille der Nacht.

Dieser Zwischenfall war ihm willkommen, und raschen
Schrittes näherte er sich den Wachen.

Sechstes Kapitel.

Hogla, die Enkelin des alten Sklaven, war gekommen, um Hosea anzuflehen, ihr zu dem Großvater zu folgen, der plötzlich zusammengebrochen sei, den Tod nahen fühle und nicht sterben könne, ohne ihn noch einmal gesehen und gesegnet zu haben.

Da gebot ihr der Feldhauptmann, zu warten, und nachdem er sich überzeugt, daß Ephraim ruhig schlafe, trug er einem sicheren Mann auf, bei ihm zu wachen, und folgte der Hogla.

Während sie ihm voranschritt, trug sie eine kleine Laterne, und wenn das Licht derselben auf die Gestalt und das Antlitz des Mädchens fiel, gewahrte er, wie unschön es sei und daß dieser Armen schwere Sklavenarbeit vorzeitig den Rücken gebeugt. Ihre Sprache hatte den rauhen Klang, den die Stimmen der Frauen oft annehmen, deren Kräfte schonungslos ausgenutzt werden; doch was sie sagte, war liebevoll und gut, und Hosea vergaß ihr Aussehen, als sie bekannte, sie habe einen Verlobten bei den Ausgezogenen, und dennoch sei sie bei den Großeltern geblieben, da sie es nicht über sich gebracht habe, die alten

Leute allein zu lassen. Weil sie nicht schön sei, habe sie keiner zum Weibe begehrt, bis der Asser gekommen, der sich nicht um ihr Aussehen gekümmert, weil er fleißig sei wie sie selbst, und von ihr erwarte, daß sie ihm das Seine zusammenhalten werde. Er hätte auch gern mit ihr zurückbleiben mögen, doch habe ihm sein Vater befohlen, mit auszuziehen, und da sei ihnen nichts übrig geblieben, als zu gehorchen und sich für das ganze Leben zu trennen. Mißtönend und schlicht klangen diese Worte, und doch griffen sie dem Manne ans Herz, der sich anschickte, dem Willen des Vaters entgegen eigene Wege zu suchen.

Als sie dann dem Hafen näher kamen, und Hosea die Molen und die großen befestigten Vorratshäuser sah, welche Leute seines Stammes erbaut, kamen ihm die zerlumpten Arbeiterhaufen wieder in den Sinn, die er oft vor den ägyptischen Vögten kriechen gesehen und zu anderen Zeiten in wildem Streit unter einander. Er hatte auch vernommen, wie sie Lug und Trug nicht scheuten, um sich der Arbeit zu entziehen, und wie schwer es sei, sie zum Gehorsam und zur Erfüllung ihrer Pflichten zu zwingen.

Die widrigsten Gestalten aus der Zahl dieser Unglücklichen traten ihm deutlich vor das innere Auge, und der Gedanke, daß es ihm vielleicht bevorstehe, solches verworfenen Haufens Führer zu werden, kam ihm vor wie eine Schmach, der auch der niederste seiner wackeren Unterbefehlshaber über fünfzig Mann aus dem Wege gehen würde. Unter den Söldnern des pharaonischen Heeres befanden sich freilich viele Hebräer, die sich den Ruf der Tapferkeit und Ausdauer erworben; doch das waren Söhne von Herdenbesitzern oder frühere Hirten. Das frönende Gesindel aber, dessen Lehmhütten ein Fußstoß umwarf, bildete die Mehrheit derer, zu denen er zurück= kehren sollte.

Entschlossen, dem Eide, der ihn an die Standarte des Heeres band, treu zu bleiben, und doch im tiefsten Herzensgrund beunruhigt, betrat er das Häuschen des Sklaven, und sein Mißmut steigerte sich, als er den Alten wohlauf dasitzen und mit eigener Hand Wasser in den Wein gießen sah. So hatte man ihn also durch eine falsche Vorspiegelung vom Krankenbett des Neffen fort= gelockt und verhindert, die nächtliche Ruhe zu suchen, damit einem Sklaven, der auch in seinen Augen kein voller Mensch war, der Wille geschehe. So bekam er denn hier ein Stück jenes listigen Eigennutzes selbst zu erfahren, den man unter den Aegyptern den Seinen zum Vorwurfe machte und der ihn wahrlich nicht zu ihnen hinzog. Doch der Groll des scharfsichtigen und gerechten Mannes legte sich schnell gegenüber der ungemachten Freude des Mädchens an dem schnellen Aufkommen des Großvaters; auch erfuhr er bald von dem hochbetagten Weibe des Greises, daß, nachdem das Mädchen kaum aufgebrochen, ihr der Wein eingefallen sei, den sie be= saßen, und schon nach dem ersten Becher sei es besser und immer besser mit dem Manne geworden, von dem sie selbst gedacht, er stehe schon mit einem Fuß in der Grube. Nun mische er die Gottesgabe, um sich dann und wann mit einem Schlucke zu stärken.

Hier fiel ihr der Alte ins Wort und sagte, daß sie dies und noch sehr viel Größeres der Güte des Nun, des Vaters Hoseas, verdankten; denn zu dem Häuschen, dem Wein und dem Mehl für das Brot habe er ihnen eine

milchende Kuh und endlich auch einen Esel geschenkt, damit er doch manchmal ins Freie könne. Ja auch ihre
Enkelin und einiges Silber habe er ihnen gelassen. So
könnten sie denn sorglos dem Ende entgegensehen, zumal
sie noch hinter dem Hause ein Stückchen Land hätten,
das Hogla mit Rettich, Zwiebeln und Knoblauch für die
Zukost zu bestellen gedenke. Das Schönste aber sei die
Schrift, die sie und das Mädchen freispreche auf immer.
Ja, Nun sei ein echter Herr und Vater der Seinen, und
an seinen Gaben habe sich auch der Segen des Höchsten
schon bewährt; denn bald nach dem Aufbruch des Volkes
hätten sie ihn und sein Weib mit Hilfe des Asser, des
Verlobten der Hogla, unangefochten hieher geschafft.

„Wir Alten," fügte das Weib des Greises hinzu,
„werden hier sterben. Doch Asser hat der Hogla versprochen, daß er sie holen werde, wenn sie bis ans Ende
verrichtet, was doch ihre Pflicht gegen die Eltern."

Hier wandte sie sich an das Mädchen und sagte in
aufmunterndem Ton: „Es kann ja so gar lang nicht
mehr mit uns dauern!"

Da fuhr Hogla sich mit dem blauen Gewand an
die Augen und rief: „Macht's nur recht lange; ich bin
ja jung und kann warten!"

Hosea vernahm diese Worte, und es war ihm wieder,
als ob ihm das arme, unschöne, verlassene Mädchen eine
Lehre erteile.

Er hatte die Freigelassenen ruhig reden lassen; doch
seine Zeit war beschränkt, und so fragte er denn, ob ihn
Eliab aus einem bestimmten Anlaß zu sich berufen.

„Ich mußte es thun," lautete die Antwort; „nicht
nur, um die Sehnsucht dieses alten Herzens zu stillen,

sondern weil es mein Herr mir also geboten. Groß und herrlich ist Deine Mannheit, und Israels Hoffnung bist Du geworden. Dein Vater hat den Sklaven und Freien seines Hauses verheißen, Du werdest, wenn er in die Grube gefahren, ihr Herr sein und Führer. Voll Deines Rühmens war seine Rede und groß der Jubel, da er uns kund that, Du werdest den Ausziehenden folgen. Zuletzt aber würdigte mein Herr mich des Befehles, falls Du heimkehren solltest, bevor Dich seine Boten erreicht, Dir zu melden, Nun, Dein Vater, erwarte den Sohn. Wohin Dein Volk sich auch wende, es sei an Dir, ihm zu folgen. Gen Sonnenaufgang, zunächst aber mehr gen Mittag, richte es die Wanderung, und bei Succoth werde es rasten. In der hohlen Sykomore, vor dem Hause des Amminadab, denke er eine Schrift zu verbergen, die Dir mitteilen werde, wohin das Volk von dort aus seine Wanderung richte. Sein Segen und der unseres Gottes folge Dir auf jedem Deiner Schritte."

Bei den letzten Worten des Alten senkte Hosea das Haupt, als lade er unsichtbare Hände ein, sich darauf niederzulassen. Dann dankte er dem Greise und fragte mit gepreßter Stimme, ob alle dem Gebote, Haus und Hof zu verlassen, sich willig gefügt.

Da schlug das greise Weib in die Hände und rief: "O nein, Herr, gewiß nicht! Was hat es vor dem Aufbruch für ein Jammern und Heulen gegeben! Manche begehrten auf, andere flohen oder suchten Schlupfwinkel auf, um sich zu verstecken. Doch es war alles vergebens! Im Hause unseres Nachbars Deguel — Du kennst ihn — war das junge Weib eines Knäbleins genesen, des ersten. Wie es der Aermsten wohl auf der Wanderung ergehen

wird? Ach, sie hat anfangs so bitter geweint und ihr
Mann so grimmig gelästert, doch es konnte nichts helfen!
Auf einen Karren ward sie mit ihrem Säugling gebettet,
und wie es fortging, kam es über sie und ihn, wie über
all die anderen; ja sogar über den Pinehas, der sich mit
seinem Weib und den fünf Kleinen in den Taubenschlag
verkrochen, und über die krumme Gräber-Kusaja, Du
erinnerst Dich ihrer? Adonaï! Sie hatte Vater und Mutter,
den Mann und drei brave ausgewachsene Söhne, alles,
was der Herr ihr Liebes geschenkt, dahingehen sehen, und
auf unserem Begräbnisplatz lagen sie eins neben dem
andern. Sie aber ging jeden Morgen und Abend zu ihrer
Ruhestatt, und wenn sie dort auf dem Holzklotze saß, den
sie neben die aufgerichteten Steine gewälzt, so blieb ihr
der Mund in steter Bewegung, und was ihr über die
Lippen kam, das waren nicht nur Gebete, nein — ich
habe dort oft genug auf sie hingehorcht, wenn sie's nicht
merkte — nein, sie sprach mit den Verstorbenen, als
hörten sie sie in der Grube und könnten ihr Rede stehen
wie Lebendige unter der Sonne. Den Siebenzigen ist sie
wohl nahe, und seit dreimal sieben Jahren nennen die
Leute sie die Gräber-Kusaja. Es war ja ein närrisch
Treiben; doch gerade darum mag es sie doppelt hart
angekommen sein, davon zu lassen, und sie wollte es auch
nicht und versteckte sich hinter dem Buschwerk. Aber der
Ahieser, der dem Ihren vorsteht, zog sie hervor. Das
Herz that einem weh bei ihrem Gewinsel. Wie es dann
aber zum Aufbruch kam, da faßte es auch sie, und sie
konnte so wenig widerstehen wie die anderen."

„Was faßte die Elenden, und was ergriff sie?"
unterbrach hier Hosea den Redefluß der Alten; dann

wieder sah er das Volk, das er führen sollte, nein, mußte, so wahr er nichts Höheres kannte als den Segen des Vaters, in seiner ganzen Erbärmlichkeit vor sich.

Da fuhr die Greisin zusammen, und besorgt, den Erstgeborenen ihres Herrn, den großen und vornehmen Krieger, aufgebracht zu haben, versetzte sie stammelnd: „Was es war, Herr, das sie faßte? Ja, das ... Ich bin nur ein armes, einfältiges Sklavenweib; doch, Herr, wenn Du es mit angesehen hättest ..."

„Was, was?" fiel ihr der Mann, der sich zum erstenmal gezwungen sah, gegen Neigung und Ueberzeugung zu handeln, abermals barsch und ungeduldig ins Wort.

Da suchte der Greis dem geängstigten Weibe beizuspringen und entgegnete zaghaft: „Ach, Herr, das vermag kein Mund zu schildern und kein Menschenverstand zu begreifen. Es kam von Gott dem Herrn, und wenn ich beschreiben dürfte, wie es mächtig ward in den Seelen des Volkes ..."

„Thu es," unterbrach ihn Hosea; „doch meine Zeit ist gemessen. Man hat sie also zum Aufbruch getrieben und widerwillig griffen sie zum Stabe. Daß sie dem Mose und Aaron seit einiger Zeit folgen wie die Herde dem Hirten, ist selbst den Aegyptern bekannt. Haben diejenigen, welche hier die gräßliche Seuche über viele Unschuldige brachten, auch das Wunder verrichtet, das Dir und Deinem Weibe die Sinne blendet?"

Hier streckte der Greis dem Krieger die Hände abwehrend entgegen und versetzte bekümmert und im Ton demütiger Bitte: „O Herr, Du bist der Erstgeborene meines Gebieters, der Größten und Vornehmsten einer,

und willst Du, so zertrittst Du mich wie den Käfer im
Sande, und doch erhebe ich die Stimme und rufe Dir
zu: ‚Du bist falsch unterrichtet!‘ In der Fremde strittest
Du während des Jahres, da Gewaltiges geschah für uns
alle. Fern von Zoan *) weiltest Du während des Aufbruchs, ich hör' es! Denn welcher Sohn unseres Volkes
ihm auch beiwohnte, dem verdorrte wohl eher die Zunge,
als daß er des Großen spottete, das der Herr ihm mit
zu erleben vergönnte. O, wenn Du doch Geduld üben
und mir gestatten wolltest, Dir zu berichten ..."

„So sprich denn!" gebot Hosea, überrascht von
dem feierlichen Eifer des Alten; dieser aber dankte ihm mit
einem warmen Blicke und rief:

„Ach, wäre doch Aaron oder Eleasar oder mein
Herr, Dein Vater, hier zur Stelle, oder wollte der Höchste
mir die Macht ihrer Rede verleihen! Aber so, aber nun!
Zwar mein' ich es zu sehen und zu hören, als ging' es
hier zum andernmal vor sich, doch wie soll ich's nur
schildern? Wie läßt sich dergleichen mit armen Worten
berichten? Aber mit Gottes Beistand will ich's versuchen!"

Hier hielt er inne, und da Hosea bemerkte, daß dem
alten Manne die Hände und Lippen zitterten, reichte er ihm
selbst den Becher, und der Greis leerte ihn dankbar bis
auf den Grund. Dann begann er mit halb geschlossenen
Augen, und seine faltigen Züge spannten sich, je weiter
er kam, immer schärfer:

„Wie es zugegangen war, nachdem kund geworden,
was dem Volke beschieden, das hat ja mein Weib schon

---

*) Der hebräische Namen von Tanis.

berichtet, und zu den Mutlosen und Murrenden gehörten auch wir. Doch gestern abend wurden wir alle, die zu dem Hause des Nun gehören, zum Festmahl geladen — auch die Hirten, Sklaven und Armen — und da gab es gebratene Lämmer, frisches, ungesäuertes Brot und des Weines vollauf, mehr als sonst bei dem Erntefest, das in jener Nacht begann, und dem Du ja manchmal als Knabe mit beigewohnt hast. Da saßen wir und ließen es uns wohl sein, und Dein Vater, unser Herr, ermutigte uns und erzählte uns von dem Gott unserer Väter, und was er Großes an ihnen verrichtet. Jetzt sei sein Wille, daß wir ausziehen möchten aus diesem Lande, wo wir Verachtung und Knechtschaft erduldet. Das sei kein Opfer, wie jenes, wozu Abraham das Messer schliff, um auf des Höchsten Geheiß seines Knaben Isaak Blut zu vergießen, wenngleich es vielen sauer falle, von dem lieben Heim und mancher alten Gewohnheit zu scheiden, sondern vielmehr ein großes Glück für uns alle. Denn, rief er uns zu, wir zögen nicht ins Ungewisse hinaus, sondern einem herrlichen Ziele entgegen, das Gott uns selber gewiesen. Er habe uns statt dieses Landes der Knechtschaft eine köstliche neue Heimat verheißen, wo wir als freie Männer auf fruchtbringenden Fluren und reichen Weideplätzen finden sollten, was den Mann und die Seinen nährt und die Herzen erfreut. Wie man sauer arbeiten müsse, um guten Lohn zu verdienen, so würden wir eine kurze Zeit voller Entbehrung und Sorgen zu tragen haben, um für uns und unsere Kinder das neue, köstliche Heim zu gewinnen, das der Herr uns gelobt. Ein Gottesland werde es sein, weil es ja des Höchsten eigenes Geschenk sei. So sprach er und segnete uns alle und verhieß, daß auch Du den

Staub von den Füßen schütteln und Dich zu uns gesellen werdest, um mit starkem Arm für uns zu streiten
als erfahrener Heerführer und gehorsamer Sohn.

„Da erscholl heller Jubel, und wie wir auf dem
Markte versammelt waren und fanden, daß es auch
den Fronarbeitern gelungen, den Vögten zu entkommen,
stärkte sich vielen der Mut. Dann aber trat Aaron in
unsere Mitte und auf des Versteigerers Bank, und was
Nun, mein Herr, beim Festmahl gesprochen, das vernahmen wir nun aus seinem Munde, und was er sprach,
das klang bald wie grollender Donner, bald wie lieb=
licher Lautenklang, und jeder empfand, daß es der Herr
unser Gott selbst sei, der aus ihm rede; denn es griff
auch den Widerwilligen tief in die Seele, also daß sie
nimmer murrten und klagten. Wie er aber zuletzt in
die Tausende hineinrief, kein irrender Mensch, der Herr
unser Gott selbst sei unser Führer, — wie er die Herrlichkeit des Landes schilderte, dessen Thore er uns öffnen
werde, und wo wir los und ledig jeglicher Knechtschaft
als freie, glückselige Männer gebieten würden, keinem
andern Gehorsam schuldig, denn dem Gott unserer Väter
und denen, die wir selbst uns zu Führern bestellt, — da
war es, als sei Mann für Mann von süßem Weine berauscht und als ging es nicht auf dürren Wüstenpfaden
ins Ungewisse, sondern zu einem großen Mahle, zu dem
der Höchste selbst uns die Tafel gedeckt. Und auch solche,
die nichts von der Rede des Aaron vernommen, wurden
mit ergriffen von wunderbarem Zutrauen, und Mann und
Weib geberdete sich noch weit fröhlicher und lauter bei
diesem Erntefest als sonst, und die Herzen strömten über
von lauter Dank.

„Auch die Greise erfaßte es! Der hundertjährige Elisama, Deines Vaters Vater, der schon lange, Du weißt es
ja, gebeugt und still sein Plätzchen hütet, richtete sich auf
und sprach mit leuchtenden Augen feurige Worte. Der
Geist des Herrn war über ihn und auch über uns alle
gekommen. Wie verjüngt fühlte ich mich an Leib und
Seele, und als ich zu den Scharen trat, die sich zur
Wanderung ordneten, sah ich Eliseba, die Wöchnerin, in
ihrer Sänfte, und sie schaute drein wie am Tage der
Hochzeit und preßte den Säugling an die Brust und
pries sein Los, daß er in Freiheit groß werden solle, in
einem gelobten Lande; ihr Hausherr Deguel aber, der
am lautesten gelästert, schwang jetzt den Stecken, küßte
Weib und Kind mit hellen Freudenthränen im Auge und
jauchzte laut auf wie die Winzer bei der Lese, wenn die
Krüge und Schläuche für den Segen zu klein sind. Die
alte Gräber-Kusaja, die sie von den Ruhestätten der
Ihren gerissen, saß mit anderen Gebrechlichen auf einem
Wagen und wehte mit dem Schleier und stimmte ein in
das Loblied, das Elkana und Abiassaph, die Söhne
Korahs, begonnen. So zogen sie hin; wir Zurück-
gelassenen aber fielen einander in die Arme und wußten
nicht, ob die Thränen, die wir vergossen, uns vor Kummer
die Augen füllten oder vor lauter Wonne, die Tausende
so glückselig und hoffnungsfroh zu sehen, die wir doch
liebten.

„So ist es gewesen, und erst wie die Pechpfannen
im Dunkeln verschwanden, die dem Zuge vorausgetragen
wurden, und die mir heller zu leuchten schienen als die
großen Feuer, die sie hier beim Lampenbrennen der Neith
auf den Tempelthoren entzünden, machten wir uns fort,

um den Affer nicht zu lange zurückzuhalten, und während wir in der dunklen Nacht durch die Straßen zogen, die das Klagegeschrei der Bürger erfüllte, sangen wir leise das Loblied der Söhne des Korah, und eine große und freudige Ruhe kam über uns; denn wir wußten nun, daß der Herr, unser Gott, sein Volk schütze und führe."

Hier schwieg der Alte, doch sein Weib und das Mädchen, die ihm mit leuchtenden Augen zugehört hatten, lehnten dicht aneinander, und ohne daß die eine die andere dazu aufgefordert hätte, sangen sie das Loblied der Söhne des Korah, und die dünne Stimme der Greifin mischte sich mit rührender Innigkeit in den heiseren, doch von hoher Begeisterung geadelten Sang des Mädchens.

Hosea fühlte, daß es frevelhaft gewesen wäre, den Erguß dieser übervollen Herzen zu stören; doch der Alte legte ihnen bald Stillschweigen auf und blickte dem strengen Erstgeborenen seines Gebieters mit ängstlicher Spannung in die ernsten Züge.

Hatte er ihn verstanden?

War es dem Krieger, der dem Pharao diente, deutlich geworden, wie beim Aufbruch Gott der Herr selbst sich der Seelen der Seinen bemächtigt?

War er abgefallen von seinem Volke und seinem Gotte und so entartet unter den Aegyptern, daß er dem Wunsche und Befehl des eigenen Vaters trotzte?

War der, auf den er die höchsten Hoffnungen gesetzt, zum Ueberläufer geworden und seinem Volke verloren?

Mit Worten sollte er keine Antwort auf diese Fragen erhalten; doch wie Hosea seine alte, schwielige Rechte zwischen beide Hände nahm und sie schüttelte wie die eines Freundes, als er ihm feuchten Auges den Abschiedsgruß bot und dabei murmelte: „Du wirst von mir hören!" da meinte er genug zu wissen, und von stürmischer Freude ergriffen, küßte er ihm wieder und wieder das Gewand und die Arme.

Siebentes Kapitel.

Gesenkten Hauptes kehrte Hosea in das Lager zurück. Der Zwiespalt in seiner Seele war ausgeglichen. Er wußte jetzt, was ihm zu thun oblag. Der Vater rief ihn, und er mußte gehorchen.

Und der Gott seines Volkes!

Bei der Erzählung des Alten war alles zu neuem Leben erwacht, was er als Kind von ihm vernommen, und er wußte jetzt, daß er ein anderer sei als der Seth der Asiaten in Unterägypten oder „der Eine" und „die Summe des Alls" der Adepten.

Die Gebete, die er beim Schlafengehen gesprochen, die Geschichte von der Schöpfung der Welt, die er nie genug hören konnte, weil sie mit so herrlicher Deutlichkeit zeigte, wie nach und nach alles entstanden, was es auf Erden gab und am Himmel, bis der Mensch kam, um es in Besitz zu nehmen und es zu genießen, die Erzählung vom Vater Abraham und Isaak, von Jakob, Esau und seinem Ahnherrn Joseph, er hatte ihnen so gern gelauscht, wenn sie ihm von der sanften Frau, die ihm das Leben gegeben, von der Wärterin und dem Großvater Elisama

mitgeteilt worden waren, und doch meinte er sie längst
vergessen zu haben.

Aber in der Hütte des alten Sklaven hätte er sie
Wort für Wort nacherzählen können, und er wußte nun
wieder, daß es einen unsichtbaren, allmächtigen Gott gab,
der sein Geschlecht allen anderen vorzog und ihm verheißen hatte, es zu einem großen Volke zu machen.

Was unter den Aegyptern geheim gehalten ward
als das größte Mysterium, das war ein Gemeinbesitz der
Seinen. Unter ihnen konnte jeder Bettler und Sklave
die Hände im Gebet zu dem einigen, unsichtbaren Gott
erheben, der sich dem Abraham geoffenbart.

Klügelnde Köpfe unter den Aegyptern, die sein Dasein geahnt und sein Wesen verbrämt mit Ausgeburten
der eigenen Einbildungskraft und des eigenen Denkens,
hatten es mit einem dichten Schleier verhüllt und hielten
es vor der Menge verborgen; nur im Kreise seines Volkes
war er wahrhaft lebendig, zeigte er sich wirksam in seiner
gewaltigen, herzerschütternden Größe.

Er war nicht die Natur, mit der die Geweihten in
den Tempeln ihn zusammenfallen ließen; nein, hoch über
alles Geschaffene und die ganze Erscheinungswelt, mit-
samt dem Menschen, seiner letzten und vollkommensten
Schöpfung, die er als sein Ebenbild gestaltet, erhob sich
der Gott seiner Väter, und die gesamte Kreatur war
unterthan seinem Willen. Als gewaltigster aller Könige
lenkte er mit gerechter Strenge alles, was lebte, und
entzog er sich auch dem Blicke und dem Vorstellungs-
vermögen der Menschen, seiner Gebilde, so war er doch
ein lebendes, denkendes, bewegtes Wesen wie sie, nur
daß seine Daseinsfrist die Ewigkeit war, sein Geist die

Allwissenheit, der Kreis seines Herrschaftsgebietes die Un-
begrenztheit.

Und dieser Gott, er hatte sich selbst zum Führer
seines Volkes gemacht. Es gab keinen Feldherrn, der es
wagen durfte, sich mit ihm zu messen. Täuschte Mirjam
nicht der prophetische Geist, und hatte er ihn wirklich berufen, sein Schwert zu führen, wie durfte er ihm widerstreben, und welchen höheren Posten gab es auf Erden?

Und sein Volk? Das Gesindel, dessen er eben mit
Verachtung gedacht, wie schien es sich nach dem Bericht
des Alten durch des Höchsten Macht gewandelt zu haben!
— Es lüstete ihn jetzt, es zu führen, und mitten auf
dem Wege zum Lager blieb er auf einem Dünenhügel
stehen, unter dem die unbegrenzte Fläche des Meeres im
Glanz der verglimmenden Himmelslichter schimmerte, und
erhob zum erstenmal seit langen, langen Jahren Arme
und Augen zu dem Gott, den er wieder gefunden.

Mit einem Gebetlein, das ihn die Mutter gelehrt,
begann er; dann aber rief er den Höchsten an wie einen
mächtigen Berater und bat ihn mit inbrünstiger Wärme,
ihm den Weg zu weisen, auf dem er, ohne ihm und dem
Vater ungehorsam zu werden, den Eid, den er dem
Könige geleistet, nicht zu brechen, und nicht zum Ehrlosen
zu werden brauche in den Augen derer, denen er Großes
verdankte.

„Als treuer Gott, der den Eidbruch straft," rief er
in die Höhe, „preisen dich die Deinen! Wie kannst du
von mir fordern, daß ich mich treulos erweise und die
Schwüre breche, die ich geschworen? Was ich bin und
vermag, gehört dir, du Großer, und Blut und Leben
bin ich gewillt, meinem Volke zu weihen. Doch bevor

du mich in Ehrlosigkeit stürzest und Eidbruch, raffe mich von hinnen und betraue einen andern, den kein heiliger Schwur bindet, mit dem Werke, zu dem du deinen Diener erkoren!"

So flehte er, und es war ihm, als habe er einen Freund, den er verloren gemeint, in den Armen gehalten. Dann schritt er still weiter durch die schwindende Nacht, und wie das erste Morgengrauen erwachte, ebbte in ihm die Hochflut der Gefühle, und der besonnene Truppen= führer begann wieder ruhig zu denken.

Nichts zu thun gegen den Willen seines Vaters und seines Gottes, hatte er sich gelobt, doch nicht minder fest war er entschlossen, kein Ehrloser und Eidbrüchiger zu werden. Was ihm zu thun oblag, stand ihm klar und deutlich vor Augen. Er mußte aus dem Dienst des Pharao scheiden und zuvor seinen Oberen eröffnen, daß er als gehorsamer Sohn dem Befehl seines Vaters zu folgen und sein und seines Volkes Geschick zu teilen gedenke.

Dabei verschwieg er sich mit nichten, daß man ihm seine Forderung versagen, ihn gewaltsam zurückhalten und ihn vielleicht, wenn er auf seinem unerschütterlich festen Willen bestand, mit dem Tode bedrohen und, kam es zum Äußersten, dem Henker überantworten werde. War dies über ihn verhängt, kostete ihn sein Vorhaben das Leben, so hatte er das Rechte gethan und die Kriegs= gefährten, deren Wertschätzung ihm teuer war, mußten seiner als eines wackeren Genossen gedenken; sein Vater und Mirjam aber durften ihm nicht zürnen, nein, den treuen Mann und Sohn nur beklagen, der den Tod dem Eidbruche vorzog.

Gehoben und beruhigt gab er in stolzer Haltung den Wachen das Losungswort und trat in sein Zelt.

Ephraim lag noch still auf dem Lager und lächelte, als ob ein süßer Traum ihn umfange. Er selbst suchte neben ihm auf einer Matte Stärkung für den schweren kommenden Tag. Bald schlossen sich ihm auch die Lider, und nach einer Stunde festen Schlafes öffnete er ungeweckt die Augen und ließ sich das beste Feierkleid, den Helm und den vergoldeten Schuppenpanzer anlegen, den er bei hohen Festen oder in Gegenwart des Königs zu tragen pflegte.

Inzwischen war auch Ephraim erwacht, maß den Oheim, der in herrlicher Manneskraft und glänzender kriegerischer Pracht vor ihm stand, neugierig und erfreut mit den Augen, richtete sich hoch auf und rief: „Das muß ein stolzes Gefühl sein, so angethan Tausende zu führen!"

Da zuckte der andere die Achseln und sagte: „Sei gehorsam Deinem Gott, gib weder dem Größten noch dem Kleinsten das Recht, Dich anders anzuschauen als mit Achtung, und Du darfst das Haupt so hoch tragen wie der stolzeste Kriegsheld im purpurnen Rock und goldenen Panzer."

„Doch Du hast Großes erreicht unter den Aegyptern," fuhr der Jüngling fort. „Sie halten Dich sehr hoch; auch der Oberst Hornecht und seine Tochter Kasana."

„Thun sie das?" fragte der Krieger lächelnd und gebot dann dem Neffen, sich ruhig zu halten; denn seine Stirn glühte zwar weniger beunruhigend als gestern, doch war sie immer noch heiß.

„Tritt nicht ins Freie," schloß Hosea, „bevor der Arzt Dich besucht hat, und erwarte hier meine Rückkehr."

„Und bleibst Du lange aus?" fragte der Jüngling.

Da blieb Hosea nachdenklich stehen, schaute ihm liebreich ins Antlitz und erwiderte dann ernst: „Wer im Dienst eines Herrn steht, der weiß nie, wie lange man ihn zurückhält."

Dann änderte er den Ton und fuhr in ruhiger Gesprächsweise fort: „Heute — diesen Morgen — erledigt sich vielleicht alles schnell, und ich bin in wenigen Stunden zurück. Kommt es anders, bin ich auch am Abend oder bis morgen früh nicht wieder bei Dir, dann" — und dabei legte er dem Knaben die Hand auf die Schulter — „dann begib Dich, so schnell Du kannst, auf den Heimweg. Kommst Du nach Succoth, und das Volk hat es vor Deiner Ankunft verlassen, dann findest Du in der hohlen Sykomore vor dem Hause des Amminadab eine Schrift, die Dir meldet, wohin es sich wandte. — Hast Du die Unseren erreicht, so grüße den Vater, meinen Großvater Elisama und dazu auch die Mirjam. Sage ihr und den anderen, Hosea werde des Gebotes seines Gottes wie des seines Vaters eingedenk bleiben. In Zukunft werde er sich Josua nennen — Josua, hörst Du? — Dies künde vor allen anderen der Mirjam. Endlich aber sollst Du ihnen berichten, daß, bliebe ich aus und sei es mir nicht vergönnt, ihnen nachzufolgen, wie ich doch möchte, der Höchste es anders mit mir beschlossen und das Schwert, das er sich erwählt, zerbrochen habe, bevor er sich seiner bediente. Verstehst Du mich, Knabe?"

Da nickte Ephraim und versetzte: „Nur der Tod, meinst Du, könne Dich abhalten, dem Rufe Gottes und dem Befehl Deines Vaters zu folgen?"

„Das war die Meinung," entgegnete der andere.

„Fragen fie Dich aber, warum ich dem Pharao und seiner Macht nicht entwichen sei, so entgegne, Hosea wünsche als treuer Mann, den kein Eidbruch schändet, sein neues Amt anzutreten, oder, sei es Gottes Wille, als solcher zu enden; — und nun wiederhole die Botschaft."

Ephraim gehorchte, und des Oheims Rede mußte sich ihm tief in die Seele geprägt haben; denn er vergaß und verstellte kein einziges Wort. Kaum aber hatte er die Botenpflicht des Nachsprechens erfüllt, als er Hoseas Hand mit ungestümer Dringlichkeit faßte und in ihn drang, ihm zu vertrauen, ob er Grund habe, für sein Leben zu fürchten.

Da schloß der Krieger ihn warm in die Arme und sprach die Hoffnung aus, daß er ihm diese Botschaft nur anvertraut habe, um sie zu vergessen. „Vielleicht," schloß er, „werden sie mich gewaltsam zurückzuhalten suchen; mit Gottes Hilfe aber bin ich bald wieder bei Dir, und wir reiten gemeinsam nach Succoth."

Damit trat er eilig und ohne auf die Fragen zu achten, die der Neffe ihm nachrief, ins Freie; denn von draußen her hatte er Rädergerassel vernommen, und zwei Wagen mit edlen Rossen näherten sich rasch dem Zelte und hielten gleich darauf vor dem Eingang.

Achtes Kapitel.

. — —

Hosea kannte die Männer wohl, die dem Wagen entstiegen; es war der erste Kämmerer und einer
der obersten Schriftgelehrten des Königs, und sie kamen,
um ihn zu der hohen Pforte *) zu führen.

Da war kein Zaudern und Ausweichen möglich,
und mehr überrascht als beunruhigt bestieg er mit dem
Schriftgelehrten das zweite Fuhrwerk. Beide Beamte
trugen Trauergewänder und statt der weißen Straußen-
feder, des Abzeichens ihres Standes, eine schwarze an
der Schläfe. Auch die Rosse und die Vorläufer der
zweiräderigen Wagen waren mit allen Zeichen der tiefsten
Trauer versehen; und doch schienen die Boten des Königs
eher froh als bekümmert; denn der Adler, den es vor den
Pharao zu führen galt, folgte ihnen willig, und sie hatten
gefürchtet, ihn nicht mehr im Neste zu finden.

Mit der Schnelligkeit des Windes rissen die lang-
gebauten Braunen der königlichen Zucht die leichten

*) Palast des Königs. Der Name des Pharao selbst bedeutet
„die hohe Pforte".

Fuhrwerke über den ungleichen Dünenweg und die glatte Landstraße dem Palaste entgegen.

Ephraim war mit der Neugier der Jugend vor das Zelt getreten, um dem seltsamen Schauspiel beizuwohnen, das sich dort bot. Den umstehenden Kriegern gefiel es, daß der Pharao ihrem Führer den eigenen Wagen geschickt, und es schmeichelte auch seiner Eitelkeit, den Oheim so dahinfahren zu sehen. Aber lange war es ihm nicht vergönnt, ihm nachzuschauen; denn dichte Staubwolken entzogen die Gespanne bald seinen Blicken.

Der glühende Wüstenwind, der in den Frühlingsmonden das Nilthal so oft überfällt, hatte sich erhoben, und in wie heller Bläue der Himmel auch in der Nacht und am Morgen geleuchtet, jetzt war er nicht umwölkt, doch mit weißlichem Dunst wie verschleiert.

Dem Auge eines Blinden vergleichbar, starrte die Sonnenkugel regungslos nieder auf den Scheitel der Menschen. Die glühende Hitze, die ihr entquoll, schien die Strahlen, die man heute nicht wahrnahm, verzehrt zu haben. Ungeblendet konnte das Auge, durch den Dunst geschützt, zu ihr aufschauen, und doch war ihre sengende Kraft nie stärker gewesen. Auch der leise Wind, der sonst am Morgen die Stirnen kühlte, traf sie heute wie der heiße Odem eines wütenden Raubtieres. Mit feinen, glühenden Sandkörnern, deren Heimat die Wüste, war er geschwängert und verwandelte die Freude des Atmens in peinliche Qual. Die sonst so würzige Luft des ägyptischen Märzmorgens beengte Mensch und Tier die beklommene Brust, ja es war, als belaste sie die gesamte Kreatur und hemme ihr freudiges Leben.

Je höher der bleiche, strahlenlose Sonnenball stieg,

desto grauer wurden die Dünste, desto dichter und schneller
die Wüstensandwolken.

Ephraim stand vor dem Zelte und schaute nach der
Stelle hin, wo die Wagen des Pharao im Staube verschwanden. Die Kniee zitterten ihm, doch er schob dies
auf den Wind des Seth-Typhon, bei dessen Wehen auch
dem Stärksten ein unsichtbares Gewicht die Füße beschwerte.

Hosea war fort; doch in wenigen Stunden konnte
er zurück sein, und dann hatte er ihm nach Succoth zu
folgen, und die köstlichen Bilder und Hoffnungen, die
ihm der gestrige Tag beschert, und deren zauberhafter
Reiz das Fieber immer noch steigerte, gingen ihm auf
ewig verloren.

Noch in der vergangenen Nacht war er entschlossen
gewesen, in das Heer des Pharao zu treten, um zu
Tanis und in Kasanas Nähe zu bleiben; doch wenn er
Hoseas Botschaft auch nur halb verstanden, das konnte
er ihr sicher entnehmen, daß er Aegypten und seinem
hohen Amte den Rücken zu kehren und ihn, wenn er
glücklich entkam, mit sich zu führen gedenke. So mußte
er also der Sehnsucht entsagen, Kasana noch einmal zu
sehen. Doch dieser Gedanke wollte ihm unerträglich erscheinen, und eine leise Stimme raunte ihm zu, daß er
weder Vater noch Mutter habe und es ihm freistehe,
nach seinem Belieben zu handeln. Sein Vormund, der
Bruder seines verstorbenen Vaters, in dessen Hause er
erwachsen, war vor kurzem einer Krankheit erlegen, und
einen neuen hatte man ihm nicht bestellt, da er ja die
Kinderzeit hinter sich hatte. Später war es ihm bestimmt, eines der Häupter seines stolzen Stammes zu

werden, und bis gestern hatte er sich nichts Besseres
gewünscht.

Wie er gestern die Aufforderung des Priesters, ein
Krieger des Pharao zu werden, mit dem Stolz des freien
Herdenbesitzers abgelehnt hatte, war er dem Antriebe
seines Herzens gefolgt. Jetzt sagte er sich, daß es knaben-
haft und thöricht gewesen, das von sich zu weisen, was
er nicht gekannt, was ihm geflissentlich falsch und in
abschreckender Weise dargestellt worden, um ihn fester an
die Seinen zu binden.

Als hassenswerte Feinde und Bedrücker hatte man
ihm die Aegypter geschildert, und wie anmutend war ihm
alles erschienen, was ihm in dem ersten Hause eines
Kriegers des Pharao begegnet war, das er betreten!

Und Kasana!

Was sollte sie von ihm denken, wenn er ohne Gruß
und Abschied Tanis verließ? Mußte es ihn nicht ver-
drießen und kränken, als plumper, bäurischer Hirte in
ihrer Erinnerung zu leben? Ja, es wäre sogar unredlich
gewesen, die kostbaren Gewänder, die sie ihm geliehen,
nicht zurückzuerstatten! Sich dankbar zu erweisen, rühmte
man auch unter den Hebräern als vornehmste Pflicht
edler Herzen. Hassenswert wäre er sich sein Leben lang
erschienen, wenn er sie nicht noch einmal aufgesucht hätte!

Aber es galt nun, sich eilen; denn wenn Hosea
zurückkam, mußte er ihn bereit zum Aufbruche finden.

Schon band er sich die Sohlen an die Füße, doch
es ging damit nur langsam, und er begriff nicht, warum
ihm dies heute so schwer fiel.

Unbehelligt kam er durch das Lager. Die Pylonen
und Obelisken vor den Tempeln, die in der erhitzten,

staubigen Luft leise zu zittern schienen, wiesen ihm die
Richtung, und bald zog er auf der breiten Straße dahin,
die auf den Markt der Stadt führte, — ein keuchender
Händler, dessen Esel etliche Schläuche Wein in das Lager
führten, teilte es ihm mit.

Dichter Staub bedeckte den ausgefahrenen Weg und
wehte über ihn hin, und von obenher ergoß das Tagesgestirn einen Strom von Glut auf seinen nackten Scheitel.
Die Wunde begann ihn wieder zu schmerzen, die von
seinem Sandstaub erfüllte Luft drang ihm in Augen
und Mund und traf ihm brennend und prickelnd das
Antlitz und die entblößten Glieder. Ein quälender Durst
überkam ihn, und manchmal mußte er stehen bleiben;
denn die Füße wurden ihm sehr schwer. Endlich gelangte
er zu einem Brunnen, den ein frommer Aegypter für
die Wanderer gestiftet, und wenn er auch mit einem
Götterbilde geschmückt war, dem Mirjam ihn als einem
Greuel aus dem Wege zu gehen gelehrt, trank er doch
und trank, und meinte dabei, nimmer eine gleiche Erquickung genossen zu haben.

Die Furcht, wie gestern die Besinnung zu verlieren,
wich wieder von ihm, und blieben die Füße ihm auch
schwer, so schritt er doch schnell dem lockenden Ziele entgegen. Aber bald erlahmte ihm die Spannkraft wieder,
die Stirn troff ihm von Schweiß, und in der Wunde
begann es zu hämmern und zu reißen, und es war ihm,
als presse ihm ein eiserner Reisen den Schädel zusammen.
Auch die sonst so scharfen Augen versagten den Dienst;
denn was sie erfassen wollten, verschwamm mit dem
Staube des Weges, und der Horizont wogte vor seinem
Blick auf und nieder; auch hatte er die Empfindung,

als trete er statt auf den harten Stein der Straße in
weichen Sumpf.

Doch das alles kümmerte ihn wenig; denn so reich
und farbenbunt war sein inneres Leben noch nie gewesen.
Wunderbar hell trat ihm in die Vorstellung, woran er
auch dachte. Bild auf Bild stellte sich ihm vor das weit
geöffnete Auge der Seele, nicht auf sein Geheiß, sondern
wie ein verborgener Wille außer ihm es fügte. Bald
war es ihm, als liege er Kasana zu Füßen, schmiege sein
Haupt ihr in den Schoß und als schaue er ihr voll in
das schöne Antlitz, — bald sah er Hosea im glänzenden
Waffenschmuck sich gegenüber, wie vorhin, nur noch herrlicher, und statt vom matten Lichte des Zeltes von rotem
Feuerschein umflossen. Dann wieder zogen die schönsten
Stiere und Widder seiner Herden an ihm vorüber, und
dazwischen kamen ihm Sätze aus den Botschaften in den
Sinn, die er sich eingeprägt hatte; ja bisweilen war es
ihm, als würden sie ihm laut zugerufen. Doch bevor er
ihren Sinn recht erfaßt, stellte sich ihm etwas Neues
wunderbar glanzvoll oder mit lautem, sausendem Klang
vor das innere Auge und Ohr.

So schritt er vorwärts, wie ein Trunkener wankend,
mit hell perlender Stirn und ausgetrocknetem Gaumen.
Unwillkürlich hob er bisweilen die Hand, um den Staub
aus den glühenden Augen zu wischen; doch es kümmerte
ihn wenig, daß sie ihm undeutlich zeigten, was außer
ihm vorging; denn es konnte nichts Köstlicheres geben, als
was es, wandte er sie nach innen, dort zu sehen gab.

Manchmal freilich ward ihm bewußt, daß er schmerzlich leide, und es drängte ihn dann, sich erschöpft zu
Boden zu werfen, doch immer wieder hielt ihn ein

seltsames Wohlgefühl aufrecht. Endlich überkam ihn der Wahn, es schwelle und wachse ihm der Kopf erst bis zur Größe des Hauptes der Kolosse, die er gestern vor den Tempelthoren gesehen, dann bis zur Höhe der Palmen am Wege, und zuletzt bis an die Dünste am Firmament und über sie hinaus. — Und nun ward es ihm plötzlich, als umfasse dieser Kopf, der ja der seine, den ganzen Erdenrund, und er preßte die Hände an die Schläfen und stützte die Stirn; denn Hals und Schultern waren zu schwach geworden, um die Last eines solchen Riesenhauptes zu tragen, und von diesem Wahne beherrscht schrie er laut auf und sank mit brechenden Knieen besinnungslos in den Staub.

Neuntes Kapitel.

***

ur nämlichen Zeit führte ein Kämmerer den Hosea in den Empfangssaal.

Während sonst die zur Audienz befohlenen Unterthanen stundenlang zu warten hatten, ward des Hebräers Geduld nicht lange auf die Probe gestellt. In dieser Zeit der tiefsten Trauer waren die ausgedehnten Räume des Palastes, in denen sich sonst ein buntes und lautes Leben tummelte, wie ausgestorben; denn nicht nur Sklaven und Wächter, sondern auch viele Männer und Frauen aus der nächsten Umgebung des Königspaares hatten die Flucht vor der Seuche ergriffen und waren ohne Urlaub entflohen.

Nur hier und dort lehnte ein einsamer Priester, Beamter oder Höfling an einer Säule oder kauerte mit dem Antlitz in den Händen, eines Befehls gewärtig, am Boden. Wächter gingen mit gesenkten Waffen, dumpf vor sich hinbrütend, auf und nieder. Dann und wann schlichen einige junge Priester in Trauergewändern durch die von der Seuche heimgesuchten Räume und schwenkten

schweigend silberne Pfannen, denen scharfriechende Harz-
und Wachholderdämpfe entströmten.

Es war, als laste ein schwerer Alp auf dem Palast
und seinen Bewohnern; denn zu der Trauer um den
geliebten Königssohn, die vielen das Herz beschwerte, kam
die Todesfurcht und der Wüstenwind, der Körper und
Geist der Spannkraft beraubte

Hier, in der Nähe des Thrones, wo sonst Hoffnung
und Ehrgeiz, Dank und Furcht, Begeisterung und Haß
die Augen heller leuchten ließen, begegneten dem Hosea
heute überall gesenkte Häupter und Blicke.

Nur Baï, den zweiten Propheten des Amon, schien
weder Kummer noch Angst, noch die erschlaffende Luft des
Tages anzufechten; denn er begrüßte den Hosea im Vor-
saal so frisch und aufrecht wie je, und versicherte ihm
dann — freilich nur im leisesten Flüsterton — daß niemand daran denke, ihn entgelten zu lassen, was die
Seinen verschuldet. Wie aber der Hebräer freimütig bekannte, er sei, da man ihn in den Palast berufen, auf
dem Wege zu dem Oberfeldherrn gewesen, um ihn um
Entlassung aus dem Kriegsdienst zu bitten, unterbrach
ihn der Priester und erinnerte ihn des Dankes, den er,
Baï, ihm, seinem Lebensretter, schulde. Dann versicherte
er, daß er alles daran setzen werde, ihn dem Heere zu
erhalten und ihm zu beweisen, daß man in Aegypten
— auch gegen den Willen des Pharao, über den er
mit ihm im geheimen zu reden habe — wahres Verdienst ohne Ansehen der Person und der Herkunft zu
ehren wisse.

Doch dem Hebräer blieb wenig Zeit, auf seinem
Willen zu bestehen; denn der oberste Kämmerer unterbrach

ihn, um ihn vor das Angesicht „des guten Gottes" *) zu führen.

In dem kleineren, den Wohnräumen der Königsfamilie benachbarten Empfangssaal erwartete der Pharao den Hebräer.

Es war ein stattlicher Raum, der heute noch größer erschien als sonst, wo ihn ganze Menschenscharen erfüllten; denn nur wenige Höflinge und Priester, sowie einige Frauen der Königin standen gruppenweise und in tiefer Trauer neben dem Thron; ihm gegenüber aber hockten im Kreise die mit Straußenfedern geschmückten Schriftgelehrten und Räte des Königs am Boden.

Alle trugen Zeichen der Trauer, und daß der Tod auch in diesem Palast Opfer gefordert, dafür zeugte der gleichförmige jammernde Singsang der Klageweiber, aus dem dann und wann ein lautes, schrilles, tremulirendes Gezeter hervorschoß. Es fand aus dem inneren Teil des Königshauses durch schweigende Räume den Weg in diese Halle.

Das Herrscherpaar thronte auf einem mit schwarzen Decken umhangenen Ruhesitz von Gold und Elfenbein. Statt des glänzenden Ornats trugen beide dunkle Gewänder, und die hohe Frau und Mutter, die den Erstgeborenen beklagte, lehnte sich regungslos und mit gesenktem Haupte an die Schulter des hohen Gemahls.

Auch der Pharao blickte starr und wie von Träumen befangen zu Boden. Der Herrscherstab war ihm aus der Hand geglitten und ruhte in seinem Schoße.

---

*) Euphemistische Benennung des Pharao.

Man hatte die Königin von der Leiche des verstorbenen Sohnes gerissen, die man den Balsamirern
übergeben, und erst auf der Schwelle des Empfangs-
saales war sie ihrer Thränen Herr geworden. An Widerstand hatte sie nicht gedacht; denn das unerbittliche
Zeremoniell des Hofes gebot der Königin, Audienzen von
einiger Wichtigkeit beizuwohnen. Dies wäre für den
heutigen Tag gewiß zu umgehen gewesen, doch der Pharao
hatte ihre Gegenwart befohlen, und sie wußte, was hier
durchgesetzt werden sollte, und billigte es; denn die Angst
vor der Macht des Hebräers Mesu, den die Seinen Mose
nannten, und seines Gottes, der so Furchtbares über sie
gebracht hatte, beherrschte sie ganz. Ach, sie hatte ja
noch mehr Kinder zu verlieren, und sie kannte den Mesu
von Kind auf und wußte, wie hoch der große Ramses,
der Vater und erhabene Vorgänger ihres Gemahls, den
Geist dieses Fremden geschätzt, der mit seinen Söhnen
aufgezogen worden war.

O, wenn es gelänge, diesen Mann zu versöhnen!
Aber Mesu war mit den Seinen davongezogen, sie kannte
seinen eisenfesten Sinn und hatte erfahren, daß der Schreck-
liche gewappnet war nicht nur gegen die Drohungen des
Pharao, sondern auch gegen ihre eigenen brünstigen
Bitten.

Jetzt erwartete sie den Hosea, und wenn einem, so
konnte ihm, dem Sohne des Nun, des ersten Mannes
unter den Hebräern von Tanis, gelingen, das zu bewirken,
was sie, ihr Gemahl und Rui, der greise erste Prophet
und Oberpriester des Amon, das Haupt der gesamten
Priesterschaft des Landes, der zugleich die Würde des
Oberrichters, Oberschatzmeisters und Statthalters bekleidete

und dem Hofe von Theben nach Tanis gefolgt war, als
das Beste für alle Teile erkannt.

Bevor man sie in den Empfangssaal geführt, hatte
sie Kränze für den geliebten Verstorbenen gewunden, und
die Lotosblumen, der Rittersporn, die Malven und die
Weidenblätter, aus denen sie sie flechten wollte, waren ihr
auf ihren Wunsch nachgetragen worden. Da lagen sie
nun vor ihr auf einem Tischchen und in ihrem Schoß; doch
sie fühlte sich wie gelähmt, und die Hand, die sie nach
ihnen ausstreckte, versagte den Dienst.

Auf einer Matte zur Linken ihres Gatten kauerte
Rui, der erste Prophet des Amon, ein Greis, der das
neunzigste Lebensjahr längst überschritten. Aus seinem
gebräunten Antlitz, das so zerrissen und faltig erschien
wie die Rinde einer knorrigen Eiche, blitzten zwei kluge,
mit dichten weißen Brauenbüscheln überdachte Augen wie
prächtige Blumen aus dürrem Laubwerk und stachen selt-
sam ab von seiner dürftigen, zusammengeschrumpften und
gebeugten Gestalt.

Die Leitung der Geschäfte hatte der Greis dem zweiten
Propheten Bak seit einiger Zeit überlassen, doch an seinen
Würden, seinem Platz zur Seite des Pharao und seinem
Sitze im Rate hielt er fest, und so wenig er sprach, gab
seine Meinung doch häufiger den Ausschlag als die des
redegewandten, feurigen und viel jüngeren zweiten Propheten.

Seit die Seuche in den Palast gedrungen, war der
Greis nicht von der Seite des Pharao gewichen, und
dennoch fühlte er sich heute frischer als sonst. Der
heiße Wüstenwind, der andere erschlaffte, that ihm wohl;
denn ihn fror fortwährend trotz des Pantherfells, das

ihm Schultern und Rücken bedeckte, und die Hitze dieses
Tages wärmte ihm das alte, erstarrende Blut.

Der Hebräer Mose war sein Schüler gewesen, und
eine gewaltigere Natur hatte er nimmer zu leiten, einen
mit allen Gaben des Geistes reicher begnadigten Jüngling nie zu unterrichten gehabt. Durch ihn war der
Hebräer in die höchsten Mysterien eingeweiht worden. Das
Größte hatte er für Aegypten und seine Priesterschaft von
ihm erwartet, und wie er den Vogt erschlagen, der einen
seiner Stammesgenossen grausam gepeitscht, und dann in
die Wüste geflohen war, hatte er diese unselige That so
innig betrauert, als habe sein Sohn sie begangen und
ihre Folgen zu tragen. Seiner Fürsprache war es gelungen, die Begnadigung des Mesu zu bewirken; als
dieser aber nach Aegypten zurückgekehrt und mit ihm das
vorgegangen war, was die Berufsgenossen seinen „Abfall“
nannten, hatte er ihm noch tieferes Weh bereitet als durch
seine Flucht. Wäre er, Rui, jünger gewesen, hätte er
denjenigen gehaßt, der ihn um die schönsten Hoffnungen
betrogen; doch der Greis, dem das Menschenherz ein
offenes Buch war, und der mit der nüchternen Unbefangen-
heit eines klaren Geistes sich in die Seele des Mitmenschen
zu versetzen verstand, bekannte sich, daß es sein eigener
Fehler gewesen, die Wandlung des Schülers nicht vor-
ausgesehen zu haben.

Mesu, den Hebräer, hatten Erziehung und Lehre
zu einem ägyptischen Priester nach seinem und dem Herzen
der Gottheit gemacht; doch nachdem er einmal zu Gunsten
des eigenen Volkes die Hand gegen diejenigen erhoben,
zu denen ihn Menschenwitz und Wille gesellt, war er den
Aegyptern verloren gegangen und ein echter Sohn seines

Stammes geworden, und wo dieser Mann mit dem starken
Willen und hohen Sinn voranging, mußten andere ihm
folgen.

Und der Oberpriester wußte auch, was der Abtrünnige
seinem Stamme zu geben gewillt war; denn er hatte es
ihm selbst bekannt. — Es war der Glaube an einen einigen
Gott. Mesu hatte damals den Vorwurf des Meineides
zurückgewiesen und versichert, daß er den Einen der Mysterien den Hebräern mit nichten verraten, sondern sie nur
zu dem Gotte zurückgeführt habe, dem sie schon gedient,
bevor Joseph und die Seinen nach Aegypten gekommen.
Freilich glich der Eine der Eingeweihten dem des Hebräers
in vielen Stücken, doch gerade das hatte den alten Weisen
beruhigt; denn die Erfahrung lehrte ihn, daß die Masse
sich nicht mit einem einigen, unsichtbaren Gott begnüge,
den auch mancher vorgeschrittenere Geist unter seinen
Schülern nur schwer zu fassen vermochte. Der Mann
und das Weib aus dem Volke bedurften sinnvoller Bilder
für alles Bedeutende, dessen Wirkung sie in sich und um
sich empfanden, und solche zeigte ihnen die Religion der
Aegypter. Was konnte dem liebekranken Mädchen eine
schaffende und den Weltenlauf lenkende unsichtbare Kraft
sein? Zu der freundlichen Hathor, mit den Herz an Herz
bindenden Stricken in den segensreichen Händen, zu der
schönen, mächtigen Geschlechtsgenossin zog es sie hin, und
vor ihr konnte es vertrauensvoll ausschütten, was ihm die
Brust bedrängte. Die Mutter, die ein liebes Kind dem
Tode abringen wollte, was bedeutete ihr kleines Leid der
unfaßbar großen, die ganze Welt regierenden Allmacht?
Doch die gütige Isis, die selbst die Augen rot geweint
in tiefem Kummer, die konnte sie verstehen! Und wie

oft war es in Aegypten die Frau, die das Verhältnis des Mannes zu den Göttern bestimmte!

Auch Hebräer und Hebräerinnen genug hatte der Oberpriester als fromme Beter in den Heiligtümern seines Landes gesehen. Mochte Mesu sie auch dahin bringen, sich zu seinem Gott zu bekennen, er, der erfahrene Greis, sah sicher voraus, daß sie sich bald genug wieder von dem unsichtbaren Geist, der ihnen stets fern und unverständlich bleiben mußte, abwenden und in hellen Haufen zu den Göttern zurückeilen würden, die sie begriffen.

Jetzt drohte Aegypten der Verlust der Erd- und Bauarbeiter, deren es so nötig bedurfte, doch Rui glaubte, daß sie ihm zurückgewonnen werden könnten.

„Wo gute Worte genügen, lasse man Schwert und Bogen ruhen," hatte er dem zweiten Propheten Bai auf sein Drängen erwidert, die Ausgezogenen zu verfolgen und niederzumachen. „An Leichen haben wir Ueberfluß im Lande; an arbeitenden Händen leiden wir Mangel. Halten wir fest, was uns verloren zu gehen droht!"

Und diese milden Worte waren ganz nach dem Herzen des Pharao gewesen, der genug des Jammers erduldet und es für geratener gehalten hätte, waffenlos in den Käfig eines Löwen zu treten, als dem Zorn des furchtbaren Hebräers noch einmal zu trotzen.

So hatte er denn den aufreizenden Worten des zweiten Propheten, dessen sichere, thatkräftige Weise sonst einen um so größeren Einfluß auf ihn übte, je unentschlossener er selbst war, das Ohr verschlossen und beruhigt und wie erquickt von neuer Hoffnung, dem Vorschlage des greisen Rui zugestimmt, den Feldhauptmann Hosea zu den Seinen zu entsenden und mit ihnen im Namen des Pharao zu verhandeln.

Auch der zweite Prophet, Baï, hatte dies Vorhaben endlich gebilligt; denn es gab ihm eine neue Handhabe, den Thron zu unterwühlen, den er zu stürzen gedachte. Saßen die Hebräer nur erst wieder fest im Lande, dann führte vielleicht der Prinz Siptah, dem keine Strafe zu schwer für die Häupter der Hebräer erschien, die ihm verhaßt, an Stelle des feigen Königs Menephtah das Scepter.

Aber erst mußten die Flüchtlinge aufgehalten werden, und Hosea war dazu der rechte Mann; niemand aber dünkte dem Baï geschickter, eines arglosen Kriegers Vertrauen zu gewinnen, als der Pharao selbst und seine hohe Gemahlin. Diese Meinung teilte auch der greise Oberpriester Rui, obgleich er der Verschwörung fernstand, und so war denn das Herrscherpaar bestimmt worden, die Totenklage zu unterbrechen und den Hebräer selbst zu empfangen.

Dieser hatte sich vor dem Throne niedergeworfen, und wie er sich wieder erhob, schaute ihm das müde Antlitz des Königs betrübt und doch huldvoll entgegen.

Wie es die Sitte gebot, war das Haupthaar und der Bart des Vaters, dem der Erstgeborene gestorben, dem Schermesser zum Opfer gefallen. Einst hatten sie in glänzendem Schwarz sein Angesicht umrahmt, doch in zwanzig Jahren einer sorgenvollen Regierung waren beide ergraut, und auch seine Gestalt hatte die aufrechte Haltung verloren und erschien schlaff und greisenhaft ge-beugt, obgleich er das fünfte Jahrzehnt kaum überschritten. Schön war sein ebenmäßig geformtes Antlitz noch immer, und es lag etwas Mitleiderweckendes in seiner traurigen,

keiner schärferen Spannung fähigen Weichheit, zumal ein
lächelnder Zug dem Munde einen herzgewinnenden Zauber
verlieh. Die träge Langsamkeit, mit der er sich zu bewegen gewöhnt hatte, beeinträchtigte kaum die natürliche
Vornehmheit seines Wesens, doch seine wohllautende Stimme
klang selten anders als abgemattet und wie hilfebedürftig.
Er war nicht zum Herrschen geboren; denn dreizehn ältere
Brüder waren gestorben, bevor das Recht auf den
Pharaonenthron ihm zugefallen war, und so hatte er als
der schönste Jüngling des Landes, als Liebling der Frauen
und leichtherziges Schoßkind des Glückes bis an die Grenze
des Mannesalters ein sorgloses Genußleben geführt. Dann
war er seinem Vater, dem großen Ramses, gefolgt, und
kaum hatte er das Scepter ergriffen, als die Libyer mit
mancherlei Bundesgenossen gegen Aegypten aufgestanden
waren. Die in den Kriegen seiner Vorgänger bewährten
Truppen und ihre Führer verhalfen ihm zum Siege, doch
in den zwanzig Jahren, die nach dem Tode des Ramses
vergangen, waren seine Truppen selten zur Ruhe gekommen; denn bald gab es im Osten, bald im Westen
Aufstände zu dämpfen, und statt in Theben, wo er viele
schöne Jahre verlebt, seiner Neigung gemäß in dem herrlichsten der Paläste sich der Gaben des Friedens und des
Umgangs der hervorragenden Männer zu freuen, die
gerade damals dort forschten und dichteten, mußte er bald
dem Heere ins Feld folgen, bald in der unterägyptischen
Hauptstadt Tanis residiren, um die schwierigen Verhältnisse dieses Grenzlandes zu ordnen. So befahl es der
greise Rui, und der König ließ sich willig von ihm
leiten; war doch in den letzten Jahren seines Vaters das
Reichsheiligtum zu Theben und mit ihm sein Oberpriester

reicher und mächtiger geworden als das königliche Haus,
und es entsprach dem schlaffen Wesen Menephtahs besser,
das Werkzeug zu sein als die leitende Hand, so lange
ihm nur alle äußeren Ehren des Pharao zukamen, über
die er mit einer Aufmerksamkeit wachte, zu der er sich,
wo es sich um ernstere Dinge handelte, niemals aufraffen
konnte.

Die huldreiche Herablassung, womit der Pharao
den Hosea empfing, erfreute ihn und beunruhigte ihn
dennoch; indessen fand er den Mut, frei zu bekennen,
daß er von seinem Amte und dem Eide, den er dem
Kriegsherrn geleistet, entbunden zu sein wünsche.

Gelassen hörte der König ihn an, und erst nachdem
er bekannt hatte, daß es der Befehl seines Vaters sei, der
ihn zu diesem Schritte bewogen, winkte der Pharao dem
Oberpriester, und dieser sprach mit leiser, schwer verständ-
licher Stimme: „Der Sohn, der Großes preisgibt, um
dem Vater gehorsam zu bleiben, wird unter den Dienern
des ‚guten Gottes‘ der treueste sein. So folge denn
der Ladung des Nun. Der Sohn der Sonne, der Herr
von Ober- und Unterägypten, gibt Dich frei; doch stellt
er Dir durch mich, den Knecht seines Herrn, eine Bedingung."

„Und wie heißt sie?" fragte Hosea.

Da winkte der Pharao dem Oberpriester zum andernmale, und während er selbst in den Thron zurücksank,
schlug der Greis die hellen Augen zu Hosea auf und
entgegnete: „Was der Herr beider Welten durch den
Mund seines Dieners von Dir verlangt, ist leicht zu
erfüllen. Der Seine, der Unsere sollst Du wiederum
werden, sobald Dein Volk und seine Führer, die so

großes Leid über dies Land gebracht, die göttliche Hand
des Sohnes der Sonne, die sich ihnen versöhnlich ent-
gegenstreckt, erfassen und sich wieder unter den wohlthätigen
Schatten seines Thrones begeben. Mit reichen Beweisen
seiner Gnade denkt der ‚gute Gott‘ die Entwichenen wieder
an sich und sein Reich zu fesseln, sobald sie aus der
Wüste heimgekehrt sind, wo sie ihrem Gotte zu opfern
gedenken. Verstehe mich wohl! Was das Volk, unter dem
Du geboren, bedrückte, soll von ihm genommen werden.
In einem neuen Gesetze gedenkt der große Gott ihm
weitgehende Freiheiten und Vergünstigungen zu gewähren,
und was wir ihm verheißen, soll niedergeschrieben werden
und bezeugt von unserer und eurer Seite als ein neuer,
giltiger Vertrag für Kinder und Kindeskinder. — Ist
aber solches geschehen mit der reblichen Absicht, es zu
halten bis zum letzten der Tage von unserer Seite, und
haben die Deinen eingewilligt, es anzunehmen, bist Du
dann gewillt, wiederum der Unsere zu werden?“

„Nimm das Amt des Vermittlers auf Dich, Hosea,“
fiel hier die Königin dem Greise mit leiser Stimme ins
Wort und blickte ihm mit den traurigen Augen bittend
ins Antlitz. „Mir graut vor dem Zorne des Mesu,
und was an uns liegt, das soll geschehen, um seine alte
Freundschaft zurückzugewinnen. Nenne ihm meinen Namen und erinnere ihn an die Tage, wo er mir, der
kleinen Isisnefert, die Pflanzen benannte, die sie ihm
brachte, und mir und meiner Schwester ihren Nutzen
und Schaden erklärte, wenn er die Königin, seine zweite
Mutter, im Frauenhause besuchte. Vergeben und vergessen
sollen die Wunden sein, die er unseren Herzen geschlagen.
Sei unser Botschafter, Hosea, versag’ es uns nicht!“

„Solche Worte aus solchem Munde," entgegnete
der Krieger, „sind strenge Befehle und thun dem Herzen
doch wohl. Das Amt des Vermittlers nehme ich an."

Da nickte der greise Oberpriester ihm beifällig zu
und rief: „So hoffe ich, daß aus dieser kurzen Stunde
eine lange Zeit des Segens erwachse. Ihr aber merket:
Wo Arzenei hilft, da vermeide man das Schneiden und
Brennen! Wo eine Brücke über den Strom führt, da
hüte man sich, durch den Strudel zu schwimmen!"

„Ja gewiß, man meide den Strudel," wiederholte
der Pharao, und die Königin sprach es ihm nach und
blickte wiederum auf die Blumen in ihrem Schoß.

Die Beratung begann.

Drei Geheimschreiber ließen sich dicht neben dem
Oberpriester auf den Boden nieder, um seine leise Stimme
zu verstehen, und auch die im Kreise hockenden Schriftgelehrten und Räte griffen zum Schreibzeug und rührten
bald, mit dem Papyrus in der Linken, das Rohr oder den
Pinsel; denn nichts durfte unverzeichnet bleiben, was
man vor dem Angesicht des Pharao beriet und beschloß.

Auch während der nun folgenden Verhandlung vernahm man nur gedämpfte Stimmen im Saale; regungslos
behaupteten die Wachen und Höflinge die Plätze, und das
Königspaar schaute stumm und starr, wie von Träumen
befangen, vor sich hin.

Weder dem Pharao noch seiner Gemahlin wäre es
möglich gewesen, das leise Gespräch der Männer zu verstehen; doch die Aegypter unter ihnen beendeten keinen
Satz, ohne zu dem Könige aufzuschauen, als wollten sie
sich seiner Billigung versichern. Hosea folgte ihrer ihm
wohl vertrauten Weise und dämpfte wie die anderen die

Stimme; wenn aber einmal die des zweiten Propheten
oder die des Hauptes der Schriftgelehrten lauter erklang,
erhob der Pharao das Haupt und sprach den Satz des
Oberpriesters nach: „Wo eine Brücke über den Strom
führt, da wahre man sich, durch den Strudel zu schwimmen;" denn diese Worte bezeichneten genau, was er und
die Königin wünschten: Keinen Kampf! Frieden mit den
Hebräern und Ruhe vor dem Zorn ihres furchtbaren
Führers und seines Gottes, ohne doch die tausende von
fleißigen Händen der Ausgezogenen zu verlieren!

So schritt die Verhandlung vorwärts, und als das
Gemurmel der Beratenden und der kritzelnde Ton des
Schreibrohrs eine volle Stunde gedauert, behauptete die
Königin noch immer die alte Stellung, doch der Pharao
begann sich zu regen und erhob die Stimme lauter;
denn er begann zu besorgen, daß der zweite Prophet,
der den Mann haßte, dessen Segen er erfleht, und dessen
Gegnerschaft ihm so furchtbar erschien, dem Vermittler
unerfüllbare Bedingungen stelle.

Doch was er sprach, war nur eine neue Wieder-
holung des Rates, an die Brücke zu denken, und ein
fragender Blick auf den Obersten der Schriftgelehrten
veranlaßte diesen, ihn zu beruhigen; denn alles sei auf
dem besten Wege. Hosea habe nur verlangt, daß die
Vögte, welche das arbeitende Volk überwachten, in Zukunft nicht mehr Sicherheitswächter libyschen Stammes,
sondern Hebräer sein sollten, deren Wahl durch die
Aeltesten seines Volkes die ägyptische Regierung bestätigen möge.

Da warf der Pharao einen ängstlich bittenden Blick
auf Bay, den zweiten Propheten, und die anderen Räte;

der erstere aber zuckte bedauerlich die Achseln und fügte sich, indem er vorgab, der göttlichen Weisheit des Pharao die eigene Meinung zu unterwerfen, auch dieser Bedingung Hosea's.

Mit einer dankbaren Neigung des Hauptes nahm der Gott auf dem Weltenthrone die Nachgiebigkeit des Mannes hin, dessen Wünsche die seinen schon häufig gekreuzt, und nachdem der „Wiederholer" oder Herold die einzelnen Punkte des Vertrages vorgelesen hatte, ward dem Hosea auferlegt, einen feierlichen Eid zu leisten, in jedem Falle nach Tanis zurückzukehren und der hohen Pforte zu berichten, wie die Seinen die Vorschläge des Königs aufgenommen hätten.

Der vorsichtige Feldhauptmann, der die Schlingen und Fallen kannte, an denen diese Stätte nur zu reich war, leistete diesen Schwur nur mit Widerstreben und nachdem man ihm schriftlich zugesichert, daß, zu welchem Ziele die Verhandlungen auch führen möchten, seine Freiheit in keiner Weise beeinträchtigt werde, sobald er nachzuweisen vermöge, daß er das Seine gethan, um die Führer des Volkes zur Annahme des Vertrages zu bewegen.

Endlich reichte der Pharao dem Krieger die Hand zum Kuß, und nachdem dieser die Lippen auch auf den Saum des Gewandes der Königin gedrückt, erteilte der Oberpriester Rui dem ersten Kämmerer und dieser dem Pharao einen Wink, und nun wußte der Herrscher, daß die Zeit für ihn gekommen sei, sich zu entfernen. Und er that es gern und gehobenen Herzens; denn er meinte für die eigene Wohlfahrt und die seines Volkes aufs Beste gesorgt zu haben.

Ueber seine schönen, müden Züge flog ein sonniger Schein, und wie die Königin sich ebenfalls erhob und ihn zufrieden lächeln sah, that sie das Gleiche. Auf der Schwelle der Empfangshalle atmete der Herrscher tief auf, wandte sich an seine Gemahlin und sagte: „Wenn Hosea seine Sache gut macht, kommen wir wohl über die Brücke."

„Und brauchen nicht durch den Strudel," fuhr die Königin im nämlichen Tone fort.

„Und gelingt es dem Feldhauptmann, den Mesu zur Ruhe zu bringen," fügte der Pharao hinzu, „und er bestimmt die Seinen, im Lande zu bleiben . . ."

„So nimmst Du diesen Hosea — er sieht vornehm aus und redlich — so nimmst Du ihn auf unter die Verwandten des Königs," unterbrach ihn seine Gemahlin.

Hier aber gab der Pharao zum erstenmal die schlaffe, gebeugte Haltung auf und versetzte mit lebendigem Eifer: „Wie wäre das möglich? Ein Hebräer! Wenn wir ihn unter ‚die Freunde' aufnähmen oder zum ‚Wedelträger' machten, das wäre das Höchste! Es ist keine leichte Aufgabe, in diesem Falle sich vor dem Zuviel oder Zuwenig zu wahren!"

Je weiter das Paar in das Innere des Palastes vordrang, desto lauter scholl ihm das Jammern der Klageweiber entgegen. In den Augen der Königin weckte es neue Thränen; der Pharao aber fuhr fort zu überlegen, welche Stellung im Hofstaate er dem Hosea anweisen dürfe, falls seine Sendung gelinge.

Zehntes Kapitel.

Hosea mußte sich eilen, um die Seinen zu rechter Zeit zu erreichen; denn je weiter sie schon vorwärts gekommen waren, desto schwieriger mochte es werden, den Mose und die Häupter der Stämme zur Umkehr und zur Annahme des Vertrags zu bewegen.

Was ihm dieser Morgen gebracht, schien ihm so wunderbar, daß er es für eine Fügung des Gottes ansah, den er wiedergefunden; auch erinnerte es ihn an den Beinamen „Josua", das ist „der, dessen Hilfe Jehova", den er durch Mirjams Botschaft empfangen. Er wollte ihn gerne tragen; denn fiel es ihm auch nicht leicht, ihm, den er zu Ehren gebracht, zu entsagen, so hatten doch viele seiner Kampfgenossen sich ähnliche gegeben. Und der seine bewährte sich herrlich; war ihm doch der Beistand Gottes nie deutlicher kund geworden als an diesem Morgen. In der Erwartung, der Freiheit verlustig zu gehen oder dem Henker überantwortet zu werden, wenn er darauf bestand, den Seinen zu folgen, hatte er den Palast des Pharao betreten, und wie schnell waren

dort die Bande zerschnitten worden, die ihn an den Kriegsdienst gefesselt. Dann aber hatte er eine Aufgabe empfangen, die ihm so groß und schön erschien, daß es
ihm nahe lag, zu glauben, der Gott seiner Väter selbst
habe ihn zu ihrer Lösung berufen.

Er liebte Aegypten. Es war ein herrliches Land.
Wo konnte sein Volk eine schönere Wohnstätte finden?
Nur die Bedingungen, unter denen es lebt, waren ihm
unerträglich geworden. Jetzt aber standen ihm bessere
Tage in Aussicht. Den Seinen sollte es freigestellt
werden, nach Gosen zurückzukehren, oder sich im Seeland,
im Westen des Nils, dessen Fruchtbarkeit und Wasser-
reichtum er kannte, niederzulassen. Niemand sollte das
Recht haben, es zu Frondiensten zu zwingen, und wer
seine Hände dem Staat als Arbeiter lieh, über den
sollten nur noch Hebräer wachen, keine harten und grausamen Fremden.

Daß die Seinen Unterthanen des Pharao bleiben
mußten, verstand sich auch für ihn von selbst; hatten sich
doch auch Joseph, Ephraim und seine Söhne, seine Ahn-
herren, solche genannt und sich wohl als Aegypter befunden.

Kam der Vertrag zu stande, dann sollten die Aeltesten der Stämme die inneren Angelegenheiten des Volkes
selbst lenken dürfen. Als Statthalter des neuen Wohn-
sitzes war, trotz des Widerspruchs des zweiten Propheten
des Amon, Mose bezeichnet worden; er selbst aber sollte
die bewaffnete Macht darin führen, seine Grenzen be-
schützen und aus hebräischen Söldnern, die sich schon in
manchem Kriege wacker bewährt, neue Tausendschaften
bilden. Bevor er aber den Palast verlassen, hatte ihm

der zweite Prophet Bai mancherlei geheimnisvolle An-
deutungen gemacht, die ihm im ganzen unklar geblieben
waren, aus denen aber hervorging, daß jener mit folge-
schweren Plänen umging und ihm, sobald die Leitung
des Staates aus den Händen des greisen Rui in die
seinen gelangt war, große Aufgaben, ja vielleicht die
Führung der gesamten Söldnertruppen zugedacht hatte,
über die jetzt ein Syrer Namens Aarsu gebot. Dies
beunruhigte ihn mehr, als es ihn erfreute, dafür aber
gereichte es ihm zu großer Genugthuung, durchgesetzt zu
haben, daß in jedem dritten Jahre die Ostgrenze des
Landes den Seinen geöffnet werden solle, damit sie in
die Wüste ziehen und dort opfern könnten. Darauf
schien Mose das schwerste Gewicht zu legen, und nach
dem herrschenden Gesetz war es niemand gestattet, die
schmale und gegen das Ostland durch Festungswerke ab-
geschlossene Grenzmark ohne Zustimmung der Obrigkeit
zu verlassen. Vielleicht gewann die Bewilligung dieses
Wunsches den großen Führer für den dem Volke heil-
samen Vertrag.

Bei diesen Verhandlungen hatte er wiederum gefühlt,
wie fremd er den Seinen geworden, wußte er doch nicht
einmal zu sagen, was das Opfer in der Wüste bezwecke.
Auch bekannte er den Räten des Pharao frei, daß er
weder die Klagen noch die Forderungen des Volkes kenne,
und er that dies, um den Seinen das Recht zu wahren,
die Vorschläge, die er überbrachte, nach mancher Richtung
hin zu ändern und zu ergänzen.

Was konnten die Seinen, was ihre Führer Besseres
verlangen?

Voll neuer Hoffnung auf künftiges Glück für sein

Volk und sich selbst lag die Zukunft vor ihm. Kam der Vertrag zu stande, dann war die Zeit für ihn gekommen, ein eigenes Heim zu gründen, und Mirjams Bild zeigte sich ihm wieder in seiner ganzen Hoheit und Schöne. Berauschend schien ihm der Gedanke, dies erhabene Weib zu gewinnen, und er fragte sich, ob er ihrer auch wert und ob es nicht vermessen sei, nach dem Besitz der gott= begeisterten, herrlichen Jungfrau, der Prophetin, zu trachten.

Er kannte das Leben und wußte recht wohl, was auf die Verheißungen des schwächlichen Mannes zu geben sei, für dessen matte Hand das Scepter zu schwer war. Doch er hatte Vorsicht geübt, und wenn die Aeltesten des Volkes sich versöhnen ließen, so sollte der Vertrag Satz für Satz, wie jede andere bindende Uebereinkunft Aegyp= tens mit fremden Nationen, auf metallene Tafeln ge= graben, in dem Reichstempel von Theben mit der Unter= schrift des Pharao und des Bevollmächtigten der Seinen aufgehängt werden. Solche Dokumente — er hatte es an den mit den Cheta geschlossenen Friedensartikeln erfahren — sicherten und verlängerten die kurze Ewigkeit der Staats= verträge. Er hatte gewiß nichts verabsäumt, um die Seinen vor Betrug und Treubruch zu schützen! Stärker, zuversichtlicher, daseinsfroher hatte er sich nie gefühlt, als da er den Wagen des Pharao von neuem bestieg, um von seinen Untergebenen Abschied zu nehmen. Auch die geheimnisvollen Aufschlüsse und Anträge des Bai be= unruhigten ihn nur leicht; denn er war gewohnt, künftige Sorgen der Zukunft zu überlassen. Im Lager aber er= wartete ihn ein Verdruß, der in die Gegenwart gehörte; denn überrascht, unwillig und besorgt erfuhr er dort, daß Ephraim heimlich und ohne jemand anzuvertrauen, wohin, das Zelt verlassen habe. Eine rasche Umfrage lehrte ihn, daß der Jüngling auf der Straße nach Tanis gesehen worden sei, und Hosea beauftragte nun schnell seinen treuen Schildträger, in der Stadt nach dem Knaben zu forschen, und fand er ihn, ihm zu befehlen, dem Oheim nach Succoth zu folgen.

Nachdem der Feldhauptmann dann Abschied von seinen Kriegern genommen, brach er auf und ließ sich nur von seinem alten Roßknecht begleiten.

Es that ihm wohl, daß die Adone *) und Unter-befehlshaber, die ihm nahe gestanden, daß die harten Streiter, mit denen er im Krieg und Frieden, in Not und Entbehrung alles geteilt, so offen zeigten, wie weh ihnen die Trennung von ihm that. Manchem im Kriege ergrauten Manne rannen helle Thränen über die braunen Wangen, wie er ihm zum letztenmal die Hand bot, mancher bärtige Mund heftete sich an den Saum seines Gewandes oder an seine Füße und das blanke Fell des edlen libyschen Rappen, der ihn mit gekrümmtem Hals, vorwärtsstrebend und gewaltsam zurückgehalten von der Kraft seines Reiters, durch ihre Reihen trug. Zum erstenmal seit dem Tod der Mutter wurde auch ihm das Auge feucht, als ihm aus der Männerbrust seiner Tausend-schaften treu gemeinte Abschieds= und Heilrufe innig und laut nachklangen.

So tief wie in dieser Stunde hatte er nimmer gefühlt, wie fest er mit diesen Männern zusammen-gewachsen und wie hoch ihm sein edler Beruf stand.

---

*) Etwa unser Adjutant.

Doch die Pflicht, der er jetzt folgte, war auch groß
und erhaben, und der Gott, der ihn seines Eides entbunden und ihm den Weg geebnet, als wahrhaftiger und
treuer Mann des Vaters Geboten Gehorsam zu leisten,
führte ihn vielleicht zu den Kampfgenossen zurück, deren
herzliches Lebewohl er noch zu hören meinte, nachdem
es schon längst unvernehmbar geworden.

Die ganze Schönheit des ihm anvertrauten Werkes,
die gehobene Stimmung des Mannes, der mit sittlichem
Ernst der Lösung einer schweren Aufgabe entgegengeht,
die volle Seligkeit des Liebenden, der mit wohlbegründeter
Hoffnung auf die Erfüllung der reinsten und schönsten
Herzenswünsche der Erwählten entgegeneilt, ward ihm
indes erst zu teil, als er die Stadt hinter sich gelassen
und im raschen Trabe durch die flache, palmen- und
wasserreiche Ebene gen Südosten eilte.

Während er das Roß in den Straßen der Residenz
und auf dem Gebiet des Hafens zu langsamerem Gange
gezwungen, war er so voll von dem Jüngsterlebten und
der Sorge um den entwichenen Knaben gewesen, daß er
wenig auf die zahlreichen vor Anker liegenden Fahrzeuge,
das bunte Gemisch der hier zusammengeströmten Schiffs-
herren, Händler, Matrosen und Lastträger aus den ver-
schiedensten Stämmen Afrikas und Vorderasiens, die hier
Gewinn suchten, und der Beamten, Krieger und Bittsteller
geachtet hatte, welche dem Pharao aus Theben in die
Ramsesstadt gefolgt waren.

Auch zwei Männer von hohem Range hatte er über-
sehen, obgleich ihm von dem einen, dem Bogenschützenobersten Hornecht, zugewinkt worden war.

Sie hatten sich in das tiefe Thor der Pylonen des

Sethtempels zurückgezogen, um sich vor dem Staube zu
schützen, den der Wüstenwind immer noch über den
Weg trieb.

Als der Oberst sich vergeblich bemühte, die Aufmerksamkeit des Vorbeireitenden auf sich zu ziehen, raunte
der andere, Bai, der zweite Prophet des Amon, ihm zu:
„Laß ihn! Er wird zeitig genug erfahren, wo sein Neffe
untergekommen."

„Du hast zu befehlen," entgegnete der Krieger.
Dann setzte er die Erzählung eifrig fort, die er vorher
begonnen: „Wie ein Stück Thon in des Töpfers Werkstatt sah der Knabe aus, als sie ihn brachten."

„Kein Wunder," unterbrach ihn der Priester; „hat
er doch lange genug im Staube des Typhon auf der
Straße gelegen. Aber was suchte Dein Hausmeister bei
den Soldaten?"

„Durch meinen Adon, den ich gestern abend hinaus-
sandte, hatten wir erfahren, daß den armen Burschen
ein schweres Fieber befallen, und da packte Kasana Wein
und den Balsam ihrer Amme zusammen und schickte den
Alten damit in das Lager."

„Zu dem Knaben oder zu dem Feldhauptmann?"
fragte der Prophet mit einem schalkhaften Lächeln.

„Zu dem Kranken," entgegnete der Krieger bestimmt,
und die Stirn zog sich ihm bedrohlich zusammen. Doch
er hielt sich zurück und fuhr wie entschuldigend fort: „Ihr
Herz ist weiches Wachs, und der hebräische Knabe, Du
sahst ihn ja gestern . . ."

„Ein prächtiger Bursche, recht nach dem Herzen der
Weiber!" lachte der Priester. „Und wer den Neffen
streichelt, der thut dem Oheim nicht wehe."

„Das hatte sie auch schwerlich im Sinne," versetzte der Oberst herb. „Uebrigens scheint der luftige Hebräergott nicht weniger offene Augen für die Seinen zu haben als die Unsterblichen, denen Du dienst; denn er führte den Hotepu zu dem Burschen, wie es schon halb mit ihm aus war. Der Träumer wäre auch sicher an ihm vorbeigeritten; denn der Staub hatte ihn schon ..."

„In ein Stück Töpferthon verwandelt. Aber dann?"

„Dann sah der Alte aus dem grauen Haufen plötzlich etwas Goldenes schimmern ..."

„Und darnach bückt sich der steifeste Nacken."

„Ganz recht! Mein Hotepu that es denn auch, und der breite Goldreifen, den der Knabe trägt, blitzte auf in der Sonne und rettete ihm abermals das Leben."

„Und das Beste ist, daß wir den Burschen nun haben."

„Ja, es freute auch mich, ihn die Augen wieder aufschlagen zu sehen. Dann ging es rasch besser und besser, und der Arzt meint, er sei wie die jungen Katzen, und ans Leben werde ihm das alles nicht gehen. Aber er fiebert heftig und ruft allerlei thörichte Dinge in seiner Sprache, die auch die alte Amme meiner Tochter, die zu Askalon daheim, nicht recht versteht. Nur Kasanas Namen meinte sie zu unterscheiden."

„Also wiederum ein Weib, das das Unheil verursacht."

„Laß diese Scherze, heiliger Vater," versetzte der Oberst und biß sich auf die Lippen. „Eine sittsame Witwe, und dieser flaumbärtige Knabe!"

„In so jungen Jahren," versetzte der Priester unbeirrt, „ziehen aufgeblühte Rosen junge Käfer kräftiger

an als die Knospen; und in diesem Falle," fügte er
ernster hinzu, „ist dies vortrefflich. Wir haben den Neffen
Hoseas im Netze, und an Dir ist's, ihn nicht aus dem
Garne zu lassen!"

„Du meinst," rief der Krieger, „wir sollten ihm die
Freiheit beschränken?"

„Du sagst es."

„Doch Du schätzest seinen Oheim."

„Gewiß! Aber höher noch den Staat."

„Dieser Knabe . . ."

„Wir besitzen in ihm einen willkommenen Geisel.
Hoseas Schwert war uns ein höchst nützliches Werkzeug;
wird aber die Hand, die es führte, von demjenigen geleitet, dessen Macht auch über Größere wir kennen . . ."

„Du meinst Mesu, den Hebräer?"

„Dann schlägt Hosea uns selbst so tiefe Wunden
wie vormals unseren Feinden."

„Doch ich hörte schon mehrmals aus Deinem eigenen
Munde, er sei keines Meineides fähig."

„Und ich bleibe dabei, und er hat es heute noch
wunderbar bewährt. Nur um sich von seinem Schwur
entbinden zu lassen, steckte er das Haupt in den Rachen
des Krokodils. Aber wenn der Sohn des Nun ein Löwe
ist, so findet er doch in Mesu den Bändiger. Dieser
Mann ist der Erzfeind Aegyptens, und bei dem bloßen
Gedanken an ihn schwillt mir die Galle."

„Das Jammergeschrei der Trauernden hinter diesem
Thore mahnt uns laut genug, ihn zu hassen."

„Und dennoch will der Schwächling auf dem Thron
der Rache vergessen und entsendet jetzt den Hosea."

„Mit Deiner Einwilligung, denk' ich?"

„Ganz recht," versetzte der Priester mit einem spötti-
schen Lächeln. „Wir schicken ihn ja aus, um eine Brücke
zu bauen! O diese Brücke! Das vertrocknende Gehirn
eines Greises empfiehlt sie zu schlagen, und wie ist dies
doch dem erbärmlichen Sohn eines Vaters ganz nach dem
Herzen, der sich wahrlich nicht scheute, durch den wildesten
Strudel zu schwimmen, zumal wo es galt, Rache zu üben!
Mag der Hosea das Bauen versuchen! Führt ihn der
Steg über den Strom zu uns zurück, so heiße ich ihn
warm und redlich willkommen; daß aber, sobald dieser
e i n e Mann auf unserem Ufer steht, die Pfeiler unter
den Führern seines Volkes zusammenbrechen, dafür haben
wir, die Mutigen in Aegypten, zu sorgen."

„Wohl, wohl! Doch den Feldhauptmann, fürcht' ich,
verlieren wir mit, wenn den Seinen geschieht, was sie
verdienen."

„So möcht' es fast scheinen."

„Du bist weiser als ich."

„Doch in diesem Falle, denkst Du, dennoch im
Irrtum."

„Wie dürft' ich mich wohl unterfangen . . ."

„Als Mitglied des Kriegsrates bist Du verpflichtet,
eine eigene Meinung zu äußern, und ich halte es jetzt
für geboten, Dir zu zeigen, wohin der Weg führt, auf
dem Du uns bisher mit verbundenen Augen gefolgt bist.
Höre denn und richte Dich darnach, wenn im Rate die
Reihe an Dich kommt. Der Oberpriester Rui ist alt . . ."

„Und Du verwaltest schon jetzt die Hälfte seiner
Aemter."

„Möchte ihm bald auch der letzte Teil der Last abgenommen werden! Nicht um meinetwillen; denn ich

liebe den Streit; doch der Wohlfahrt unseres Landes zu
liebe! Es liegt einmal tief in unserer Art, für Weisheit
zu halten, was das Alter ausspricht und verordnet, und
so sind denn wenige unter den Räten, die dem Greise
nicht folgten; und doch geht, wie er selbst, seine Thatkraft
nur noch an Krücken. Das Gute versumpft unter seiner
schwachen, mattherzigen Leitung."

„Deswegen eben darfst Du über meine Stimme verfügen!" rief der Krieger. „Darum leihe ich beide Hände
dem Sturze des Schläfers auf dem Thron und der
blöden Jasager, die seine Räte."

Da legte der Prophet den Finger an den Mund,
mahnte den anderen zur Vorsicht, trat ihm näher, wies
auf seine Sänfte und sagte dann schnell und leise: „Ich
werde bei der hohen Pforte erwartet, und so höre nur
noch dies: Glückt dem Hosea das Versöhnungsgeschäft,
so kehren die Seinen — die Schuldigen wie die Unschuldigen — zurück, und die letzteren werden gezüchtigt.
Zu den ersteren dürfen wir den ganzen Stamm des
Feldhauptmanns zählen, der sich die Söhne Ephraims
nennt, von dem alten Nun an bis zu dem Knaben in
Deinem Hause."

„Wir dürfen sie schonen; doch auch Mesu ist ein
Hebräer, und was wir ihm anthun . . . ."

„Es wird nicht auf offener Straße geschehen, und
ein Kinderspiel ist es, zwischen zwei Männern Feindschaft
zu säen, denen es zufällt, im gleichen Kreise zu herrschen.
Ich sorge dafür, daß Hosea über das Ende des anderen
hinwegsieht; dann aber soll der Pharao, gleichviel ob
er Menephtah heißt oder" — und hier dämpfte er die
Stimme — „oder schon Siptah, ihn so hoch erheben, und

er verdient es, daß das Auge in seinem schwindelnden Haupt zu sehen unterläßt, was wir ihm zu entziehen begehren. Es gibt ein Gericht, von dem niemand läßt, der es einmal gekostet."

"Ein Gericht?"

"Die Macht, meine ich, Hornecht — große gewaltige Macht! Als Statthalter einer ganzen Provinz, als Führer der gesamten Söldnerscharen an Stelle des Aarsu, hütet er sich wohl, mit uns zu brechen. Ich kenne ihn. Gelingt es, ihn glauben zu machen, daß Mesu ihm unrecht gethan, — und der gewaltthätige Mann wird Anlaß dazu geben — und bringt man ihn gar zu der Ueberzeugung, das Gesetz schreibe die Strafen vor, die wir über den Zauberer und die Schlimmsten der Seinen verhängen, dann läßt er es geschehen, ja er zollt uns noch Beifall."

"Aber wenn nun die Sendung mißlingt?"

"Dann wird er doch jedenfalls wieder vor uns erscheinen; denn er bricht keinen Eid. Nur für den Fall, daß Mesu, dem alles zuzutrauen ist, ihn gewaltsam zurückhält, soll der Knabe uns nützen; denn Hosea liebt ihn, die Seinen halten viel auf das Leben, und er gehört zu ihrer vornehmsten Sippe. Der Pharao soll den Burschen in jedem Falle bedrohen; wir aber werden ihn schützen, und das wird seinen Oheim neu mit uns verknüpfen und ihn denen zugesellen, die dem Könige zürnen."

"Vortrefflich!"

"Und am sichersten kommen wir zum Ziel, wenn es uns noch ein anderes Band zu schlingen gelingt. Kurz — und ich bitte Dich, diesmal die Ruhe zu wahren, Du viel zu junger Graubart — kurz, Dein und mein hebräischer Waffenbruder, mein Lebensretter, der tüchtigste

Mann im Heere, dem darum auch die höchsten Würden gewiß, er soll Dein Tochtermann werden. Kasana ist dem Hebräer hold — ich weiß es von meiner Hausfrau."

Da zogen sich die Falten auf der Stirn des Obersten wieder zusammen, und mühsam rang er nach Fassung. Er fühlte, daß er den Widerwillen aufgeben müsse, den Mann seinen Eidam zu nennen, dessen Herkunft ihm zuwider und dem er doch so warm zugethan war, wie er ihn schätzte. Wohl konnte er sich nicht enthalten, leise vor sich hinzufluchen, doch die Antwort, die er dem Priester erteilte, klang verständiger und ruhiger als dieser erwartet. War Kasana nun einmal von Dämonen besessen, die sie zu dem Fremden hinzogen, so mochte sie den Willen haben! Aber Hosea hatte ihrer noch gar nicht begehrt. „Indes," rief er ungestüm aus, „beim roten Seth und seinen siebzig Genossen! Weder Du noch ein anderer soll mich bewegen, mein Kind, um das zwanzig werben, dem Manne anzutragen, der sich unsern Freund nennt und sich nicht einmal die Zeit abmüßigt, uns in unserem Haus zu begrüßen! Den Knaben festzuhalten, das ist ein anderes Ding, und ich nehm' es auf mich."

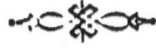

Elftes Kapitel.

In tiefer, reiner Bläue, mit unzähligen Sternen geschmückt, hatte sich der Himmel um Mitternacht über
die flache Landschaft des östlichen Delta und die Stadt
Succoth gebreitet, welche die Aegypter nach ihrem Tempelbezirk auch den Ort des Gottes Tum oder Pithom
nannten.

Jetzt neigte sich die Märznacht dem Ende entgegen,
und weißliche Dünste umwallten den Kanal, der, ein Werk
hebräischer Zwangsarbeiter, die Ebene durchschnitt und
die Felder und Weideplätze an seinem Ufer bewässerte,
die kein Ende nahmen, wohin man auch blickte.

Im Osten und Süden war der Himmel von dichtem
Nebel umdüstert, der großen Seen und dem schmalen
Meeresarme entstieg, der tief in die Landenge einschnitt.
Der Wüstenwind, der gestern auch hier über das lechzende
Gras und die Häuser und Zelte von Succoth heiß
und staubig dahingestrichen war, hatte sich schon vor Ein-
bruch der Nacht zur Ruhe begeben, und die Kühlung,
welche im März auch in Aegypten dem Aufgang der
Sonne vorangeht, machte sich fühlbar.

Wer den schlichten Grenzort mit seinen Hirtenzelten, seinen elenden Nilschlammhütten und wenigen stattlichen Gehöften und Häusern schon früher zwischen Mitternacht und Morgen betreten, der hätte ihn heute kaum wiedererkannt. Selbst das einzige bemerkenswerte Gebäude des Ortes, außer dem stattlichen Tempel des Sonnengottes Tum, das große, befestigte Vorratshaus, bot in dieser Stunde einen befremdlichen Anblick. Zwar schimmerten seine lang hingestreckten, weiß getünchten Mauern so hell wie immer durch die Nacht, doch während es sonst um diese Zeit den schlummernden Ort stumm und wie ausgestorben überragte, ging es jetzt in ihm und seiner Umgebung lebhaft genug her. Es diente auch dem Zwecke, räuberische Schasuscharen*) abzuwehren, welche die Festungswerke auf der Landenge umgangen hatten, und hinter seinen unzerstörbaren Mauern fand eine ägyptische Besatzung Platz, die es leicht gegen eine starke Uebermacht verteidigen konnte.

Heute nun sah es aus, als hätten es die Wüstensöhne erstürmt; doch die Männer und Weiber, welche am Fuße und auf den breiten Mauerkronen des Riesenbaues die Hände rührten, waren keine Schasu, sondern Hebräer. Mit lautem Geschrei und frohen Geberden plünderten sie die tausende von Lasten des Weizens und der Gerste, des Roggens und der Durrakörner, der Hülsenfrüchte, Datteln und Zwiebeln, welche sie in den vollen Speichern fanden, und sie hatten schon vor Sonnenuntergang begonnen, die Vorratskammern auszuleeren und

---

*) Beduinen, die in der Aegypten berührenden, jetzt zu Asien gerechneten Wüstenlandschaft als Nomaden hausten.

ihren Inhalt in Säcken, Eimern und Schläuchen, in Mulden, Krügen und Schürzen an Stricken niederzulassen oder auf Leitern hinunterzutragen.

Die Vornehmsten schlossen sich aus von dieser Arbeit, doch unter denen, die hier die Hände rührten, sah man, trotz der nächtlichen Stunde, auch Kinder jeden Alters, die in Töpfen und Schüsseln aus der Küche der Mutter so viel fortschafften, wie sie vermochten.

Droben, neben den unbedachten Oeffnungen der Speicherkammern, in welche die Sterne hineinschienen, und am Fuße der Leitern beleuchteten Weiber mit Fackeln oder Laternen die Arbeit der anderen.

Hell brennende Pechpfannen waren vor den schweren, verschlossenen Thoren der eigentlichen Festung aufgestellt, und in ihrem Lichte schritten bewaffnete Hirten auf und nieder. Wenn von innen her Steinwürfe oder Fußtritte die mit Erz beschlagene Thür trafen und drohende Worte in ägyptischer Sprache erschollen, ließen es die draußen stehenden Hebräer an spottenden und schmähenden Antworten nicht fehlen.

Am Erntefesttage waren zur Zeit der ersten Abendwache einige schnelle Läufer zu Succoth erschienen und hatten den dort wohnenden Kindern Israels, deren Zahl die der Aegypter um das Zwanzigfache überbot, verkündet, sie hätten am Morgen Tanis verlassen, und das Volk habe in der Nacht von dort aufzubrechen gedacht; die Blutsfreunde von Succoth aber möchten sich bereit halten, ihm zu zu folgen. Da hatte es großen Jubel unter den Hebräern gegeben, die in der Neumondnacht nach der Frühlings-Tagundnachtgleiche, mit der das Erntefest zu beginnen pflegte, wie ihre Stammesgenossen aus der Ramsesstadt

sich in jedem Hause zu einem festlichen Mahle versammelt.
Von den Häuptern der Stämme war ihnen dabei mitgeteilt worden, der Tag der Befreiung sei nun gekommen,
und der Herr gedenke sie in das gelobte Land zu führen.

Wie zu Tanis, so waren auch hier viele kleinmütig
und widerspenstig gewesen, und andere hatten versucht,
sich von dem Geschick der übrigen zu trennen und zurückzubleiben; doch auch hier waren sie von der Mehrzahl
mit fortgerissen worden. Wie in der Ramsesstadt Aaron
und Nun, so hatten hier Eleasar, der Sohn des ersteren,
und die vornehmen Häupter des Stammes Juda, Hur
und Naheson, der Menge zugesprochen. Mirjam aber,
des Mose jungfräuliche Schwester, war von Haus zu
Haus gegangen, und überall hatte sie mit glühenden
Worten die Flamme der Begeisterung in den Herzen der
Männer erweckt und angefacht und den Weibern gezeigt,
daß mit der Sonne des nächsten Morgens ein neuer
Tag des Glückes, des Wohlseins und der Freiheit für sie
und ihre Kinder anbrechen werde.

Bei wenigen nur hatte die Prophetin taube Ohren
gefunden, und es lag auch etwas Majestätisches, zum Gehorsam Zwingendes in dem Wesen dieser Jungfrau, deren
große schwarze Augen, über die sich starke, dunkle, zu-
sammengewachsene Brauen wölbten, denen, die sie ansah,
mitten ins Herz blickten und die Widerstrebenden mit
ihrem düsteren Glanze zu bedrohen schienen.

Nach dem Festmahle waren die Mitglieder jeden
Hauses gehobenen Herzens und hoffnungsfroh zur Ruhe
gegangen. Doch wie hatte sie schon der zweite Tag, die
ihm folgende Nacht und der nächste Morgen verwandelt!
Es war, als habe der Wüstenwind den Mut und die

Zuversicht in dem Staube begraben, den er vor sich hintrieb. Die Furcht, ins Ungewisse zu wandern, hatte sich wieder in die Herzen geschlichen, und manchen, der den Wanderstab vertrauensvoll und unternehmungslustig geschwungen, hielt es nun wieder wie mit Klammern und Banden an dem Haus der Väter, dem wohlgepflegten Gärtchen und der Ernte auf den Feldern fest, die erst zur Hälfte eingebracht worden war.

Den ägyptischen Kriegern in dem befestigten Vorratshause war es nicht entgangen, daß sich der Hebräer eine besondere Bewegung bemächtigt, doch hatten sie dies auf das Erntefest geschoben. Daß Mose die Seinen in die Wüste zu führen begehre, um sie dort ihrem Gotte opfern zu lassen, hatte der Befehlshaber des Forts vernommen und um Verstärkung gebeten. Doch Näheres wußte er nicht; denn bis zu dem Morgen, an dem sich der Wüstenwind erhob, war kein Hebräer zum Verräter des Vorhabens seines Volkes geworden. Doch je schwerer des Tages Glut sie bedrückt hatte, desto gewaltiger war in den Aengstlichen das Grauen vor der Wanderung durch die heiße, staubige, wasserlose Wüste gestiegen. Der schreckliche heutige Tag hatte sie wie ein Vorgeschmack dessen gequält, was ihnen bevorstand, und wie gegen Mittag der Staub immer dichter, die Luft immer drückender geworden, hatte sich ein hebräischer Krämer, von dem auch die ägyptischen Krieger Waren bezogen, in das Vorratshaus geschlichen, um den Befehlshaber aufzufordern, seine Stammesgenossen zu verhindern, sich ins Verderben zu stürzen.

Doch auch unter den Vornehmeren waren die Stimmen der Unzufriedenen laut geworden. — Asarja und

Michael samt ihren Söhnen, die dem Mose und Aaron
die Macht mißgönnten, hatten sich sogar vom einen zum
andern begeben und versucht, sie zu bestimmen, bevor
es zum Aufbruch komme, die Aeltesten noch einmal zu
berufen und ihnen anheimzugeben, mit den Aegyptern
in neue Verhandlungen zu treten.

Während diese Unzufriedenen nun mit gutem Erfolg
Anhänger gesammelt, und der Verräter den Befehlshaber
der ägyptischen Besatzung aufgesucht hatte, waren zwei
neue Vorläufer mit der Botschaft eingetroffen, daß der
Zug der Auswanderer zwischen Mitternacht und Morgen
in Succoth eintreffen werde.

Atem- und sprachlos, triefend von Schweiß und mit
blutigen Lippen war der ältere Läufer auf der Schwelle
des Hauses zusammengebrochen, welches dem Amminadab
gehörte und jetzt auch der Mirjam Unterkunft bot. Man
hatte den erschöpften Männern Wein und Erfrischungen
reichen müssen, bevor der weniger ermattete der Rede
völlig mächtig geworden. Dann aber hatte er mit heiserer
Stimme, doch überströmend von Dank und feuriger Begeisterung, berichtet, wie es zugegangen sei beim Aufbruch,
und wie der Gott der Väter jedes Herz mit seinem Geist
erfüllt und auch in die Seelen der Mutlosen neue Zuversicht gegossen.

Mirjam war mit leuchtenden Augen dieser Rede gefolgt; doch nach ihrem Schluß hatte sie den Schleier über
das Haupt geworfen und den Dienern des Hauses, die um
die Läufer versammelt waren, befohlen, das ganze Volk
unter die Sykomore zu berufen, deren breite, tausend-
jährige Krone einen weiten Kreis vor dem Sonnenbrand
schützte.

Der Wüstenwind hatte noch immer geweht, doch die
frohe Kunde schien die Macht gebrochen zu haben, die
er auf die Menschen geübt, und wie nun viele Hunderte
unter der Sykomore zusammengeströmt waren, hatte
Mirjam dem Eleazar, dem Sohn ihres Bruders Aaron,
die Hand gereicht, sich auf die Bank geschwungen, die
sich an den gewaltigen hohlen Baumstamm lehnte, Augen
und Hände wie verzückt gen Himmel gehoben und, als
sei es ihrem Blicke vergönnt, ihn zu schauen, ein lautes
Gebet an den Herrn gerichtet.

Dann hatte sie dem Boten das Wort gelassen, und
als dieser noch einmal geschildert, was sich in der Ramsesstadt begeben, und sodann auch gemeldet, daß die von
Tanis in wenigen Stunden hier eintreffen würden, war
ein lautes Jubelgeschrei unter der Menge ausgebrochen;
Eleazar aber, der Sohn des Aaron, hatte mit flammender
Begeisterung verkündet, was der Herr an den Seinen gethan und was er ihnen für sie, ihre Kinder und Kindeskinder verheißen.

Wie frischer Morgentau auf welkende Gräser war
jedes Wort aus dem Munde des begeisterten Mannes in
die Herzen des Volkes gefallen. Jubelnd hatten die
Gläubigen ihm und Mirjam zugejauchzt und dem gesunkenen Mut der Zaghaften waren neue Flügel gewachsen. Asarja, Michael und ihr Anhang hatten nicht
mehr gemurrt, ja die meisten waren von der allgemeinen
Begeisterung ergriffen worden, und wie ein hebräischer
Söldner von der Besatzung des Vorratshauses sich herbei-
geschlichen und erzählt hatte, daß seinem Hauptmann verraten worden sei, was im Werke, waren Eleazar, Naheson,
Hur und andere zu einer Beratung zusammengetreten,

hatten alle anwesenden Hirten um sich geschart und sie
mit glühenden Worten angefeuert, jetzt zu zeigen, daß
sie Männer seien und sich nicht fürchteten, unter ihres
Gottes mächtigem Beistand für ihr Volk und seine Befreiung zu kämpfen. An Aexten, Keulen, Sicheln und
ehernen Spießen, an schweren Pfählen und an Schleudern,
die des Hirten Waffe gegen die Tiere der Wildnis, an
Bogen und Pfeilen hatte es nicht gefehlt, und sobald
sich eine stattliche Schar von kräftigen Männern an ihn
geschlossen, war Hur auf die ägyptischen Vögte, welche
die Erdarbeiten einiger Hundertschaften von hebräischen
Frönern überwachten, gestürzt. Mit dem Rufe: „Sie
kommen! Nieder mit den Bedrückern! Der Herr unser
Gott ist unser Führer!" hatten sie sich auf die libyschen
Wachmannschaften geworfen, sie zu Paaren getrieben und
die grabenden und mauernden Stammesgenossen befreit.
Sobald der vornehme Nahesson endlich einen der Aeltesten
dieser Unglücklichen wie einen Bruder ans Herz gezogen,
hatten sich auch die anderen befreiten Fröner den Hirten
an die Brust geworfen, und so waren sie, immer mit dem
Rufe: „Sie kommen!" und „Der Herr, der Gott unserer
Väter, ist unser Führer!" in wachsender Menge weiter
gezogen. Als endlich aus der kleinen Hirtenschar etliche
Tausend geworden, hatte Hur sie den ägyptischen Kriegern
entgegen geführt, denen sie an Zahl gewaltig überlegen.

Schon hatten die ägyptischen Bogenschützen einen
Regen von Pfeilen versandt, und tödliche Steine aus
den Schleudern kräftiger Hirten die vordersten Glieder
des Feindes getroffen, als ein Trompetenruf erschollen
war, der die Besatzung des Vorratshauses hinter die geböschten Mauern und das feste Thor zurückrief. — Die

Uebermacht der Hebräer war dem Befehlshaber zu groß erschienen, doch hatte ihm die Pflicht geboten, das Fort zu halten, bis die erbetene Verstärkung eintraf.

Doch Hur war mit diesem ersten Siege nicht zufrieden gewesen. Wie ein scharfer Windstoß ein schwelendes Feuer, hatte der Erfolg den Mut der Seinen angefacht, und wo sich ein Aegypter an den Zinnen des Vorratshauses zeigte, der runde Stein aus der Schleuder eines Hirten ihn scharf getroffen. Auf Nahesons Geheiß hatte man Leitern herangezogen. Im Nu waren Hunderte von allen Seiten zu dem Bauwerk emporgeklettert, und nach kurzem, unblutigem Kampfe die Speicher den Hebräern in die Hände gefallen. Die Aegypter hatten nur noch das Fort zu behaupten vermocht.

Während dieser Vorgänge war der Wüstenwind zur Ruhe gekommen. Wütende Gesellen unter den befreiten Frönern hatten Stroh, Holz und Reisig vor dem Thor des Hofraums aufgeschichtet, in den die Aegypter zurückgedrängt worden waren, und es wäre den Angreifern ein Kleines gewesen, den Feind bis zum letzten Mann durch das Feuer zu vernichten; aber Hur, Naheson und andere besonnene Führer des Volkes hatten dies nicht zugelassen, um der Einäscherung der Lebensmittel vorzubeugen, die sich immer noch in den Vorratskammern befanden.

Freilich war es nicht leicht gewesen, die Jüngeren unter den gemißhandelten Frönern von dieser That der Rache zurückzuhalten; doch ein jeder gehörte selbst zu einem Hausstande, und als Hurs Mahnungen von denen der Väter und Mütter unterstützt worden waren, hatten sie sich nicht nur beschwichtigen lassen, sondern auch den Aelteren geholfen, den Inhalt der Speicher an die Häupter

der Familien zu verteilen und ihn auf die Lasttiere und
Karren zu laden, die den Auswanderern folgen sollten.

Bei hellem Fackelschein ging diese Arbeit dann vor
sich, und sie gestaltete sich zu einem neuen Feste; denn weder
Hur, noch Naheson, noch Eleazar hatten die Männer und
Weiber zu hindern vermocht, die Weinkrüge und Schläuche
zu öffnen. Dennoch gelang es, den Löwenpart der köstlichen Beute für die Zeit der Not zu bewahren, und so
gab es zwar nicht allzu viel Trunkene, wohl aber steigerte
der Geist des Rebensaftes und die Freude an einer so
reichlichen Beute die dankbare Erregung der Menge.
Wie Eleazar endlich zum andernmal unter sie trat, um
ihr von dem gelobten Land zu erzählen, lauschten ihm
Männer und Frauen mit erhobenen Herzen und stimmten
mit ein in das Loblied, das Mirjam angestimmt hatte.

Wie zu Tanis in der Stunde, die dem Aufbruch
voranging, ergriff nun auch zu Succoth fromme Begeisterung die Herzen des Volkes, und da einige siebzig hebräische
Männer und Weiber, die sich im Tempel des Tum versteckt gehalten, den Jubelgesang hörten, traten sie ins
Freie, gesellten sich zu den anderen und packten so hoffnungsfroh und mit so warmem Zutrauen auf den Gott
ihrer Väter ihre Habe zusammen, als hätte sie nimmer
vor dem Aufbruch gegraut.

Wie die Sterne tiefer sanken, steigerte sich die frohe
Erregung. Scharenweise wanderten Männer und Frauen
auf der Straße nach Tanis den nahenden Volksgenossen
entgegen. Mancher Vater führte dabei den heranwachsenden Knaben an der Hand, und manche Mutter trug ihr
Kind auf dem Arm; gab es doch unter den Heranziehenden viele liebe Blutsfreunde zu begrüßen, mußte der nahe

Morgen doch Feierstunden bringen, die man keinem Herzen vorenthalten mochte, das man liebte, und die auch in den Seelen der Kleinen nachklingen sollten, bis sie selbst Kinder und Enkel besaßen.

In Zelt, Hütte und Wohnhaus ward kein Lager aufgesucht, da es überall galt, noch die letzte Hand an das Einzupackende zu legen. Bei dem Speicher hatte sich die Schar der Arbeitenden gelichtet; denn die meisten waren schon mit so viel Mundvorrat versehen wie sie nur fortschaffen konnten.

Vor vielen Zelten und Hütten umlagerten reisefertige Männer und Frauen schnell entzündete Feuer, und in den größeren Gehöften trieben die Hirten das Vieh zusammen und schlachteten die Rinder und Schafe, die nicht für die Wanderung geeignet. Vor manchem Hause hörte man den Schlag der Aexte und Hämmer und das Knirschen der Sägen; denn es galt, die Sänften und Tragbahren für Sieche und Schwache fertig zu stellen. Hier wurden noch Wagen und Karren beladen, und die Hausherren hatten schweren Stand mit den Weibern; denn einen Besitz preiszugeben fällt immer schwer, sei er groß oder klein, und das Frauenherz hängt oft fester an scheinbar wertlosen als an den kostbarsten Stücken. Wenn die. Weberin Rebekka dringender wünschte, die roh zusammen- gezimmerte Wiege, in der ihr Liebling gestorben, auf den Karren zu laden als die schöne, mit Elfenbein ausgelegte Truhe von Ebenholz, die ein Aegypter dem Manne ver- pfändet, wer mochte es ihr verargen?

Aus allen Fensteröffnungen und jeder Zeltthür schim- merte Licht, und von den Dächern der größten Häuser leuchteten Fackeln oder Laternen den Nahenden entgegen.

Bei dem Mahle, das schon in der Nacht des Erntefestes aufgetragen worden war, hatte auf keinem Tische
ein gebratenes Lämmlein gefehlt; in dieser Stunde der
Erwartung aber bot die Hausfrau den Ihren von neuem,
was sie vermochte.

In den engen Straßen des schlichten Grenzortes
wogte ein lebendiges Leben, und auf gleich heitere Züge,
gleich hell und begeistert leuchtende Augen, gleich schön
von Hoffnung und frommem Glauben verklärte Gesichter
hatten die niedergehenden Sterne hier nimmer geschaut.

Zwölftes Kapitel.

Auf dem Dache eines der größten Häuser von Succoth war noch, als der Morgen graute, alles versammelt, was sich nicht herunterbegeben hatte, um die wandernden Ausgezogenen zu begrüßen, die hier die erste längere Rast halten sollten.

Ihnen vorauseilend hatte ein schnellfüßiger Mann oder Knabe nach dem andern Succoth erreicht. Das Haus des Amminadab war das Ziel der meisten. Es bestand aus zwei Gebäuden, von denen das eine den Naheson, den Sohn des Besitzers, und die Seinen, das andere größere aber, außer dem greisen Hausherrn und seiner Gattin, seinen Schwiegersohn Aaron mit Weib, Kindern und Enkeln, sowie Mirjam beherbergte. Der alte, vornehme Stammfürst, der die Pflichten seiner Stellung auf seinen Sohn Naheson übertragen, streckte jedem Boten die zitternden Hände entgegen und lauschte seinen Erzählungen mit leuchtenden, oft von Thränen verschleierten Augen. Er hatte seine alte Gattin veranlaßt, sich in den Armstuhl zu setzen, auf dem man

sie dem Volke nachtragen sollte, damit sie sich daran
gewöhne, und er selbst ruhte jetzt schon aus dem nämlichen Grund in dem seinen.

Wenn die Greisin die Boten rühmen hörte, daß
das nun zur Erfüllung gelange, was dem Volke eine
herrliche Zukunft verheiße, suchte ihr Auge oft das des
Hausherrn, und dazu rief sie wohl: „Ja, der Mose!";
denn sie hielt den Bruder ihres Tochtermannes sehr hoch,
und es freute sie, in Erfüllung gehen zu sehen, was er
ihr vorausgesagt hatte. Auch auf Aaron, ihren Schwiegersohn, sahen die Alten mit Stolz; ihre ganze Liebe aber
gehörte dem Eleasar, ihrem Enkel, den sie zu einem
zweiten Mose heranwachsen sahen. In Mirjam hatten
sie seit einiger Zeit eine neue und gerngesehene Haus-
genossin gefunden. Bis zu elterlicher Zärtlichkeit war
die Neigung der warmherzigen Alten zu der ernsten
Jungfrau freilich nicht gediehen, und die Sorge für
den großen Hausstand begehrte ihre Tochter Eliseba, des
Aaron rührige Gattin, ebensowenig mit der Prophetin
zu teilen, wie ihres Sohnes Naheson Weib, das ohnehin
mit den nächsten Ihren unter dem eigenen Dache wohnte.
Doch die Alten schuldeten Mirjam Dank für die Sorge,
die sie ihrer Enkelin Milca, der Tochter des Aaron und
der Eliseba, widmete, die ein schweres Unglück aus einem
heiteren Kinde zu einem schwermütigen, jeder Freude ab-
gestorbenen Weibe gemacht.

Wenige Tage nach der Hochzeit mit einem geliebten
Gatten hatte dieser sich hinreißen lassen, gegen einen
ägyptischen Steuerbeamten die Hand zu erheben, der ihm,
da der Pharao über Succoth gen Osten zog, eine große
Herde der schönsten Rinder für „die Küche des Herrn

beider Welten" forttreiben wollte. Um dieser Selbsthilfe
willen war der Unglückliche als Staatsgefangener in die
Bergwerke fortgeführt worden, und jedermann wußte genau,
daß die Sträflinge dort in qualvoller Ueberanstrengung an
Leib und Seele verdarben. Durch den Einfluß des alten
Nun, des Vaters des Hosea, war es verhindert worden,
daß auch das Weib und die Angehörigen des Verurteilten,
wie das Gesetz es vorschrieb, der gleichen Strafe verfielen; Milca aber siechte dahin, und die einzige, die
das blasse, stumme Weib aus ihrem Brüten zu erwecken
verstand, war Mirjam. An sie hatte die Verlassene das
wunde Herz gehängt, und ihr folgte sie, wenn die Jungfrau die ärztliche Kunst, die sie erlernt, in den Hütten der
Armen übte und ihnen Heilmittel und Almosen brachte.

Die letzten Boten, welche Amminadab und sein Weib
auf dem Dache empfingen, schilderten die Beschwerden
der Wanderung und das Elend, dessen Zeuge sie während
derselben geworden, mit dunklen Farben; wenn aber ein
Weichherziger unter ihnen sich in Klagen über die schweren
Leiden erging, die Frauen und Kinder erduldet, während
der Wüstenwind wehte, und er des Schrecklichsten, das
sich seinem Gedächtnisse eingeprägt hatte, traurig und
bang für die Zukunft gedachte, rief ihm der Greis tröstende
Worte zu und verwies ihn auf die Allmacht Gottes und
die Gewohnheit, deren Macht sich auch an ihnen bewähren werde. Aus seinen faltigen Zügen sprach sichere
Zuversicht, während in dem schönen, doch strengen Antlitz
der Mirjam wenig von der frischen Hoffnung zu lesen
war, die sonst die Jugend vor dem Alter voraus hat.

Während die Boten gingen und kamen, wich sie
nicht von der Seite der Alten und überließ es ihrer

Schwägerin Eliseba und ihren Dienerinnen, den Ermüdeten
Erfrischungen zu reichen. Sie selbst hörte ihnen gespannt
und tief atmend zu, doch was sie vernahm, erschien ihr
besorgniserregend; denn sie wußte, daß nur diejenigen
den Weg in das Haus fanden, welches den Aaron beherbergte, die den Führern des Volkes, ihren Brüdern,
anhingen. Wenn solchen schon die Freudigkeit welkte, wie
mochte es bei den Lauen und Widerspenstigen aussehen!

Nur selten knüpfte sie eine Frage an die des Greises,
und that sie es, so schauten die Boten, die ihre Stimme
zum erstenmale vernahmen, überrascht auf sie hin; denn
sie war zwar wohllautend, doch von ungewöhnlicher
Tiefe.

Nachdem mehrere Vorläufer auf ihre Erkundigungen
versichert, Hosea, der Sohn des Nun, sei nicht mit den
anderen gekommen, senkte sie das Haupt und fragte nicht
weiter, bis die bleiche Milca, die ihr überallhin folgte, die
schwarzen Augen bittend zu ihr aufschlug und ihr den
Namen des Ruben, ihres gefangenen Gemahles, zuraunte.
Da küßte die Jungfrau die arme Verlassene auf den
Scheitel, schaute sie an, als ob sie etwas an ihr ver-
säumt, und fragte dann die Boten mit dringlichem Eifer,
was sie etwa von dem Ruben erfahren, den man in die
Bergwerke geschleppt. Doch nur einer wollte von einem
freigelassenen Sträfling vernommen haben, daß Milcas
Gatte in den Kupferminen der Landschaft Bech, auf dem
Gebiete des Sinaiberges, lebe, und diese Nachricht ergriff
die Jungfrau, um Milca mit großer Lebendigkeit und
Wärme in Aussicht zu stellen, daß wenn das Volk gen
Osten ziehe, es sicherlich auch die Minen berühren und
die dort zurückgehaltenen Hebräer befreien werde.

Das waren gute Worte, und Milca, die sich an die Brust der Trösterin geschmiegt, hätte gern noch mehr vernommen; doch derer, die von dem Dache des Amminadab aus in die Ferne schauten, hatte sich eine große Unruhe bemächtigt; denn von Norden her näherte sich eine dichte Wolke, und bald darauf ward erst ein wunderliches Gemurmel, dann ein lautes Getöse und endlich ein vieltausendstimmiges Rufen und Schreien, ein Brüllen, Wiehern und Blöken vernehmbar, wie es noch keiner der Lauschenden gehört, — und da wälzte sich die vielgliederige und -stimmige Masse, der unabsehbare Strom von Menschen und Herden heran, den der Enkel des Horoskopen auf der Warte des Tempels von Tanis für die Schlange der Unterwelt gehalten.

Auch jetzt beim jungen Frühlicht hätte man ihn leicht für eine aus den Sitzen der Verstorbenen verjagte Heerschar von wesenlosen Geistern ansehen können; denn eine den blauen Himmelsdom erreichende, weißlich-graue Staubsäule zog ihm voran, und in dem gewaltigen, vielgliederigen, stimmenreichen, von Sandwolken verschleierten Ganzen war keine einzelne Gestalt unterscheidbar. Nur manchmal blitzte das von Sonnenstrahlen getroffene Metall einer Lanzenspitze oder eines ehernen Kessels hell auf, und das lautere Geschrei einzelner Stimmen ließ sich unterscheiden.

Jetzt hatten die vordersten Wogen des Stromes das Gehöft des Amminadab erreicht, vor dem sich ein unabsehbarer Weidegrund ausdehnte.

Kommandorufe erschollen, der Zug stand still und begab sich auseinander wie ein Bergsee, der im Frühling überquillt und Bäche und Bächlein hierhin und dorthin

versendet; bald aber verbanden sich die einzelnen schmalen
Abflüsse, nahmen gemeinsam breite Flächen des vom
Morgentau benetzten Weidegrundes in Besitz, und wo
solche Teile des Menschen= und Herdenstromes zur Ruhe
kamen, da schwanden auch die Schleier des Staubes,
die sie den Blicken entzogen.

Die Straße blieb noch lange von der Wolke ver=
hüllt, auf den Wiesen aber zeigten sich nun im Glanze
der Morgensonne Männer, Frauen und Kinder, Rinder
und Esel, Schafe und Ziegen, und bald sah man auf
den Grasplätzen vor den Häusern des Amminadab und
Naheson Zelt an Zelt sich erheben, Herden mit Hürden
umgeben, Pfähle und Pflöcke in den harten Boden rammen,
Schutzdächer ausspannen, Milchkühe an Stricke befestigen,
Rinder= und Schafherden zur Tränke führen, Feuer ent=
zünden und lange Reihen von Weibern, die den Krug
auf ihrem Kopfe mit dem leicht und schön gebogenen Arme
im Gleichgewicht hielten, zu dem Brunnen hinter der
alten Sykomore oder an den Rand des nahen Kanales
schreiten.

Dort trieb heute wie an jedem anderen Werkeltage
ein bunter Ochs mit hohem Buckel das Schöpfrad. Es
sollte das Land bewässern, das der Besitzer des Rindes
morgen verlassen wollte; doch der Sklave, der es trieb,
dachte nicht über das Heute hinaus und tränkte, da keiner
es ihm untersagte, stumpf, und wie er es gewohnt war,
das Gras für den Feind, dem es zufallen sollte.

Es bedurfte ganzer Stunden, bis die wandernde
Menge das Lager errichtet, und Mirjam, die dem Am=
minadab, dessen Augen nicht mehr scharf in die Ferne
zu schauen vermochten, beschrieb, was da unten vorging,

ward nun zum Zeugen vieler Vorgänge, von denen sie
am liebsten die Augen abgewandt hätte.

Sie durfte dem Greise nicht offen bekennen, was sie
sah, denn es hätte ihm die frohe Hoffnung getrübt.

Sie, die mit der ganzen Kraft einer begeisterten
Seele auf den Gott ihrer Väter und seine Allmacht
baute, war gestern noch eine Genossin der Zuversicht
des Greises gewesen; doch der Herr hatte ihrer Seele
die verhängnisvolle Gabe verliehen, Dinge zu schauen
und Worte zu hören, die keinem andern verständlich.
Gewöhnlich vernahm sie dieselben im Traum, oft aber
auch in einsamen Stunden, wenn sie tief gesammelt vergangener oder künftiger Tage gedachte.

Was Ephraim in ihrem Namen als eine Botschaft
des Höchsten dem Hosea verkündet, war ihr aus einem
unsichtbaren Munde zugerufen worden, als sie unter der
Sykomore des Auszuges und des Mannes gedachte, den
sie seit ihrer Kindheit liebte, — und wie sie heute zwischen
Mitternacht und Morgen wieder unter dem ehrwürdigen
Baume gesessen und die Müdigkeit sie überwältigt hatte,
war es ihr gewesen, als hätte sie die nämliche Stimme
vernommen. Die Worte, die sie ihr zugerufen, waren
ihr aus dem Gedächtnis geschwunden, da sie erwachte;
doch sie wußte, daß sie traurig und mahnend geklungen.

So unbestimmt diese Warnung auch gewesen, beängstigte sie sie dennoch, und das Geschrei, das von
den Weideplätzen heraufdrang, entsprang gewiß nicht der
Freude, die Brüder und das erste Wanderziel glücklich
erreicht zu haben, wie der Greis neben ihr wähnte, nein,
es war der Kampfruf wütender, zügelloser Männer, die
mit feindseligem Ingrimm auf der Wiese um eine günstige

Stelle für das Zelt oder am Brunnen und am Saume der Wassergräben um einen guten Trinkplatz für das Vieh stritten und rangen.

Zorn, Enttäuschung, Verzweiflung klangen aus diesen Rufen, und da sie die Stelle suchte, an der das Geschrei am lautesten ertönte, sah sie die Leiche eines Weibes auf einem Stück Zelttuch, das schmähende Fröner trugen, und einen bleichen, vom Tod geknickten Säugling, den ein halbnackter, wüster Gesell, sein Vater, im Arm hielt, während er mit der freien linken Faust dahin drohte, wo sie ihre Brüder gewahrte.

Im nächsten Augenblicke sah sie, wie ein von schwerer Arbeit gekrümmter Graubart die Hand gegen Mose erhob und ihn niedergeschlagen hätte, wenn er nicht von anderen zu Boden gerissen worden wäre.

Da hielt es sie nicht länger auf dem Dache, und bleich und tief atmend eilte sie in das Lager. Milca folgte ihr, und wo ihnen Leute von Succoth begegneten, wurden sie ehrerbietig begrüßt.

Die von Zoan, wie die Hebräer Tanis nannten, die von Pha-kos und Bubastis, die unterwegs zu ihnen ge- stoßen, kannten Mirjam nicht, und doch veranlaßte die hohe Gestalt und vornehme Würde der Prophetin auch sie, ihr achtungsvoll aus dem Wege zu treten oder ihr auf ihre Fragen Rede zu stehen.

Da erfuhr sie denn böse, herzerschütternde Dinge; denn so freudigen Sinnes sich auch der Zug am ersten Tage vorwärts bewegt hatte, so mutlos und traurig war er am folgenden weiter geschlichen. Der Wüstenwind hatte die Widerstands- und Spannkraft vieler Gesunden gebrochen; wie die Frönersfrau und ihr Säugling waren andere Wöchnerinnen bei der Wanderung durch den Staub und die drückende Glut des Tages vom Fieber ergriffen worden, und man wies sie auf den Zug hin, der sich dem Begräbnisplatz der Hebräer von Succoth näherte. Die man da zu der Stätte führte, von wannen keine Wiederkehr ist, waren nicht nur Frauen und Kinder, nicht nur solche, die man krank fortgetragen hatte, um sie nicht zurückzulassen, sondern auch etliche Männer, die gestern morgen noch rüstig gewesen und unter überschweren Lasten zusammengebrochen waren oder sich, ziehend und schiebend, zu sorglos den Strahlen der Mittagssonne aus-gesetzt hatten.

In einem Zelte, wo hitziges Fieber eine junge Wöchnerin schüttelte, bat Mirjam die bleiche Milca, ihr den Arzneikasten bringen zu lassen, und die des Gatten beraubte Frau besorgte schnell und gern diesen Auftrag. Unterwegs stellte sie sich freilich manchem in den Weg und fragte ihn schüchtern nach dem gefangenen Gemahl, doch wußte keiner Auskunft über ihn zu erteilen; Mirjam aber erfuhr von Nun, dem Vater des Hosea, sein zurück-gelassener Freigelassener, Eliab, habe ihm berichtet, daß sein Sohn bereit sei, den Seinen zu folgen. Auch ver-nahm sie, daß der wunde Ephraim im Zelte des Er-warteten Unterkunft gefunden.

War der Knabe schwer erkrankt, oder was hielt wohl sonst seinen Oheim in Tanis zurück? Diese Frage füllte Mirjams Herz mit neuer Unruhe, doch spendete sie trotzdem mit seltener Thatkraft Hilfe und Trost, wo es anging.

Des alten Nun herzliche Begrüßung hatte ihr wohl-gethan, und ein rüstigerer, gütigerer, liebenswerterer Greis ließ sich nicht denken.

Schon der Anblick seines würdigen Hauptes mit dem schneeweißen dichten Lockenhaar und Barte und den jugendlich hell aus dem wohlgestalteten Antlitz blitzenden Augen that ihr wohl, und wie er ihr in seiner übersprudelnd lebhaften, herzgewinnenden Weise seine Freude zu erkennen gab, sie wiederzusehen, wie er sie ans Herz zog und ihr die Stirne küßte, nachdem sie ihm mitgeteilt, daß sie den Hosea in des Höchsten Namen „Josua" genannt und zu den Seinen zurückgerufen habe, damit er ihre Streitmacht führe, war es ihr, als habe sie in ihm einen Ersatz für den verstorbenen Vater gefunden, und mit neuer Kraft widmete sie sich den schweren Pflichten, die sie hier überall riefen.

Und es war nichts Kleines für die hochsinnige Jungfrau, sich mit freundlicher Hingabe Menschen zu widmen, deren Roheit und wüstes Gebahren ihr wehe thaten. Die Weiber nahmen zwar ihre Hilfe willig entgegen, die Männer aber, die unter dem Stocke des Vogtes erwachsen, kannten keine Scheu und Rückficht. Wie ihr Aeußeres war auch ihr Inneres grenzenlos verwildert, und wenn sie, sobald sie erfuhren, wer sie sei, ihr mit rauhen Worten vorwarfen, daß ihr Bruder sie verlockt habe, sich aus einer erträglichen Lage in die allerschrecklichste zu stürzen, wenn Mirjam Flüche und Lästerungen hörte und dabei die schwarzen Augen aus den braunen Gesichtern, die das Haupt- und Barthaar kraus und struppig umrahmte, ingrimmig blitzen sah, zog sich ihr das Herz zusammen. — Dennoch gelang es ihr, Furcht und Abscheu zu bemeistern, und klopfenden Herzens und des Schlimmsten gewärtig, verwies sie diejenigen, die ihr widrig waren und vor denen zu fliehen die weibliche Schwäche sie antrieb, auf den Gott ihrer Väter und seine Verheißung.

Jetzt meinte sie zu wissen, was die traurige, warnende Stimme unter der Sykomore vorausgesagt hatte, und am Lager der jungen, dem Tode erlesenen Mutter, hob sie Hände und Herz gen Himmel und gelobte dem Höchsten, was an und in ihr, einzusetzen, um gegen die mattherzige Kleingläubigkeit und die rohe Widerspenstigkeit anzukämpfen, die das Volk in schwere Gefahren zu stürzen drohte. Das schönste Ziel hatte ihm der Höchste und Größte verheißen, und es sollte nicht durch die Kurzsichtigkeit und den Trotz einzelner Verirrter darum betrogen werden; Gott selbst aber konnte denjenigen kaum zürnen, die zufrieden, wenn ihrem Leibe gewährt ward, wonach er begehrte, wie das Vieh Schmähungen und Hiebe widerstandslos ertragen hatten. Jetzt fühlte die Menge noch nicht, daß sie die Nacht, die sie umgab, durchleben mußte, um des hellen Tages würdig zu werden, der ihrer harrte.

Der Kranken schienen die Arzneien wohl zu thun, die ihr Mirjam reichte, und von neuer Zuversicht erfüllt, verließ sie das Zelt, um die Brüder zu suchen.

Im Lager hatte sich wenig geändert, und sie bekam hier wiederum Dinge zu schauen, vor denen sie zurückschrak und die sie bedauern ließen, die leicht verletzbare Milca mit sich geführt zu haben.

Schlechte Gesellen unter den Frönern, die sich an dem Gerät und Vieh anderer vergriffen, waren ertappt und an eine Palme geknüpft worden, und die Raben, die dem Zuge folgten und schon am Wege reiche Sättigung gefunden, umkrächzten jetzt gierig die schnell geschaffene Richtstatt.

Keiner wußte, wer hier Richter oder Vollstrecker des Urteils gewesen; doch die Besitzenden, die sich an dieser raschen That beteiligt, fanden sie wohlberechtigt und freuten sich ihrer.

Schnellen Schrittes und abgewandten Hauptes zog Mirjam die zitternde junge Frau mit sich fort und übergab sie dann ihrem Oheim Naheson, um sie nach Hause zu führen. Dieser hatte sich eben von dem Manne getrennt, der gemeinsam mit ihm den Söhnen Judas als Stammesfürst vorstand. Es war derselbe Hur, welcher an der Spitze der Hirten den ersten Sieg gegen die Aegypter erfochten, und mit freudigem Stolz führte er der Jungfrau einen Mann und einen Jüngling, seinen Sohn und seinen Enkel, entgegen. Beide hatten im Dienste der Aegypter gestanden und waren zu Memphis Goldschmiede und Erzgießer im Dienste des Pharao gewesen. Dem ersteren hatte man um seiner Geschicklichkeit willen den Namen Uri, das heißt auf ägyptisch der Große, gegeben, und von dem Sohne dieses Meisters, dem Enkel des Hur, Bezaleel, hieß es, daß er den Vater an hohen Gaben noch überrage, obgleich er das Knabenalter kaum überschritten.

Mit berechtigtem Stolze schaute Hur auf Kind und Großkind; denn obgleich es beide unter den Aegyptern zu etwas Rechtem gebracht, waren sie doch ohne Widerspruch dem Boten des Vaters gefolgt und hatten das Viele, woran ihr Herz hing und das sie zu Memphis erreicht, zurückgelassen und waren zu dem wandernden Volke gestoßen, um sein unsicheres Schicksal zu teilen.

Mirjam begrüßte die Ankömmlinge mit aller Wärme, und die Männer, die ihr als Vertreter dreier Generationen

gegenüberstanden, boten ein Bild, auf dem jeder Wohl-
gesinnte die Augen gern ruhen lassen mußte.

Der Großvater stand am Ende der fünfziger Jahre,
und mischte sich auch viel Silber in das Ebenholzschwarz
seines Haares, hielt er sich doch aufrecht wie ein Junger,
und aus seinen hageren, scharfgeschnittenen Zügen sprach
die unbeugsame Entschlossenheit, welche es begreiflich
machte, daß Sohn und Enkel ihm so schnell den Willen
gethan.

Auch Uri war ein stattlicher Mann und Bezaleel
ein Jüngling, dem man es ansah, daß er seine neunzehn
Jahre mit Fleiß benützt und sich schon fest auf die
eigenen Füße gestellt. Dazu schimmerte sein Künstler-
auge in ganz besonderem Glanz, und nachdem er und
sein Vater sich von Mirjam verabschiedet hatten, um
den Kaleb, ihren Groß- und Urgroßvater, zu begrüßen,
wünschte sie dem Manne, der zu den treuesten Freunden
ihrer Brüder zählte, von Herzen Glück zu solchen Er-
haltern seines edlen Stammes.

Da ergriff Hur ihre Hand und rief mit einer aus
dankbarem Gemüte quellenden Wärme, die dem strengen,
befehlshaberischen Wesen dieses Hauptes eines unbändigen
Hirtenstammes sonst fremd war: „Ja, sie sind gut, echt
und gehorsam geblieben. Gott hat sie behütet und mir
diesen Freudentag bereitet. An Dir nun liegt es, ihn
zum allerschönsten Fest zu erheben. Lange schon mußt
Du wahrgenommen haben, daß mein Auge Dir folgt
und daß Du wert meinem Herzen. Für das Volk und
sein Wohl zu wirken, gilt mir als Mann, Dir als Weib,
als das Höchste, und das ist ein starkes Band. Aber
ich wollte, daß uns noch ein festeres verbände, und weil

Deine Eltern dahin gegangen sind und ich dem Amram
nicht mehr mit dem Brautschatze nahen kann, um Dich
von ihm zu erkaufen, so werbe ich nun bei Dir selbst
um Dich, Du hohe Jungfrau. Bevor Du mir aber Ja
oder Nein sagst, sollst Du vernehmen, daß mein Sohn
und Enkel bereit sind, Dich als Haupt unseres Hauses
zu ehren, wie mich selbst, und Deine Brüder mir gern
gestatteten, Dir als Freier zu nahen."

Mirjam war dieser Werbung mit stummer Ueberraschung gefolgt. Sie schätzte den Mann, der ihrer so
warm begehrte, sehr hoch und war ihm gewogen. Trotz
seiner reifen Jahre stand er in voller Mannheit und vornehmer Würde ihr gegenüber, und der flehende Blick
seiner sonst so gebieterisch und selbstbewußt dreinschauenden
Augen bewegte ihr die Seele.

Doch sie harrte eines anderen in heißer Sehnsucht,
und so antwortete sie ihm nur mit einem bekümmerten
Schütteln des Hauptes.

Aber der reife Mann, der Stammesfürst, der, was
er sich vorgesetzt, beharrlich ans Ziel zu führen gewohnt
war, ließ sich von dieser stummen Weigerung nicht ab-
schrecken und fuhr noch wärmer fort als zuvor: „Zerstöre
nicht in einem kurzen Augenblick das mühsam zurückgehaltene Verlangen ganzer Jahre! Ist es mein Alter, das
Dir widersteht?"

Da schüttelte Mirjam zum andernmale verneinend
das Haupt; Hur aber fuhr fort:

„Und gerade das war's, was ich besorgte, obgleich
ich mich noch an rüstiger Manneskraft mit manchem
Jüngeren messe. Vermagst Du aber über die grauen
Haare des Freiers hinwegzusehen, dann läßt Du Dich

vielleicht bestimmen, das Wort zu erwägen, das er jetzt an Dich richtet. Von der Treue und Ergebenheit meiner Seele will ich nicht reden. In meinen Jahren freit keiner, den nicht das Herz mit starker Gewalt dazu antreibt. Doch etwas anderes scheint mir von gleichem Belang. In mein Haus, sagte ich, wollt' ich Dich führen. Da steht es, und es ist fest und geräumig genug; doch von morgen an wird ein Zelt unser Heim sein, das Lager unsere Wohnstatt, und es geht wüst genug darin her. Schau nur auf die Unglücklichen, die sie dort an die Palmen knüpften! Kein Richter prüfte die Sache der Verklagten; die raschen Triebe der Menge sind unser Gesetz. Da ist keiner sicher, auch nicht des Lebens, und am letzten ein Weib, so stark es sich auch fühle, das die Sache derer zu der seinen machte, gegen die Tausende murren. Deine Eltern sind tot, Deine Brüder könnten Dich schützen; doch wenn das Volk die Hand an sie legt, so ziehen dieselben Steine Dich in die Tiefe, über die Du durch den Strom schreiten wolltest."

„Und wenn ich Dein Weib bin, Dich mit mir!" versetzte Mirjam, und die dichten Brauen unter ihrer Stirn zogen sich düster zusammen.

„Diese Gefahr nehm' ich auf mich," entgegnete Hur. „In Gottes Hand liegt unser aller Geschick, mein Glaube ist so fest wie der Deine, und hinter mir steht der Stamm Juda, der mir und dem Nahesohn folgt wie die Herde dem Hirten. Der alte Nun und die Ephraimiten, sie halten zu uns, und käme es zum äußersten, würde es für uns heißen, unterzugehen nach Gottes Willen oder in treuem Verein, in Macht und Wohlstand ein spätes Ende im gelobten Land zu erwarten."

Da schaute ihm Mirjam voll und furchtlos in die strengen Augen, legte ihm die Hand auf den Arm und erwiderte: „Das waren Worte, würdig des Mannes, den ich hoch halte von Kind an, und der solche Söhne erzog; doch Dein Weib kann ich nicht werden!"

„Du kannst nicht?"

„Nein, Herr, ich kann nicht!"

„Ein hartes Urteil, doch es muß mir genügen," versetzte der andere und senkte bekümmert das Haupt; Mirjam aber rief:

„Nein, Hur, Du hast das Recht, nach dem Grund meiner Weigerung zu fragen, und weil ich Dich ehre, schulde ich Dir die lautere Wahrheit. Ein anderer Mann unseres Volkes liegt mir im Sinn. Er begegnete mir zum erstenmale, als ich noch ein Kind war. Wie Dein Sohn und Enkel ist er unter die Aegypter gegangen. Doch der Ruf unseres Gottes und der seines Vaters ist an ihn ergangen wie an die Deinen, und zeigt er sich ihm gehorsam, wie Uri und Bezaleel, und es verlangt ihn noch nach meinem Besitze, dann will ich sein Weib werden, wenn es der Gott mir gestattet, dem ich diene und der mir die Gnade erweist, seine Stimme zu hören; Deiner aber werd' ich für und für dankbar gedenken."

Der Jungfrau große Augen hatten bei diesen Worten in feuchtem Glanze geschimmert, und dem ergrauenden Freier zitterte die Stimme, wie er sie befangen und zaudernd fragte: „Und wenn nun der Mann, auf den Du wartest, — ich frage nicht nach seinem Namen — wenn er nun dem Rufe das Ohr verschließt, der an ihn erging, wenn er sich weigert, das unsichere Schicksal seines Volks zu teilen?"

„Das wird nimmer geschehen!" unterbrach ihn Mirjam, und ein kalter Schauder rieselte ihr dabei durch die
Adern; Hur aber rief:

„Es gibt kein ‚Nimmer‘ und kein ‚Gewißlich‘ außer
bei Gott. Und kommt es nun troß Deines guten Glaubens
anders als Du erwarteſt, verſagt Dir der Herr den
Wunſch, der ſich in Dir zu regen begann, wie Du noch
ein thörichtes Kind warſt?"

„So wird mir derjenige den rechten Weg weiſen,
der mich bis hieher geführt hat."

„Wohl denn," ſchloß Hur, „baue auf ihn, und iſt
der Mann Deiner Wahl Deiner würdig und wird er
Dein Herr, ſo ſoll meine Seele ſich neidlos freuen, wenn
der Höchſte euer Bündnis ſegnet. Beſchließt Gott es aber
anders, und es verlangt Dich nach einem kräftigen Arm,
Dich zu ſtüßen, da bin ich! — Das Zelt und das Herz
des Hur ſtehen Dir allzeit offen!"

Damit wandte er ſich; ſie aber ſchaute ihm ſinnend
nach, und des älteren Mannes ſtolze Häuptlingsgeſtalt
blieb ihr noch lange ſichtbar.

Gedankenvoll ſchritt ſie endlich dem Hauſe ihrer
Gaſtfreunde entgegen; doch bei der von Tanis kommenden
Straße blieb ſie ſtehen und ſchaute gen Norden. Der
Staub hatte ſich gelegt, und man konnte den Weg weit
überblicken; doch der eine, den er zu ihr und zu ſeinem
Volke zurückführen ſollte, zeigte ſich nicht. Mit einem
ſchmerzlichen Seufzer ging ſie geſenkten Hauptes weiter
und ſchrak zuſammen, als von der alten Sykomore her
die tiefe Stimme ihres Bruders Moſe ſie anrief.

Dreizehntes Kapitel.

Des Aaron und Eleasar feurige Reden hatten das murrende, erschlaffte Volk auf die Macht und Verheißungen seines Gottes gewiesen. Wer ungestört die Glieder ausgestreckt und sanft geruht, wen Trank und Speise gekräftigt, in dem hob sich auch die gesunkene Zuversicht wieder. Die befreiten Fröner waren an die schweren Dienste und entwürdigenden Schläge erinnert worden, denen sie entronnen, und als Gottes Fügung mußten sie es mit den anderen anerkennen, daß der Pharao sie unverfolgt ließ; nicht am wenigsten aber trugen zur Belebung ihres Mutes die reichen Gaben bei, welche das eroberte Vorratshaus noch immer spendete, und die Fronarbeiter und· Aussätzigen — denn auch von den letzteren waren viele mit ausgezogen und rasteten außerhalb des Lagers — kurz, alle, für deren Ernährung der Pharao gesorgt, sahen sich auf längere Zeit vor Not und Entbehrung gesichert. Dennoch fehlte es auch jetzt keineswegs an Unzufriedenen, und hie und da ward, ohne daß man gewußt hätte, wer sie angeregt, die Frage laut, ob es nicht geratener sei, umzukehren

und auf die Gnade des Pharao zu bauen. Wer sie
erhob, der that es im Geheimen und hatte sich oft scharfe,
ja drohende Antworten gefallen zu lassen.

Mirjam war mit den Brüdern zusammengetroffen
und hatte die schweren Sorgen geteilt, die sie erfüllten.
Wie war dem Volke während der kurzen Wanderung
durch den Wüstenwind der Mut so schnell gesunken!
Wie ungeduldig, wie glaubensschwach, wie aufsässig hatte
es sich schon bei dem ersten widrigen Schicksal gezeigt,
das es betroffen, wie zügellos war es seinen wilden
Trieben gefolgt! Da man es unterwegs kurz vor Sonnenaufgang zum Gebete zusammengerufen, hatten die einen
sich dem Tagesgestirn zugewandt, das sich im Osten erhob,
die anderen ein Götzenbildlein, das sie mit sich genommen,
hervorgezogen, und wieder andere zu der Nilakazie am
Wege aufgeschaut, die in manchen Gauen Aegyptens für
einen heiligen Baum galt. Was wußten sie auch von
dem Gotte, der ihnen befohlen, so viel hinter sich zu
werfen und so Schweres auf sich zu nehmen? Viele waren
auch jetzt noch verzagt, und doch hatten sie noch keiner
ernsteren Gefahr ins Antlitz geschaut; denn Mose war
willens gewesen, die Seinen von Succoth aus auf der
nach Philistäa führenden Straße geradenwegs in das
gelobte Land, nach Palästina zu führen; doch das Verhalten des Volkes zwang ihn, von diesem Plane zu lassen
und auf einen andern zu denken.

Um die große, Afrika und Asien verbindende Straße
zu erreichen, war es nötig, die Landenge zu überschreiten,
welche beide Erdteile mehr trennte als verband; denn sie
war aufs beste vor Eindringlingen geschützt und versperrte
teils mit natürlichen, teils mit künstlichen Hindernissen

jedem Flüchtlinge den Weg; wogte doch auf ihrem
Boden eine Reihe von tiefen Seen, und wo diese nicht
den Marsch der Wanderer hemmten, erhoben sich starke
Festungswerke, in denen kriegstüchtige ägyptische Truppen
als Besatzung lagen.

Chetam, oder wie die Hebräer sagten, Etham hieß
diese Kette von Forts, und in wenigen Stunden konnte
der von Succoth aufbrechende Wanderer das nächste und
stärkste erreichen.

Als das Volk, voll seines Gottes, begeistert und
zum schwersten bereit, die Ketten abgeschüttelt und jubelnd
in die neue Freiheit und dem gelobten Lande entgegen-
gestürmt war, hatte Mose und mit ihm die Mehrzahl der
Aeltesten gemeint, es werde, wie ein Gebirgsstrom, der
die Dämme und Schleusen zersprengt, alles vernichten und
niederwerfen, was ihm in den Weg zu treten wage. Mit
diesen begeisterten Massen, denen mutiges Vordringen das
Höchste gewähren und zages Zurückweichen nichts eintragen
konnte als Tod und Verderben, hatten sie die Werke der
Ethamlinie wie einen Haufen Reisig zu überrennen gedacht. Aber jetzt, da eine kurze Kette von Mühseligkeiten
und Leiden das Feuer in ihren Seelen erstickt hatte, jetzt,
da es, wohin man auch schaute, neben einem froh erhobenen Menschen zwei gelassene und fünf unzufriedene
oder ängstliche gab, hätte die Erstürmung der Ethamlinie
Blut in Strömen gekostet und dazu alles bisher Erreichte
in Frage gestellt.

Die Ueberwältigung der kleinen Besatzung des Vorratshauses von Pithom war unter Umständen vor sich
gegangen, wie sie sich gleich günstig nicht wieder erwarten
ließen, und so mußte der ursprüngliche Plan geändert

Ebers, Josua.   10

und der Versuch gewagt werden, die Festungswerke zu
umgehen. Statt gen Nordosten sollte das Volk sich nach
Süden wenden.

Bevor aber dieser Beschluß zur Ausführung kam,
wollte Mose mit einigen bewährten Männern den neuen
Weg in Augenschein nehmen und untersuchen, ob er
gangbar sei für das große wandernde Volk.

Unter der Sykomore vor dem Hause des Amminadab wurden diese Dinge besprochen, und Mirjam folgte
ihnen als stumme Zeugin.

Im Rate der Männer hatte das Weib, und auch
sie, zu schweigen; doch es fiel ihr schwer, ruhig zu bleiben,
als man den Beschluß faßte, von dem Angriffe der Forts
abzusehen, auch wenn der kriegserfahrene Hosea, den Gott
selbst sich zum Schwerte erlesen, heimkehren werde. „Was
nützt der beste Feldherr, wo es an dem Heere fehlt, das
ihm gehorcht?" hatte Naheson, der Sohn des Amminadab,
gerufen, und die anderen waren seiner Meinung gewesen.

Wie sich die Versammlung endlich auseinander begab,
nahm Mose von der Schwester mit brüderlicher Herzlichkeit
Abschied. Sie wußte, daß er im Begriff stand, sich in
neue große Gefahren zu stürzen, und sie gab ihm in der
bescheidenen Weise, die ihr stets eigen, wenn sie den an
Geist und Körper alles überragenden Bruder anzureden
wagte, ihre Besorgnis zu erkennen. Da schaute er ihr
mit freundlichem Vorwurf ins Auge und wies mit der
Rechten gen Himmel; sie aber verstand ihn, küßte ihm
mit dankbarer Wärme die Hand und sagte: „Du stehst
unter des Höchsten Hut, und ich fürchte mich nicht
mehr!"

Da drückte er ihr die Lippen auf die Stirn, ließ sich von ihr ein Täfelchen reichen, schrieb wenige Worte darauf nieder, warf es in den hohlen Stamm der Sykomore und sagte: „Für Hosea, nein, für Josua, den Sohn des Nun, wenn er kommt, während ich fort bin. Der Herr hat Großes mit ihm im Sinne, wenn er lernt, Höheres von ihm zu erwarten, denn von den Mächtigen auf Erden."

Damit wandte er sich von ihr; Aaron aber, der als der älteste das Haupt ihres Geschlechtes, blieb bei ihr zurück und teilte ihr mit, daß ein würdiger Mann um sie werbe; sie aber versetzte erbleichend: „Ich weiß es."

Da blickte er ihr befremdet ins Antlitz und fuhr mit mahnendem Ernste fort: „Wie Du auch wählest; es wird gut sein, wenn Du das eine bedenkst: Dein Herz gehört Deinem Gotte und Deinem Volke, und der Mann, dem Du folgst, muß bereit sein, wie Du selbst, beiden zu dienen; denn zwei sollen eins werden in der Ehe, und ist das höchste Ziel des einen nicht auch das des andern, so bleiben sie zwei bis ans Ende. Die Stimme der Sinne, die sie zusammenberief, kommt bald zum Schweigen, und was ihnen dann bleibt, ist der Zwiespalt."

Damit entfernte er sich, und auch sie schickte sich an, die anderen zu verlassen; denn vielleicht bedurfte man ihrer so kurz vor dem Aufbruche in dem Hause, dessen Gastlichkeit sie genoß; aber ein neuer Vorgang hielt sie unter der Sykomore fest, wie mit Ketten und Banden.

Was galt ihr das Zusammenpacken von zerbrechlichem Gerät und die Sorge für leibliche Dinge, wo es sich um Fragen handelte, die ihre ganze Seele erfüllten!

Für das andere war Eliſeba, war das Weib des Naheſon, war jede Schaffnerin und treue Sklavin geſchickt. Hier galt es, Höheres entſcheiden — galt es das Wohl und Weh ihres Volkes.

Zu den Aelteſten waren noch andere bevorzugte Männer aus dem Volke unter die Sykomore getreten; Hur aber hatte ſich ſchon mit dem Moſe entfernt.

Jetzt erſchien Uri, der Sohn des erſteren, unter dem alten Baume. Er, der Metallarbeiter, der ſoeben aus Aegypten heimgekehrt war, hatte zu Memphis mit ſolchen geredet, die der hohen Pforte nahe ſtanden, und vernommen, daß der König bereit ſei, den Hebräern große Laſten abzunehmen und ihnen neue Vergünſtigungen zu gewähren, wenn Moſe den Gott, dem er diente, günſtig für ihn ſtimmen und das Volk zur Umkehr veranlaſſen wolle, nachdem es in der Wüſte geopfert; und ſo werde es denn geraten ſein, Geſandte nach Tanis zu ſchicken und noch einmal in Verhandlungen mit der hohen Pforte zu treten.

Dieſe Vorſchläge, die er ſeinem Vater noch nicht zu unterbreiten gewagt, hatte der Metallarbeiter in guter Meinung vor die verſammelten Aelteſten gebracht; hoffte er doch, daß ihre Annahme dem Volke großes Ungemach erſparen werde. Kaum aber war er mit ſeiner klaren und überzeugenden Rede zu Ende, als der alte Nun, Hoſeas Vater, der ſich bis dahin nur mühſam zurückgehalten, losbrach.

Das ſonſt ſo lebensfrohe Antlitz des Greiſes glühte vor Zorn, und ſein feuriges Rot ſtach ſeltſam ab von dem dichten weißen Gelock, das es umrahmte. Vor wenigen Stunden hatte er den Moſe ähnliche Vorſchläge

mit harter Entschiedenheit und schlagenden Gründen zu-
rückweisen hören, und nun er sie von neuem vorbringen
hörte und manche Geberde der Zustimmung unter den
Versammelten gewahrte, sah er das ganze große Unternehmen gefährdet, für dessen Gelingen er wohl das meiste
aufs Spiel gesetzt und geopfert.

Das war dem lebhaften Greise zu viel, und mit
flammenden Blicken und drohend erhobener Faust brach
er los: „Was sind das für Reden?! Wieder auflesen
sollen wir die Enden des Seiles, das der Herr unser
Gott selber zerschnitt? Sie neu zu verknüpfen, rätst Du,
mit einem loderen Knoten, der so lange zusammenhält,
wie die Laune eines wankelmütigen Schwächlings dauert,
der uns und dem Mose das Wort zwanzigmal brach?
In den Käfig zurück willst Du uns führen, aus dem
uns der Allmächtige durch ein Wunder befreit? Wie einem
schlechten Schuldner sollen wir dem Herrn unserem Gott
begegnen, und den falschen Goldring, den man uns
bietet, dem königlichen Schatze vorziehen, den er uns
verheißt? O Du, der Du von den Aegyptern kommst —
ich wollte . . .“

Hier erhob der heißblütige Greis zornig die Faust;
doch bevor er die Drohung ausgesprochen, die ihm auf den
Lippen schwebte, ließ er den Arm sinken; denn Gabriel,
der Aelteste des Stammes Sebulon, hatte ihm zugerufen:
„Denke des eigenen Sohnes, der es sich heute noch wohl
sein läßt unter den Feinden des Volkes!“

Dies Wort hatte getroffen; doch nur auf einen
Augenblick trübte es das frohe Selbstbewußtsein des feurigen Alten, und mitten in die Stimmen derer, die dem
hämischen Gabriel ihr Mißfallen zu erkennen gaben, und

der wenigen, die dem Sebuloniten zustimmten, rief er:
„Gerade, weil es mir vielleicht bevorsteht, zu den zehn-
tausend Ackern Landes, die ich hinter mich warf, auch
noch den trefflichen Sohn preiszugeben, um dem Höchsten
Gehorsam zu leisten, steht mir das Recht zu, hier zu
reden!"

Dabei wogte ihm die breite Brust in tiefen Atem-
zügen, und sein von dichten weißen Brauen überschattetes
Auge richtete sich nun mit einem milderen Ausdruck auf
den Sohn des Hur, der bei seiner heftigen Rede tief
erblichen war, und fuhr fort: „Dieser da ist ein guter,
dem Vater gehorsamer Sohn und hat gleichfalls Großes
preisgeben müssen, da er die vielgepriesene Werkstätte und
das eigene Haus zu Memphis verließ, und des Höchsten
Segen wird ihm nicht fehlen. Aber gerade weil er
bisher dem Gebote gefolgt ist, soll er nicht zu vernichten
trachten, was wir unter des Höchsten Beistand begonnen.
Dir aber, Gabriel, sage ich, daß mein Sohn es sich nicht
wohl sein läßt unter den Feinden, sondern, meinem Rufe
gehorsam, sich zu uns begeben wird wie Uri, der Erstgeborene des Hur. Was ihn noch zurückhält, wird sicher
ein zwingender Grund sein, dessen sich Hosea so wenig zu
schämen hat wie ich, sein Vater. Ich kenne ihn und
vertraue ihm darum, und wer anderes von ihm erwartet,
den wird die Handlungsweise meines Sohnes früher oder
später zum Lügner machen."

Hier hielt er inne, um sich das weiße Haar aus
der glühenden Stirn zu streichen, und da ihm keiner
widersprach, wandte er sich abermals an den Metallarbeiter und fuhr mit herzlicher Freundlichkeit fort: „Was
mich aufbrachte, Uri, war gewiß nicht Dein Wille. Der

ift gut; aber die Größe und Herrlichkeit des Gottes
unferer Väter haft Du nach dem Maßftabe der ägyptifchen
Aftergötter gemeffen, die fterben und auferftehen und, wie
Aaron vorhin fagte, nur kleine Teile darftellen deffen,
der in allem ift und wirkt und über alles hinausgeht.
Gott dienen, wähnte auch ich, bis Mofe mich eines Beffern
belehrte, fei: ein Rind, ein Lamm, eine Gans auf dem
Altare fchlachten, wie die Aegypter; doch wurden Dir
nur erft, wie es mir durch Mofe gefchah, die Augen
über denjenigen geöffnet, der die Welt regiert und uns
zu feinem Volke gemacht hat, fo wird es für Dich gelten
wie für mich und uns alle, und bald wohl auch für
meinen Sohn, in der eigenen Bruft ein Opferfeuer zu
entzünden, das niemals erlifcht und alles verzehrt, was an
Liebe und Treue, an Glauben und Verehrung nicht i h m
gilt. Durch Mofe, feinen Knecht, verhieß Gott uns das
Größte: Erlöfung von Knechtfchaft, und als freie Herren
zu walten und zu fchalten auf eigenem Boden, in einem
fchönen Lande, unferem Eigentum und dem unferer Kinder! Wir wandern feiner Gabe entgegen, und wer uns
aufhalten will auf diefem Wege, wer uns gar antreibt,
umzukehren und zurückzukriechen in das Netz, deffen eherne
Mafchen wir fprengten, der rät feinem Volke, wie die
Schafe in das Feuer zurückzufpringen, dem fie ent-
rannen! Ich zürne Dir nicht; denn Dein Antlitz lehrt,
daß Du erkennft, wie thöricht Du irrteft; aber wiffen
follt ihr hier alle: Aus des Mofe eigenem Munde hab'
ich vor wenigen Stunden vernommen: Wer zur Umkehr
rät und zu Verträgen mit den Aegyptern, den will er
anklagen als Verächter Jehovas, unferes Gottes, und als
Verderber und fchlimmften Feind feines Volkes!"

Da war der Erzgießer auf den Greis zugetreten, hatte ihm die Hand gereicht und, tief innerlich überzeugt von der Gerechtigkeit seiner Vorwürfe, gerufen: „Keine Verhandlung, keinen Vertrag mit den Aegyptern! Dir, Nun, bin ich dankbar, daß Du mir die Augen geöffnet. Auch für mich kommt wohl die Stunde, in der Du oder ein anderer, der ihm näher steht als ich, mich lehrt, Deinen Gott, der auch der meine ist, ganz zu erkennen."

Damit entfernte er sich mit dem Greise, der ihm den Arm um die Schulter legte; Mirjam aber war der letzten Forderung des Uri atemlos gefolgt, und wie dieser den Wunsch äußerte, den Gott seines Volkes ganz zu erkennen, hatten ihre Augen in schwärmerischer Begeisterung geleuchtet. Sie empfand, daß ihre Seele voll sei von der Größe des Höchsten, und daß sie die Macht der Rede besitze, einen andern vertraut zu machen mit dem Wissen, das sie selber besaß. Doch die Sitte gebot ihr auch diesmal zu schweigen. Das Herz that ihr weh, und wie sie dann wieder unter die Menge trat und sich überzeugt hatte, daß Hosea noch immer nicht gekommen, begab sie sich, da es zu dämmern begann, nach Hause und auf das Dach zu den anderen.

Dort schien keiner sie vermißt zu haben, selbst nicht die arme, schwermütige Milca, und sie fühlte sich grenzenlos vereinsamt in diesem Hause.

Wenn Hosea doch käme, wenn sie doch eine kräftige Brust fände, um sich an sie zu lehnen, wenn dies Fremdsein im eigenen Heim, dies unnütze Hinleben unter dem Dach, das sie das ihre nennen mußte, obgleich sie darunter sich nie recht heimisch gefühlt, doch aufhören wollte!

Auch Mose und Aaron hatten sich entfernt und den Enkel des Hur mit sich genommen; aber keiner hatte sie, die nur für das Volk und seine Wohlfahrt atmete und lebte, für würdig erachtet, ihr des näheren anzuvertrauen, wohin ihre Wanderung sich richte und was sie bezwecke.

Warum hatte der Gott, dem sie ihr ganzes Sein und Wesen ergeben, sie zum Weibe gemacht und ihr Geist und Seele eines Mannes gegeben?

Sie wartete, wie um die Probe zu machen, ob von dem Kreise guter Menschen, dem sie angehörte, keiner sie liebe, auf die Anrede eines der Großen und Kleinen, die sie umgaben; aber die Kinder des Eleazar drängten sich an die Großeltern, und sie hatte es nie verstanden, die Kleinen an sich zu ziehen. Frau Eliseba leitete die Sklaven, welche die letzte Hand an das Mitzunehmende legten, Milca saß mit ihrer Katze im Schoße und schaute ins Leere, und die älteren Knaben hatten sich ins Freie begeben. Keiner beachtete sie und redete sie an.

Da überkam sie ein bitteres Weh, und nachdem sie das Nachtmahl der anderen geteilt und sich dabei Zwang angethan, die frohe Erregung der Kinder, die der Wanderung wie einem großen Vergnügen entgegensahen, nicht durch die eigene trübe Stimmung zu stören, drängte es sie wieder ins Freie.

Tief verschleiert betrat sie ganz allein das Lager, und was sie dort sah, war gewiß nicht geeignet, von ihr abzuwälzen, was sie bedrückte. Es ging dort laut genug her, und wenn ihr auch an einigen Stellen fromme Lieder jubelnd und hoffnungsfroh entgegenklangen, so gab es doch weit mehr wildes Gezänk und aufrührerische Reden zu hören. Wo sie Drohungen oder Scheltworte gegen

den großen Bruder vernahm, beschleunigte sie den Schritt;
doch der Besorgnis, wie das morgen nach Sonnenaufgang
beim Aufbruch werden solle, wenn die Unzufriedenen die
Oberhand behielten, vermochte sie nicht zu entrinnen.

Sie wußte, daß das Volk gezwungen sei, vorwärts
zu dringen; aber die Besorgnis vor der Kriegsmacht des
Pharao war nie in ihr zur Ruhe gekommen; Hoseas
Heldengestalt verkörperte sie ihr gleichsam. Stellte der
Herr sich nicht selbst in die Reihen der elenden Fröner
und Hirten, die da neben ihr zeterten und stritten, wie
mochten sie den kriegsgewohnten, wohlgerüsteten Scharen
der Aegypter, ihren Rossen und Wagen widerstehen?

Sie hatte gehört, wie an allen Enden des Lagers
Wachen ausgestellt worden waren mit dem Befehl, bei der
Annäherung des Feindes in das Horn zu stoßen oder auf
das Blech zu schlagen, bis die Männer dahin zusammengeströmt seien, wo der mahnende Ruf zuerst erklungen.

Auf einen solchen hatte sie schon lange gelauscht,
doch um wie vieles gespannter auf den Hufschlag eines
einzelnen Rosses, auf den festen Schritt und die tiefe
Stimme des Kriegers, nach dem sie sich sehnte.

Um seinetwillen kehrte sie immer wieder an das
Nordende des Lagers zurück, das die von Tanis kommende Straße berührte und wo sich jetzt auf des Mose
Geheiß die Zelte des besten Teiles der streitbaren Männer
erhoben. Hier hatte sie lauter Zuversicht zu finden gehofft; doch wie sie auf die Reden der Bewaffneten lauschte,
welche die Wachtfeuer in dichten Kreisen umgaben, vernahm
sie, daß der Vorschlag des Uri auch zu ihnen gedrungen.
Die meisten waren Gatten und Väter, hatten ein Haus,
ein Stück Land, ein Geschäft oder Amt zurückgelassen, und

wenn auch viele auf den Befehl des Höchsten und die neue
schöne Heimat wiesen, die Gott ihnen gelobt, so waren
doch auch nicht wenige geneigt, zurückzukehren. Wie gern
wäre sie mitten unter diese Verblendeten getreten und
hätte sie aufgerufen, mit neuem Glauben und Zutrauen
dem Gebote des Herrn und ihrem Bruder zu folgen!
Aber auch hier mußte sie sich Schweigen auferlegen. Nur
zu lauschen war ihr gestattet, und es zog sie am stärksten
dahin, wo sie erwarten durfte, aufrührerische Worte und
Ratschläge zu hören.

Es lag ein geheimnisvoller Reiz in dieser grausamen
Erregung, und es war ihr, als würde ihr etwas Er-
wünschtes entzogen, als manches Feuer erlosch, die Männer
sich dem Schlafe ergaben und die Gespräche verstummten.

Nun wandte sie sich zum letztenmale nach der von
Tanis kommenden Straße; aber es regte sich dort nichts,
außer den auf und nieder schreitenden Wachen.

Noch hatte sie nicht an Hoseas Kommen gezweifelt;
denn die Berufung, die sie im Namen des Herrn an ihn
gerichtet, war ja zu ihm gelangt; nun aber, da die Sterne
sie lehrten, daß Mitternacht vorüber, kam ihr deutlich in
den Sinn, wie viele Jahre er unter den Aegyptern gelebt, und daß er es vielleicht für unwürdig eines Mannes
erachte, dem Ruf eines Weibes zu folgen, auch wenn dies
im Namen des Höchsten die Stimme erhob. Sie hatte
heute der Demütigungen genug erfahren, warum sollte
nicht auch diese über sie verhängt sein?

Vierzehntes Kapitel.

———

Tief beunruhigt und gequält von solchen Gedanken ging Mirjam dem Haus des Gastfreundes entgegen, um sich zur Ruhe zu begeben; doch wie sie schon die Schwelle betreten, zog sie den Fuß zurück und lauschte noch einmal nach Mitternacht hin.

Hosea mußte von dorther kommen.

Aber sie vernahm nichts als die Schritte einer Wache und die Stimme des Hur, der mit einer bewaffneten Schar das Lager durchstreifte.

Auch ihn hatte es nicht im Hause geduldet.

Die Nacht war mild und sternenhell, die Zeit wie geschaffen, sich unter der Sykomore stillen Träumen zu überlassen. Ihre Bank unter dem ehrwürdigen Baum war leer, und gesenkten Hauptes näherte sie sich der lieben Ruhestätte, von der sie morgen auf immer Abschied nehmen sollte.

Aber noch hatte sie das nahe Ziel nicht erreicht, als sie hoch aufgerichtet stehen blieb und die Hand auf den wogenden Busen preßte. Diesmal war Hufschlag

erklungen, sie irrte sich nicht, und von Norden her
kam er.

Braußten die Wagen des Pharao heran, um das
Lager zu überfallen? Sollte sie rufen, um die Streiter
zu wecken? Oder konnte er es dennoch sein, den sie so
sehnsuchtsvoll erwartet? Ja, ja, ja! Es war der Tritt
eines einzelnen Rosses, und ein neuer Ankömmling mußte
es sein; denn unter den Zelten ward es laut, die Hunde
schlugen an, und Rufe, Reden und Gegenreden kamen
mit dem Reiter näher und näher.

Es war Hosea, sie wußte es gewiß!

Daß er allein durch die Nacht ritt und sich losgerissen von den Banden, die ihn an den Pharao und
die Waffenbrüder fesselten, war ein Zeichen seines Ge-
horsams! Die Liebe hatte ihm den Willen gestählt und
den Lauf seines Rosses beschleunigt, und der Dank, den
Liebe erweisen, der Lohn, den sie spenden kann, sollte
ihm nun nicht länger vorenthalten bleiben! In ihren
Armen sollte er selig erkennen, daß er Großes aufgegeben,
um Schöneres, Süßeres zu ernten! Es war ihr, als
lichte sich die Nacht um sie her zum hellen Tage, da
das Ohr sie lehrte, daß der Nahende gerade auf das
Gehöft des Amminadab zuritt, der ihr Gastfreund. Sie
wußte nun, daß es ihr Ruf sei, dem er folge, daß er
gekommen sei, um sie zu finden.

Vor dem eigenen Vater, der in dem großen, leeren
Hause seines Enkels Ephraim Unterkunft gefunden, suchte
Hosea sie auf.

Gewiß wäre er gern, so schnell das Roß es vermochte, ihr entgegen geeilt, doch es ging ja nicht an,
das Lager rasch zu durchreiten. O, wie lange dehnte

die Zeit sich aus, bis sie endlich den Reiter erblickte, bis
er sich zu Boden schwang und sein Begleiter den Zügel
des Pferdes einem dritten zuwarf, der ihm folgte.

Es war Hosea, er war es!

Doch sein Gefährte — sie hatte ihn deutlich erkannt
und schrak leise zusammen — sein Begleiter war Hur,
der Mann, der sie vor wenigen Stunden zum Weibe
begehrt.

Da standen die beiden, die um sie warben, dicht bei
einander im Lichte der Sterne und angestrahlt von dem
Feuer der Pechpfannen, die neben den Karren und dem
Gerät brannten, das für die morgende Wanderung bereit stand.

Der hochgewachsene ältere Hebräer überragte den
jüngeren, kernfesten Krieger an Größe, und der Herdenbesitzer hielt sich nicht weniger aufrecht als der ägyptische
Held. Beider Stimmen klangen ernst und mannhaft, doch
schien ihr die des Geliebten kerniger und tiefer. Jetzt
waren sie ihr auch so nahe gekommen, daß sie ihr Gespräch
zu verstehen vermochte.

Hur berichtete dem Ankömmling, Mose habe sich auf
Kundschaft begeben, und Hosea sprach sein Bedauern
darüber aus, weil er Wichtiges mit ihm zu verhandeln
wünsche.

So werde er morgen mit dem Volke aufbrechen
müssen, bemerkte Hur; denn Mose denke unterwegs zu
ihm zu stoßen. Dann wies er auf das in tiefem Dunkel
ruhende Haus des Amminadab, aus dem kein Lichtschim-
mer glänzte, und forderte Hosea auf, den Rest der Nacht
unter seinem Dach zu verbringen, da er sich doch wohl
scheue, seinen alten Vater zu so später Stunde zu wecken.

Da nahm Mirjam wahr, wie ihr Freund mit der
Antwort zögerte und spähend zu dem Frauengemache und
dem Dache ihres Gastfreundes aufschaute; und weil sie
wußte, was er dort suchte und dem Drang des Herzens
nicht länger zu wehren vermochte, trat sie aus dem Schatten
der Syskomore hervor und hieß Hosea warm und innig
willkommen.

Auch er verschmähte es, die Freude seines Herzens
zu verbergen, und Hur stand neben den Wiedervereinten,
wie sie sich die Hände reichten, einander· erst stumm,
dann aber mit warmen Worten begrüßten.

„Ich wußte ja, daß Du kommen würdest!" rief die
Jungfrau, und Hosea versetzte freudig bewegt:

„Das konntest Du leicht voraussehen, Du Prophetin;
denn unter den Stimmen, die mich hieher beschieden,
war auch die Deine."

Dann fuhr er gelassener fort:

„Ich hoffte, außer Dir auch Deinen Bruder zu
finden; denn ich bin der Träger einer Botschaft, die
Großes bedeutet für ihn, für uns und das Volk. Ich
sehe auch euch zum Aufbruch gerüstet, und es wäre mir
leid, wenn man Deine alten Gastfreunde aus der Ruhe
störte und sich mit gefährlichen Maßregeln übereilte, die
noch abwendbar sind."

„Du meinst?" fragte Hur, und trat dem andern
näher.

„Ich meine," versetzte dieser, „daß, wenn Mose
dabei bleibt, das Volk gen Osten zu führen, morgen viel
unnützes Blut fließen wird; denn wie ich zu Tanis
sicher erfuhr, hat die Besatzung von Etham den Befehl,
keinen Mann, geschweige denn die zahllose Menschenmasse,

durchzulassen, deren Größe mich beim Ritt durch das Lager überraschte. Ich kenne den Apu, der die Werke befehligt, und die Legionen, denen er vorsteht. Es würde ein verhängnisvolles, fruchtloses Gemetzel unter den halb wehrlosen, halb ungeschulten Unseren geben, es würde . . . Kurz, ich habe dringend mit Mose zu sprechen, dringend und ungesäumt, um dem schwersten Unheil vorzubeugen, bevor es zu spät ist."

„Was Du befürchtest, ist auch uns mit nichten entgangen," entgegnete Hur, „und gerade um es zu verhüten hat Mose sich auf eine gefahrvolle Wanderung begeben."

„Wohin?" fragte Hosea.

„Das ist das Geheimnis der Führer des Volkes."

„Zu denen mein Vater gehört."

„Gewiß; und ich bot Dir schon an, Dich zu ihm zu führen. Wenn er es auf sich nimmt, Dich einzu- weihen . . ."

„Verstößt er damit gegen eine Pflicht, so wird er schweigen. Wer befehligt morgen die wandernden Scharen?"

„Ich."

„Du?" fragte Hosea erstaunt, und der andere ver- setzte gelassen:

„Du wunderst Dich über die Anmaßung des Hirten, ein Heer zu führen; doch der Herr aller Heerscharen, auf den wir unsere Sache gestellt, ist unser Führer; ich aber vertraue mich seiner Leitung."

„Das," entgegnete Hosea, „thue auch ich. Kein anderer als der Gott, durch den mich Mirjam an diese Stelle berief, betraute mich — des halt' ich mich versichert

— mit der wichtigen Botschaft, die mich hieher führt. Ich muß Mose finden, bevor es zu spät ist."

„Du hörtest schon, daß er bis morgen, vielleicht bis übermorgen unerreichbar für jeden und auch für mich; willst Du indessen mit Aaron reden?"

„Ist er im Lager?"

„Nein; doch erwarten wir seine Rückkehr vor dem Aufbruche des Volkes, das heißt in wenigen Stunden."

„Eignet ihm die Macht, wichtige Fragen in des Mose Abwesenheit zu entscheiden?"

„Nein, er verkündet dem Volke nur mit beredterem Munde, was sein erhabener Bruder verordnet."

Hier schaute der Krieger enttäuscht zu Boden und fuhr dann nach kurzem Bedenken lebhaft fort, indem er den Blick zu Mirjam aufschlug:

„Mose ist es, dem der Herr unser Gott seinen Willen verkündet; doch Dir, seiner hehren, jungfräulichen Schwester, auch Dir offenbart sich der Höchste, auch Dir . . ."

„O Hosea!" unterbrach ihn die Prophetin und streckte ihm bittend und abwehrend die Hände entgegen; der Feldhauptmann aber fuhr, statt ihrer Mahnung zu achten, dringend fort:

„Dir hat der Herr unser Gott geboten, mich, seinen Diener, zu dem Volke zurück zu berufen, Dir befahl er, mir den Namen zu erteilen, mit dem ich den vertauschen will, den mir Vater und Mutter gaben, und den ich dreißig Jahre in Ehren trug. Gehorsam Deinem Rufe, hab' ich von mir geworfen, was mich groß machen konnte unter den Menschen; auf dem Wege aber, den ich in Aegypten mit meinem Gotte und Deinem Bilde im

Herzen dem drohenden Tode entgegen zu wandeln hatte, ist mir die Botschaft zu teil geworden, die ich hier auszurichten habe, und so glaube ich, daß es der Höchste selbst ist, von dem sie stammt. Sie den Führern des Volkes zu überbringen, bin ich verpflichtet; doch da ich den Mose nicht finde, kann ich sie keinem Besseren vertrauen als Dir, die Du, obgleich Du nur ein Weib, dem Höchsten am nächsten stehst nach Deinem Bruder, und so bitt' ich Dich denn, mich anzuhören. Für eines dritten Ohr ist noch nicht reif, was ich bringe."

Da richtete sich Hur höher auf, und indem er dem andern das Wort abschnitt, fragte er Mirjam, ob sie den Sohn des Nun ohne Zeugen anzuhören begehre; sie aber antwortete ihm mit einem klanglosen „Ja."

Da wandte Hur sich stolz und kühl an den Krieger: „Ich meine, daß Mirjam den Willen des Herrn kennt, sowie den ihres Bruders, und daß sie sich bewußt ist, was den Weibern in Israel zusteht. Irre ich nicht, so war es auch unter diesem Baume, wo Dein leiblicher Vater, der würdige Nun, meinem Sohne Uri die einzige Antwort gab, die auch Mose jedem Träger einer Botschaft, die der Deinen gleichsieht, erteilen muß."

„Kennst Du sie?" fragte der Krieger herb und verweisend.

„Nein," entgegnete der andere, „doch ahnt mir, was sie enthält, und schau hierher!"

Damit bückte er sich mit jugendlicher Biegsamkeit und hob zwei große Steine mit kräftigen Armen in die Höhe, lehnte sie aneinander, wälzte einige kleinere an ihre Seite und rief dann mit fliegendem Odem:

„Dies Mal, es sei ein Zeuge zwischen mir und

Dir, wie das Mal Mizpa, das Jakob und Laban errichtet. Und wie dieser den Herrn anrief, daß er ein
Wächter sei zwischen ihm und dem anderen, so thu' ich
es gleichfalls. — Dich aber weise ich auf dies Mal, daß
Du seiner gedenkest, wenn wir getrennt sind der eine
vom andern. Hier lege ich die Hand auf das Steinmal
und bezeuge, daß ich, Hur, Sohn des Kaleb und der
Ephrat, auf keinen andern mein Zutrauen setze, denn
auf den Herrn, den Gott unserer Väter, und gewillt bin,
seinem Geheiß zu folgen, das uns hinausruft aus dem
Reich des Pharao, in ein Land, das er uns gelobte. — Dich
aber, Hosea, Sohn des Nun, frage ich, und der Herr
unser Gott hört Dich. Erwartest auch Du keine andere
Hilfe als von dem Gott Abrahams, der Dein Volk zu
seinem auserwählten Volk erkor? Und weiter sollst Du
bezeugen, ob Du der Aegypter, die uns bedrückt, und
aus deren Knechtschaft uns der Herr unser Gott zu erlösen gelobt, immerdar gedenkst als der Todfeinde Deines
Gottes und Volkes?"

Da zuckte es in des Kriegers bärtigen Zügen, und
es drängte ihn, das Mal umzustürzen und den lästigen
Frager mit zornigen Worten zurückzuweisen, doch Mirjam
hatte die Hand auf die Spitze des Steines gelegt und
rief, indem sie seine Rechte erfaßte:

„Er fragt Dich vor dem Angesicht unseres Gottes
und Herrn, der euer Zeuge!"

Da gelang es dem Hosea, den Zorn zu bemeistern,
und indem er der Jungfrau Hand fester drückte, entgegnete er ernst:

„Er fragt, doch ich bleibe die Antwort schuldig;
denn mit ‚Ja‘ und ‚Nein‘ ist hier wenig gethan; das

Zeugnis Gottes indes, das rufe auch ich an, und vor
diesem Male sollst Du, Mirjam, doch Du allein, vernehmen, was ich sinne, und zu welchem Zweck ich gekommen. — Du aber, Hur, schau hierher! Wie Du, so
lege auch ich die Hand auf dies Mal und bezeuge, daß
ich, Hosea, Sohn des Nun, auf keinen Zutrauen setze
als auf den Herrn und Gott unserer Väter. Zwischen
Dir und mir stehe er als Zeuge und entscheide, ob mein
Weg der seine ist oder der eines irrenden Menschen.
Seinem Willen, den er dem Mose und dieser hohen
Jungfrau kund gethan, werde ich folgen. Das gelobe
ich mit einem Schwur, dessen Wächter der Herr unser
Gott sei."

Hur hatte gespannten Ohres gelauscht und rief nun,
ergriffen von dem Ernst dieser Rede:

„Der Herr unser Gott vernahm Deinen Schwur,
und gegen Deinen Eid setz' ich vor diesem Mal noch den
andern: ‚Kommt die Stunde, in der Du im Gedächtnis
an dieses Mal das Zeugnis ablegst, das Du mir eben
geweigert, so soll sich fürder kein Groll zwischen uns erheben, und willig übertrag' ich, wenn es also dem Willen
des Höchsten entspricht, auf Dich das Feldherrnamt, zu
dem Du in vielen Kriegen geschickter wurdest als ich,
der ich bisher nur meinen Hirten und Herden gebot.
Dir aber, Mirjam, ruf' ich ins Gedächtnis zurück, daß
dies Mal auch ein Zeuge sein wird des Zwiegespräches,
das Du im Angesicht Gottes mit diesem zu führen gedenkst. Ich erinnere Dich der strafenden Worte, die Du
unter diesem Baum aus dem Munde des Vaters dieses
Mannes vernahmest, und rufe Gott auf zum Zeugen,
daß ich Uri, meinem leiblichen Sohn, der die Freude ist

meines Herzens, das Leben mit dem väterlichen Fluche
verdüstert hätte, wenn er unter das Volk getreten wäre,
um es für die Botschaft zu gewinnen, die er uns brachte;
denn abgewandt hätte sie die Kleingläubigen von ihrem
Gotte. Des erinnere Dich, Jungfrau, und laß Dir noch
sagen: Suchest Du mich, so wirst Du mich finden, und
die Thür, die ich Dir aufthat, was auch kommen mag,
sie bleibt Dir geöffnet!'"

Damit wandte Hur ihr und dem Krieger den Rücken.

Sie wußten beide nicht, wie ihnen geschehen war,
und er, der auf dem weiten, von mancher Fährlichkeit
unterbrochenen Ritte mit brennender Sehnsucht die Stunde
herbeigesehnt hatte, die ihn mit der Geliebten wieder ver-
einigen sollte, blickte verwirrt und tief beunruhigt zu Boden;
Mirjam aber, die bei seinem Nahen das Höchste und
Süßeste für ihn bereit hielt, womit das liebende Weib
Treue und Liebe belohnt, war vor dem ernst mahnenden
Steinmal hart neben dem Baume zu Boden gesunken und
drückte die Stirn an den hohlen, knorrigen Stamm.

Fünfzehntes Kapitel.

———

Lange Zeit ließ sich nichts unter der Sykomore vernehmen, als das leise Stöhnen der Jungfrau und
der ungeduldige Schritt des Kriegers, der, während er
nach Sammlung rang, sie nicht zu stören wagte.

Er konnte noch nicht fassen, was sich plötzlich berges-
hoch zwischen ihn und die Geliebte gedrängt.

Aus der Rede des Hur hatte er erfahren, daß
Mose und sein eigener Vater jede Vermittlung zurück-
wiesen, und doch schienen ihm die Verheißungen, die er
dem Volke überbrachte, wie Gnadengeschenke des Höchsten.
Es kannte sie ja noch keiner der Seinen, und war Mose
der, für den er ihn hielt, so mußte der Herr ihm die
Augen öffnen und ihm zeigen, daß er ihn, Hosea, erwählt, um durch seine Vermittlung das Volk einer
besseren Zukunft entgegenzuführen; auch bezweifelte er
nicht, daß er den Vater leicht auf seine Seite zu bringen
vermöge. Aus voller Ueberzeugung hätte er auch zum
andernmal versichert, es sei der Höchste, der ihm den
Weg gewiesen, und nachdem er sich dies alles vergegen-
wärtigt, und Mirjam sich endlich erhoben, trat er ihr

mit neuer Zuversicht entgegen. Das liebende Herz trieb ihn an, sie in die Arme zu schließen, sie aber wies ihn zurück, und ihre sonst so reine, tiefe Stimme klang rauh und wie verschleiert, als sie ihn fragte, warum er so lange gesäumt, und was es sei, das er ihr zu vertrauen gedenke.

Unter der Sykomore hatte sie nicht nur nach Fassung gesucht und gebetet, sondern auch in ihr Inneres geschaut. Sie liebte Hosea; doch ihr ahnte, daß er mit ähnlichen Vorschlägen komme wie Uri, und des greisen Nun zornige Worte klangen jetzt lauter denn je in ihr nach. Die Furcht, daß der Geliebte auf falschen Wegen wandle und des Hur überraschende That hatten die hohen Wogen ihrer Leidenschaft geglättet, und ihr zu besonnenerer Erwägung zurückgekehrter Geist begehrte vor allem zu wissen, was ihn, den sie in ihres Gottes Namen gerufen, so lange zurückgehalten und warum er allein und ohne Ephraim komme.

Der reine Himmel war voller Sterne, und sie, denen es bestimmt gewesen schien, auf die Seligkeit eines wiedervereinten liebenden Menschenpaares niederzuschauen, wurden nun Zeuge der bangen Fragen eines geängstigten Mädchens und der ungeduldigen Antworten eines feurigen, bitter enttäuschten Mannes.

Mit der Versicherung seiner Liebe, und daß er gekommen sei, um sie zu der Seinen zu machen, begann er; sie aber gestattete ihm wohl, ihre Hand in der seinen zu halten, doch flehte sie ihn an, jetzt von der Werbung zu lassen und ihr erst zu berichten, was sie zu wissen begehre.

Mancherlei Nachrichten über Ephraim hatte er unterwegs durch einen Kriegsgefährten aus Tanis empfangen, und so konnte er berichten, daß sich der Knabe ungehorsam und wahrscheinlich aus thörichter Neugier wund und krank in die Stadt begeben, doch bei einem Freunde Aufnahme und Pflege gefunden. Die Jungfrau aber beunruhigte dies, und es gereichte ihr zum Vorwurf, den elternlosen, unerfahrenen Knaben, der unter ihren Augen aufgewachsen, und den sie selbst in die fremde Welt geschickt hatte, in einem ägyptischen Hause zu wissen.

Doch Hosea versicherte, daß er es auf sich nehme, ihn zu den Seinen zurückzuführen, und fragte sie, da sie trotzdem fortfuhr, sich besorgt zu zeigen, ob er ihr Vertrauen und ihre Liebe verscherzt. Doch statt ihm eine tröstliche Antwort zu erteilen, begann sie von neuem zu fragen und begehrte zu wissen, was sein Kommen verzögert, und so mußte er denn tief beunruhigt und gekränkten Herzens seinen Bericht und zwar mit dem Ende des Erlebten beginnen.

Während sie, an den Stamm der Sykomore gelehnt, ihm lauschte, ging er, von Sehnsucht und Ungeduld getrieben, bald auf und nieder, bald trat er, kaum mehr Herr seiner selbst, dicht vor sie hin. Nur die Leidenschaft und die Hoffnung, die ihn erfüllten, nichts anderes, schienen ihm in dieser Stunde wert, in Worte gekleidet zu werden. Hätte er sicher gewußt, daß ihr Herz sich ihm entfremdet, er wäre wieder davongesprengt, nachdem er dem Vater die Seele erschlossen, und hätte den Ritt ins Ungewisse gewagt, um den Mose zu finden. Mirjam zu gewinnen und sich vor Meineid zu wahren, war alles, was er begehrte, und so Bedeutsames er auch in den letzten Tagen erlebt und gehofft, beantwortete er ihre Fragen doch hastig und als handle es sich um nichtige Dinge.

Mit fliegenden Worten begann er den Bericht, und je häufiger sie ihn unterbrach, desto ungeduldiger stand er ihr Rede, desto tiefer wurden die Falten auf seiner Stirn.

Einige Stunden war Hosea in Begleitung seines Roßknechtes frohen Mutes und reich an blühenden Hoffnungen gen Süden geritten, als er kurz vor Einbruch des Dunkels eine große Menschenmenge wahrgenommen hatte, die vor ihm herzog. Anfangs war er der Meinung gewesen, er sei auf die zurückgebliebene Nachhut der ausziehenden Hebräer gestoßen. So hatte er denn den Schritt seines Rosses beschleunigt. Doch bevor er die Wanderer erreicht, waren etliche Bauern und Fuhrleute, die ihre Lasttiere und Karren im Stich gelassen, mit lautem Geschrei und dringenden Warnungsrufen an ihm vorübergeeilt, die ihn lehrten, daß die vor ihm Herziehenden Aussätzige seien. Und die Mahnung der Flüchtlinge war wohl begründet gewesen; denn die ersten, die sich ihm mit dem herzbewegenden Schrei: „Aussatz!" „Aussatz!" zuwandten, trugen die Abzeichen derer, die von diesem entsetzlichen Leiden befallen, und aus ihren mit Schorf und weißem Staub bedeckten, verunstalteten Gesichtern schauten ihm brauenlose Augen mit stumpfem Glanze entgegen.

Bald erkannte Hosea auch einzelne, und unter ihnen hier ägyptische Priester mit geschorenem Kopfe, dort hebräische Männer und Weiber. An beide richtete er mit der strengen Ruhe des Truppenführers die nötigen Fragen und erfuhr, daß sie aus den Steinbrüchen, Memphis gegenüber, ihrer Absonderungsstätte am östlichen Nilufer, kämen. Einige Hebräer unter ihnen hatten dort von ihren Angehörigen gehört, daß ihr Volk Aegypten

verlassen und ein Land aufsuchen wolle, daß der Herr
ihnen gelobt. Da hatten denn viele beschlossen, sich gleichfalls dem mächtigen Gott ihrer Väter anzuvertrauen und
den Wanderern zu folgen; die ägyptischen Priester aber,
die das gleiche Unglück mit den Hebräern verband, waren
mit ihnen gezogen, und als Ziel ihrer Wanderung hatten
sie Succoth ins Auge gefaßt, wohin, wie sie vernommen,
Mose das Volk zunächst zu führen gedenke. Doch jeder,
der ihnen den Weg hätte weisen können, war vor ihnen
geflohen, und so hatten sie sich zu weit nördlich gehalten
und sich bis in die Nähe der Festung Thabne verirrt.
Eine Meile vor diesem Ort war Hosea zu ihnen gestoßen
und hatte ihren Führern geraten, umzukehren, um ihr
Unglück nicht auch über die wandernden Brüder zu
bringen.

Während dieses Gesprächs war von der Festung her
eine Abteilung ägyptischer Krieger den Aussätzigen ent-
gegengezogen, um die Straße von ihnen zu säubern;
doch der Befehlshaber, der dem Hosea bekannt, brauchte
keine Gewalt, und beide Männer gewannen die Führer
der Aussätzigen für den Vorschlag, sich auf die Halbinsel
des Sinai führen zu lassen, wo mitten im Gebirge, unweit der Bergwerke, eine Kolonie von Aussätzigen bestand.
Sie hatten sich diesem Vorschlag gefügt, weil Hosea ihnen
verhieß, daß wenn das Volk gen Osten ziehe, es zu ihnen
stoßen und jeden Geheilten aufnehmen werde; blieben
die Hebräer aber in Aegypten, so werde die reine Wüstenluft manchem Leidenden Genesung bringen, und jedem
rein Befundenen stehe es frei, in die Heimat zurückzukehren.

Diese Verhandlungen hatten viel Zeit in Anspruch

genommen, und zu dem ersten Aufenthalt war mancher
andere gekommen; denn da Hosea in so nahe Berührung
mit den Aussätzigen geraten, mußte er nach Thabne
reiten, sich dort gemeinsam mit dem Führer der Truppen,
der ihm zur Seite gestanden, mit Vogelblut besprengen
lassen, neue Gewänder anthun und sich gewissen Zeremo-
nien unterziehen, die er selbst für notwendig erachtete,
und die nur bei hellem Sonnenlicht vorgenommen werden
konnten. Seinen Roßknecht hatte man in der Festung
zurückbehalten, weil der weichherzige Mann, der einem
Verwandten unter den Unglücklichen begegnet war, diesem
die Hand gereicht hatte.

Traurig und widrig war der Anlaß dieses Aufenthaltes gewesen, und erst nachdem Hosea am Nachmittag Thabne verlassen und sich nach Succoth begeben
hatte, waren die Hoffnung und die Freude, Mirjam wiederzusehen und den Seinen eine so viel verheißende Botschaft
zu bringen, wieder mächtig in ihm geworden.

Schneller und in froherer Erwartung hatte ihm das
Herz nimmer geschlagen als auf dem nächtlichen Ritt,
der ihn der Geliebten und dem Vater entgegenführte,
und an dessen Ziel er dann statt der höchsten Glückseligkeit bis jetzt nur bittere Enttäuschung gefunden.

In abgerissenen, kurz hingeworfenen Sätzen hatte
er unwillig berichtet, was ihm mit den Aussätzigen begegnet, obgleich er für das Wohl dieser Armen sein bestes
gethan zu haben meinte. Jeder seiner Kriegsgefährten
hätte ein lobendes Wort dafür gefunden; diejenige aber,
deren Beifall ihm über alles ging, wies, wie er schloß,
auf eine Stelle des Lagers und sagte betrübt: „Sie
sind unseres Blutes, und unser Gott ist der ihre. Von

Zoan Pha-kos und Phibeseth*) sind die Aussätzigen den anderen in gemessener Entfernung gefolgt, und außerhalb des Lagers stehen ihre Zelte. Auch die von Succoth — es sind ihrer nicht viele — dürfen mit ausziehen; denn da der Herr dem Volk das Land gelobte, nach dem es sich sehnt, meinte er Groß und Klein, Arm und Gering und gewiß auch die Elenden, die nun in der Hand des Feindes verbleiben. Hättest Du nicht besser gethan, die Hebräer von den Aegyptern zu trennen und die unseres Blutes sind, zu uns zu führen?"

Da bäumte sich in dem Krieger der männliche Stolz auf und ernst und streng klang seine Antwort: „Im Kriege soll man es über sich gewinnen, Hunderte zu opfern, um Tausende zu erhalten. Auch der Hirte sondert das räudige Schaf aus, um die Herde zu schützen."

„Ganz recht," fiel die Jungfrau ihm hier eifrig ins Wort; „denn der Hirt ist ein schwacher Mensch, der keine Arznei kennt gegen die Seuche; doch der Herr, der sein ganzes Volk ruft, läßt ihm aus dem strengen Gehorsam keinen Schaden erwachsen."

„So denkt die Frau," versetzte Hosea; „doch was das Mitleid ihr vorschreibt, darf nicht zu schwer ins Gewicht fallen im Rate der Männer. Ihr folgt gern der Stimme des Herzens, wie es euch überhaupt wohl an steht, euch leiten zu lassen, wenn anders ihr nicht vergeßt, was euch zusteht und eurem Geschlechte."

Da färbten sich Mirjams Wangen mit dunklem Rot; denn sie empfand den Stachel, der in dieser Rede

---

*) Der hebräische Name des griechischen Bubastis.

verborgen, doppelt schmerzlich, weil es Hosea war, der ihn
führte. Wie viel Schweres hatte sie sich heute um ihres
Geschlechtes willen auferlegen müssen, und nun ließ auch
er sie fühlen, daß sie ihm nicht gleichberechtigt, daß sie
ein Weib sei. Er hatte angesichts des Males, das Hur
errichtet, und worauf ihre Hand jetzt ruhte, ihr Urteil
angerufen, als gehöre sie zu den Führern des Volkes,
und nun wies er sie, die sich an Geist und Gaben hinter
keinem Manne zurückzustehen fühlte, herb in ihre Schran-
ten zurück.

Aber auch er fühlte sich in seiner Würde verletzt,
und ihre Haltung lehrte ihn, daß diese Stunde zu entscheiden habe, ob ihm oder ihr die Herrschaft zukomme
in ihrem künftigen Bunde. Stolz und in strenger Hoheit
stand er ihr gegenüber, — wahrlich so mannhaft und
begehrenswert, wie er ihr nie vorher erschienen. Dennoch
behielt das Verlangen, für ihre beleidigte weibliche Würde
zu kämpfen, die Oberhand über jede andere Empfindung,
und endlich war sie es, die das kurze, peinliche Schweigen
brach, das seinen verweisenden Worten gefolgt war, und
mit einer Ruhe, die sie nur mit dem Aufgebot ihrer
ganzen Willenskraft zu behaupten vermochte, begann sie:
„Wir vergessen beide, was uns hier in später Nacht
zurückhält. Du wolltest mir vertrauen, was Dich zu den
Deinen führt, und von mir hören, nicht was Mirjam,
das schwache Weib, sondern die Vertraute des Herrn darüber urteilt."

„Auch die Stimme der Jungfrau, auf deren Liebe
ich zählte, hoffte ich zu vernehmen," entgegnete er finster.

„Du sollst sie hören," versetzte sie schnell und nahm
die Hand von dem Male. „Doch es kann sein, daß ich der

Meinung des Mannes, dessen Kraft und Klugheit der meinen so hoch überlegen, nicht zustimmen kann; und doch zeigtest Du eben, daß Du den Widerspruch eines Weibes, und auch den meinen, nicht duldest."

„Mirjam," unterbrach er sie in verweisendem Ton; sie aber fuhr eifriger fort: „Ich hab' es empfunden, und weil es der größte Schmerz meines Lebens wäre, Dein Herz zu verlieren, mußt Du mich verstehen lernen, bevor Du mich aufrufst, das Urteil zu sprechen. Vernimm Du zuerst meine Botschaft!"

„Nein, nein!" erwiderte sie lebhaft. „Die Antwort würde mir jetzt auf den Lippen ersterben! Laß mich Dir erst von dem Weibe erzählen, das ein liebendes Herz hat und doch etwas anderes kennt, das ihm höher steht als die Liebe. Du lächelst? Und Du hast ein Recht dazu, so lange Dir fremd, was ich Dir zu vertrauen gedenke."

„Dann sprich!" unterbrach er sie in einem Ton, der sie erkennen ließ, wie schwer es ihm fiel, sich zu gedulden.

„Habe Dank!" versetzte sie warm. Dann lehnte sie sich an den Stamm des alten Baumes, während er sich auf die Bank niederließ und bald zu Boden, bald ihr ins Antlitz schaute, und begann also: „Die Kindheit liegt hinter mir und bald auch die Jugend. Wie ich noch klein war, unterschied mich wenig von den anderen Mädchen. Ich spielte wie sie, und hatte mich auch die Mutter gelehrt, zu dem Gotte der Väter zu beten, so gefiel mir doch gut, was mir die anderen Kinder von der Göttin Isis erzählten. Ging es an, so stahl ich mich in ihren Tempel, kaufte Spezereien, plünderte das Gärtchen für

sie, salbte ihren Altar und brachte ihr Blumen zum
Opfer. Ich war größer und stärker als viele und dazu
die Tochter des Amram, und so folgten sie mir und
thaten gern, was ich angab. Als ich acht Jahre alt war,
zogen wir von Zoan hieher. Bevor ich noch eine Gespielin gefunden, kamst Du dann zu Gamaliel, dem
Manne Deiner Schwester, um die Wunde auszuheilen,
die Dir eines Libyers Lanze geschlagen. Gedenkst Du
noch jener Zeit, in der Du, der Jüngling, das kleine
Mädchen zur Gefährtin erhobst? Ich brachte Dir, was
Du bedurftest, ich plauderte Dir vor, was ich wußte,
Du aber erzähltest mir von blutigen Kämpfen und Siegen,
von dem glänzenden Waffenschmuck und den Rossen und
Wagen der Krieger. Du zeigtest mir den Ring, den
Deine Tapferkeit Dir gewonnen, und als Dir die Wunde
in der Brust wieder vernarbt war, schweiften wir auf
den Weideplätzen umher.

„Die Isis, der auch Du hold warst, hatte hier einen
Tempel, und wie oft bin ich heimlich in den Vorhof ge-
schlichen, um für Dich zu beten und ihr meinen Feiertags-
tuchen zu bringen. Durch Dich hatt’ ich so viel von dem
Pharao und seinem Glanz, von den Aegyptern, ihrer
Weisheit, ihrer Kunst und ihrem geschmückten Leben vernommen, daß sich mein kleines Herz sehnte, in der Residenz
mitten unter ihnen zu leben; es war mir ja ohnehin zu
Ohren gekommen, daß mein Bruder Mose in dem Palast
des Königs große Wohlthaten empfangen und unter den
Priestern zu einem angesehenen Manne gediehen war.
Unser Volk wollte mir nicht mehr gefallen; denn es schien
mir in allen Stücken zurückzustehen hinter den Aegyptern.

„Dann kam die Trennung von Dir, und weil mein

kleines Herz fromm war und von der göttlichen Macht,
gleichviel wie sie hieß, alles Gute erwartete, betete ich
für den Pharao und sein Heer, in dessen Reihen Du
kämpftest.

„Von dem Gott unserer Väter sprach die Mutter
bisweilen wie von einem mächtigen Schußherrn, der sich
das Volk in vergangenen Tagen zu Dank verpflichtet,
und erzählte mir von ihm schöne Geschichten; doch manchmal opferte sie selbst in dem Tempel des Seth oder
brachte dem heiligen Stiere des Sonnengottes die Blüten
des Klees. Sie dachte auch freundlich der Aegypter, unter
denen ihr Stolz und ihre Freude, unser Mose, zu so
hohen Ehren gelangt war.

„So ward ich fünfzehn Jahre alt und lebte froh
mit den anderen. Des Abends, wenn die Hirten heimgekehrt waren, saß ich mit dem jungen Volke am Feuer,
und es war mir genehm, wenn die Söhne der Herdenbesitzer mir vor anderen den Vorzug gaben und um mich
warben; doch ich schickte sie alle heim, auch den ägyptischen
Hauptmann, der die Feste am Vorratshause befehligte;
denn ich dachte an Dich, meinen Jugendgefährten. Mein
Bestes wäre mir nicht zu teuer gewesen für einen Zauber-
spruch, der Dich zu uns geführt hätte, wenn ich bei festlichen Spielen tanzte und zum Tambourin sang, und für
mich die lautesten Beifallsrufe erschollen. So oft mir recht
viele lauschten, dacht' ich Deiner, — dann schmetterte
ich, was mir das Herz erfüllte, heraus wie die Lerche,
dann galt mein Lied Dir und nicht dem Ruhme des
Höchsten, dem es geweiht war."

Hier erfaßte die Leidenschaft den Mann, dem die
Geliebte so Beglückendes bekannte, mit erneuter Macht.

Jäh sprang er auf und streckte ihr die Arme entgegen; sie aber wies ihn mit herber Strenge zurück, um der Sehnsucht Herr zu bleiben, die auch sie zu bewältigen drohte.

Doch ihre tiefe Stimme hatte einen neuen, fremden Klang gewonnen als sie erst schnell und leise, dann lauter und nachdrucksvoller fortfuhr:

„Und so ward ich denn achtzehn, und es wollte mir nicht mehr in Succoth gefallen. Eine unbeschreibliche Sehnsucht, nicht nur nach Dir, hatte sich meiner Seele bemächtigt. Was mir früher Freude bereitet, dünkte mich schal, und das Einerlei des Lebens hier in der entlegenen Grenzstadt unter Hirten und Herden schien mir traurig und elend.

„Eleasar, des Aaron Sohn, hatte mich lesen gelehrt und brachte mir Bücher mit, voller Geschichten, die sich nie begeben haben konnten und das Herz dennoch erregten. Manche enthielten auch Lobgesänge auf die Götter und glühende Lieder, wie sie ein Liebender dem andern zusingt. Die griffen mir tief in die Seele, und so oft ich des Abends oder um Mittag, wenn nichts sich regte und Hirten und Herden weit fort auf der Weide, allein war, dann wiederholte ich mir diese Lieder oder ersann wohl auch neue, und die meisten waren Lobgesänge auf die Gottheit. Bald feierten sie den widderköpfigen Amon, bald die kuhköpfige Isis und oft auch den großen und allmächtigen Gott, der sich dem Abraham offenbart und von dem die Mutter um so öfter sprach, je älter sie wurde. Solche Loblieder still zu erdenken, auf Gesichte zu warten, die mir Gottes Größe und Herrlichkeit oder schöne Engel und schreckliche Dämonen zeigten, das ward mir das Liebste. Aus dem heiteren Kinde war ich eine träumerische Jungfrau geworden, die es daheim gehen ließ, wie es wollte. Und da war keiner, der mich gewarnt hätte; denn dem verstorbenen Vater folgte die Mutter, und nun lebte ich allein mit der alten Base Rahel, mir selbst zum Mißfallen und zu niemandes Freude. — Aaron, unser Aeltester, war zu seinem Schwiegervater Amminadab gezogen; denn das Haus des Amram, sein Erbe, war ihm zu klein und gering geworden, und er hatte es mir überlassen. Auch die Gespielinnen mieden mich; denn der Frohsinn war von mir gewichen, und in üblem Hochmut sah ich auf sie herab, weil ich Lieder ersinnen konnte und in meinen Gesichten mehr zu schauen bekam als sie alle.

„So ward ich neunzehn, und am Abend des Tages meiner Geburt, dessen niemand dachte als Milca, die Tochter des Eleasar, sandte mir der Höchste zum erstenmale einen Boten. Er kam in Gestalt eines Engels und rief mich auf, das Haus zu bereiten; denn ein Gast sei auf dem Wege, der mir von allen der liebste.

„Es war am frühen Morgen und unter diesem Baume; ich aber ging heim und bestellte mit der alten Rahel das Haus und rüstete ein Lager und sorgte für ein Mahl und Wein und alles, womit man den Gast ehrt. Doch der Mittag kam, und der Nachmittag verging; aus dem Abend ward es Nacht und wiederum Morgen, und ich harrte immerfort des Gastes. Aber als sich die Sonne jenes Tages zum Untergang neigte, erhoben die Hunde ein lautes Gebell, und da ich vor die Thür trat, eilte ein gewaltiger Mann mit wirrem grauem Haupthaar und Bart in einem zerfetzten weißen Priestergewande gerade auf mich zu. Winselnd wichen die Hunde vor ihm zurück; ich aber erkannte in ihm meinen Bruder.

„Unser Wiedersehen nach langer Zeit brachte mir anfangs mehr Schrecken als Freude; denn Mose war auf der Flucht vor den Häschern, weil er den Vogt erschlagen. — Du weißt ja.

„Noch leuchtete ihm der Ingrimm aus den flammenden Augen. Dem Gotte Seth in seinem Zorne schien er mir vergleichbar, und jedes seiner langsamen Worte grub sich in meine Seele wie mit Hammer und Meißel. Dreimal sieben Tage und Nächte blieb er unter meinem Dache, und weil ich mit ihm und der tauben Rahel allein war, und er sich verborgen halten mußte, trat niemand zwischen uns, und da lehrte er mich denjenigen erkennen, der der Gott unserer Väter.

„Mit Zittern und Zagen folgte ich seiner gewaltigen Rede, und es war mir, als fielen mir die wuchtigen Worte wie Felsen auf die Brust, wenn er mir ans Herz legte, was Gott der Herr von mir heische, oder wenn er die Größe und den Zorn dessen schilderte, den kein Geist begreifen und kein Name zu nennen vermag. Ja, wenn er von i h m sprach und den ägyptischen Göttern, dann war es, als stehe meines Volkes Gott vor mir wie ein Riese, dessen Scheitel den Himmel berührt, und als kröchen die anderen Götter alle im Staube zu seinen Füßen wie winselnde Hunde.

„Auch lehrte er mich, daß wir allein das Volk seien, das der Herr sich erlesen, wir und kein anderes. Da erfüllte es mich zum erstenmale mit Stolz, ein Sproß Abrahams zu sein, und jeder Hebräer ward mir ein Bruder, jede Tochter Israels eine Schwester. Jetzt

merkte ich auch, wie grausam man diejenigen knechtete
und quälte, die doch die Meinen. Blind war ich gewesen für das Leid meines Volkes, doch Mose öffnete
mir das Auge und pflanzte mir den Haß in das Herz,
den großen Haß gegen die Peiniger meines Volkes, und
aus diesem Haß erwuchs hier drinnen die Liebe zu den
Gequälten. Da gelobte ich mir, dem Bruder nachzufolgen
und dem Rufe meines Gottes zu harren. Und siehe, er
ließ nicht auf sich warten, und die Stimme Jehovas, sie
sprach mit mir wie mit Zungen.

„Die alte Rahel starb damals. Auf des Mose
Geheiß gab ich es nun auf, allein zu wohnen und folgte
der Ladung des Aaron und Amminadab. So ward
ich ein Gast ihres Hauses; doch unter ihnen allen lebte
ich mein besonderes Leben. Sie hinderten mich nicht,
und die Sykomore hier auf ihrem Grund ward wie mein
eigenster Besitz. Unter ihrem Schatten befahl mir Gott,
Dich zu rufen und Dich den zu nennen, dessen Hilfe Jehova
— und Du, nicht mehr Hosea, nein, Josua, folgtest dem
Befehl Deines Gottes und seiner Prophetin.“

Hier unterbrach der Krieger die Rede der Jungfrau,
der er gespannt, doch mit wachsender Enttäuschung gefolgt war: „Ja, Dir und dem Höchsten leistete ich Gehorsam! Doch was es mich gekostet, darnach verschmähst
Du zu fragen. Bis in die Gegenwart gelangt bist Du
mit Deinem Berichte, doch von den Tagen wußtest Du
nichts zu berichten, in denen Du nach dem Tode meiner
Mutter unser Gast warst zu Tanis. Vergaßest Du, was
mir dort erst Dein Auge bekannte und dann auch Dein
Mund? Ist Dir der Tag des Abschieds und der Abend
am Meere aus dem Gedächtnis entschwunden, da Du

mir auf Dich zu hoffen und Dein zu gedenken geboteſt? Tötete der Haß, den Moſe Dir in das Herz pflanzte, mit jedem anderen Gefühl auch die Liebe?"

„Auch die Liebe?" fragte Mirjam und ſchlug die großen Augen betrübt zu ihm auf. „O nein! Wie könnt' ich wohl jener Zeit, der freundlichſten meines Lebens, vergeſſen! Doch von dem Tage an, da Moſe aus der Wüſte heimkam, um auf des Herrn Gebot die Knechtſchaft des Volkes zu brechen — drei Monate nach dem Abſchied von Dir iſt es geweſen — ſeitdem weiß ich nichts mehr von Jahren und Monden, Tagen und Nächten."

„So wirſt Du auch dieſe vergeſſen?" fragte Hoſea herb.

„Nicht alſo," unterbrach ihn Mirjam und ſchaute ihm bittend ins Antlitz. „Die Liebe, die in dem Kinde groß ward und in der Jungfrau Herz nicht welkte, läßt ſich nicht töten; doch wer ſich dem Herrn geweiht . . ." Hier unterbrach ſie ſich plötzlich, erhob begeiſtert und wie ſich ſelbſt entrückt Augen und Hände und rief flehend nach oben: „Du biſt mir nahe, Allmächtiger, Großer, und ſiehſt in mein Herz! Dir iſt bewußt, warum Mirjam nach Tagen und Jahren nichts fragt, und nichts begehrt, als Dein Werkzeug zu ſein, bevor denn ihrem Volke, das auch das Volk dieſes Mannes, zu teil ward, was Du ihm gelobteſt."

Während dieſes Anrufes, der der Jungfrau aus dem tiefſten Grunde des Herzens drang, hatte der leiſe Wind ſich erhoben, der dem Grauen des Morgens vorangeht, und zu Mirjams Häupten rauſchte das Laub in der dichten Krone der Sykomore; Hoſea aber verſchlang ihre hohe, vom ſchwanken Dämmerſchein halb beleuchtete, halb verschleierte majestätische Gestalt mit den Blicken, und was er hier vernahm und schaute, wollte ihm wie ein Wunder erscheinen. Das Große, das sie für ihr Volk erwartete und das sich erfüllt haben mußte, bevor sie sich gestatten wollte, dem Wunsche des eigenen Herzens wiederum zu folgen, dies Große glaubte er den Seinen als Bote des Herrn zu überbringen. Mit fortgerissen von dem hohen Schwung ihrer Seele, eilte er auf sie zu, ergriff ihre Hand und rief in hoffnungsfroher Erregung: „So ist denn die Stunde gekommen, die Dir wieder gestatten soll, die Monde und Tage zu trennen und auf die eigenen Herzenswünsche zu lauschen. Denn siehe, ich, Josua, nicht mehr Hosea, komme als Gesandter des Herrn, und meine Botschaft verheißt dem Volke, das ich lieben lernen will, wie Du es liebst, neues Wohlsein, und bestimmt es der Höchste also, eine neue, bessere Heimat!"

Da flammten auch Mirjams Augen hell auf, und hingerissen von dankbarer Freude, rief sie: „Du kommst, um uns in das Land zu führen, das Jehovah den Seinen gelobte? O Herr, wie unermeßlich ist deine Güte! Er, er naht als dein Bote!"

„Er naht, er ist da!" fiel ihr Josua begeistert ins Wort; sie aber wehrte ihm nicht, als er sie an sich zog, und, von seligen Schauern ergriffen, erwiderte sie den Kuß seiner Lippen.

Sechzehntes Kapitel.

—

Bang vor der eigenen Schwäche löste Mirjam sich bald aus dem Arm des Geliebten; dann aber lauschte sie glückselig und gespannt auf eine neue Gnade des Höchsten, seinem kurzen Bericht über alles, was er seit ihrem Ruf erlebt und empfunden.

Erst beschrieb er den furchtbaren Zwiespalt, vor dem er gestanden, wie er dann den vollen Glauben zurückgewonnen und, gehorsam dem Gott seines Volkes und dem Rufe des Vaters, in den Palast gefahren sei, um sich, des Kerkers oder Todes gewärtig, seines Eides entbinden zu lassen.

Dann berichtete er, wie huldvoll ihm das bekümmerte Königspaar begegnet sei, und wie er endlich das Amt auf sich genommen, den Führern des Volkes ans Herz zu legen, die Seinen nur auf kurze Zeit in die Wüste zu führen und sie dann heim zu geleiten nach Aegypten, wo ihnen ein neues, herrliches Land im Westen des Stromes überwiesen werden solle. Dort werde in Zukunft kein fremder Vogt die Arbeiter drücken, ihre eigenen

Aeltesten sollten die Angelegenheiten der Hebräer leiten, und ein Mann ihrer Wahl werde ihr Haupt sein.

Zuletzt bemerkte er, daß er selbst bestimmt sei, die Kriegsmacht der Hebräer zu führen und als Statthalter zwischen ihnen und den Aegyptern, wo es erforderlich scheine, auszugleichen und zu vermitteln.

Vereint mit ihr, ein seliger Mann, werde er in dem neuen Lande Sorge tragen auch für den Kleinsten, der seines Blutes. Auf dem Ritte hieher sei ihm zu Sinne gewesen wie nach einer blutigen Schlacht, wenn Trompeten-geschmetter den Sieg verkünde. Wohl habe er ein Recht, sich als Boten und Abgesandten des Höchsten zu fühlen.

Doch hier unterbrach er sich selbst; denn Mirjam, die ihm anfänglich offenen Ohres und mit leuchtenden Augen gelauscht hatte, war mit immer bangerer und besorgterer Miene seiner Rede gefolgt. Wie er aber endlich von der Hoffnung sprach, an ihrer Seite das Volk zu beglücken, entzog sie ihm die Hand, schaute ihm ängstlich in die männlichen Züge, die von freudiger Erregung glühten, und blickte dann, als ringe sie nach Fassung, zu Boden.

Ohne zu ahnen, was in ihr vorging, trat er ihr näher. Was ihr die Zunge noch lähme, dachte er, sei die Scham der Jungfrau über die erste Gunst, die sie dem Manne gewährt. Wie sie aber bei seinen letzten Worten, die ihn selbst als den wahren Boten Gottes bezeichneten, das Haupt mißbilligend und verneinend schüttelte, fuhr er wiederum auf und rief, seiner selbst kaum mächtig vor schmerzlicher Enttäuschung: „So glaubst Du, der Herr habe mich durch ein Wunder vor dem Zorn des Mächtigsten beschützt und es mir zu teil werden

laſſen, aus der Hand der Gewaltigen Geſchenke für mein
Volk zu erlangen, wie der Stärkere ſie nimmer dem
Schwächeren bewilligt, um ſein Spiel mit dem freudigen
Zutrauen eines Mannes zu treiben, den er ſelbſt berief,
daß er ihm diene?"

Da unterbrach ſie ihn dumpf und mit mühſam
zurückgehaltenen Thränen: "Der Stärkere dem Schwächeren! Iſt das Deine Meinung, ſo zwingſt Du mich,
Dich mit Deines eigenen Vaters Worten zu fragen: Wer
iſt denn mächtiger, der Herr unſer Gott oder der Schwächling auf dem Thron, deſſen Erſtgeborener auf den Wink
des Höchſten wie Gras verdorrte? O, Hoſea, Hoſea!"

"Joſua!" unterbrach er ſie wild. "Mißgönnſt Du
mir auch den Namen, den Dein Gott mir erteilte? Ich,
ich baute auf ſeine Hilfe für mich, da ich den Palaſt des
Mächtigen betrat, ich ſuchte unter Gottes Führung Rettung und Heil für das Volk, und ich fand ſie; Du aber,
Du . . ."

"Dein Vater, Moſe, ja alle gläubigen Häupter
der Stämme ſehen kein Heil für uns aus der Hand der
Aegypter," verſetzte ſie mit fliegendem Atem. "Zum Verderben gedeiht dem Hebräer, was ſie ihm gewähren; das
Gras, das die Unſeren geſät, es verdorrt, wo ihr Fuß es
berührt! Und Du, deſſen redliches Herz ſie mißbrauchen,
Du biſt für ſie der Pfeifer, den der Vogelſteller benützt,
um das Geflügel in die Netze zu locken. Den Hammer
ſpielten ſie Dir in die Hand, um die Ketten, die wir
mit Gottes Hilfe zerriſſen, feſter als vorher zuſammen-
zuſchmieden. Vor meines Geiſtes Augen erkenn' ich . . ."

"Zu viel!" entgegnete der Krieger, knirſchend vor
Ingrimm. "Der Haß iſt es, der den klaren Geiſt Dir

umnebelt. Und wenn der Vogelsteller wirklich — wie
sagtest Du gleich? — wenn er mich wirklich zu seinem
Pfeifer gemacht und mich mißbraucht und irre geführt
hätte, von Dir, ja von Dir konnt' er's lernen! Durch
Dich selbst ermutigt, baute ich auf Deine Liebe und
Treue. Von ihr hoffte ich alles, — und wo ist diese
Liebe? — Wie Du mir nichts spartest, was mir weh
thun konnte, so will ich Dir, schonungslos gegen mich
selbst, die volle Wahrheit bekennen! Nicht nur, weil der
Gott meiner Väter mich rief, sondern weil Du es warst
und mein Vater, durch die sein Ruf zu mir gelangte,
bin ich gekommen. Ihr trachtet nach einem Lande in
weiter, ungewisser Ferne, das der Herr euch gelobt; ich
aber öffnete dem Volk die Thore einer neuen, sicheren
Heimat. Doch nicht um seinetwillen that ich's — denn
was ist es mir bis dahin gewesen? — sondern allem
voran, um mit Dir, die ich liebte, und dem alten Vater
darin glücklich zu sein! Du aber, deren kaltes Herz die
Liebe nicht kennt, mit meinem Kuß auf den Lippen verschmähst Du, was ich auch biete, aus Haß gegen die
Hand, der ich es danke. Männisch geworden ist Dein
Streben und Leben! Was anderen Weibern das Höchste,
mit dem Fuße stößt Du es von Dir."

Da hielt sich Mirjam nicht länger und aufschluchzend
schlug sie die Hände vor das zuckende Antlitz.

Mit dem grauenden Morgen hatte sich das ent-
schlummerte Leben im Lager wieder zu regen begonnen,
und dienende Männer und Weiber waren aus den Häusern des Amminadab und Naheson getreten. Was der
Morgen geweckt, zog nach dem Brunnen und der Tränke,
sie aber nahm es nicht wahr.

Wie hatte es in ihrem Herzen geblüht und gejauchzt, als der Geliebte ihr zugerufen, er komme, um sie in das Land zu führen, das der Herr dem Volke gelobt. Da war sie ihm willig an die Brust gesunken, um einen kurzen Augenblick des höchsten Glücks zu genießen; doch wie schnell hatte bittere Enttäuschung die Wonne verdrängt! Denn während der Morgenwind den Wipfel der Sykomore geschüttelt und Josua berichtet hatte, was der Pharao dem Volke gewähre, war es ihr gewesen, als rausche ihr aus der Krone des Baumes die Stimme des zür= nenden Gottes entgegen, als vernehme sie noch einmal die grollende Rede des greisen Nun. Wie Donner und Blitz hatte sie den Uri getroffen, und worin unterschied sich Josuas Forderung von der seinen?

Das Volk, auch aus des Mose Mund hatte sie es vernommen, war verloren, wenn es, untreu seinem Gott, den Verlockungen des Pharao folgte. Mit einem Manne ein Bündnis zu schließen, der da kam, um alles zu ver= nichten, wofür sie und ihre Brüder und sein eigener Vater gelebt und gestrebt, war schnöder Verrat. Und doch liebte sie Josua, und statt ihn herb zurückzuweisen, hätte sie sich ihm, ach wie gern, wiederum an das Herz geschmiegt, das, sie wußte es, so heiß nach ihr verlangte.

Aber in dem Wipfel des Baumes raschelte das Laub fort und fort, und es war ihr, als mahne es sie mit der Warnung des Aaron, und sie hatte sich fest zu bleiben gezwungen.

Das Säuseln da oben kam von dem Gotte, der sie zu seiner Dienerin erwählt, und als Josua ihr in leiden= schaftlicher Erregung bekannt hatte, daß allem voran der Wunsch, sie zu besitzen, ihn bestimme, das Seine für das

Volk zu thun, das ihm so fremd wie es ihr teuer, da
war es ihr plötzlich gewesen, als stocke der Schlag ihres
Herzens, und in Todesangst hatte sie laut aufschluchzen
müssen.

Ohne Josuas und des erwachten Lagers zu achten,
warf sie sich abermals mit hoch erhobenen Armen unter
der Sykomore nieder und starrte mit den weit geöffneten,
feuchten Augen in die Höhe, als ob sie eine neue Offen-
barung erwarte. In der Krone des Baumes aber rauschte
und rauschte der Morgenwind fort, und auf einmal war
es ihr, als werde es sonnenhell, nicht nur in ihrer Seele,
sondern rings um sie her, wie immer, wenn ihr, der
Prophetin, ein Gesicht zu teil ward. Und in diesem Lichte
sah sie eine Gestalt, deren Anblick sie erschreckte, und dazu
rauschte jeder belaubte Zweig ihr den Namen des Mannes
entgegen, dessen Bild sie erblickte, und der nicht Josua
war, sondern ein anderer, nach dem ihr Herz nicht verlangte. Doch in seiner ganzen stattlichen Größe stand er
von Glanz umflossen vor ihrem geistigen Auge, und mit
einer feierlichen Geberde legte er die Hand auf das Mal,
das er errichtet.

Mit fliegendem Atem schaute sie auf zu diesem Gesichte, und doch hätte sie gern die Augen geschlossen und
das Gehör verloren, um es nicht zu sehen und die Stimme
aus dem Baum nicht zu vernehmen. Aber plötzlich verschwand die Gestalt, verstummten die Rufe, und es war
ihr, als erblicke sie in hellem Feuerschein ihn, den ersten
Mann, dem sie die jungfräulichen Lippen zum Kusse geboten, wie er mit erhobenem Schwert, den Hirten ihres
Volkes voran, einem unsichtbaren Feinde entgegenstürmte.

Schnell, wie der Glanz des Blitzes kommt und geht,

erschien und erlosch dies Gesicht, und doch wußte sie, bevor es noch völlig verschwunden, was es ihr bedeute.

Den Mann, den sie „Josua" genannt und dem alles eigen, um der Hort und Führer seines Volkes zu werden, ihn sollte die Liebe nicht abwendig machen von der hohen Pflicht, zu der ihn der Höchste berufen. Die Botschaft, die er brachte, durfte keiner im Volke erfahren und durch sie sich verführen lassen, von dem gefahrvollen Wege zu weichen, den er betreten. Was ihr zu thun oblag, stand ihr so klar und deutlich vor der Seele wie die verschwundene Erscheinung. Und als wolle der Höchste ihr zeigen, daß sie recht verstanden, was das Gesicht von ihr heischte, erscholl, bevor sie sich noch erhoben, um dem Geliebten das Leid zu bereiten, zu dem sie ihn und sich selbst verdammte, die Stimme des Hur in der Nähe der Sykomore und gebot der Menge, die von allen Seiten herbeiströmte, sich zum Aufbruch zu sammeln.

Der Weg, sich vor sich selbst zu retten, lag vor ihr; Josua aber hatte noch nicht gewagt, die Betende in der Andacht zu stören.

Bis in die Grundfesten der Seele war er durch ihre Ablehnung gekränkt und aufgebracht worden. Während er aber auf sie niedergeschaut und wahrgenommen hatte, wie ihre hohe Gestalt von jähem Frost geschüttelt worden war und ihre Augen und Hände sich wie gebannt himmelwärts richteten, da hatte er gefühlt, daß sich in ihrer Brust etwas Großes und Heiliges begebe, das zu stören Frevel sein würde; ja er hatte sich der Empfindung nicht zu erwehren vermocht, daß es vermessen sei, eines Weibes zu begehren, das dem Herrn so nahe verbunden. Wohl mußte es wonnig sein, dies erhabene Geschöpf zu besitzen, doch auch schwer zu ertragen, es einen andern, und wäre es auch der Allmächtige selbst, dem Geliebten und Gatten so weit vorziehen zu sehen.

Menschen und Herden waren bereits dicht an der Sykomore vorübergekommen, und wie er sich eben entschloß, Mirjam anzurufen und sie auf die Nahenden zu weisen, erhob sie sich, wandte sich ihm zu, und aus ihrer beklommenen Brust drang es: „Ich habe mit dem Herrn geredet, Josua, und kenne nun seinen Willen. Erinnerst Du Dich der Worte, durch die Gott Dich berief?"

Da neigte er bejahend das Haupt; sie aber fuhr fort: „Wohl denn, so sollst Du auch wissen, was der Höchste Deinem Vater vertraute, dem Mose und mir: Fort aus dem Aegyptenland will er uns führen und weiter, weiter in ein Land, wo kein Pharao oder sein Statthalter über uns schaltet, und er allein unser König. Das ist sein Wille, und verlangt es Dich, ihm zu dienen, so mußt Du uns folgen und, kommt es zum Kampf, den Männern des Volkes gebieten."

Da schlug er sich die Brust und rief in heftiger Erregung: „Mich bindet ein Schwur, heimzukehren nach Tanis, um dem Pharao zu berichten, wie die Führer des Volkes die Botschaft aufgenommen, mit der ich entsandt ward. Wenn das Herz mir auch bricht, meineidig kann ich nicht werden!"

„Und eher breche das meine," stieß Mirjam hervor, „als daß ich Gott dem Herrn die Treue breche. Wir haben beide gewählt, und so sei denn vor diesem Male zerschnitten, was uns aneinander gefesselt."

Da eilte er außer sich auf sie zu, um ihre Hand zu ergreifen; sie aber wies ihn mit einer gebieterischen

Bewegung zurück, wandte sich von ihm ab und ging der Menge entgegen, die mit Rindern und Schafen den Brunnen umdrängte.

Groß und Klein wich ehrerbietig vor ihr zurück, als sie stolz aufgerichtet auf Hur zuschritt, der den Hirten Befehle erteilte; er aber trat ihr entgegen, und nachdem er vernommen, was sie ihm mit leisen Worten gelobt, legte er ihr die Hand auf das Haupt und sagte mit feierlichem Ernst: „So segne der Herr unser Bündnis."

Hand in Hand mit dem ergrauenden Manne, dem sie sich zu eigen gegeben, trat Mirjam Josua entgegen, und nichts verriet die tiefe Erregung ihrer Seele als die kürzeren Pausen, in denen ihr Busen sich hob und senkte; denn ihre Wange war zwar bleich, doch ihr Auge trocken und ihre Haltung so aufrecht wie immer.

Sie überließ es dem Hur, dem Geliebten, dem sie auf immer entsagt, zu berichten, was sie ihm gewährt, und da Josua es vernahm, wich er zurück, als öffne sich ein Abgrund vor seinen Füßen.

Mit blutlosen Lippen schaute er auf das ungleiche Paar. Ein höhnisches Gelächter schien ihm die rechte Antwort auf solche Ueberraschung; doch Mirjams ernstes Antlitz half ihm es unterdrücken und in nichtigen Worten den Aufruhr seines Gemütes zu verbergen.

Aber lange, das fühlte er, werde es ihm nicht glücken, den zur Schau getragenen Gleichmut zu wahren, und so nahm er Abschied von Mirjam. Er habe, sagte er mit hastigen Worten, den Vater zu begrüßen und durch ihn die Aeltesten zusammenrufen zu lassen.

Doch bevor er noch geendet, eilten streitende Hirten herbei und riefen die Entscheidung des Hur an, welcher

Platz im Zuge jedem Stamme gebühre; er aber folgte ihnen, und sobald sich die Jungfrau mit Josua allein sah, rief sie ihm mit flehenden Blicken leise, doch dringlich zu: „Was uns verband, eine rasche That mußt' es zerreißen; doch ein Höheres eint uns. Wie ich preisgab, was meinem Herzen das Liebste, um meinem Gotte und Volke die Treue zu wahren, so opfere auch Du, woran Du die Seele gehängt. Folge dem Höchsten, der Dich Josua nannte! Diese Stunde wandelte süßestes Glück in schweres Leid; möge den Unseren Heil daraus erwachsen! Bleib ein Sohn des Volkes, das Dir Vater und Mutter ge= geben! Werde, wozu der Herr Dich berief, ein Führer der Deinen! Willst Du auf dem Eide bestehen, den Du dem Pharao geschworen, und den Aeltesten die Ver= heißungen zeigen, mit denen Du kamest, so wirst Du sie für Dich gewinnen, ich weiß es. Wenige nur werden Dir widerstreben, doch sicher und gewiß allen voran Dein eigener Vater. Ich höre ihn die Stimme laut und zornig gegen den eigenen lieben Sohn erheben; doch verschließt Du auch seiner Mahnung das Ohr, dann wird das Volk statt dem Rufe seines Gottes dem Deinen folgen, und als mächtiger Mann wirst Du über die Hebräer gebieten. Aber wenn die Zeit kommt, in der der Aegypter in den Wind bläst, was er verheißen, wenn Du sehen wirst, wie man die Deinen noch schwerer knechtet als vorher und wie sie abfallen von dem Gott ihrer Väter, um wieder den tierköpfigen Götzen zu dienen, dann wird der Fluch des Vaters über Dich kommen, Der Zorn des Höchsten wird die Verblendeten treffen, und Verzweiflung das Los des Mannes sein, der die schwache Menge, zu deren Schutz ihn der Höchste erkor, ins Elend führte. Und so rufe ich, ein schwaches Weib, doch die Dienerin des Höchsten und die Jungfrau, der Du lieber warst als das Leben, Dir warnend zu: ‚Fürchte den Fluch des Vaters und die Strafe des Herrn! Hüte Dich, das Volk zu verlocken!‘“

Hier unterbrach sie eine Sklavin, die sie zu ihren Gastfreunden berief, — und leise und eilig fuhr sie fort: „Nur noch dies eine! Willst Du nicht schwächer sein als das Weib, dessen Widerspruch Deinen Unmut erregte, so entsage den eigenen Wünschen zum Wohle der Tausende dort, die Deines Blutes! Mit der Hand auf diesem Male sollst Du mir schwören . . .“

Hier aber versagte der Prophetin die Stimme. Ihre Hände suchten hin und her tastend vergeblich nach einer Stütze, und mit einem Aufschrei sank sie neben dem Male des Hur in die Kniee.

Josuas starke Arme wahrten sie vor dem Falle, und einige Weiber, die auf seinen Ruf herbeieilten, riefen die Ohnmächtige bald ins Leben zurück.

Unstät schweifte das Auge der Erwachten von einem zum andern, und erst als ihr Blick dem besorgten Antlitz des Freundes begegnete, ward ihr wieder bewußt, wo sie sich befand und was sie gethan. Dann trank sie in raschen Zügen das Wasser, das eine Hirtenfrau ihr reichte, trocknete die in Thränen schwimmenden Augen, seufzte schmerzlich auf und raunte mit einem matten Lächeln dem Josua zu: „Ich bin doch nur ein schwaches Weib.“

Dann ging sie dem Hause entgegen, doch schon nach den ersten Schritten wandte sie sich noch einmal um, winkte dem Krieger und sagte leise: „Du siehst, wie sie sich ordnen. Bald ziehen sie weiter. Bestehst Du auf

Deinem Willen? Noch ist es Zeit, die Aeltesten zu-sammenzurufen!"

Da schüttelte er verneinend das Haupt, und als ihn der feuchte, dankbare Blick ihrer Augen traf, versetzte er leise: „Ich werde dieses Males und dieser Stunde gedenken, Weib des Hur. Entbiete meinem Vater meinen Gruß und sage ihm, daß ich ihn liebe. Nenne ihm auch den Namen, mit dem sein Sohn hinfort genannt werden soll nach des Höchsten Gebot, und aus ihm, der mir Jehovas Hilfe verheißt, schöpfe er Zuversicht, wenn er vernimmt, wohin ich gehe, um den Eid zu halten, den ich geschworen."

Hiemit winkte er Mirjam und wandte sich dem Lager zu, wo man sein Roß getränkt und gefüttert; sie aber rief ihm nach: „Nur noch dies letzte: Mose legte für Dich eine Botschaft in die Höhlung des Baumes."

Da wandte sich der Krieger der Sykomore zu und las die Schrift des Gottesmannes, die für ihn bestimmt war. „Sei stark und fest," lautete ihr kurzer Inhalt, und Josua erhob das Haupt und rief freudig: „Dies Wort ist meiner Seele wohlgefällig. Begegnen wir uns hier zum letztenmale, Weib des Hur, gehe ich in den Tod, so sei gewiß, daß ich stark und fest zu sterben wissen werde; Du aber erweise meinem alten Vater, was Du vermagst!"

Damit schwang er sich auf das Roß, und während er auf dem Wege nach Tanis, treu seinem Eide, dahin-trabte, war seine Seele frei von Furcht, obwohl er sich mit nichten verhehlte, daß er schweren Gefahren entgegen-reite. Seine schönsten Hoffnungen waren vernichtet, und doch kämpfte in seiner Seele tiefe Kümmernis mit froher

Erhebung. Eine neue, große Empfindung, die sein ganzes Wesen ausfüllte, war in ihm erwacht, und diese wurde nur wenig getrübt, wenn er auch eine Kränkung erfahren, herb genug, um anderen das Lebenslicht zu verdunkeln. Er hatte ein festes Lebensziel gewonnen, und dazu durfte er sich sagen, daß er weder hinter dem Hur, noch hinter einem andern Manne zurückgesetzt worden. Keiner hatte ihm den Rang abgelaufen als das hohe Paar, dem er selbst Blut und Leben zu weihen gedachte: Sein Gott und sein Volk. Mit Erstaunen nahm er diese neue Empfindung wahr, die in der Mannesbrust alles andere, und auch die Liebe, weit zurückzudrängen vermochte.

Manchmal freilich senkte er bekümmert das Haupt, wenn er seines alten Vaters gedachte; doch er hatte recht gethan, da er die warme Sehnsucht, ihn noch einmal ans Herz zu ziehen, unterdrückte. Der Greis hätte seine Beweggründe kaum verstanden, und es war besser für sie beide, ohne Wiedersehen als in offenem Streite von einander zu scheiden.

Oft wollte es ihn dünken, als habe er das Erlebte nur geträumt, und da er sich wie berauscht von den Erregungen der letzten Stunden fühlte, spürte sein starker Leib die Anstrengungen nur wenig, denen er ihn unterzogen.

In einer bekannten Herberge am Wege, wo er viel Kriegsvolk und darunter auch einige ihm wohlbekannte Befehlshaber fand, gönnte er endlich dem Rosse und sich selbst Rast und Speise, und als er erquickt weiter ritt, forderte das wache Leben sein Recht; denn bis an die Thore der Ramsesstadt Tanis kam er an Scharen von Kriegern vorbei und erfuhr, daß sie den Befehl erhalten hätten, sich dort mit den Tausendschaften zu vereinen, die er selbst aus Libyen dahin geführt.

Endlich ritt er in die Stadt ein, und da er an dem Tempel des Amon vorüberkam, vernahm er laute Klagen, obgleich er unterwegs vernommen, daß die Seuche so gut wie erloschen. Was ihn manches Anzeichen lehrte, bestätigten endlich vorüberziehende Wachen: der erste Prophet und Oberpriester des Gottes, der greise Rui, war im achtundneunzigsten Jahre seines Alters gestorben, und Bai, der zweite Prophet, der ihn seiner Freundschaft und Dankbarkeit so warm versichert, sein Nachfolger und damit Oberpriester und Richter, Siegelbewahrer und Oberschatzmeister, kurz, der mächtigste Mann im Reiche geworden.

Siebenzehntes Kapitel.

––––––

"Der, deſſen Hilfe Jehova!" murmelte fünf Tage ſpäter ein mit Ketten belaſteter Staatsgefangener bitter lächelnd vor ſich hin, während er mit vierzig Leidens⸗ genoſſen durch das Siegesthor von Tanis gen Oſten geführt ward.

Das Ziel dieſer Unglücklichen waren die Bergwerke auf der Sinaihalbinſel, wo man neuer Zwangsarbeiter bedurfte.

Eine kurze Weile hatte das Lächeln des Sträflings gedauert, dann aber richtete er den kraftvollen Leib höher auf, und von ſeinen bärtigen Lippen klangen die Worte: „Feſt und ſtark", und als wolle er die Erhebung, die er ſelbſt wieder gefunden, auf ihn übertragen, raunte er dem neben ihm herſchreitenden Jüngling zu: „Mut, Ephraim, Mut! Nicht in den Staub, ſondern aufwärts geſchaut, wie es auch komme!"

„Auf dem Marſch wird geſchwiegen!" herrſchte einer der bewaffneten libyſchen Sicherheitswächter, die den Transport geleiteten, den älteren Gefangenen an und

erhob die Geißel mit einer bedeutungsvollen Geberde;
der also Bedrohte aber war Josua, und sein Leidens=
genosse Ephraim, den man verurteilt, sein Schicksal zu
teilen.

Worin dies bestand, wußte jedes Kind in Aegypten;
denn „daß man mich in die Bergwerke sende!" war eine
der furchtbarsten Verwünschungen des Volkes, und keines
Gefangenen Los auch nur halb so hart wie das der
verurteilten Staatsverbrecher.

In den Minen harrte ihrer eine Reihe der furcht=
barsten Demütigungen und Qualen. Des Gesunden
Kraft wurde dort durch unerhörte Anstrengungen ge=
brochen, der Erschöpfte zu Leistungen gezwungen, die sein
Vermögen so weit überstiegen, daß er bald auf ewig der
Ruhe anheimfiel, nach der seine gemarterte Seele schon
lange gelechzt. In die Minen verschickt zu werden, kam
einer Verurteilung zu langsamem, qualvollem Tode gleich,
und doch steht das Leben dem Menschen so hoch, daß
es für eine mildere Strafe galt, als Zwangsarbeiter in
die Bergwerke geschleppt als dem Henker überantwortet
zu werden.

Die ermunternden Worte Josuas übten geringe
Wirkung auf Ephraim; als aber wenige Minuten später
ein mit einem Schirm beschatteter Wagen an den Ge=
fangenen vorbeikam, auf dem hinter dem Rosselenker
und einer Matrone ein schlankes, vornehmes Weib stand,
wandte er sich mit einer schnellen Bewegung um und
schaute dem Fuhrwerk mit leuchtenden Augen nach, bis
es der Staub des Weges den Blicken entzog.

Die jüngere Frau war dicht verschleiert gewesen,
Ephraim aber glaubte diejenige in ihr wiedererkannt

zu haben, um derentwillen er ins Verderben geraten, und deren leisestem Wink er dennoch auch jetzt noch gehorcht haben würde.

Und der Jüngling hatte recht gesehen; denn die vornehme Frau auf dem Wagen war Kasana, die Tochter des Bogenschützenobersten Hornecht, die Matrone aber ihre Amme.

Bei einem kleinen Tempel am Wege, neben dem in einem Hain von Nilakazien ein Brunnen für die Wanderer erhalten wurde, befahl sie, nachdem der Wagen die Gefangenen eine gute Strecke hinter sich gelassen, der Matrone, ihrer zu harren, sprang leichtfüßig auf die Straße und ging gesenkten Hauptes im Schatten der Bäume auf und nieder, bis der heranwirbelnde Staub sie lehrte, daß die Sträflinge nahten.

Nun entnahm sie dem Gewande die goldenen Ringe, die sie zu diesem Zweck bereit hielt, und schritt dem Manne, der den traurigen Zug führte und ihm auf einem Esel voranritt, entgegen. Während sie sich mit ihm unterredete und auf Josua wies, zeigte dem Wächter ein verstohlener Blick auf die Ringe, die ihm in die Hand geglitten waren, einen willkommenen gelblichen Schimmer, und da seine Bescheidenheit nur auf Silber gerechnet, gewannen seine Züge sogleich ein freundlich entgegenkommendes Aussehen.

Freilich verdunkelte die Forderung, welche Kasana nun stellte, sein Antlitz noch einmal; doch eine neue Verheißung der jungen Frau erhellte es wieder, und eifrig wandte er sich jetzt an seine Untergebenen und rief: „Zu den Brunnen mit den Maulwürfen, ihr Leute! Laßt sie trinken! Sie sollen frisch und gesund unter die Erde!"

Dann ritt er auf die Gefangenen zu und rief den Josua an: „Du da hast wohl einmal über viele geboten und siehst mir noch steifnackiger aus als es Dir und mir gut thun möchte. Ihr Wächter, gebt acht auf die anderen! Mit dem hier hab' ich unter vier Augen ein Wörtlein zu reden!"

Damit klatschte er in die Hände, als gelte es, Hühner aus dem Garten zu scheuchen, und während die Gefangenen den Eimer zogen und sich samt den Wächtern des labenden Trunkes freuten, zog der Führer den Josua und Ephraim vom Wege abseits; denn sie zu trennen ging nicht an wegen der Kette, die sie am Fußgelenke verband.

Der kleine Tempel entzog sie bald den Blicken der anderen, und der Führer ließ sich in einiger Entfernung auf einer Stufe nieder, nachdem er die beiden Hebräer mit einer leicht verständlichen Geste auf den schweren Wurfstock in seiner Rechten und die Dachshunde gewiesen, die sich ihm zu Füßen ein Plätzchen suchten.

Auch hielt er während des Gesprächs, das nun folgte, die Augen offen. Mochten sie reden, was sie begehrten; er kannte sein Amt, und ob er gleich beim Abschied für gutes Geld ein Auge zuzudrücken verstand, war es doch seit zwanzig Jahren, trotz mancher Fluchtversuche, unter seinen Maulwürfen — so liebte er die künftigen Grubenarbeiter zu nennen — auch nicht einem gelungen, seine Wachsamkeit zu täuschen.

Die schöne Frau dort mochte die Geliebte des stattlichen Gesellen sein, den man ihm als früheren Feldhauptmann bezeichnet. Doch er hatte schon weit vornehmere Herren seine „Maulwürfe" gerufen, und wenn

das verschleierte Weib es sich beikommen ließ, dem Gefangenen Feilen oder Gold in die Hand zu spielen, so
konnte ihm das nur lieb sein; denn heute abend sollte
nichts an den beiden da ununtersucht bleiben, selbst nicht
das schwarze Haar des Jüngeren, das man nur stehen
gelassen hatte, weil alles bunt durcheinander gegangen
war beim Aufbruch der Gefangenen, der dem Abmarsch
der Streitmacht des Pharao vorangehen sollte.

Was die Frau und der frühere Feldhauptmann
flüsternd mit einander verhandelten, blieb dem Wächter
unverständlich, doch ihr demütiges Aussehen und Verhalten brachte ihn auf die Vermutung, daß sie es gewesen,
die den stolzen Herrn ins Verderben gebracht. Ja,
die Weiber! Und der jüngere Bursch an der Kette!
Die Blicke, mit denen er die schlanke Frau anstarrte,
waren so heiß, als sollten sie ihr den Schleier versengen.
Aber Geduld! Großer Vater Amon! Seine Maulwürfe
gingen einer Schule entgegen, in der man Bescheidenheit
lernte!

Jetzt hatte das Weib sich des Schleiers entledigt.
Schön war es! Es mußte hart sein, von solchem Liebchen Abschied zu nehmen, und nun weinte sie gar!

Dem rauhen Wächter ward das Herz so weich wie
sein Amt es nur zuließ; doch gegen den älteren Sträfling hätt' er am liebsten die Geißel erhoben; denn
war es nicht eine Schmach, solch ein Lieb zu haben
und dazustehen wie von Stein? Keine Hand streckte
der Elende anfänglich aus nach dem Weibe, das ihm
sicherlich gut war, während er, der Wächter, den beiden einen Kuß und eine Umarmung herzlich gern nach-
gesehen hätte.

Oder war diese Schöne vielleicht des Kriegers Hausfrau, die ihn betrogen? Aber nein, nein! Wie gütig er sich jetzt zu ihr herabließ! So spricht ein Vater zu seinem Kinde; doch sein Maulwurf war wohl zu jung, um solche Tochter zu haben. Ein Rätsel! Aber ihn bangte nicht vor der Lösung; denn auf dem Marsch lag es in seiner Hand, auch den verschlossensten Sträfling zu einem offenen Buch zu machen.

Doch nicht bloß dem schlichten Gefangenwärter, jedermann wäre die Frage wohl nahe getreten, was diese schöne, vornehme Frau zu dem unglücklichen, mit Ketten belasteten Mann beim Grauen des Morgens hinaus auf die Landstraße führe.

Und es hätte Kasana auch nichts zu dieser Fahrt zu bewegen vermocht als die quälende Angst, von dem Manne, den sie liebte, verachtet und als schnöde Verräterin verwünscht zu werden. Ein furchtbares Schicksal erwartete ihn, und ihre lebhafte Einbildungskraft hatte ihr Josua in den Minen gezeigt, verschmachtend, gebrochen, hinwelkend, sterbend und dabei mit einem Fluch gegen sie auf den Lippen.

Ihr Vater hatte ihr am Abend des Tages, an dem Ephraim, von heißem Fieber geschüttelt, halb erstickt vom Staube des Weges in ihr Haus gebracht worden war, mitgeteilt, daß sie in dem jungen Hebräer ein Pfand besäßen, das den Hosea zwingen werde, nach Tanis zurückzukehren und sich den Wünschen des Propheten Baï zu fügen, mit dem der Oberst, sie wußte es, zu einem geheimen Anschlage verbunden. Dann hatte der Vater ihr auch vertraut, daß nicht nur große Auszeichnungen und hohe Würden, sondern auch die Verbindung mit ihr den Hosea an die Aegypter und eine Sache fesseln solle, von der er, Hornecht, für sich, sein Haus und das Land das Größte erwarte.

Das hatte sie mit froher Hoffnung auf ein langersehntes Glück erfüllt, und sie bekannte es dem Sträflinge zur Seite des kleinen Tempels am Wege gesenkten Hauptes, unter strömenden Thränen; denn er war ihr nun doch auf immer verloren, und wenn er die Liebe, die sie ihm von Kind an geschenkt, auch nicht erwiderte, sollte er sie doch nicht hassen und, ohne sie gehört zu haben, verdammen.

Und Josua hörte ihr willig zu und versicherte sie dann, nichts werde ihm das Herz mehr erleichtern, als wenn sie sich von dem Vorwurfe reinigen könne, ihn und den Jüngling an seiner Seite dem furchtbarsten Schicksal überantwortet zu haben.

Da schluchzte sie laut auf und hatte schwer nach Fassung zu ringen, bevor es ihr gelang, mit einiger Ruhe Bericht zu erstatten.

Kurz nach dem Aufbruch Hoseas war der Oberpriester gestorben, und noch am nämlichen Tage Bai, der zweite Prophet des Amon, sein Nachfolger geworden. Nun hatte sich vieles geändert, und der mächtigste Mann im Reiche den Pharao mit Haß gegen die Hebräer und ihren Führer Mesu erfüllt, den er und die Königin bisher beschützt und gefürchtet. Auch zur Verfolgung der Entwichenen hatte er den Herrscher gewonnen, und sofort war das Heer aufgeboten worden, um sie zur Umkehr zu zwingen. Da hatte sie gleich gefürchtet, daß Hosea sich nicht bestimmen lassen werde, gegen diejenigen zu kämpfen, die seines Blutes, und daß es ihn aufbringen müsse, ausgesandt worden zu sein, um Verträge zu schließen, die man zu brechen begann, bevor man nur gewußt, ob sie Annahme gefunden.

Wie er dann heimgekehrt sei, habe ihn — er wisse es ja nur zu gut — der Pharao wie einen Gefangenen bewacht und ihn nicht vor sein Angesicht lassen wollen, bevor er nicht geschworen, seine Tausendschaften weiter zu führen und dem Könige ein treuer Diener zu bleiben. Doch Baï, der neue Oberpriester, habe nicht vergessen, daß er ihm das Leben gerettet und sich ihm wohlgesinnt und dankbar erwiesen; auch wisse sie, daß er gehofft, ihn mit in ein geheimes Unternehmen zu verwickeln, an dem auch ihr Vater beteiligt. Baï sei es auch gewesen, der den Pharao veranlaßt, ihn, falls er den Schwur der Treue wiederhole, von dem Kampf gegen das eigene Volk zu entbinden, ihn über die fremden Söldner zu setzen und unter die Freunde des Königs zu erheben. — Doch dies alles sei ihm sicherlich bekannt; denn der neue Oberpriester habe ihm ja die lockenden Speisen selbst vorgesetzt, die er mit so starkem, männlichem Trotz weit von sich gewiesen.

Ihr Vater habe anfänglich ebenfalls auf seiner Seite gestanden und zum erstenmale ganz aufgehört, ihm seine Herkunft zum Vorwurf zu machen.

Doch am dritten Tage nach des Hosea Heimkehr sei der Oberst ausgegangen, um mit ihm zu reden, und seitdem habe sich alles zum Bösen gewandt. Er müsse am besten wissen, was denjenigen, von dem sie nichts Uebles denken dürfe, da sie seine Tochter, veranlaßt, aus einem Freund sein Todfeind zu werden.

Dabei hatte sie ihn fragend angeschaut, und er war

ihr die Antwort nicht schuldig geblieben: der Oberst hatte ihm eröffnet, daß er ihm ein willkommener Eidam sein werde.

„Und Du?" fragte Kasana und schaute ihm ängstlich ins Antlitz.

„Ich," versetzte der Gefangene, „mußte erwidern, daß Du mir lieb und teuer seit Deiner Kindheit, und daß mir dennoch vieles verbiete, das Schicksal einer Frau an das meine zu ketten."

Da flammten Kasanas Augen auf, und sie rief: „Weil Du eine andere liebst, ein Weib Deines Volkes, dasselbe, das den Ephraim zu Dir entsandte!"

Der Gefangene aber schüttelte das Haupt und entgegnete freundlich: „Du irrst, Kasana! Die Du meinst, ist heute schon eines andern Hausfrau."

„Aber dann," rief die Witwe wie neu belebt und schaute mit zärtlicher Bitte zu ihm auf, „warum hast Du — o verzeih! — warum hast Du den Vater dann so herb abweisen müssen?"

„Das war ferne von mir, teures Kind," versetzte er herzlich und legte ihr die Hand auf den Scheitel. „Mit aller Wärme, deren ich fähig, gedachte ich Deiner. Konnte ich dennoch seinen Wunsch nicht erfüllen, so geschah es, weil mir die ernste Notwendigkeit verbietet, am eigenen Herde nach dem friedlichen Glück zu trachten, wonach andere streben; denn hätten sie mir die Freiheit gelassen, wäre mein Leben Unruhe geworden und Kampf."

„Doch wie viele," versetzte Kasana, „führen Schwert und Schild und freuen sich nach der Heimkehr des Weibes und was das eigene Dach Liebes für sie birgt."

„Wohl, wohl," entgegnete er ernst; „mich aber

rufen besondere Pflichten, wie sie die Aegypter nicht kennen. Ich bin ein Sohn meines Volkes."

„Und ihm gedenkst Du zu dienen?" fragte Kasana. „O, ich verstehe Dich wohl. Aber dennoch . . . Warum kehrtest Du dann zurück nach Tanis? Warum gabst Du Dich in des Pharao Hand?"

„Weil ein heiliger Eid mich zwang, armes Kind," versetzte er gütig.

„Ein Schwur," rief sie, „der Tod und Gefangenschaft zwischen Dich und diejenigen legt, die Du liebst und denen Du doch zu dienen wünschest! O, daß Du nimmer zurückgekehrt wärst an diese Stätte der Ungerechtigkeit, des Verrates und Undanks! Ueber wie viele bringt dieser Eid Elend und Thränen. Aber was fragt ihr Männer nach dem Leid, das ihr anderen zufügt? Mir Armen hast Du die Lust am Dasein verdorben, und bei den Deinen lebt Dir ein würdiger Vater, dessen einziger Sohn Du bist. Wie oft hab' ich den lieben Alten gesehen, den herrlichen Greis mit den leuchtenden Augen und dem schneeigen Haarschmuck! So würdest Du sein, wenn auch Dir ein hohes Alter beschieden, sagte ich mir, wenn ich ihn am Hafen traf oder im Vorhof der hohen Pforte, wie er den Hirten gebot, die Rinder und wollige Schafe als Steuer zu dem Tisch des Abgabenempfängers trieben. Und jetzt wird ihm der Trotz des Sohnes jeden Tag des Alters vergällen!"

„Jetzt hat er einen Sohn," entgegnete Josua, „der mit Ketten belastet ins Elend geht, der aber das Haupt höher tragen darf als diejenigen, die ihn verrieten. Ihnen und dem Pharao an der Spitze ist aus dem Gedächtnis geschwunden, daß er seines Herzens Blut auf manchem

Schlachtfeld für sie vergossen und dem Könige die Treue
hielt auf jede Gefahr hin. Menephtah, sein Statthalter
und oberster Richter, dem ich das Leben gerettet, und
viele, die mich früher Freund nannten, haben mich verlassen und ins Elend gestoßen, und mit mir diesen unschuldigen Knaben; doch diejenigen, Weib, die das gethan,
die diesen Frevel begangen, auf sie alle . . ."

„Fluche ihnen nicht!" fiel ihm Kasana mit glühenden
Wangen ins Wort.

Doch Josua achtete nicht ihrer Bitte, sondern rief:
„Wär' ich ein Mann, wenn ich der Rache vergäße?"

Da klammerte sich das junge Weib angstvoll an
seinen Arm und stieß mit flehender Bitte hervor: „Wie
könntest Du ihm vergeben? Nur fluchen sollst Du ihm
nicht; denn aus Liebe zu mir ward mein Vater Dein
Feind. Du kennst ihn ja und sein stürmisches Blut, das
ihn leicht zum Aeußersten fortreißt, trotz seines Alters.
Mir selbst verschwieg er, was er wie eine Schmach trägt;
denn viele sah er um mich werben, und ich bin ihm das
Höchste. Eher mag wohl der Pharao dem Aufrührer
vergeben, als er dem Manne, der mich, sein Kleinod, verschmähte. Wie ein Besessener kehrte er zurück. Jedes
Wort aus seinem Munde war eine Schmähung. Es
duldete ihn nicht daheim, und wie dort, so hat er auch
draußen getobt. Aber zuletzt hätte er sich doch wohl
besänftigen lassen wie schon so oft, wenn ihm nicht im
Vorhof der hohen Pforte einer begegnet wäre, dem es
am Herzen lag, Oel ins Feuer zu gießen. Von der
Gattin des Oberpriesters weiß ich das alles; denn auch
ihr gereicht zum Aergerniß, was sie Dir zum Schaden
ersannen; hatte ihr Hausherr doch schon alles ins Werk

gesetzt, um Dich zu erretten. Sie, die mutig ist wie ein
Mann, war bereit, ihm beizustehen und Dir das Thor
des Kerkers zu öffnen; denn sie vergißt Dir nicht, daß
Du ihr in Libyen den Gatten erhalten. Zugleich mit den
Deinen sollten auch Ephraims Ketten fallen, und alles
stand bereit, euch die Flucht zu erleichtern."

„Ich weiß es," unterbrach Hosea sie finster, „und
dem Gott meiner Väter will ich danken, wenn diejenigen
unrecht hätten, von denen ich hörte, Du, Kasana, trügest
die Schuld, daß sie uns das Kerkerthor fester verschlossen."

Da rief die schöne, geängstigte Frau mit feurigem
Eifer: „Wär' ich wohl hier, wenn es sich also verhielte?
Freilich regte sich auch in mir der Haß wie in jedem
Weibe, das der Geliebte verschmäht; doch das Unglück,
dem Du anheimfielst, hat den Groll schnell genug in
Mitleid verwandelt und das alte Feuer hier drinnen geschürt. So wahr ich für ein mildes Urteil vor dem
Totengericht bete, so wahr bin ich schuldlos und habe
nicht aufgehört, auf Deine Befreiung zu hoffen! Erst
gestern abend, da alles zu spät war, erfuhr ich, daß
Ba's Anschlag vereitelt. Der Oberpriester vermag ja viel,
aber gerade dem, der sich dem Vater als Bundesgenosse
gesellte, tritt er nicht in den Weg."

„Du meinst den Prinzen Siptah, den Neffen des
Pharao!" rief Josua erregt. „Sie haben mir angedeutet,
was sie für ihn spinnen. An die Stelle des Syrers
Aarsu, des Söldnerführers, wollten sie mich setzen, wenn
ich mich bequemte, ihnen freie Hand zu lassen über die
Meinen, und denjenigen zu entsagen, die meines Blutes.
Doch lieber stürbe ich zwanzig Tode, als daß ich mich
mit solchem Verrat befleckte. Aarsu taugt besser für

ihre finsteren Pläne, doch zuletzt wird er sie alle verraten.
Was mich betrifft, so hat der Prinz guten Grund, mich
zu hassen."

Da legte Kasana die Hand auf den Mund, wies
besorgt auf Ephraim und den Führer und sagte leise:
„Schone des Vaters! Der Prinz — was Dir seine Feindschaft erwedte . . ."

„Der Wüstling sucht auch Dich in seine Netze zu
locken und hat erfahren, daß Du mir wohl willst," unterbrach sie der Krieger.

Sie aber neigte mit einer bejahenden Bewegung errötend das Haupt und fügte hinzu: „Deswegen mußte
Aarsu, den er jetzt für seine Sache gewonnen, euch so
streng überwachen."

„Und der Syrer hielt die Augen offen genug," rief
der andere. „Aber jetzt laß' es genug sein! Ich glaube
Dir und danke Dir innig, daß Du uns Elenden folgtest.
Wie gern dacht' ich sonst wohl im Felde des lieblichen
Kindes, das ich heranblühen sah."

„Und ohne Haß und Groll wirst Du auch jetzt noch
seiner gedenken?"

„Gern, innig gern."

Da griff das junge Weib in leidenschaftlicher Erregung nach des Gefangenen Hand, um sie an die Lippen
zu führen; er aber entzog sie ihr, und nun schaute sie
feuchten Blickes zu ihm auf und sagte bekümmert: „Du
weigerst mir die Gunst, die der Wohlthäter nicht einmal
dem Bettler versagt?" Dann richtete sie sich plötzlich hoch
auf und rief so laut, daß der Führer auffuhr und nach
der Sonne schaute: „Ich aber sage Dir: die Zeit wird
kommen, in der Du um die Gunst bitten wirst, diese

Hand dankbar zu küssen! Denn wenn der Bote kommt, der Dir und diesem Knaben die Freiheit bringt, nach der ihr schmachtet, so wird es Kasana gewesen sein, der ihr sie schuldet."

Hingerissen von der Wärme des sie belebenden Wunsches war ihr schönes Antlitz hoch erglüht; Josua aber ergriff ihre Rechte und rief: „O, wenn Dir doch gelänge, was Deine treue Seele Dir vorschreibt! Wie dürfte ich Dir wehren, das große Unglück zu mildern, das in Deinem Hause über diesen Knaben hereinbrach. Doch als redlicher Mann muß ich Dir sagen, daß ich nie und nimmer in den Dienst der Aegypter zurückkehren werde; denn was auch geschehe: mit Leib und Seele werde ich denen in Zukunft angehören, die ihr verfolgt und verachtet und als deren einen mich die Mutter gebar."

Da senkte sie das liebliche Haupt; doch gleich darauf hob sie es wieder und sagte: „So groß und redlich wie Du ist kein anderer, das war mir von Kind an bewußt. Und wenn ich unter dem eigenen Volke keinen mehr finde, den ich hochzuachten vermag, dann will ich Deiner gedenken, an dem alles groß ist und wahr, und an dem kein Makel. Gelingt es aber der armen Kasana, Dich zu befreien, dann verachte sie nicht, wenn Du sie schlechter wiederfindest, als Du sie verlassen; denn wie sie sich auch erniedrigt, wie große Schande auch über sie kommen mag . . ."

„Was willst Du thun?" fiel Hosea ihr hier besorgt in die Rede; doch es blieb ihr versagt, die Antwort zu erteilen; denn der Führer hatte sich erhoben, und in die Hände klatschend, rief er sein „Vorwärts, ihr Maulwürfe!" und „Frisch auf den Weg!"

Da ward des Kriegers starkes Herz von warmer Wehmut ergriffen und, einem raschen Triebe gehorsam, küßte er der schönen Unglücklichen die Stirn und den Scheitel und flüsterte ihr zu: „Laß mich im Elend, wenn unsere Freiheit Deine Erniedrigung kostet. Ein Wiedersehen blüht uns wohl nimmer; denn wie es auch komme, mein Leben wird fürder nichts sein als Kampf und Entsagung. Immer finsterer wird die Nacht uns umdüstern, doch wie schwarz sie auch sein mag, ein Stern wird diesem Knaben und mir dennoch leuchten: die Erinnerung an Dich, Du treues, Du mein geliebtes Kind!"

Damit wies er auf Ephraim, und der Jüngling preßte die Lippen wie außer sich auf die Hand und den Arm des laut schluchzenden Weibes.

„Vorwärts!" rief der Führer noch einmal, half schmunzelnd und dankbar der freigebigen Frau auf den Wagen und wunderte sich über den glückselig strahlenden Blick, mit dem ihr feuchtes Auge den Sträflingen folgte.

Die Pferde zogen an, neue Rufe erklangen, einzelne Geißelhiebe klatschten auf nackte Schultern, hie und da schrillte ein Schmerzensschrei durch den Morgen, und der Zug der Gefangenen schwankte weiter gen Osten. Die Kette am Fuß des Leidensgenossen rührte den Staub auf, und dieser hüllte die wandernde Schar ein wie der Kummer, der Haß, die Angst, die eines jeden einzelnen Seele umwölkten.

Achtzehntes Kapitel.

Erst eine starke Wegstunde hinter dem kleinen Tempel, bei dem die Sträflinge gerastet, zweigte sich die gegen Süden nach Succoth und dem Westarm des Schilfmeeres führende Straße von derjenigen ab, welche in südöstlicher Richtung über die Festungswerke auf dem Isthmus in die Bergwerksgegend führte.

Kurze Zeit nach dem Abmarsch der Gefangenen war das Heer, welches man zur Verfolgung der Hebräer zusammengezogen hatte, von der Ramsesstadt aufgebrochen, und da die Sträflinge eine gute Weile bei dem Brunnen gerastet, hatten die Truppen sie beinahe erreicht. Sie waren auch noch nicht lange gewandert, als einige Vorläufer herbeigeeilt kamen, um die Straße für das nahende Heer zu säubern. Sie befahlen den Gefangenen, zur Seite zu treten und die Fortsetzung der Wanderung aufzuschieben, bis der schnellere Troß mit den Zelten und dem Gerät des Pharao, dessen Rädergerassel sich schon hören ließ, an ihnen vorbeigekommen sei.

Die Führer der Gefangenen freuten sich dieses Aufenthaltes; denn sie hatten keine Eile. Der Tag war heiß, und kamen sie später ans Ziel, so trug das Heer daran Schuld.

Auch dem Josua war dieser Zwischenfall genehm; denn sein jüngerer Kettengenosse hatte vor sich hingestarrt wie verwirrt und keine oder so verworrene Antworten auf seine Fragen erteilt, daß es des älteren Mannes Besorgnis erregte; wußte er doch, wie viele der zur Strafarbeit Verurteilten dem Irrsinn oder der Schwermut verfielen. Nun aber sollte ein Teil des Heeres an ihnen vorüberziehen, und was es da zu sehen gab, war dem Jünglinge neu und verhieß seinem dumpfen Brüten ein Ende zu machen.

Zur Seite des Weges lag ein mit Tamariskensträuchern bewachsener Dünenhügel, und zu ihm hinan leitete der Führer die Gefangenenschar. Er war streng, doch nicht grausam, und so gestattete er seinen „Maulwürfen", sich auf dem Sande auszustrecken; denn der Vorbeimarsch verhieß eine gute Weile zu dauern.

Sobald sich die Sträflinge gelagert, ließ sich Rädergerassel, das Wiehern feuriger Rosse, Kommandoruf und bisweilen der widrige Schrei eines Eselhengstes vernehmen.

Schon als die ersten Wagen sich zeigten, fragte Ephraim, ob nun der Pharao nahe; doch Josua belehrte ihn lächelnd, daß wenn der König die Truppen ins Feld begleite, an ihrer Spitze, gleich nach der Vorhut, das Lagergerät komme; denn der Pharao und seine Großen wünschten die Zelte aufgeschlagen und die Tafeln gedeckt zu finden, wenn der Marsch des Tages zu Ende und Kriegern und Führern die Nachtruhe winke.

Noch hatte Josua nicht ausgeredet, als eine Anzahl von leeren Wagen und ledigen Eseln erschien. Sie hatten

die Steuern an Brot und Mehl, Schlachttieren und Geflügel, Wein und Bier in Empfang zu nehmen, welche
von jedem Dorfe, das der Herrscher auf dem Marsche
berührte, zu entrichten, und schon gestern den Einnehmern
abgeliefert worden waren.

Bald darauf zeigte sich eine Abteilung von Wagenkämpfern. Je zwei Rosse zogen ein kleines, zweiräderiges,
mit Bronze beschlagenes Fuhrwerk, und auf jedem stand
ein · Streiter und der Lenker des Gespanns. An der
Brüstung der Wagen waren große Köcher befestigt, und
die Krieger stützten sich auf die Lanze oder den mächtigen
Bogen. Mit ehernen Schuppen bedeckte Hemden oder
gepolsterte Panzerröcke mit bunt gemustertem Ueberzug,
ein Helm und die Brüstung des Fuhrwerkes schützte die
Wagenkämpfer vor den Wurfgeschossen des Feindes. In
langsamem Trab zog diese Schar dahin, welche Josua
als die Vorhut bezeichnete, und ihr folgte eine große Zahl
von Wagen und Karren, die mit Pferden, Maultieren
oder Ochsen bespannt waren, sowie ganze Herden von
hoch beladenen Eseln.

Nun zeigte der Oheim dem Neffen die langen Maste,
die Stangen und schweren Rollen kostbarer Stoffe, welche
die königlichen Zelte zu bilden bestimmt waren und von
vielen Lasttieren getragen wurden, sowie die Esel und
Karren mit dem Küchengeschirr und der Feldschmiede.
Zwischen dem Gepäck ritten auf Grautieren, denen flinke
Treiber folgten, die Aerzte, Kleiderbewahrer, Salben-
bereiter, Köche, Kranzwinder, Aufwärter und Sklaven,
die sämtlich zum Lager des Königs gehörten. Sie waren,
so kurz nach dem Aufbruch, noch frisch und zum Spaß
geneigt, und wer die Sträflinge gewahrte, warf ihnen

in ägyptischer Art ein beißendes Scherzwort zu, das
indes manche durch ein Almosen gut zu machen suchten.
Andere, die sich still verhalten, sandten ihnen gleichfalls
durch den Eseltreiber einige Früchte und kleine Gaben;
denn wer heute noch frei war, der konnte morgen schon
diesen Elenden folgen. Der Führer ließ es geschehen, und
als ein vorüberziehender Sklave, den Josua seiner Un-
redlichkeit wegen verkauft, den Namen Hosea rief und
mit einer häßlichen Geberde auf ihn hinwies, bot der
gutherzige, rauhe Mann dem Gekränkten einen Schluck
Wein aus der eigenen Flasche.

Ephraim, der zu Fuß mit einem Stecken in der
Hand und einem kleinen Bündel mit Brot, getrocknetem
Lammfleisch, Rettich und Datteln von Succoth nach Tanis
gewandert war, sprach sein Erstaunen über die zahllosen
Menschen und Dinge aus, deren ein einzelner Mensch
zu seinem Behagen bedürfe, und sank dann wieder in das
alte Brüten zurück, bis ihn der Oheim mit neuen Er-
klärungen weckte.

Sobald der Lagertroß vorübergezogen war, wünschte
der Führer die Gefangenen aufbrechen zu lassen, doch die
„Eröffner der Wege“, welche den Bogenschützen, die nun
folgten, voranzogen, wehrten ihm dies, weil es sich nicht
für Sträflinge zieme, sich unter die Krieger zu mischen.
So verblieben denn jene auf ihrem Hügel und schauten
weiter dem Vorbeimarsche zu.

Den Bogenschützen folgten Schwerbewaffnete mit so
großen Schilden von starker Rindshaut, daß sie auch
höher Gewachsenen von der Sohle bis über die Mitte
der Brust reichten, und nun berichtete Hosea dem Jüngling, daß man sie am Abend zusammenstelle und so das

königliche Lager wie mit einem Zaun umgebe. Außer dieser Schutzwaffe führte der Schwerbewaffnete noch eine Lanze, ein kurzes, dolchartiges Schwert oder eine Schlachtsichel, und wie den Tausenden ihrer Waffengattung eine Schar von Schleuderern folgte, sprach Ephraim zum erstenmal ungefragt und versicherte, daß die Schleudern, welche ihn die Hirten zu verfertigen gelehrt, weit besser seien, als die der Krieger, und aufgemuntert durch den Oheim, erzählte er so lebhaft, daß ihm auch die an seiner Seite lagernden Gefangenen lauschten, wie es ihm gelungen sei, nicht nur Schakale, Wölfe und Panther, sondern auch Geier mit dem Schleuderstein zu erlegen. Dazwischen fragte er auch nach der Bedeutung der Standarten und den Namen der einzelnen Corps.

Viele Tausende waren schon an ihnen vorbeigezogen, als eine neue Schar von Wagenkämpfern erschien, und der Führer den Gefangenen zurief: „Der gute Gott! Der Herr beider Welten! Leben blühe ihm, Heil und Gesundheit!" Dabei sank er wie ein Anbetender in die Kniee, die Sträflinge aber streckten sich lang aus, um den Boden zu küssen und hielten sich bereit, dem Geheiß des Wächters zu folgen und zu rechter Zeit in den Ruf: „Leben, Heil und Gesundheit!" mit einzustimmen.

Doch sie hatten sich noch lange zu gedulden, bis der Erwartete erschien; denn nachdem die Wagenkämpfer vorüber waren, erschien die Leibwache, Söldner fremder Nation mit eigenartigem Helmschmuck und größeren Schwertern zu Fuß, und hinter ihr sah man erst zahlreiche Götterbilder, dann aber eine große Schar von Priestern und Federträgern. Ihnen folgten wiederum Leibwächter, und dann erst erschien der Pharao mit seiner Umgebung. Ihr voran fuhr der Oberpriester Baï auf einem vergoldeten Streitwagen, den prächtige braune Hengste zogen. Er, der schon früher als Truppenführer im Felde gestanden, hatte die Leitung dieses von den Göttern befohlenen Verfolgungszuges übernommen und trug zwar priesterliche Gewänder, doch den Helm und das Schlachtbeil eines Feldherrn. Endlich, dicht hinter seinem Fuhrwerk, kam der Pharao selbst; doch begab er sich nicht wie seine kriegerischen Vorfahren auf dem Streitwagen in den Kampf, sondern zog es vor, sich auf dem Thronsessel tragen zu lassen. Ein prächtiger Baldachin schützte ihn von oben, die an langen Stangen befestigten großen und dichten runden Straußenfederfächer seiner Wedelträger von der Seite vor dem Brande der Sonne.

Nachdem Menephtah die Stadt und das Siegesthor hinter sich gelassen und die jubelnden Zurufe der Menge aufgehört hatten, ihn wach zu erhalten, war er entschlafen, und die Schatten spendenden Wedel hätten seine Gestalt und sein Antlitz den Sträflingen entzogen, wenn ihre Zurufe nicht laut genug gewesen wären, ihn zu erwecken und ihn zu veranlassen, den rufenden Männern das Haupt zuzuwenden. Doch die gnädige Bewegung seiner Rechten bewies, daß er sie anderen, als Sträflingen zugedacht habe, und bevor noch die Rufe der Unglücklichen verklungen waren, hielt er die Augen wieder geschlossen.

Ephraims stummes Brüten war nun der lebhaftesten Teilnahme gewichen, und wie man den leeren goldenen Streitwagen des Königs daherführte, vor dem die herrlichsten Rosse tänzelten, die er je gesehen, brach er in laute Bewunderung aus.

Und diese edlen Tiere, auf deren klugen Köpfen sich dichte Federbüsche wiegten, und deren reiches Geschirr von Gold und Edelsteinen strotzte, boten in der That einen herrlichen Anblick. Die großen goldenen, mit Smaragden umrahmten Köcher an der Seite des Wagens waren mit Pfeilen gefüllt.

Der erschlaffte Mann, dessen schwacher Hand die Führung eines großen Volkes anvertraut war, der Weichling, der jede Anstrengung scheute, gewann die verlorene Spannkraft wieder, sobald es zur Jagd ging; diesen Feldzug aber sah er für eine Wildhetze im größten Maßstabe an, und da es ihm ein königliches Vergnügen schien, seine Pfeile, statt gegen das Wild, auf Menschen zu richten, vor denen er sich noch vor kurzem gefürchtet, hatte er sich dem Geheiß des Oberpriesters gefügt und folgte diesem Zuge. Auf Befehl des großen Gottes Amon war er unternommen worden, und so hatte er die schreckliche Macht des Mesu kaum mehr zu scheuen. Er wollte ihn büßen lassen, wenn er ihn einfing, daß er und sein Weib vor ihm gezittert und um seinetwillen so viele Thränen vergossen!

Während Josua dem Jüngling noch mitteilte, aus welcher phönizischen Stadt die goldenen Wagen stammten, fühlte er plötzlich des Ephraim Rechte sein Handgelenk umklammern und hörte ihn rufen: „Sie, sie! Schau dorthin! Sie ist es!"

Ueber und über war der Jüngling errötet, und er irrte sich nicht; denn auf demselben Wagen, der sie den Gefangenen nachgeführt, fuhr die schöne Kasana unter dem Hofstaat des Pharao daher, und außer ihr nahm noch eine ziemliche Anzahl von Frauen an dem Heerzuge teil, den der Oberst des Fußvolkes, ein alter, tapferer Eisenfresser aus der Zeit des großen Ramses, „eine Lustfahrt" genannt.

Auf Feldzügen, welche durch die Wüste und tiefer nach Syrien, Libyen oder Aethiopien hineinführten, begleitete den Herrscher nur eine auserlesene Schar von Nebenweibern in rings verhängten Wagen, die Eunuchen bewachten; diesmal aber hatte nicht die Königin, die daheim geblieben war, sondern die Gattin des Oberpriesters Bai auch anderen vornehmen Frauen das Beispiel gegeben, sich den Truppen anzuschließen, und es war wohl verlockend genug für manche, einmal die Erregungen des Krieges gefahrlos mit zu genießen.

Kasana hatte die ältere Freundin vor kaum einer Stunde durch ihr Erscheinen überrascht; denn gestern war die junge Witwe noch nicht dazu zu bewegen gewesen, den Truppen zu folgen. Einer Eingebung gehorsam, ohne den Vater zu fragen, so unvorbereitet, daß ihr das nötige Reisegepäck fehlte, war sie zu dem Heerzuge gestoßen, und es schien, als sei ein Mann zum Magnete für sie geworden, dem sie bis dahin aus dem Wege gegangen, obgleich es kein geringerer war, als Siptah, der Neffe des Königs.

Während sie an den Gefangenen vorüberzog, stand der Prinz an Stelle ihrer Amme neben der schönen, jungen Frau auf dem Wagen und erklärte ihr scherzend die Bedeutung der Blumen in einem Strauße, von dem Kasana behauptete, er könne keinesfalls für sie bestimmt gewesen sein, da sie noch vor fünf Viertelstunden nicht daran gedacht habe, dem Zuge zu folgen. Siptah aber versicherte, die Hathoren hätten ihm schon beim Aufgang der Sonne verraten, welches Glück ihm bevorstehe, und die Wahl jeder einzelnen Blüte gebe ihm recht.

Einige junge Höflinge, die ihren Fuhrwerken vorangingen, umringten sie und mischten sich in das Gelächter und heitere Gespräch, an dem auch die lebhafte Gattin des Oberpriesters teilnahm, die ihrem großen Reisewagen entstiegen war, um sich in einer Sänfte tragen zu lassen.

Josua war von alle dem nichts entgangen, und wie er nun Kasana dem Prinzen, dessen sie vor kurzem mit Widerwillen gedacht, froh und übermütig mit dem Fächer auf die Hand schlagen sah, umwölkte sich ihm die Stirn, und er fragte sich, ob die junge Frau nicht ein frevelhaftes Spiel mit seinem Unglück getrieben.

Jetzt aber hatte der Führer der Sträflinge die Locke an der Schläfe des Siptah, die ihn als Prinzen des königlichen Hauses kenntlich machte, bemerkt, und sein lautes „Heil, Heil!", in das die anderen Wächter und die Gefangenen einstimmten, ward von Kasana und ihren Begleitern vernommen. Sie schauten nach dem Tamariskengebüsch, von dem es ausging, und nun nahm Josua wahr, wie die junge Frau sich entfärbte und dann mit einer schnellen Bewegung auf die Sträflinge hinwies. Sie mußte wohl dem Siptah einen Befehl erteilt haben; denn dieser zuckte zuerst mißmutig die Achseln, sprang aber, nachdem er eine gute Weile bald scherzend, bald ernster mit ihr verhandelt, vom Wagen und winkte endlich dem Führer der Gefangenen.

„Haben diese Leute," rief er jenem so laut, daß Kasana es hören mußte, von der Straße her zu, „das Antlitz des guten Gottes, des Herrn beider Welten geschaut?" Und da auf diese Frage eine zaudernde Antwort

erfolgte, fuhr er übermütig fort: „Gleichviel! Dann
erblickten sie jedenfalls das meine und das der schönsten
der Frauen, und wenn sie deswegen auf Gnade hoffen,
so sind sie im Rechte. Du weißt, wer ich bin. Man
soll die Zusammengeschmiedeten der Ketten entlasten!"

Darauf winkte er dem Führer und flüsterte ihm zu:
„Doch die Augen jetzt um so offener gehalten! Den da
neben dem Strauche, den früheren Feldhauptmann Hosea,
liebe ich nicht. Nach der Heimkehr melde Dich und berichte mir über den Mann. Je stiller er geworden, desto
tiefer greift meine Hand in den Beutel. Verstanden?"

Der Führer verneigte sich und dachte dabei: „Acht
geben will ich, mein Prinz, doch auch darauf, daß mir
keiner an das Leben meiner Maulwürfe tastet. Je größer
diese Herren, desto blutiger und wunderlicher sind ihre
Wünsche! Wie viele sind mir doch schon mit dergleichen
gekommen! Der da entlastet den armen Schelmen die
Füße, und mir will er die Seele mit einem schimpflichen
Morde belasten! Siptah ist an den Falschen gekommen!
— Heda, Heter, den Sack mit dem Handwerkszeug her,
und den Maulwürfen die Ketten geöffnet!"

Während auf dem Dünenhügel am Wege die Feilen
kreischten, die Gefangenen von den Ketten am Knöchel
befreit und dann jedem Einzelnen, um der Sicherheit
willen, die Arme zusammengebunden wurden, zogen die
Heerscharen des Pharao weiter.

Kasana hatte dem Prinzen Siptah befohlen, die Unglücklichen, die da ins Elend geschleppt wurden, von der
ehernen Last zu erlösen, und dabei offen bekannt, daß es
ihr unerträglich scheine, einen Feldhauptmann, der so oft
der Gast ihres Hauses gewesen, so grausam erniedrigt zu

sehen. Die Gattin des Oberpriesters hatte ihren Wunsch
unterstützt, und der Prinz nachgeben müssen.

Josua wußte, wem er und Ephraim diese Gunst
schuldeten, und empfand es mit dankbarer Freude.

Man hatte ihm das Gehen erleichtert, doch bange
Sorge bedrückte sein Gemüt schwerer und schwerer.

Das Heer, welches dort auszog, hätte ihm genügt,
zehnfach größere Scharen als die der Seinen bis auf
den letzten Mann zu vernichten. Sein Volk, und mit
ihm sein Vater und Mirjam, die ihm weh gethan und
der er doch dankte, daß er den Weg gefunden, den er
schon im Gefängnis als den einzigen rechten erkannt,
schienen ihm einem blutigen Ende erlesen; denn wie
gewaltig der Gott auch war, dessen Größe die Prophetin
so glühend gepriesen und zu dem er selbst mit frommer
Bewunderung aufzuschauen gelernt, dem Anprall dieses
Heeres mußten ungeübte und ungerüstete Hirtenscharen
sicher und rettungslos unterliegen. Diese Gewißheit, die
jede neue heranziehende Schar nur stärkte, schnitt ihm tief
in die Seele. Nie vorher hatte er einen so brennenden
Schmerz empfunden, und dieser ward furchtbar verschärft,
als er die Tausendschaften mit all den vertrauten Gesichtern, die er selbst noch vor kurzem befehligt, unter
Führung eines andern vorüberziehen sah. Um diejenigen
niederzumachen, die seines Blutes, zogen sie diesmal ins
Feld. Das that weh, und Ephraims Verhalten gab ihm
Anlaß zu neuer Besorgnis; denn seit Kasanas Erscheinen
und ihrem Eintreten für ihn und seine Leidensgefährten
war er wieder verstummt und schaute mit beängstigend
irren Blicken dem Heerzuge nach oder ins Leere.

Jetzt war auch der Jüngling von der Fessel befreit,

und Josua fragte ihn leise, ob es ihn nicht dränge und treibe, zu den Seinen zurückzukehren, um ihnen zu helfen, einer so gewaltigen Streitmacht zu widerstehen; Ephraim aber antwortete nur: „Diesen Heerscharen gegenüber bleibt ihnen doch nichts übrig, als sich zu ergeben. Was hat uns denn vor dem Auszuge gefehlt? Du warst ein Hebräer wie sie und bist doch unter den Aegyptern ein mächtiger Feldhauptmann gewesen, bevor Du dem Rufe der Mirjam folgtest. Ich an Deiner Stelle hätte anders gehandelt."

„Und wie denn?" fragte Josua streng.

„Wie?" versetzte der Jüngling, und das Feuer seiner jungen Seele flammte hell auf. „Wie? Da nur, da wär' ich verblieben, wo es Ehre gibt und Ruhm und alles, was schön ist. Zum Größesten unter den Großen, zum Glücklichsten unter den Glücklichen hättest Du werden können, — ich hab' es erfahren; doch Du, Du wolltest es anders."

„Weil die Pflicht es gebot," versetzte Josua ernst, „weil ich keinem mehr dienen will, außer dem Volke, unter dem ich geboren."

„Dem Volke?" fragte der Jüngling verächtlich. „Ich kenn' es, und Du bist ihm zu Succoth wiederbegegnet. Die Armen sind verkommene Elende, die sich unter dem Stocke krümmen; den Begüterten ist ihr Vieh das Höchste, und gehören sie zu den Häuptern der Stämme, so streiten sie gegen einander. Was dem Auge und Herzen wohlgefällig, ist keinem bewußt. Mich nennen sie einen der Reichsten, und doch graut mir, wenn ich des ererbten väterlichen Hauses gedenke, das eines der größten und besten. Wer Schöneres sah, der hört auf, sich nach dergleichen zu sehnen."

Da schwoll dem Josua die Ader auf der Stirn, und mit zornigen Worten schalt er den Knaben, daß er die eigene Art verleugne und wie ein Verräter abfalle von seinem Volke.

Hier gebot der Führer ihm Schweigen; denn Josua hatte die mahnende Stimme lauter erhoben, und dieser Befehl schien dem trotzigen Jüngling genehm. Wenn ihm auf dem weiteren Marsche der Oheim strafend ins Antlitz schaute oder ihn fragte, ob er seinen Worten nachgedacht habe, wandte er sich unwillig ab und blieb stumm und mürrisch, bis der erste Stern aufgegangen, das Nachtlager unter freiem Himmel bezogen und die karge Sträflingskost ausgeteilt worden war.

Hierauf grub Josua sich mit den Händen eine Ruhe-stätte in den Sand und half dem Jüngling, sorgsam und geschickt, eine gleiche für sich zu bereiten.

Ephraim ließ sich dies schweigend gefallen; wie sie aber neben, einander ruhten, und der Oheim begann, dem Neffen von dem Gotte seines Volkes zu reden, auf dessen Beistand sie hoffen müßten, wenn sie nicht in dem Berg-werk der Verzweiflung anheimfallen wollten, unterbrach ihn der Jüngling und rief leise, doch grimmig entschlossen:

„Sie bringen mich nicht lebend in die Minen! Lieber sterben auf der Flucht, als in solchem Elend verkommen!"

Da flüsterte ihm Josua warnende Worte ins Ohr und wies ihn von neuem auf die Pflichten gegen sein Volk. Der Jüngling aber bat, ihn ruhen zu lassen; doch bald darauf stieß er den Oheim an und fragte ihn leise:

„Was haben sie nur mit dem Prinzen Siptah im Sinne?"

„Ich weiß nicht, aber sicher nichts Gutes."

„Und wo ist Aarsu, der Syrer, der die asiatischen Söldner befehligt, Dein Feind, der uns mit so grimmigem Eifer bewachte? Ich sah ihn nicht bei den anderen."

„Er blieb mit seinen Scharen in Tanis zurück."

„Um den Palast zu bewachen?"

„Ganz recht."

„So befehligt er viele, und der Pharao schenkt ihm Vertrauen?"

„Das höchste, obwohl er es schwerlich verdient."

„Und er ist ein Syrer, und also unseres Blutes."

„Wenigstens uns ähnlicher als den Aegyptern, was die Sprache angeht und das Ansehen."

„Ich hätte ihn für einen der Unseren gehalten; und doch ist er, wie Du es warst, einer der Ersten im Heere."

„Auch andere Syrer und Libyer führen stattliche Söldnerscharen, und der Herold Ben Mazana, einer der Vornehmsten des Hofes — die Aegypter nennen ihn Ramses im Heiligtum des Ra — hat einen hebräischen Vater."

„Und ihn und die anderen setzt man nicht zurück wegen ihrer Herkunft?"

„Es wäre ungerecht, dies zu behaupten. Doch worauf zielt diese Frage?"

„Ich konnte nicht schlafen."

„Und da kamen Dir solche Gedanken? Aber Du hast mit ihnen etwas Bestimmtes im Sinne, und sollt' ich es richtig deuten, wär' es mir leid. Du wünschest in den Dienst des Pharao zu treten!"

Eine Zeit lang ward es wieder still zwischen den beiden. Dann begann Ephraim von neuem, und ob er auch den Josua ansprach, klang es doch, als rede er mit sich selbst:

„Sie werden die Unseren vernichten, und derer, die da übrig bleiben, wartet Knechtschaft und Schande. Mein Haus ist jetzt schon dem Verfall preisgegeben, kein Haupt meiner stattlichen Herden wird mir verbleiben, und das Gold und Silber, das ich ererbte, und von dem es ja heißt, daß es viel sei, führen sie mit sich; denn Dein Vater bewahrt es, und bald fällt es als Beute in die Hand der Aegypter. Soll ich nun, wenn ich frei bin, zu den Meinen zurückkehren und Ziegel streichen? Soll ich den Rücken beugen und mich schlagen und mißhandeln lassen?"

Da raunte ihm Josua eifrig zu:

„Den Gott Deiner Väter sollst Du anrufen, daß er sein Volk behüte und schütze. Hat aber der Höchste dennoch das Verderben der Unseren beschlossen, dann sei ein Mann und lerne diejenigen mit der ganzen Kraft Deiner jungen Seele hassen, deren Fuß die Deinen zertrat. Dann fliehe zu den Syrern und biete ihnen Deinen starken jungen Arm an und ruhe und raste nicht, bis Du Rache an denen geübt, die das Blut Deines Volkes vergossen und Dich selbst unschuldig in Ketten geschlagen."

Wieder blieb es eine geraume Weile still, und es ließ sich von Ephraims Ruhestätte aus nichts vernehmen, als ein dumpfes, leises Gestöhn aus gepreßter Brust; endlich aber klang es dem Josua leise entgegen:

„Die Ketten drücken uns nicht mehr, und wie könnte ich diejenige hassen, die uns davon befreite?"

„Bleibe Kasana dankbar," flüsterte es leise zurück, „doch hasse die Ihren."

Da hörte Hosea, wie sich der Jüngling in seiner Grube herumwarf, und wie er wiederum tief atmete und stöhnte.

Mitternacht war vorüber, der zunehmende Mond stand hoch am Himmel, und der schlaflose ältere Mann hörte nicht auf, zu dem jüngeren hinüber zu lauschen; doch er blieb stumm, obgleich auch ihn der Schlummer floh; denn es ging von seinem Lager ein Geräusch aus, als knirsche er mit den Zähnen. Oder hatten sich an diese dürre Stätte mit den harten bräunlichen Halmen zwischen Salzkrusten und öden Flecken Mäuse verirrt und benagten das harte Brot des Gefangenen?

Solches Knirschen und Nagen stört auch den Schlaf dessen, der den Schlummer herbeisehnt; Josua aber wünschte zu wachen, um fortzufahren, dem Verblendeten die Augen zu öffnen; doch er wartete immer vergebens auf ein Lebenszeichen des Neffen.

Endlich schickte er sich an, die Hand auf des Jüng-lings Schulter zu legen, doch er unterließ es, als er im Mondscheine wahrnahm, wie Ephraim einen einzelnen Arm hob, obgleich man ihm, bevor er sich niedergelegt, beide Hände fester als vorher zusammengeschnürt.

Josua wußte jetzt, daß die scharfen Zähne des Jüng-lings, welche die Stricke zernagten, das Geräusch ver-ursacht hatten, das ihn vorhin überrascht, und sogleich richtete er sich auf und schaute erst in die Höhe und dann um sich her.

Mit verhaltenem Atem folgte der ältere Mann dem Thun des jüngeren, und das Herz begann ihm ängstlich zu schlagen. Ephraim sann auf Flucht, und der erste Schritt zum Entkommen war schon gelungen! Mochten

ihm auch die weiteren glücken! Aber er fürchtete, daß
der Befreite einen schlechten Weg einschlagen werde. —
Dieser Jüngling war der einzige Sohn seiner lieben
verstorbenen Schwester, eine vater- und mutterlose Waise,
und so hatte er nie jene ununterbrochene Reihe von
Winken und Lehren genossen, wie sie nur die Mutter
geben kann, und die ein trotziges, junges Gemüt nur
von ihr annimmt. Fremde Hände hatten den jungen
Baum an den Stab gebunden, und er war gerade auf-
geschossen, doch die Mutterliebe hätte ihn mit sorglich
gewählten Reisern veredelt. An einem andern als dem
elterlichen Herd war er erwachsen, und doch ist dieser
allein das rechte Heim für die Jugend. Was Wunder,
wenn er sich fremd fühlte bei den Seinen?

Unter solchen Gedanken überkam den Josua ein großes
Mitleid und dazu das Bewußtsein, tief in der Schuld
dieses Jünglings zu stehen, der um seinetwillen, auf dem
Weg, ihm eine Botschaft zu bringen, so schwerem Unglück verfallen. Aber wie sehr es ihn auch drängte,
ihn noch einmal vor Verrat und Treubruch zu warnen,
that er es doch nicht, aus Furcht, seinen Anschlag zu
gefährden. Jeder Laut konnte die Wachen aufmerksam
machen, und er nahm schon so lebhaften Anteil an dem
Befreiungsversuch, als habe Ephraim ihn auf sein Geheiß
begonnen.

So hielt er denn für ihn Umschau, statt ihn mit
fruchtlosen Warnungen zu plagen; hatte das Leben ihn
doch gelehrt, daß guter Rat öfter überhört als befolgt
wird, und nur eigene Erfahrungen unwiderstehliche Lehr-
kraft besitzen.

Bald zeigte dem Feldhauptmann denn auch das

geübte Auge den Weg, auf dem Ephraim, war das Glück
ihm gewogen, entkommen konnte.

Leise rief er ihn an, und gleich darauf flüsterte der
Neffe dem Oheim zu: „Ich löse Dir die Stricke, wenn
Du mir die Hände hinstreckst. Die meinen sind frei!"

Da erhellten sich die gespannten Züge Josuas.

Dieser trotzige Knabe war doch ein braver Gesell
und setzte den eigenen Anschlag aufs Spiel zu Gunsten
dessen, der ihm, wenn er mit ihm entkam, den Weg zu
verlegen drohte, auf dem er in jugendlicher Verblendung
das Glück zu finden hoffte.

Neunzehntes Kapitel.

Aufmerksam schaute Josua sich um. Noch war der Himmel hell, doch wenn der Nordwind anhielt, so mußte das Gewölk, das von der See aufzusteigen schien, ihn bald bedecken.

Die Luft war schwül geworden, aber die Wächter hielten die Augen offen und lösten einander regelmäßig ab. Ihre Aufmerksamkeit war schwer zu täuschen; doch hart bei dem Lager des Ephraim, das sein Oheim, um es bequemer zu machen, auf einer sanft abfallenden Hügelwand mit ihm hergestellt hatte, zog sich eine schmale Erdspalte zu Thale, an deren nackten Rändern weiße Gips- und blinkende Marienglasadern im Mondschein glänzten. Gelang es dem behenden Knaben, diese ungesehen zu erreichen und in ihr fortzukriechen bis zu der mit hohem Schachthalm und struppigem Wüstengesträuch umsäumten Salzlache, vor der sie endete, so konnte ihm, half das Gewölk, der Anschlag gelingen.

Nachdem er diese Ueberzeugung erlangt, überlegte Josua so gelassen, als gelte es, einer seiner Tausendschaften den Weg vorzuzeichnen, ob es ihm selbst, falls er den Gebrauch der Hände zurückerlange, gelingen könne, dem Ephraim zu folgen, ohne seinen Anschlag zu gefährden. Und er mußte dies verneinen; denn der Wächter, der wenige Schritte von ihnen entfernt an einer höheren Stelle des Hügelrandes bald saß, bald auf und nieder schritt, konnte im Mondschein die Bemühungen des Jünglings, ihm die festen Bande zu lösen, nur zu leicht bemerken. Dazu näherte sich die Wolke dem Mond und verfinsterte ihn vielleicht, bevor dies Werk noch vollbracht war. So konnte Ephraim denn um seinetwillen in Gefahr geraten, den einzigen glücklichen Augenblick zu verpassen, der ihm Rettung verhieß. Und wäre es nicht der schnödeste aller Frevel gewesen, um der unsicheren Aussicht willen, selbst zu entkommen, demjenigen den Weg in die Freiheit zu verlegen, dessen natürlicher Beschützer er war? So raunte er denn dem Ephraim zu: „Ich kann Dir nicht folgen. Durch den Erdspalt Dir zur Rechten gleite zur Salzlache nieder. Ich behalte die Wächter im Auge. Sobald die Wolke über den Mond zieht und ich mich leise räuspere, brichst Du auf. Geht es an, so geselle Dich dem Volke. Grüße meinen alten Vater, versichere ihn meiner Liebe und Treue und sage ihm, wohin man mich führt. Höre auf seinen und Mirjams Rat, er ist der beste. Die Wolke nähert sich dem Monde, und nun kein Wort mehr!"

Als Ephraim dennoch leise in ihn drang, die gefesselten Arme zu ihm hinzustrecken, gebot er ihm Schweigen, und sobald sich der Mond verfinsterte und der Wächter, der ihnen zu Häupten auf und nieder schritt, mit dem andern, der zu seiner Ablösung gekommen war, ein Gespräch begann, räusperte sich Josua und lauschte mit hochklopfendem Herzen und angehaltenem Atem in die Nacht hinaus und nach der Erdspalte hin.

Erst vernahm er ein leises Scharren, und der Schein des Feuers, das die Wächter auf der Spitze des Hügels zum Schutz gegen wilde Tiere unterhielten, ließ ihn Ephraims leeres Lager gewahren.

Nun atmete er auf; denn die Erdspalte mußte den Knaben aufgenommen haben. Während er dann aber das Gehör schärfte, um dem Kriechen oder Gleiten des Flüchtlings zu folgen, vernahm er doch nichts als die Schritte und das Gespräch der Wächter.

Aber nur den Klang, nicht den Inhalt ihrer Rede faßte er auf, so gespannt war sein Gehör auf die Fluchtbahn des Entweichenden gerichtet. Wie behend und mit welcher Vorsicht mußte der gewandte Gesell sich bewegen! Noch befand er sich in der Erdspalte, und dabei war es, als kämpfe der Mond siegreich mit dem Gewölk, und als einmal seine silberne Scheibe die schweren schwarzen Vorhänge, die sie den Blicken der Menschen entzogen, zerteilte, und ihr Licht sich wie eine schlanke glänzende Säule in der regungslosen Salzlache spiegelte, ward es dem spähenden Josua möglich, zu überschauen, was unten vorging; doch gewahrte er dort nichts, was einer menschlichen Gestalt gleichgesehen hätte.

War der Flüchtling in der Erdspalte auf ein Hindernis gestoßen? Hielt ihn ein Felsblock oder Abgrund auf ihrem finsteren Grunde zurück? Hatte — und bei diesem Gedanken meinte er, der Schlag seines Herzens sei zum Stillstand gekommen — hatte die Tiefe dieses Abgrundes den im Dunkel Tastenden verschlungen?

Wie sehnte er sich jetzt nach einem Geräusch, dem

leisesten, von der Erdspalte her! Dies Schweigen war
furchtbar. Aber jetzt! O, wär' es doch still geblieben!
Jetzt scholl der Lärm fallender Steine und das Geräusch
nachrutschender Erde aus der Spalte überlaut durch
die schweigende Nachtluft. Wieder lugte das Mondlicht
aus dem Wolkenvorhang hervor, und Josua gewahrte
bei der Lache ein lebendes Wesen, das eher einem Tier
glich als einem Menschen; denn es schien auf vier Füßen
zu kriechen. Und jetzt spritzte das Wasser glitzernd auf.
Die Gestalt da unten war in die Lache gesprungen.
Dann verschlang das Gewölk wieder die Leuchte der
Nacht, und das Dunkel alles ringsum.

Aufatmend sagte er sich, daß er den fliehenden
Ephraim gesehen, und daß der Entweichende, mochte
kommen, was da wolle, einen guten Vorsprung vor den
Verfolgern gewonnen.

Aber diese ruhten nicht und ließen sich nicht täuschen;
denn obwohl er, um sie irre zu führen, laut ausgerufen
hatte: „Ein Schakal!" ließen sie doch einen weithin
gellenden Pfiff erschallen, der ihre schlafenden Genossen
weckte. Um weniges später stand der Führer mit einem
brennenden Holzspan vor ihm, leuchtete ihm in das
Antlitz und atmete erleichtert auf, als er ihn wahrnahm.
Er hatte ihn nicht umsonst doppelt gebunden; denn daheim hätte man es ihn entgelten lassen, wenn gerade
dieser Mann entkommen wäre.

Doch während der Führer die Stricke an den Armen
des Sträflings befühlte, fiel der Glanz des brennenden
Spahnes, der ihm dabei leuchtete, auf das verlassene Lager
des Flüchtlinges. Da lagen noch, wie zum Hohn, die
zernagten Stricke; der Führer aber nahm sie auf, schleuderte

sie dem Zurückgebliebenen vor die Füße, stieß wiederholt in die Pfeife und rief dann: „Entwischt! Der Hebräer! Der junge Krauskopf!"

Ohne des Josua weiter zu achten, begann er hierauf die Verfolgung. Heiser vor Ingrimm erteilte er Befehl auf Befehl, und jeder war verständig und wurde eifrig befolgt.

Während einige Wächter die Gefangenen zusammenschleppten, sie zählten und mit Stricken aneinanderbanden, suchte ihr Vorgesetzter mit den anderen und seinen Dachshunden die Spur des Entwichenen.

Josua sah, wie er die klugen Tiere die zernagten Bande Ephraims und sein Lager beschnüffeln ließ, und wie sie sich dann in die Erdspalte stürzten. Fliegenden Atems nahm er ferner wahr, wie sie ziemlich lange in derselben verblieben und endlich, während der Mond die Wolken mehr und mehr zerstreute, aus der Kluft hervorbrachen und auf die Salzlache zueilten. Er empfand es als ein Glück, daß Ephraim sie durchwatet, statt sie zu umgehen; denn die Hunde verloren an ihrem Rande die Fährte, und Minute auf Minute verging, während der Führer mit den eifrigen Tieren, welche die Nasen in die Fußstapfen des Flüchtlinges bohrten, dem Ufer folgte, um sie wieder auf die rechte Fährte zu bringen. Nun lehrte ihr lautes, frohes Gebell, daß sie die Witterung wieder gewonnen. Doch wenn sie auch dem Flüchtlinge folgten und ihn erreichten, brauchte der gefangene Krieger doch nicht mehr das Schlimmste zu befürchten; denn Ephraim war den Verfolgern ein gutes Stück voraus. Dennoch schlug ihm das Herz laut genug, und die Zeit schien ihm still zu stehen, bis der Führer erschöpft und unverrichteter Sache zurückkam.

Freilich hätte der ältere Mann den schnellfüßigen Jüngling nie zu erreichen vermocht, doch die beiden jüngsten und flinksten Wächter waren dem Flüchtling nachgesandt worden; der Führer selbst berichtete es mit grimmigem Hohne.

Der freundliche Mann war wie verwandelt; denn er empfand das Geschehene wie eine schwer zu verwindende Schmach, ja wie ein Unglück.

Derjenige, welcher ihn durch seinen Schakalruf irre zu leiten versucht, war sicher der Spießgeselle des Flüchtlings gewesen! Auch dem Prinzen Siptah, der sich in die Pflichten seines Amtes gemischt, fluchte er laut. Aber dergleichen sollte ihm nicht wieder begegnen, und seine ganze Schar wollte er fühlen lassen, was ihm durch Ephraim widerfahren. Darum ließ er die Gefangenen von neuem mit Ketten belasten, den früheren Feldhauptmann mit einem hüstelnden Alten zusammenschließen und die Sträflinge in Reih und Glied vor dem Feuer stehen, bis der Morgen graute.

Josua fand keine Antwort auf die Fragen, welche der neue Kettengenosse an ihn richtete; denn bangen Herzens harrte er der Rückkehr der Verfolger. Dazwischen suchte er sich zum Gebet zu sammeln und legte dem Gotte, der ihn seiner Hilfe versichert, das eigene Schicksal und das des entwichenen Knaben ans Herz. Oft genug ward er freilich in roher Weise von dem Führer gestört, der seinen Grimm an ihm ausließ.

Doch der Mann, der früher über Tausende geboten, ließ alles still über sich ergehen und zwang sich, es gelassen hinzunehmen, wie das unabwendbare Ungemach des Hagels oder Regens; ja es kostete ihn Mühe, seine

freudige Bewegung zu verbergen, als nach Sonnenauf=
gang die jungen, zur Verfolgung ausgesandten Wächter
mit wirrem Haar und atemlos zurückkehrten und nichts
heimbrachten als den einen Dachshund mit zerschmettertem
Schädel.

Nun blieb dem Führer nichts übrig, als an dem
ersten Fort der Festungslinie Etham, welche die Ge=
fangenen ohnehin zu überschreiten hatten, Anzeige von
dem Vorgefallenen zu machen, und diesem wurden die
Sträflinge jetzt entgegengetrieben.

Seit Ephraims Flucht hatte sich ein neuer, härterer
Geist der Wächter bemächtigt. Während sie gestern den
Unglücklichen gemächlich vorwärts zu schreiten gestattet,
zwangen sie sie heute zur größten erreichbaren Eile. Da=
bei war die Luft schwül, und die stechende Sonne kämpfte
mit den Gewitterwolken, die sich im Norden zu schweren
Massen zusammenballten.

Der an Anstrengungen jeder Art gewöhnte Körper
Josuas widerstand den Qualen dieses hastigen Marsches;
sein schwacher Kettengenosse aber, der in einer Schreib=
stube ergraut war, brach oft zusammen und blieb endlich
neben ihm liegen.

Da sah sich der Führer genötigt, den Unglücklichen
auf einen Esel zu laden und einen andern mit Josua
zusammenzuschmieden. Es war der Bruder des ersteren,
ein Aufseher der Ställe des Königs, ein kräftiger Aegyp=
ter, den nichts in die Bergwerke führte, als der unglück=
liche Umstand, der nächste Blutsverwandte eines Staats=
verbrechers zu sein.

Mit diesem rüstigen Kettengenossen wanderte es sich
leichter, und Josua hörte ihm voller Teilnahme zu und

suchte ihn zu trösten, wenn er ihn mit leiser Stimme
zum Vertrauten seiner Sehnsucht machte und ihm klagte,
mit wie schwerem Herzen er Weib und Kind in Not und
Elend zurückgelassen. Zwei Knaben waren ihm an der
Seuche gestorben, und es belastete ihm das Herz, daß
er abgehalten worden, für ihre Bestattung zu sorgen;
denn nun waren ihm die Lieblinge auch in jener Welt
und für alle Ewigkeit verloren.

Bei der zweiten Rast wurde der bekümmerte Vater
offener. Heißer Durst nach Rache füllte ihm die Seele,
und die gleiche Empfindung setzte er bei dem streng
blickenden Genossen voraus, dem er ansah, daß er aus
einer höheren Lebensstellung ins Unglück geraten. Der
frühere Aufseher der Ställe besaß eine Schwägerin, die
zu den Nebenweibern des Pharao gehörte, und durch
sie und sein Weib, ihre Schwester, hatte er vernommen,
daß man im Hause der Abgeschlossenen*) eine Verschwörung
gegen den König plane. Er wollte auch wissen, wen die
Frauen an die Stelle des Menephtah zu setzen gedachten.

Wie ihn Josua darauf fragend und zweifelnd an-
schaute, flüsterte er ihm zu: „Siptah, der Neffe des
Königs, und seine hohe Mutter sind die Häupter der
Verschworenen. Bin ich erst frei, so werde ich auch
Deiner gedenken; denn meine Schwägerin vergißt mich
gewiß nicht."

Hierauf verlangte er zu wissen, was den andern
in die Bergwerke führe, und Josua bekannte ihm offen, wer
er sei. Als aber der Aegypter erfuhr, daß er mit einem
Hebräer zusammengeschlossen, riß er wild an der Kette

---

*) Der Harem der heutigen muslimischen Aegypter.

und verfluchte sein Schicksal. Doch sein Zorn legte sich
bald gegenüber der wunderbaren Fassung, mit der sein
Unglücksgefährte auch das Schwerste ertrug, und es war
dem Josua willkommen, daß ihn der andere seltener mit
Klagen und Fragen bestürmte.

Ganze Stunden lang schritt er von nun an ungestört dahin, und er konnte der Sehnsucht nachgeben,
sich zu sammeln, sich Klarheit zu verschaffen über die
großen neuen Empfindungen, die sich in den jüngst vergangenen Tagen seiner Seele bemächtigt, und sich zurecht
zu finden in seiner neuen schrecklichen Lage.

Dies stille Denken und sich in sich selbst Versenken
that ihm wohl, und während der nächsten Nachtruhe
stärkte ihn ein tiefer, erquickender Schlaf.

Als er erwachte, standen die untergehenden Gestirne
immer noch am Himmel und erinnerten ihn an die Sykomore zu Succoth und den folgenschweren Morgen, an
dem ihn die verlorene Geliebte für seinen Gott und sein
Volk gewonnen. Ueber ihm wölbte sich das leuchtende
Firmament, und so deutlich hatte er die Nähe des Höchsten
noch nie empfunden. Er glaubte an seine unbegrenzte
Macht, und zum erstenmale keimte in ihm die Hoffnung, daß der Gewaltige, der Himmel und Erde geschaffen, auch Mittel und Wege finden könne, das Volk,
das er zu dem seinen gemacht, vor den Zehntausenden
des ägyptischen Heeres zu retten.

Nachdem er sodann Gott brünstig angefleht, seine
schützende Hand über die ohnmächtigen Scharen zu breiten,
die, seinem Gebote gehorsam, so viel hinter sich gelassen
und so vertrauensvoll in die ungewisse Ferne gezogen,
und seinen greisen Vater, den er selbst nicht zu beschirmen

vermochte, seiner besonderen Obhut empfohlen, überkam seine Seele eine wunderbare Ruhe.

Der Ruf der Wächter, das Klirren der Kette, seine elenden Leidensgefährten, ja alles, was ihn umgab, mußte ihn an das Schicksal erinnern, das ihm bevorstand. In einem dumpfen, heißen, die Brust beklemmenden Höhlen-raum, beraubt der Wonne, die freie Lebensluft zu atmen und das Licht der Sonne zu schauen, mit Ketten belastet, geschlagen und beschimpft, darbend und dürstend, in dum-pfem, Geist und Leib vernichtendem Einerlei qualvoller Tage und Nächte sollte er in Knechtesarbeit ergrauen, und doch verließ ihn keinen Augenblick der zuversichtliche Glaube, daß dies entsetzliche Los jedem andern eher be-schieden sei als ihm, und daß irgend etwas eintreten müsse, um ihn davor zu bewahren.

Auf dem Marsche weiter gen Osten, der beim Grauen des Morgens begann, nannte er diese felsenfeste Zuversicht Thorheit, und doch blieb er bestrebt, an ihr festzuhalten, und es gelang ihm.

Durch die Einöde führte der Weg, und nach wenigen Stunden eines raschen Marsches erreichten sie das erste, „Veste des Seti" genannte Fort. Sie hatten es in der klaren Wüstenluft schon lange so nah vor sich gesehen, als könne ein Pfeil es treffen.

Von keiner Palme, keinem Strauch umgrünt, erhob es sich aus dem nackten, steinigen Sandboden mit seinen Holzpalissaden, seinem Wall, seinen gebröschten Mauern und seinem Luginsland mit dem breiten, flachen Dache, das von gerüsteten Kriegern wimmelte. Diese hatte man von Pithom her unterrichtet, daß die Hebräer sich anschickten, die Festungsreihe auf der Landenge zu durchbrechen, und

so war die nahende Gefangenenschar anfänglich für den
Vortrab der Auswanderer gehalten worden.

Von den Spitzen der kräftigen Vorsprünge, welche
wie Erker aus der ganzen Höhe der geböschten Mauern
an allen Seiten heraustraten, um das Anlegen von
Sturmleitern zu hindern, schauten Krieger durch den
Zinnenkranz den nahenden Sträflingen entgegen, doch
hatten die Bogenschützen den Pfeil in den Köcher zurück-
gesteckt; denn vom Turme aus war erspäht worden, wie
wenig zahlreich die heranziehende Schar sei, und ein Bote
hatte bereits das Schreiben des Waffenhausobersten abgeliefert, welches den Befehlshaber ermächtigte, den Gefangenen den Durchzug zu gewähren.

Jetzt wurde den Sträflingen das Palissadenthor geöffnet, und der Führer gestattete ihnen, sich auf dem
glühenden Pflaster dieses Raumes niederzulegen.

Von hier aus konnte keiner entkommen, auch wenn
die Wächter sich entfernten; denn der hohe Zaun war
schwer übersteigbar, und von dem Dache des Werkes aus
und durch die Zinnen auf der Bekrönung der Mauer-
vorsprünge erreichten Wurfgeschosse den Flüchtling.

Dem früheren Feldhauptmann entging es nicht, daß
hier alles, wie mitten im Kriege, zur Abwehr des Feindes
bereit stand. Jeder Mann war auf dem Posten, und
neben der großen ehernen Scheibe auf dem Turm standen
Wächter mit dem schweren Klöppel in der Hand, um sie
bei der Annäherung der erwarteten Gegner zu schlagen;
denn obwohl kein Baum und Haus, so weit das Auge
reichte, sichtbar, erreichte der Schall der metallenen Platte
doch das nächste Fort der Ethamlinie und warnte seine
Besatzung oder rief sie herbei.

In die Abgeschiedenheit dieser Einöde versetzt zu werden, war keine Strafe, wohl aber ein Unglück, und die Leiter des Heeres sorgten dafür, daß die gleichen Scharen nie lange Zeit in der Wüste verblieben.

Auch Josua hatte in früherer Zeit das am weitesten gen Mittag hin gelegene Werk, das man das Migdol des Südens nannte, befehligt; denn jede einzelne dieser Vesten trug den Namen Migdol, der in der Sprache der Semiten einen Festungsturm bedeutet.

Man erwartete hier immer noch die Seinen; und daß Mose das Volk nach Aegypten zurückgeführt habe, daran war nicht zu denken. Es mußte also in Succoth verblieben sein oder sich gen Süden gewandt haben. Aber dort fluteten die Bitteren Seen und das Schilfmeer, und wie konnten die Tausende der Hebräer die tiefen Wasser durchschreiten?

Hoseas Herz schlug bang bei dieser Erwägung, und all seine Befürchtungen sollten schnell Bestätigung finden; denn er hörte, wie der Befehlshaber des Kastells dem Führer mitteilte, die Hebräer hätten sich vor mehreren Tagen der Festungslinie genähert, sich aber bald, und bevor sie noch mit der Besatzung zusammengeraten, gen Süden gewandt. Seitdem wolle es scheinen, als irrten sie zwischen Pithom und dem Schilfmeer in der Wüste umher. Das alles sei sogleich nach Tanis berichtet worden, doch der König habe den Abmarsch des Heeres aufschieben müssen, bis die sieben großen Trauertage um den Thronfolger vorüber. Das hätte den Auswanderern zum Nutzen dienen können; jetzt aber sei ihm durch eine Brieftaube die Nachricht zugekommen, daß die Verblendeten bei Pihahiroth, unweit des Schilfmeeres, lagerten. So werde es denn dem Heere ein Leichtes sein, sie wie eine Viehherde ins Wasser zu treiben; denn nach den anderen Seiten hin gebe es für sie kein Entrinnen.

Mit Befriedigung war der Führer diesem Berichte gefolgt; dann flüsterte er dem Befehlshaber des Forts einige Worte zu und wies mit dem Finger auf Josua, der in jenem längst einen Kriegsgefährten erkannt, der in seiner Tausendschaft über hundert Mann geboten und dem er manche Wohlthat erwiesen. Ihm selbst widerstand es in seiner elenden Lage, den früheren Untergebenen, der sein Schuldner, an seine Person zu erinnern; der Befehlshaber aber errötete bei seinem Anblick, zuckte in einer Weise die Achseln, als wolle er dem Josua sein Bedauern über sein Mißgeschick und die Unmöglichkeit, etwas für ihn zu thun, zu erkennen geben, und rief dann so laut, daß jener es hören mußte: „Die Vorschrift verbietet, mit den Staatsgefangenen zu reden; doch habe ich diesen Mann in besseren Tagen gekannt, und ich schicke Dir Wein, den ich Dich mit ihm zu teilen bitte."

Als er endlich mit dem Führer dem Thore zuschritt und dieser bemerkte, der Hosea sei solcher Gunst weniger würdig als Schwächere unter den Sträflingen, weil er dem Entwichenen, von dem er geredet, die Flucht erleichtert, fuhr sich der Befehlshaber durch das Haar und versetzte:

„Ich hätte ihm gern etwas Freundliches erwiesen, obgleich er mir noch mancherlei schuldet; doch wenn es so mit ihm steht, lassen wir es lieber mit dem Weine; ihr habt ohnehin lang genug gerastet!"

Aergerlich mahnte nun der Führer zum Aufbruch und trieb die unglückliche Schar tiefer hinein in die Wüste und den Bergwerken entgegen.

Diesmal schritt Josua gesenkten Hauptes dahin. Was in ihm war, lehnte sich auf gegen das Unglück, in dieser Zeit der Entscheidung, fern von seinem Volk und dem Vater, die er in so schwerer Gefahr wußte, durch die Wüste geschleppt zu werden. Unter seiner Führung hätten die Wanderer vielleicht doch noch einen Ausweg gefunden! Die Faust ballte sich ihm, wenn er des gefesselten Leibes gedachte, der es ihm verbot, was der Geist ersann, den Seinen nutzbar zu machen, und doch wollte er den Mut nicht verlieren, und so oft er sich sagte, das Volk sei verloren und müsse in diesem Streit unterliegen, hörte er den neuen Namen, den Gott ihm selbst verliehen, vor dem inneren Ohre, und dazu schlug der Haß und die Verachtung gegen alles, was ägyptisch, den das unwürdige Verhalten des Befehlshabers neu geschürt, helle Flammen. Sein ganzes Wesen war im heftigsten Aufruhr, und da der Führer seine glühenden Wangen und den düstern Glanz seiner Augen gewahrte, meinte er, auch diesen starken Mann habe das Fieber ergriffen, dem so viele Sträflinge auf dem Marsch zum Opfer fielen.

Als die elende Schar bei Einbruch der Dunkelheit mitten in der Wüste die Nachtruhe suchte, wogte und stürmte es in Josua, und was um ihn her vorging, das paßte gut zu dem Aufruhr in seiner Seele; denn schwarzes Gewölk war wieder von Norden, von der See her heraufgezogen, und bevor Blitz und Donner losbrachen und der Regen in gewaltigen Güssen niederrauschte, wälzten und jagten heulende und pfeifende Windstöße große Massen heißen Sandes über die rastenden Sträflinge hin.

Nachdem dichte Staubschichten ihre Decke gewesen, wurden Lachen und Teiche ihr Lager. Die Wächter hatten sie an Armen und Füßen zusammengekoppelt und hielten triefend und zitternd die Enden der Stricke in den Händen; denn schwarz wie die Kohlen ihres Feuers, das der Wolkenbruch verlöscht, war diese Nacht, und wer hätte dem Entweichenden wohl durch solches Dunkel und Unwetter zu folgen vermocht?

Josua aber dachte nicht an heimliche Flucht. Während die Aegypter zitterten und wimmerten, wenn sie die grollende Stimme des Seth zu vernehmen meinten und blendende Feuermassen aus dem Gewölk niederflammten, fühlte er nur die Nähe des zürnenden Gottes, dessen Ingrimm er teilte, dessen Haß auch der seine. — Als Zeuge empfand er sich seiner alles zerschmetternden Allmacht, und stolzer hob sich ihm die Brust, wenn er sich wiederholte, daß er berufen sei, im Dienste dieses Gewaltigsten aller Gewaltigen das Schwert zu führen.

Zwanzigstes Kapitel.

Der Sturm, der sich beim Einbruch der Dunkelheit erhoben, sauste auch über die Landenge hin. Die Seen in ihrer Mitte schlugen hohe Wellen, und das Schilfmeer, das eine Bucht wie das Fühlhorn einer Schnecke von Süden her in sie hineinschob, war in wildestem Aufruhr.

Auch weiter nördlich, wo das Heer des Pharao, geschützt von dem Migdol des Südens, dem stärksten Fort der Ethamlinie, vor kurzem das Lager bezogen, flatterte der vom Sturme gepeitschte Sand durch die Lüfte, und bei dem Quartier des Königs und der Großen blieben die Hämmer in steter Bewegung, welche die Zeltpflöcke tiefer in den Boden trieben; denn die vom Wind getroffenen Brokate, Tuche und Linnenstoffe, welche die wandernden Wohnungen des Pharao und seiner Umgebung bildeten, drohten die Pfühle, von denen sie gestützt wurden, umzureißen.

Im Norden hing schwarzes Gewölk, doch Mond und Sterne waren oft sichtbar, und häufig erhellte fernes Wetterleuchten das Dunkel. Des Himmels Naß schien auch heute diesen regenlosen Landstrich zu meiden, und überall brannten Feuer, welche die Krieger in dichten, doppelten Kreisen umgaben, um als lebendiger Schirm dem Sturme zu wehren, sie auseinander zu treiben.

Die Wachen hatten schweren Dienst; denn war die Luft auch schwül trotz des Nordwinds, blies er ihnen doch mit vollen Wangen und immer neuen Stößen Sand in das Antlitz.

Am nördlichsten Thore des Lagers schritten nur zwei Wachen spähend auf und nieder, doch sie genügten; denn wegen des üblen Wetters war seit geraumer Zeit niemand erschienen, der Ausgang oder Einlaß begehrte. Erst drei Stunden nach Sonnenuntergang zeigte sich ein schlanker Gesell, halb Knabe, halb Jüngling, der sicheren Schrittes auf die Wachen zuging, um ihnen ein Botenzeichen zu weisen und sie nach dem Zelt des Prinzen Siptah zu fragen.

Er schien eine beschwerliche Wanderung hinter sich zu haben; denn sein volles schwarzes Lockenhaar war übel zerzaust und selbst seine Füße mit Staub und verhärtetem Lehm überzogen. Dennoch erweckte er keinen Verdacht; denn seine Haltung war die eines selbstbewußten Freien, sein Botenzeichen in bester Ordnung, und der Brief, den er vorwies, in der That an den Prinzen gerichtet; ein Schreiber der Kornvorräte, welcher mit anderen Beamten und Unterbefehlshabern am nächsten Feuer saß, hatte es bestätigt.

Da das Aussehen des Jünglings den meisten gefiel und er aus Tanis kam und vielleicht Neuigkeiten brachte, ward ihm ein Platz am Feuer und ein Teil des Mahles angeboten; doch er hatte Eile.

Dankend wies er die Einladung zurück, antwortete den Fragenden kurz und schnell und bat die Rastenden um einen Führer. Solcher stellte sich ihm denn auch ungesäumt zur Verfügung. Aber bald sollte er erfahren, daß es doch nicht ganz leicht sei, zu einem Mitglied des Königshauses zu gelangen; denn die Zelte des Pharao, seiner Verwandten und Würdenträger standen an einer besonderen, mit den Schilden der Schwerbewaffneten ein= gehegten Stelle im Herzen des Lagers, und wie es diese zu betreten galt, wurde er von einem zum andern ver= wiesen, ward sein Botenzeichen und der Brief des Prinzen mehrfach geprüft. Man schickte auch den Führer zurück, und an seine Stelle trat ein vornehmer Herr, den sie das Auge und Ohr des Königs nannten, und der sich mit dem Siegel des Briefes zu schaffen machte. Doch der Bote verlangte ihn mit Entschiedenheit zurück, und sobald er wieder in seiner Hand war und man ihm zwei hart neben einander stehende, im Sturm schwankende Zelte gewiesen, von denen das eine den Prinzen Siptah, das andere Kasana, die Tochter des Hornecht, beherbergte, nach der er gefragt, wandte er sich an den Kämmerer, der aus dem ersteren hervortrat, wies ihm das Schreiben und bat, ihn zu dem Prinzen zu führen; jener aber bot ihm an, den Brief an seiner Statt dem Herrn, dessen Haushofmeister er sei, zu übergeben, und Ephraim — denn er war der Bote — zeigte sich bereit, ihm den Willen zu thun, falls er ihm sogleich Einlaß zu der jungen Witwe verschaffe.

Dem Haushofmeister schien viel daran gelegen, das Schreiben in die Hand zu bekommen, und nachdem er Ephraim vom Scheitel bis zur Sohle gemustert, fragte

er, ob Kasana ihn kenne, und da der andere dies bejahte
und hinzufügte, daß er ihr eine mündliche Botschaft
bringe, sagte der Aegypter lächelnd: „Gut denn; aber
vor solchen Füßen müssen wir unsere Teppiche schützen,
und Du scheinst mir auch sonst erschöpft und einer
Stärkung bedürftig. Folge mir nach!"

Damit führte er ihn zu einem kleinen Zelt, vor dem
ein alter Sklave und ein anderer, der kaum den Kinderjahren entwachsen, bei einem Feuer saßen und ihr Spät-
mahl mit einem Bündel Knoblauch beschlossen.

Wie sie ihren Herrn erblickten, sprangen sie auf;
er aber befahl dem Alten, dem Boten die Füße zu
waschen, dem jüngeren, in seinem Namen Fleisch, Brot
und Wein von den Köchen des Prinzen zu fordern.
Dann führte er Ephraim in sein Zelt, das durch eine
Laterne erhellt ward, und fragte ihn, wie er, der kein
Unfreier oder geringer Bursche zu sein scheine, zu einem
so verwahrlosten Aussehen komme. Da entgegnete der
Bote, daß er einem Schwerverletzten unterwegs die Wunden mit dem oberen Teil seines Schurzes verbunden, und
nun griff der Kämmerer sogleich in sein Gepäck und reichte
ihm ein Tuch von feingefältelter Leinwand.

Ephraims Antwort, die in der That der Wahrheit
nahe kam, hatte ihm so wenig Nachdenken gekostet und
so aufrichtig geklungen, daß sie ihm geglaubt worden
war, und die Güte des Haushofmeisters schien ihm so
würdig jeden Dankes, daß er keinen Einspruch erhob als
jener, ohne das Siegel zu verletzen, den um sich selbst
gewickelten biegsamen Papyrus der Rolle mit geübter Hand
zusammendrückte, die einzelnen Schichten auseinanderbog
und in die Oeffnungen lugte, um sich von dem Inhalt

des Briefes zu unterrichten. Dabei blitzten die runden
Augen des wohlbeleibten Höflings hell auf, und es war
dem Jüngling, als sei das Antlitz dieses Mannes, das
ihm anfänglich in seiner behäbigen Fülle und rundlichen
Glätte wie ein Spiegel großer Herzensgüte erschienen,
dem einer Katze ähnlich geworden.

Sobald der Haushofmeister sein Werk vollendet, ersuchte er den Jüngling, sich in aller Ruhe zu stärken
und erschien erst wieder, nachdem Ephraim wohl gereinigt,
mit dem neuen linnenen Oberschurz um die Hüften und
gesalbtem, duftendem Haar in den Spiegel geschaut hatte
und eben im Begriff stand, sich einen breiten goldenen
Reifen um den Arm zu legen.

Er hatte damit eine gute Weile gezögert; denn es
war ihm bewußt, daß er großen Gefahren entgegengehe;
dieser Ring aber war sein einziger kostbarer Besitz, und in
der Gefangenschaft hatte es ihn Mühe gekostet, ihn unter
dem Schurz verborgen zu halten. Er konnte ihm noch gute
Dienste leisten; legte er ihn aber an, so zog er die Augen
auf sich und steigerte die Gefahr, erkannt zu werden.

Doch das eigene Bild, das er im Spiegel geschaut,
die Eitelkeit und der Wunsch, Kasanas Augen wohl zu
gefallen, siegten über Vorsicht und verständige Erwägungen,
und an seinem Oberarme schimmerte bald wieder der
breite kostbare Schmuck.

Der Haushofmeister stand dem schönen, vornehm und
stolz dreinschauenden Jüngling, in den sich der schlichte
Bote so schnell verwandelt, erstaunt gegenüber, und es
drängte sich ihm die Frage auf die Lippen, ob er zu den
Verwandten Kasanas gehöre, und als sie verneint worden
war, welchem Haus er entstamme.

Da schaute Ephraim eine Zeit lang verlegen zu Boden und bat dann den Aegypter, ihm die Antwort zu ersparen, bis er mit der Tochter des Hornecht geredet.

Kopfschüttelnd betrachtete ihn der andere noch einmal, doch drang er nicht weiter in ihn; denn was er aus dem Briefe erspäht, war ein Geheimnis, das dem Mitwisser Tod bringen konnte, und der vornehme junge Bote dort mußte wohl der Sohn eines Großen sein, der zu den Mitverschworenen des Prinzen Siptah, seines Gebieters, gehörte.

Ein Frösteln glitt über den starken, behäbigen Leib des Höflings, und mit Teilnahme und Scheu blickte er nun auf diese blühende Menschenpflanze, die sich so jung in gefahrbringende Anschläge mischte.

Sein Herr hatte ihn bisher nur andeutungsweise in das Geheimnis gezogen, und noch wäre es ihm möglich gewesen, das eigene Schicksal von dem seinen zu trennen. That er dies, so stand ihm ein sorgloses Alter bevor; folgte er dem Prinzen und glückte sein Anschlag, wie hoch konnte er steigen! Furchtbar folgenschwer war die Wahl, vor die er, der Vater vieler Kinder, sich gestellt sah, und mit perlender Stirn, keines klaren Gedankens fähig, führte er Ephraim vor das Zelt Kasanas und eilte dann zu dem Gebieter.

In dem leichten Gebäu von Pfählen und schweren bunten Stoffen, das die schöne Witwe bewohnte, war es still.

Hochklopfenden Herzens nahte sich Ephraim dem Eingang, und als er endlich Mut faßte und den am Boden befestigten Vorhang, den der Wind wie ein Segel blähte, zurückschlug, sah er in einen dunklen Raum, an den sich rechts und links je ein ähnlicher Schloß. In dem ersteren war es so finster wie in dem mittleren; aus dem zur Rechten aber leuchtete durch manche Spalte flackernder Lichtschein. Das Zelt gehörte zu den dreiteiligen mit flachem Dache, die er schon öfter gesehen, und in dem erleuchteten Raume weilte wohl diejenige, zu der es ihn hinzog.

Um sich nicht neuem Verdacht auszusetzen, mußte er das bange Zagen besiegen, und schon hatte er sich gebückt und die Schleife, womit der Vorhang an den Haken im Boden befestigt war, zurückgezogen, als die Thür des erleuchteten Gemaches sich öffnete und eine Frauengestalt in den dunklen Mittelraum trat.

War sie es?

Sollte er wagen, sie anzureden?

Ja, es mußte geschehen!

Mit fest geballten Händen und tief atmend sammelte er den Mut, als gelte es, in das den Unberufenen verschlossene Allerheiligste eines Tempels zu schleichen. Dann schob er den Vorhang zur Seite, und mit einem leisen Schrei empfing ihn die Frau, die er vorhin bemerkt; er aber gewann die Fassung schnell zurück; denn ein Lichtstrahl hatte ihr Antlitz gestreift, und die da vor ihm stand, war nicht Kasana, sondern ihre Amme, die sie zu den Gefangenen und dann in das Lager begleitet. Auch sie erkannte ihn und starrte ihn an, als sei er dem Grabe entstiegen.

Sie waren wohl vertraut miteinander; denn wie er zum erstenmal in das Haus des Bogenschützenobersten gekommen, hatte sie ihm das Bad gerichtet und die Wunde mit Balsam benetzt, und bei seinem zweiten Aufenthalt

unter dem nämlichen Dach war sie mit ihrer Herrin seine
Pflegerin gewesen. Manche Stunde hatten sie damals
miteinander verplaudert, und er wußte, daß sie ihm gut
sei; denn ihre Hand hatte ihn, während er halb wach,
halb träumend im Fieber geglüht, mit mütterlicher Zärtlichkeit gestreichelt, und später war sie nicht müde geworden,
ihn nach seinem Volke zu fragen und hatte ihm zuletzt
auch bekannt, daß sie von den Syrern stamme, die den
Hebräern verwandt. Ja, auch seine Sprache war ihr
nicht ganz fremd; denn erst als zwanzigjährige Frau hatte
man sie mit anderen Gefangenen des großen Ramses nach
Aegypten geschleppt. — Ephraim, sagte sie auch gern,
erinnere sie an ihren Sohn, wie er noch jünger gewesen.

Von dieser Frau hatte der Jüngling nichts Uebles
zu besorgen, und so ergriff er denn ihre Hand und flüsterte
ihr zu, daß er den Wächtern entwichen und nun komme,
um bei ihrer Herrin und ihr Rat zu erholen.

Das Wort „entwichen" genügte, um die Alte zu
beruhigen; denn was sie unter Geistern verstand, das
jagte andere in die Flucht und floh nicht selber. Beruhigt strich sie dem Jüngling über die Locken und kehrte
ihm, bevor sein Geflüster noch zu Ende, den Rücken, um
in das erleuchtete Gemach zu eilen und ihre Herrin raten
zu lassen, wen sie draußen gefunden.

Um Weniges später stand Ephraim der Frau gegenüber, die der Leitstern seines Lebens geworden. Mit
glühenden Wangen schaute er ihr in das schöne, doch
von Thränen gerötete Antlitz, und gab es ihm auch einen
Stich ins Herz, wie sie, bevor sie ihn eines Grußes ge-
würdigt, die Frage an ihn richtete, ob Hosea ihm folge,
vergaß er doch diesen thörichten Schmerz, da er bemerkte,

daß sie ihn mit freundlichen Augen ansah. Als sie aber die Amme fragte, ob sie ihn nicht frisch und wohl finde und dazu männlicher von Ansehen, war es ihm, als sei er wirklich gewachsen, und immer schneller schlug ihm das Herz.

Bis ins einzelne wünschte sie zu erfahren, wie es seinem Oheim ergangen; doch nachdem er ihr den Willen gethan und endlich dem Verlangen nachgab, von dem eigenen Schicksal zu reden, unterbrach sie ihn, um mit der Amme zu beraten, wie man ihn unberufenen Blicken und neuen Gefahren entziehe, — und bald war das Rechte gefunden.

Zuerst verschloß die Alte mit Ephraims Hilfe den Haupteingang des Zeltes, so fest es anging, dann aber wies sie ihm das dunkle Gemach, in das er sich rasch und leise zurückzuziehen habe, sobald sie ihm winke.

Kasana hatte indes für den Wiedergekehrten Wein in einen Becher gegossen, und als er mit der Amme zurück-kehrte, nötigte sie ihn, sich auf dem Giraffenfell ihr zu Füßen niederzulassen, und fragte ihn dann selbst, wie es ihm gelungen, den Wächtern zu entkommen, und was er von der Zukunft erwarte. Im voraus wolle sie ihm melden, daß ihr Vater in Tanis geblieben, und er darum nicht zu besorgen habe, von ihm erkannt und verraten zu werden.

Man sah und hörte ihr an, wie sehr sie dies Wieder-sehen freute, ja als Ephraim seine Erzählung damit be-gann, daß der Befehl des Prinzen Siptah, den Ge-fangenen die Ketten abzunehmen, den sie doch ihr allein dankten, sein Entkommen ermöglicht, klatschte sie wie ein Kind in die Hände. Dann umwölkte sich ihr Antlitz

und mit einem tiefen Seufzer fuhr sie fort, bevor er
gekommen, sei ihr das Herz fast gebrochen vor Jammer
und Thränen; aber Hosea solle erfahren, was ein Weib
für den heißesten Herzenswunsch zu opfern vermöge.

Ephraims Versicherung, vor der eigenen Flucht dem
Oheim angeboten zu haben, auch ihm die Bande zu
lösen, lohnte sie mit dankbaren Worten, und wie sie vernahm, daß Josua sich geweigert, des Neffen Beistand
anzunehmen, um das Gelingen des Anschlags nicht zu
vereiteln, den er klug für ihn ersonnen, rief sie der Amme
mit feuchten Augen zu, so vermöge nur dieser eine zu
handeln.

Gespannt folgte sie dem weiteren Bericht des Flüchtlings und unterbrach ihn oft mit teilnehmenden Fragen.

Daß die qualvollen Tage und Nächte, die hinter
ihm lagen, zu einem so glückseligen Abschluß gelangt seien,
kam ihm vor wie ein seliger Traum, wie ein sinn-
verwirrendes Märchen, und es hätte des Bechers nicht
bedurft, den sie fleißig füllte, um ihn zu einem feurigen
Erzähler zu machen.

Beredt wie nie zuvor schilderte er, wie er in der
Erdspalte auf lockere Steine geraten und mit ihnen kopf-
über in die Tiefe gerollt sei. Drunten habe er gemeint,
es sei alles verloren; denn bald nachdem er sich von dem
Geröll befreit, das ihn vergraben, um in die Salzlache
zu eilen, habe er den Pfiff der Wächter vernommen.

Doch er war von Kind auf ein guter Läufer gewesen, die Himmelsrichtung auch beim Schein der Sterne
zu erkennen, hatte er auf den heimischen Weiden gelernt,
und so war er, ohne nach rechts und links zu schauen,
fortgeeilt, so rasch die Füße ihn trugen, nach Süden,

immer nach Süden. Oft war er im Dunkeln über
Steine und Höhlungen des Wüstenbodens gefallen, aber
nur, um sich rasch zu erheben und weiter zu jagen,
fortzustürmen gen Mittag, wo er sie, Kasana, wußte, sie,
um derentwillen er unbesorgt in den Wind schlage, was
ihm Weisere geraten, sie, für die er Freiheit und Leben
zu opfern bereit sei.

Woher er den Mut nahm, dies zu bekennen, er
wußte es nicht, und weder ihr Schlag mit dem Fächer,
noch der drohende Ruf der Amme: „Seht nur den
Knaben!" entnüchterte ihn, nein, sein strahlendes Auge
suchte vielmehr nach wie vor das ihre, als er weiter
erzählte.

Den einen Dachshund, der ihn angefallen, hatte er
an einen Felsen geschleudert, den andern mit Steinwürfen verscheucht, bis er sich heulend in ein Dickicht
geflüchtet. Von anderen Verfolgern war ihm nichts zu
Gesicht gekommen, weder bei Nacht, noch am ganzen
folgenden Tage. Endlich hatte er auch wieder eine belebte Straße und Landleute erreicht, die ihm den Weg
wiesen, den das Heer des Pharao gezogen. Um Mittag
war er, von Müdigkeit überwältigt, unter dem Schatten-
dach einer Sykomore entschlummert, und beim Erwachen
hatte die Sonne sich schon dem Untergang entgegen-
geneigt. Er war sehr hungrig gewesen, und so hatte er
etliche Rüben aus einem nahen Felde gezogen. Doch
ihr Eigentümer war plötzlich aus einem nahen Wassergraben drohend auf ihn zugesprungen, und mit genauer
Not hatte er sich seiner Verfolgung entzogen.

Während eines Teiles der Nacht war er auf der
Straße weiter gewandert, hatte dann aber bei einem

Brunnen an ihrem Saume gerastet; denn er wußte, daß
die wilden Tiere so vielbetretene Stätten scheuen.

Nach Sonnenuntergang hatte er den Marsch fort-
gesetzt und war der Straße gefolgt, auf der das Heer
sich gehalten. Ueberall hatte er Spuren desselben gefunden, und als er kurz vor Mittag erschöpft und mit
nagendem Hunger zu einem Dorfe gekommen, das auf
dem Fruchtlandstreifen gelegen, den der Setikanal bewässerte, überlegte er, ob er den goldenen Armreifen nicht
verkaufen solle, um sich kräftigere Nahrung zu verschaffen
und etwas Silber und Kupfer zurückzubehalten. Doch
er hatte besorgt, für einen Dieb angesehen zu werden
und von neuem in Gefangenschaft zu geraten; denn seinen
Schurz hatten die Dornen zerrissen, und die Sohlen waren
ihm längst von den Füßen gefallen. Er hatte gemeint,
daß auch Hartherzige Mitleid mit seinem Elend empfinden
müßten, und darum bei einem Bauern angeklopft und
gebettelt, so sauer ihm dies auch fiel. Doch von dem
Landmann war ihm nichts zu teil geworden als die
höhnische Mahnung, daß ein so junger, kräftiger Bursch
die Arme rühren und die Almosen den Schwachen und
Alten überlassen möge. Ein zweiter Bauer hatte ihn
gar mit Schlägen bedroht; als er aber schon gesenkten
Hauptes weiter gewandert, war ihm ein junges Weib,
das er vor dem Hause des Wüterichs gewahrt, nach-
gefolgt und hatte ihm ein Brot und einige Datteln in die
Hand gesteckt und ihm rasch zugeflüstert, beim Durchzuge
des Pharao sei dem Dorfe viel zu liefern auferlegt worden,
sonst würde sie ihm Besseres geben.

Wie dies unerwartete Geschenk, welches er beim
nächsten Brunnen verzehrte, hatte ihm noch kein Festmahl

gemundet, doch verschwieg er Kasana, daß es ihm verbittert worden sei durch den Zweifel, ob er Josuas Auftrag erfüllen und zu den Seinen zurückkehren oder der Sehnsucht folgen solle, die ihn zu ihr hinzog.

Unschlüssig war er weiter gezogen, doch das Schicksal schien es auf sich genommen zu haben, ihm den Weg zu weisen; denn nachdem er eine kleine halbe Stunde, zuletzt wieder durch wüstes Land, fortgewandert war, hatte er am Saume des Weges einen jungen Menschen in seinem Alter gefunden, der den Fuß wimmernd mit den Händen umfaßt hielt. Da war er ihm näher getreten, weil er ihn gejammert, und hatte zu seinem Erstaunen den Vorläufer und Boten des Vaters Kasanas, mit dem er häufig geredet, in ihm erkannt.

„Apu, unser flinker nubischer Läufer?!" fiel ihm die junge Frau ins Wort; und Ephraim bejahte es und berichtete dann weiter, der Bote sei ausgesandt worden, um dem Prinzen Siptah so rasch wie möglich einen Brief zu überbringen, und der schnellfüßige Bursche, der den edlen Rossen seines Gebieters voranzulaufen gewohnt, habe den Weg wie ein Pfeil durchmessen und wäre wohl auch zwei Stunden später ans Ziel gekommen, wenn er sich nicht die scharfe Scherbe einer Flasche, die das Rad eines Wagens zertrümmert, in den Fuß getreten hätte, — und seine Wunde sei tief und schrecklich gewesen.

„Und Du standest ihm bei?" frug Kasana.

„Wie konnte ich wohl anders?" lautete die Antwort. „Er war ja schon halb verblutet und bleich wie der Tod. So trug ich ihn denn zu dem nächsten Wassergraben und wusch ihm die klaffende Wunde aus und bestrich sie mit seinem Balsam."

„Vor einem Jahr that ich ihm das Büchslein selbst
in die Tasche," versicherte die leicht gerührte Amme und
trocknete die Augen; Ephraim aber bestätigte dies, denn
Apu hatte es ihm dankbar berichtet. Dann fuhr er fort:

„Auch riß ich den Oberschurz vollends in Stücke
und verband ihn, so gut ich konnte. Dabei trieb er mich
immerfort zur Eile und holte das Botenzeichen und die
Rolle hervor, die sein Herr ihm gegeben, und weil er nichts
von dem Unglück wußte, das über mich gekommen, trug
er mir auf, an seiner Statt dem Prinzen den Brief zu
überbringen. O, wie gern nahm ich das auf mich, und
die zweite Stunde war noch lange nicht vergangen, als
ich das Lager erreichte. Der Brief ist in des Prinzen
Hand, und da bin ich; und ich seh' Dir's ja an, daß
es Dich freut! Aber ich, so glücklich wie ich bin, Dir
hier zu Füßen zu sitzen und Dich anzuschauen, so dankbar
wie ich bin, daß Du mir so gütig zugehört hast, ist gewiß
noch niemand gewesen, und schließen sie mich auch wieder
in Ketten, ruhig will ich's ertragen, wenn Du mir nur
gut bleibst. O, mein Unglück war ja so groß! Ich habe
weder Vater noch Mutter und keinen, der mich liebt.
Nur Du, Du allein bist mir teuer, und nicht wahr, Du
stößt mich nicht von Dir?"

Wie außer sich hatte er die letzten Worte gerufen,
und hingerissen von der Gewalt der Leidenschaft und nach
den furchtbaren Anstrengungen der letzten Tage und
Stunden unfähig, den Ueberschwang der Gefühle, die ihn
bestürmten, im Zaume zu halten, schluchzte der Jüngling,
der den Kinderjahren noch so nahe und sich ganz auf
sich selbst gestellt und von allem losgerissen und verdammt
sah, was ihn sonst gestützt und gehalten, laut auf, und

bang wie ein geängstigter junger Vogel, der Schutz sucht
unter dem Flügel der Mutter, barg er unter strömenden
Thränen das Haupt in Kasanas Schoß.

Da erfaßte die weichherzige junge Frau warmes Mitleid, und die eigenen Augen wurden ihr feucht. Freundlich legte sie ihm die Hände auf den Scheitel, und als
sie die Schauer fühlte, die den Leib des Weinenden
durchzitterten, hob sie ihm das Haupt mit beiden Händen,
küßte ihm Stirn und Wangen, schaute ihm mit feuchten
Blicken lächelnd in die Augen und rief: „Du armer,
närrischer Junge! Warum sollt' ich Dir denn nicht gut
sein oder Dich gar von mir weisen? Dein Oheim ist mir
der liebste der Menschen, und Du bist ja wie sein Sohn.
Euch zu Gefallen hab' ich schon auf mich genommen,
was ich sonst zurückgewiesen hätte, so weit, so weit! ...
Jetzt aber mag es so fortgehen, und was die anderen
über mich denken und sagen, mich soll's nicht kümmern,
wenn mir nur das eine gelingt, woran ich Leib und
Leben setze und alles, was ich sonst hoch hielt! Warte
nur, Du armer, ungestümer Gesell", — und hier küßte
sie ihm zum andernmal die Wangen — „es gelingt mir
schon, auch für Dich die Wege zu ebnen! Doch jetzt
ist's genug!"

Dies Gebot klang wieder ernster und bezweckte das
wachsende Ungestüm des glühenden Knaben zu zügeln.
Plötzlich aber sprang sie auf und rief mit ängstlicher
Hast: „Fort, fort, auf der Stelle!"

Männerschritte, die sich dem Zelte nahten, und ein
mahnendes Wort der Amme hatten der jungen Frau dies
strenge Gebot auf die Lippen gedrängt, und Ephraims feines
Gehör ließ ihn ihre Besorgnis begreifen und trieb ihn der

Alten nach in das dunkle Gemach; dort aber erkannte er,
daß noch wenige Augenblicke des Zauberns ihn verraten
haben würden; denn schon öffnete sich der Vorhang des
Zeltes, und ein Mann trat durch das Mittelgemach geradenwegs auf den erleuchteten Raum zu, in dem Kasana
— der Jüngling hörte es wohl — den neuen Gast, nur
zu freundlich und als überrasche sie sein spätes Erscheinen,
begrüßte.

Die Amme hatte unterdessen den eigenen Mantel
ergriffen, ihn dem Flüchtling über die nackten Schultern
geworfen und flüsterte ihm zu: „Halte Dich vor Aufgang der Sonne in der Nähe des Zeltes, doch betritt
es nicht, bevor ich Dich rufe, wenn das Leben Dir lieb
ist. Du hast weder Vater noch Mutter, und mein Kind,
Kasana, — o des goldenen, liebreichen Herzens! — von
allem Guten ist sie das Beste; ob sie aber zur Führerin
eines unerfahrenen Sausewindes taugt, der wie dürres
Stroh für sie brennt, das ist eine andere Frage. Bei
Deiner Erzählung hab' ich mancherlei bedacht, und weil
ich es gut mit Dir meine, will ich Dir sagen: Du be-
sitzest einen Oheim, der — mein Kind hat schon recht —
der von allen Männern der beste, und ich kenne die
Menschen. Was der Dir geraten, das thue; denn es
ist Dir sicherlich heilsam! Folge ihm! Und führt Dich
sein Geheiß weit fort von hier und Kasana, um so besser
für Dich. Wir wandern auf gefahrvollen Wegen, und
geschäh' es nicht um des Hosea willen, mit beiden Händen
hätt' ich sie zurückzuhalten versucht. Aber für ihn —
ich bin ein altes Weib; doch für diesen Mann ging ich
selbst noch durchs Feuer. Freilich jammert es mich mehr,
als ich's sagen kann, um das reine, herzensgute Kind

und um Dich, dem mein Sohn einst so gleichsah, und so wiederhol' ich denn nur: Folge dem Oheim, Knabe! Thu's, sonst gehst Du verloren, und es wäre schade um Dich!"

Damit schob sie ihn, ohne seine Antwort abzuwarten, einer Spalte zwischen den Zeltwänden entgegen und wartete ab, bis sich Ephraim ins Freie gewunden. Dann trocknete sie die Augen und betrat wie von ungefähr den erleuchteten Raum; doch Kasana und ihr später Gast hatten Dinge zu verhandeln, die keinen Zeugen duldeten, und ihr „liebes Kind" gestattete ihr nur, ihr Lämplein an dem dreiarmigen Leuchter zu entzünden, und sandte sie dann zur Ruhe.

Sie folgte ihr gehorsam, und in dem dunklen Raum, wo ihr Lager neben dem ihrer Herrin stand, ließ sie sich auf das ihre nieder, verbarg das Antlitz in den Händen und weinte.

Der Amme war es, als verkehre sich die Welt. Sie verstand Kasana, ihr Herzblatt, nicht mehr; denn sie gab Reinheit und Ehre einem Manne preis, der ihr — sie wußte es — in der Seele zuwider.

Einundzwanzigstes Kapitel.

Im Schatten des Zeltes, dem er entschlüpft, kauerte
Ephraim und schmiegte das Ohr dicht an die ge-
wobene Wand. Behutsam hatte er eine kleine Oeffnung
in eine Naht des Zelttuches gerissen, und so konnte er
sehen und hören, was in dem erleuchteten Gemach des
geliebten Weibes vorging.

Der Sturm hielt jeden, den der Dienst nicht ins
Freie rief, im Zelte zurück, und Ephraim brauchte sich
um so weniger vor Entdeckung zu fürchten, je tiefer die
Stelle beschattet war, an der er weilte. Der Mantel der
Amme bedeckte ihn, und wenn ihm ein Frost nach dem
andern die jungen Glieder durchschauerte, so trug das
bittere Weh daran Schuld, das ihm die Seele zerschnitt.

Ein Prinz, ein Großer und Mächtiger war der
Mann, an dessen Brust er Kasana das Haupt schmiegen
sah, und nicht immer wehrte die Wetterwendische dem
kecken Manne, wenn sein Mund die Lippen suchte, nach
deren Kuß ihn so heiß verlangt.

Ihm, dem Ephraim, schuldete sie nichts, doch seinem

Oheim gehörte ihr Herz, ihm hatte sie vor allen Männern den Vorzug gegeben, für seine Befreiung hatte sie
sich bereit erklärt, das Schrecklichste auf sich zu nehmen,
und nun lehrten ihn die eigenen Augen, daß sie falsch
war und untreu, daß sie auch einem andern gewährte,
was doch nur einem einzigen zukam. Auch ihm hatte sie
Freundliches gegönnt, doch das waren nur die Brosamen,
die von Hoseas Tische gefallen, das war — er gestand
es sich errötend — ein Raub gewesen, den er an jenem
begangen, und dennoch fühlte er sich verletzt, beleidigt,
betrogen und von brennender Eifersucht verzehrt in der
Seele des Oheims, den er verehrte, ja den er auch liebte,
wenn er sich auch seinen Wünschen entgegengestellt hatte.

Und Hosea? Wie er selbst und wie der fürstliche
Herr dort und jedermann, mußte auch er ihrer begehren,
trotz seines seltsamen Verhaltens bei dem Brunnen an
der Straße — es war ja nicht anders möglich — und
nun genoß sie, sicher vor dem Groll des armen Gefangenen, feig und treulos der Zärtlichkeit eines andern!

Siptah, er hatte es bei der letzten Begegnung der
beiden vernommen, war der Feind seines Oheims, und
gerade an ihn verriet sie den Geliebten!

Der Spalt in der Zeltnaht stand bereit, ihm alles
zu zeigen, was da drinnen vorging, doch manchmal schloß
er die Augen, um es nicht zu sehen. Oefter freilich
fesselte ihn der verhaßte Anblick mit geheimnisvoller
Zaubermacht, und dann hätte er am liebsten die Zeltwand auseinandergerissen, den Verabscheuten zu Boden
geschlagen und dazu der Treulosen den Namen Hosea
und die härtesten Worte ins Antlitz gerufen.

In Haß und Verachtung war die glühende Leidenschaft,

die ihn ergriffen, unversehens umgeschlagen. Für den
glückseligsten aller Menschen hatte er sich gehalten, und
nun war er plötzlich der elendste geworden; einen gleichen
Sturz aus der höchsten Höhe in die tiefste Tiefe, meinte
er, habe noch keiner erfahren.

Die Amme hatte recht gehabt. Was ihm durch die
Treuvergessene bevorstehen konnte, war nichts als Elend
und Verzweiflung!

Einmal sprang er schon auf, um zu entfliehen, doch
da ließ sich wieder der bestrickende Ton ihres wohllauten-
den Lachens vernehmen, und geheimnisvolle Mächte hielten
ihn zurück und zwangen ihn, weiter zu lauschen.

Anfänglich hatte ihm das siedende Blut so stark
vor den Ohren gesaust, daß er sich unfähig fühlte, dem
Zwiegespräch in dem erleuchteten Zeltgemach zu folgen.
Allmälich aber hatte er den Inhalt ganzer Sätze verstanden, und jetzt faßte er alles auf, was sie sagten, entging ihm kein Wort ihres weiteren Gesprächs, und es
war fesselnd genug; doch ließ es ihn in einen Abgrund
schauen, vor dem ihm graute.

Kasana weigerte dem Unverschämten vieles, doch dies
trieb ihn nur an, alles, Leib und Seele, um so leidenschaftlicher von ihr zu verlangen, und was er ihr dafür
verhieß, war das Allerhöchste, war der Platz an seiner
Seite als Königin auf dem Throne Aegyptens, nach dem
er strebte. Deutlich sprach er es aus, doch das folgende
war schwer zu verstehen; denn der stürmische Werber
war in großer Eile und unterbrach die hastig hervor-
gestoßenen Sätze oft, um Kasana, der er in dieser Stunde
Leben und Freiheit in die Hand gab, seiner unwandel-
baren Liebe zu versichern oder um sie zu beruhigen, wenn

die Verruchtheit seiner Anschläge Angst und Widerwillen
in ihr erweckte. Bald aber kam er auf das Schreiben
zu sprechen, dessen Ueberbringer Ephraim gewesen, und
nachdem er es vorgelesen und erläutert, fühlte der Jüngling mit leisem Schauder, daß er der Mitwisser des
verbrecherischsten aller Anschläge geworden, und einen
Augenblick überschlich ihn das Verlangen, die Verräter zu
verraten und sie in die Hand des Mächtigen zu geben,
auf dessen Untergang sie sannen. Doch er wies es von sich
und sonnte sich nur in dem Wohlgefühl, — dem ersten
in dieser grausamen Stunde — Kasana und den großen
Herrn dort in der Hand zu halten wie den Käfer am
Faden. Und dies wirkte günstig auf ihn und gab ihm
die Sicherheit und den Mut zurück, den er verloren.
Je Nichtswürdigeres er weiter erfuhr, desto sichereren
Schrittes kehrte die Wertschätzung des Wahren und Guten
bei ihm ein, die er verloren. Dabei erinnerte er sich
auch des Wortes seines Oheims: „Gib weder dem
Großen noch Kleinen das Recht, Dich anders anzusehen,
als mit Achtung, und Du darfst das Haupt hoch tragen
wie der stolzeste Kriegsheld im purpurnen Rock und goldenen Panzer."

Auf dem Lager im Hause der Kasana hatte er sich,
während ihn das Fieber schüttelte, diesen Satz immerfort
wiederholt; doch im Elend der Gefangenschaft und auf
der Flucht war er ihm wieder aus dem Sinn geschwunden.
Erst im Zelte des Haushofmeisters, wie ihm, dem Erfrischten und Gesalbten, der alte Sklave den Spiegel
vorhielt, hatte er seiner von neuem flüchtig gedacht;
jetzt aber ward er Herr seiner ganzen Seele. Und
wunderbar! Der nichtswürdige Verräter da drinnen trug

einen purpurnen Rock und goldenen Panzer und sah aus
wie ein Kriegsheld; doch das Haupt durfte er nicht frei
erheben; denn das Werk, das er zu vollbringen gedachte,
konnte nur in lichtscheuer Heimlichkeit gelingen, und es
glich der Arbeit des häßlichen Maulwurfs, der im Finstern
den Boden zerwühlt.

Das widrige Kleeblatt Lug, Trug und Treubruch
war sein Werkzeug, und diejenige, welche er sich zur
Gehilfin erlesen, das Weib — in tiefster Seele schämte
er sich dessen — das Weib, dem zu gefallen er schon im
Begriff gestanden, alles hinzugeben, was ehrwürdig, gut
und ihm teuer.

Das Verruchteste, das man ihn zu meiden gelehrt,
das waren die Sprossen der Leiter, auf denen der schlechte
Mann da drinnen hoch zu steigen gedachte. Ephraim
wußte es; denn der Anschlag des Prinzen lag vor ihm
wie ein offenes Buch.

Die Rolle, die der Jüngling selbst ins Lager gebracht, hatte zwei Briefe enthalten. Der erste kam von
den Verschworenen in Tanis, der zweite von der Mutter
des Siptah.

Jene erwarteten ihn schnell zurück und teilten ihm
mit, daß der Syrer Aarsu, der Führer der fremden
Söldner, der den Palast behütete, sowie das Weiberhaus
bereit ständen, ihm zu huldigen. Wenn der Oberpriester
des Amon, der zugleich Oberrichter, Statthalter und
Siegelbewahrer war, ihn dann ausrief, so war er König,
und in dem Palast, der ihm offen stand, konnte er den
Thron widerstandslos besteigen. Kehrte der Pharao zurück,
so nahmen ihn die Leibwachen gefangen und räumten
ihn aus dem Wege, wie Siptah, der keine halben

Maßregeln liebte, es im Geheimen verordnet, während der Oberpriester darauf bestand, ihn in milder Gefangenschaft zu halten.

Zu befürchten war nichts als die vorzeitige Rückkehr des Seti, des zweiten Sohnes Menephtahs aus Theben; denn dieser war nach dem Hingang seines älteren Bruders Thronfolger geworden, und Brieftauben hatten gestern gemeldet, daß er schon unterwegs sei. Darum war für Siptah und den mächtigen Priester, der ihn auszurufen gedachte, die größte Eile geboten.

Auch gegen den möglichen Widerstand des Heeres hatte man die nötigen Maßregeln getroffen; denn sobald es die Hebräer vernichtet, sollte der größte Teil, ohne etwas von dem bevorstehenden Sturz seines Kriegsherrn zu ahnen, in die alten Garnisonen zurückgeführt werden. Die Leibwachen aber hingen dem Siptah an, und die anderen, welche mit in die Residenz einzogen, konnte, kam es zum Äußersten, Aarsu mit seinen Söldnern leicht überwältigen.

„Mir liegt jetzt nichts ob,“ rief der Prinz und dehnte sich dabei wie ein Mann, dem ein mühevolles Werk wohl gelungen, mit großem Behagen, „als in wenigen Stunden mit Bai nach Tanis zurückzufliegen, mich im Amonstempel krönen und ausrufen und endlich im Palaste als Pharao empfangen zu lassen. Das andere ergibt sich von selbst. Seti, den sie den Thronfolger nennen, ist ein so schwächlicher Wicht wie sein Vater und muß sich den vollendeten Thatsachen beugen, zur Not mit Gewalt. Daß Menephtah den Palast der Ramsesstadt nicht wieder betritt, dafür sorgt der Leibwachenführer.“

Den zweiten Brief, der an den Pharao gerichtet

war, hatte die Mutter des Prinzen geschrieben, um ihren Sohn und den Oberpriester Baï möglichst schnell in die Residenz zurückzuführen, ohne den ersteren dem Vorwurf auszusetzen, das Heer so kurz vor der Schlacht aus Feigheit verlassen zu haben. Obgleich sie sich niemals wohler befunden, versicherte sie doch mit gleisnerischen Klagen und Bitten, die Stunden ihres Lebens seien ge= zählt; dann aber flehte sie den König an, ihren Sohn und den Oberpriester Baï ungesäumt zu entlassen, damit es ihr noch vergönnt sei, das einzige Kind vor ihrem Ende zu segnen.

Sie sei sich mancher Sünde bewußt, und keinem als dem Oberpriester eigne die Macht, ihr, der Sterbenden, die Götter gnädig zu stimmen. Ohne seinen Zuspruch werde sie in Verzweiflung dahingehen.

Auch diesen Brief hatte der nichtswürdige Kronen= räuber vorgelesen, ihn ein Meisterwerk kluger Weiberlist genannt und sich dabei fröhlich die Hände gerieben.

Verrat, Mord, Heuchelei, Hinterlist, schmählicher Mißbrauch der heiligsten Gefühle, ja alles was schlecht ist, sollte dem Siptah dienen, den Thron zu erschleichen, und wenn Kasana auch die Hände gerungen und Thränen vergossen hatte, als sie vernommen, daß er den Pharao aus dem Wege zu räumen gedenke, war sie doch ruhiger geworden, nachdem der Prinz ihr vorgestellt, daß ihr eigener Vater billige, was er zur Rettung Aegyptens aus der Hand des Königs, seines Verderbers, verordnet.

Der Brief der Mutter des Prinzen an den Pharao, der Mutter, die den eigenen Sohn zu dem ruchlosesten Verbrechen antrieb, war das letzte, was Ephraim ver= nahm; denn gerade er erweckte in dem jungen Hebräer, der gewohnt war, nichts für ehrwürdiger und lauterer zu erachten als die Bande, welche Eltern und Kinder vereinten, solche Empörung, daß er die Faust drohend erhob und dann aufsprang und die Lippen zu leisen Schmähungen öffnete.

Er hörte auch nicht mehr, wie Kasana den Prinzen schwören ließ, ihr, wenn er zur Herrschaft gelangt sei, die erste Bitte zu erfüllen. Sie solle ihn weder Geld noch Gut kosten und ihr nur das Recht einräumen, Gnade walten zu lassen, wo ihr Herz es verlange; denn es bereiteten sich Dinge vor, die den Zorn der Götter herausfordern müßten, und ihn zu besänftigen, das möge er ihr überlassen.

Ephraim mochte, wollte, konnte von diesen verab= scheuungswürdigen Dingen nichts weiter sehen und hören.

Zum erstenmal empfand er, wie große Gefahr er gelaufen, in diesen Sumpf mit hineingezogen und ein schlechter, verlorener Mensch zu werden; aber so verrucht, so nichtswürdig wie diese, dachte er, wäre er doch nimmer geworden. Das Wort des Oheims kam ihm abermals in den Sinn, und nun warf er das Haupt stolz zurück und drängte die hochgewölbte Brust heraus, als wolle er sich der eigenen ungebrochenen Kraft versichern, und da= bei sagte er sich tief aufatmend, daß er zu gut sei, um sich an ein schlechtes Weib zu verlieren, und wäre es auch, wie Kasana, das schönste und verführerischste unter der Sonne.

Fort, rasch fort aus der Nähe dieses Netzes, das auch ihn in Mord und jede Schandthat zu verstricken drohte.

Entschlossen, die Seinen aufzusuchen, wandte er sich

270 ·i· 270 ·i·

dem Thore des Lagers zu, doch schon nach wenigen raschen
Schritten blieb er stehen, und ein Blick an den Himmel
lehrte ihn, daß die zweite Stunde nach Mitternacht kaum
vorüber.   Alles ringsum lag in tiefem Schweigen; nur
aus den nahen Hürden der königlichen Rosse ließ sich
Kettengerassel und dann und wann der Hufschlag eines
Hengstes vernehmen.

Wagte er es jetzt, dem Lager zu entrinnen, mußte
er bemerkt und aufgehalten werden.   Die Klugheit gebot, der Ungeduld noch kurze Zeit Zügel anzulegen, und
wie er Umschau hielt, fiel sein Blick auf das Zelt des
Kämmerers, aus dem eben der alte Sklave heraustrat,
um nach seinem Herrn auszuspähen, der im Zelte seines
Gebieters, des Prinzen, immer noch der Rückkehr desselben harrte.

Der Alte hatte sich Ephraim freundlich erwiesen,
und auch jetzt forderte er ihn mit gutherziger Dringlichkeit auf, in das Zelt zu treten und zu rasten; denn die
Jugend bedürfe des Schlafes.

Und Ephraim folgte der wohlgemeinten Ladung,
fühlte er doch jetzt erst, wie schwer ihm die Füße geworden, und kaum hatte er sich auf der Matte ausgestreckt, die der Alte — es war seine eigene — auf dem
Zeltboden für ihn ausgebreitet, wie ihn auch schon die
Empfindung überkam, als lösten sich ihm die Glieder;
und doch meinte er, hier Zeit und Ruhe zu stiller Ueberlegung zu finden.

Er begann auch an die Zukunft und an den Auftrag des Oheims zu denken.

Daß er ungesäumt zu den Seinen stoßen müsse,
stand bei ihm fest. — Entkamen sie dem Heere des

Pharao, dann mochten die anderen thun, was sie wollten, ihm lag es ob, seine Hirten, seine Knechte und Altersgenossen aufzubieten und mit ihnen zu den Bergwerken zu eilen, um Josuas Ketten zu brechen und ihn zu seinem alten Vater und dem Volk zurückzuführen, das seiner bedurfte. Schon sah er sich mit der Schleuder im Gürtel und dem Schlachtbeil in der Hand den anderen vorausstürmen, als der Schlaf ihn übermannte und den Schwerermüdeten so fest und gnädig umfing, daß selbst der Traum seinem Lager fern blieb, und der alte Sklave ihn schütteln mußte, um ihn, da der Morgen graute, zu wecken.

Im Lager herrschte schon ein lebendiges Treiben. Zelte wurden abgebrochen, Esel und Ochsenkarren beladen, Rosse gestriegelt und neu beschlagen, Wagen gewaschen, Waffen und Geschirre geputzt, das Frühmahl verteilt und genossen.

Dazwischen ertönte hier helles Trompetengeschmetter, dort erscholl lauter Kommandoruf und vom östlichen Teil des Lagers her priesterlicher Gesang, der den neugeborenen Sonnengott andächtig begrüßte.

Vor das kostbare purpurne Zelt neben dem Kasanas, das flinke Diener abzureißen begannen, fuhr ein vergoldeter Wagen vor, dem ein ähnlicher folgte.

Der Prinz Siptah und der Oberpriester Baï hatten die Erlaubnis des Pharao erhalten, nach Tanis aufzubrechen, um den Wunsch einer „Sterbenden" zu erfüllen.

Bald darauf nahm Ephraim von dem alten Sklaven Abschied und trug ihm auf, Kasanas Amme den Mantel zurückzugeben und ihr zu melden, der Bote folge ihrem Rat und dem seines Oheims.

Dann begab er sich auf die Wanderung.

Unangefochten entkam er dem Bereich der ägyptischen Zelte, und als ihn die Wüste aufnahm, ließ er den Ruf erschallen, mit dem er auf der Weide seine Hirten zusammenrief. Der weit über die Ebene zitternde Schrei schreckte einen Sperber auf, der von einem Felsen aus ins Weite geschaut, und wie der Vogel sich aufschwang, war es dem Jüngling, als müßten ihm selber, wenn er die Arme ausstrecke, Fittiche wachsen, stark genug, auch ihn durch die Lüfte zu tragen. So leicht und geschmeidig, so stark und frei hatte er sich nimmer gefühlt, ja wäre der Priester ihm zu dieser Stunde mit der Frage genaht, ob er das Amt eines Befehlshabers über Tausend im ägyptischen Heer annehmen wolle, er hätte ihm sicherlich, wie vor dem zerstörten Hause des Nun, die Antwort erteilt, daß er nichts begehre, als ein Hirte zu bleiben und über seine Herden und Knechte frei zu gebieten.

Er war eine elternlose Waise, doch er hatte ein Volk, dem er angehörte, und wo dies weilte, da war er zu Hause.

Wie ein Wanderer, der sich nach langen Fahrten durch die Ferne der Heimat naht, beschleunigte er die Schritte.

In der Neumondnacht war er nach Tanis gelangt, und die runde silberne Scheibe, die an diesem Morgen verblaßte, war noch derselbe Mond, der sich damals den Blicken entzogen. Dennoch wollt' es ihm scheinen, als lägen Jahre zwischen seinem Abschied von Mirjam und heute, und es hatten sich ihm auch in diesen kurzen Tagen die Erfahrungen eines ganzen Lebens zusammengedrängt.

War er als Knabe gegangen, so kehrte er als Mann

zu den Seinen zurück, und doch, dank dieser einen furchtbaren Nacht, war er derselbe geblieben, konnte er denen,
die er liebte und zu denen er mit Ehrfurcht hinaufsah,
frei in das Angesicht schauen.

Ja, mehr noch!

Demjenigen, den er am höchsten hielt, ihm wollte
er zeigen, daß auch er, Ephraim, das Haupt hoch tragen
dürfe. Er wollte dem Josua vergelten, was er an ihm
gethan, als er in Ketten und Banden verblieb, damit
er, sein Neffe, frei wie ein Vogel dahinziehen könne.

Nachdem er eine Stunde vorwärts geeilt, gelangte
er zu einem verfallenen Wachtturm. Ihn bestieg er, und
nun sah er in geringer Entfernung diesseits des Baal
Zephonberges, der schon lange hoch und majestätisch den
Horizont überragte, die weit schimmernde nördliche Spitze
des Schilfmeeres.

Zwar hatte der Sturm sich gelegt, doch erkannte er
an dem Aufundnieder ihrer smaragdgrünen Fläche, daß
die See sich mit nichten beruhigt, und einzelne schwärzliche
Wolkenmassen an dem sonst so reinen Himmel schienen
auf ein heranziehendes Unwetter zu deuten.

Dann hielt er Ausschau und fragte sich, was wohl
die Führer des Volkes beabsichtigten, wenn sie es — der
Prinz hatte es Kasana berichtet — zwischen Pihahiroth,
das sich an dem schmalen Finger, den der nordwestliche
Arm des Schilfmeeres in das Land streckte, mit seinen
Hütten und Zelten vor ihm erhob, und dem Baal
Zephonberge lagern ließen.

Hatte Siptah auch dies erlogen?

Aber nein! Der tückische Verräter war diesmal
abgewichen von seiner Gewohnheit; denn zwischen dem

Dorfe und der See, wo der Wind dünne Rauchsäulen
auseinandertrieb, entdeckte sein Falkenauge viele helle,
einer fernen Schafherde ähnliche Flecke, und zwischen
und neben ihnen ein wunderliches Hinundher auf dem
Sande.

Das war das Lager der Seinen.

Wie klein erschien ihm die Strecke, die ihn davon
trennte!

Doch je näher es ihm lag, desto höher stieg in ihm
die Besorgnis, daß das große Volk mit seinen Weibern
und Kindern, seinen Herden und Zelten der gewaltigen
Kriegsmacht, die es in wenigen Stunden erreichen mußte,
nimmer entrinnen könne.

Das Herz schnürte sich ihm zusammen bei der
weiteren Umschau; denn weder nach Osten hin, wo ein
tiefer Wasserarm wogte, noch nach Süden, wo das
Schilfmeer in hohen Wogen ging, noch auch nach Norden,
von woher das Heer des Pharao heranzog, war an
ein Entrinnen zu denken. Im Westen lag das wüste
Land Aean, und entwichen die Wanderer dorthin und
wurden weiter gedrängt, so kamen sie wieder auf ägyp-
tisches Gebiet, und der Auszug war schmählich bereitelt.

So blieb denn den Seinen nichts übrig, als den
Kampf zu wagen, und bei diesem Gedanken schauerte es
dem Jüngling kalt durch die Adern; denn er kannte die
schlecht bewaffnete, ungeschulte, teils wilde und unbot-
mäßige, teils elend feige Mannschaft der Seinen, und er
war ja Zeuge des Vorbeimarsches des gewaltigen, wohlgerüsteten ägyptischen Heeres mit seinen zahllosen Fuß-
gängern und prächtigen Streitwagen gewesen.

Wie seinem Oheim neulich, so schien ihm heute sein

Volk sicherem Verderben erlesen, wenn ihm der Gott seiner Väter nicht half. Mirjam hatte ihm wohl in früheren Jahren und vor seinem Aufbruch mit leuchtenden Augen und begeisterten Worten die Macht und Herrlichkeit dieses allmächtigen Herrn gepriesen, der seinem Volke vor allen andern Völkern den Vorzug gab; doch der Prophetin hohe Worte hatten sein Kinderherz mit leisem Grauen vor der unnahbaren Größe und dem schrecklichen Zorn dieses Gottes erfüllt.

Leichter war es ihm geworden, die Seele zu dem Sonnengott zu erheben, wenn ihn sein Lehrer, ein guter und fröhlicher ägyptischer Priester, in den Tempel von Pithom geführt. Später hatte er das Bedürfnis völlig verloren, sich überhaupt an einen Gott zu wenden; denn ihm mangelte nichts, und während andere Knaben dem Winke der Eltern folgten, hatten die Hirten, welche wohl wußten, daß ihm die Herden gehörten, die sie hüteten, ihn ihren jungen Herrn genannt und ihm als solchem erst im Scherz, dann im Ernst alle Ehren eines Gebieters zuerkannt, und das hatte sein Selbstgefühl vorzeitig gesteigert und ihn zu einem so eigenwilligen Gesellen gemacht.

Er, der Kerngesunde, Starke, dem Erwachsene gehorchten, war sich selbst genug und empfand, daß ihn andere brauchten, und da ihm nichts schwerer fiel, als — wen es auch sei — um Kleines oder Großes zu bitten, so widerstand es ihm auch, zu einem Gott zu beten, der so fremd und hoch über ihm stand.

Jetzt aber, da ihm das furchtbare Geschick, welches den Seinen drohte, das Herz zusammenpreßte, überkam ihn die Empfindung, als vermöge sie aus dieser furchtbaren,

unsäglichen Not nur der Größte und Mächtigste zu erretten,
als könne dieser gewaltigen Heerschar nur derjenige widerstehen, in dessen Hand es lag, Himmel und Erde in
Stücke zu brechen.

Was war er, daß sich der Höchste, den ihm Mirjam
und auch Hosea so übergroß geschildert, um ihn be-
kümmern sollte? Doch sein Volk zählte viele tausend
Häupter, und Gott hatte nicht verschmäht, es zu dem
seinen zu machen, und ihm Großes verheißen. Jetzt stand
es am Rand des Verderbens, und er, der aus dem
Lager des Feindes kam, war vielleicht der einzige, der
die ganze Größe der Gefahr überschaute.

Da erfüllte ihn plötzlich die Ueberzeugung, es sei
deswegen vor allen anderen an ihm, den Gott seiner
Väter, der vielleicht in der Sorge um Himmel und Erde,
Sonne und Sterne das Geschick der Seinen vergessen,
auf die gräßliche Gefahr hinzuweisen, die dem Volke
drohte, und ihn anzuflehen, es zu erretten. Er stand
noch immer auf der Spitze des verfallenen Turmes, und
von da aus hob er Arme und Antlitz gen Himmel.

Von Norden her sah er die schwärzliche Wolke, die
er schon vorher am blauen Himmel bemerkt, sich rasch
auseinander begeben und hierhin und dorthin verteilen.
Der Wind, der nach Sonnenaufgang zur Ruhe gekommen
war, gewann an Schnelligkeit und Kraft und wurde
wiederum zum Sturm. In einzelnen Stößen, die einander rascher und rascher folgten, schnob er über die
Landenge und trieb dichte Säulen gelben Sandes vor
sich hin.

Er mußte die Stimme laut erheben, wenn der, den
er anrief, sie in seiner Himmelshöhe vernehmen sollte,

und so schrie er mit dem Aufgebot der ganzen Kraft seiner jungen Brust in den Sturm hinein: „Adonaï, Adonaï! Du, den sie Jehova nennen, du großer Gott meiner Väter, höre mich, den Ephraim, der noch jung und unerfahren, und dessen du, weil er so gering ist, wohl nimmer gedachtest. Für mich selbst begehre ich nichts! Doch das Volk, das du das deine nennst, ist in großer Not. Es hat seine festen Häuser und guten Weideplätze verlassen, weil du ihm ein besseres und schöneres Land gelobtest und weil es dir und deiner Verheißung vertraut. Aber nun zieht das Heer des Pharao heran, und es ist so groß, daß ihm die Unseren nimmer zu widerstehen vermögen. Du darfst es glauben, Eli, mein Herr! Denn ich habe es gesehen und bin mitten unter ihm gewesen. So sicher wie ich hier stehe, weiß ich, daß es zu stark ist für dein Volk. Des Pharao Macht tritt es nieder wie des Rindes Huf die Halme auf der Tenne. Und die Meinen, die auch die Deinen sind, sie lagern an einer Stelle, wo die Krieger des Pharao sie abschneiden können von allen Seiten, so daß ihnen kein Ausweg bleibt, um zu entfliehen, auch nicht einer, ich habe es von dieser Stelle aus deutlich erkannt. Und nun höre mich, Adonaï! Aber kannst du auch meine Rede vernehmen, Herr, bei solchem Sturm? Gewiß, du vermagst es; denn sie nennen dich allmächtig, und wenn du mich hörst und die Meinung meiner Worte verstehst, so wirst du, wenn du nur willst, mit den gewaltigen Augen erkennen, daß ich die Wahrheit rede. Dann aber erinnerst du dich auch sicherlich des Gelübdes, das du durch deinen Knecht Mose dem Volke geleistet.

„Ich habe unter den Aegyptern Verrat gesehen und

Mord und schändliche Tücke, und ihr Thun hat mich,
der ich selbst nur ein sündhafter und unerfahrener Knabe
mit Abscheu und Ingrimm erfüllt. Wie könntest du,
von dem alles Gute stammen soll, und den Mirjam
die Wahrheit selbst nennt, wie jene Verruchten handeln,
und denen, die dir vertrauten, die Treue und das Gelübde
brechen? Ich weiß, du Hoher, Gewaltiger, daß dies
fern von dir sein wird, und vielleicht ist es schon Sünde,
auch nur daran zu denken. Höre mich, Adonaï! Sieh
hin gen Norden auf die Streitmacht der Aegypter,
die gewiß bald das Lager verläßt und heranzieht, und
gen Süden auf die Not der Deinen, und wie kein Entrinnen mehr für sie möglich, und du wirst sie mit Hilfe
deiner Allmacht und großen Weisheit erretten; denn du
hast ihnen ein neues Land verheißen, und werden sie
vernichtet, wie können sie dahin gelangen!"

So schloß er sein knabenhaftes, ungefüges, doch aus
tiefstem Herzensgrund quillendes Gebet. Dann sprang
er in großen Sätzen von dem verfallenen Turm auf die
ebene wüste Fläche zu seinen Füßen und lief weiter gen
Süden, so schnell, als habe er zum andernmal der Gefangenschaft zu entrinnen. Er fühlte, wie der von Nordosten her brausende Sturm ihn trieb, und sagte sich,
daß er auch den Marsch der Fußvölker des Pharao
beschleunigen werde. Vielleicht wußten die Führer der
Seinen nicht, wie ungeheuer die Streitmacht, die sie bedrohte, und unterschätzten die Gefahr, in die sie ihre Lage
versetzte. Er aber übersah dieselbe und konnte über alles
Auskunft erteilen. Da galt es, sich tummeln, und es
war ihm, als hätte er bei diesem Wettlauf mit dem
Sturme Flügel gewonnen.

Das Dorf Pihahiroth war bald erreicht, und während er ohne Aufenthalt daran vorüberjagte, bemerkte er, daß seine Hütten und Zelte von Mensch und Vieh verlassen. Vielleicht hatten seine Bewohner sich und das Ihre vor den nahenden ägyptischen Truppen oder dem Wanderzuge der Seinen in Sicherheit gebracht.

Je weiter er kam, desto tiefer bewölkte sich der Himmel, der hier so selten um Mittag der sonnigen Bläue entbehrt, desto wilder heulte der Sturm. Das volle Haar umflatterte ihm wüst das glühende Haupt, der Atem flog ihm, doch er jagte weiter und weiter, und es war ihm, als löse sich seine Sohle mehr und mehr vom Boden.

Je näher er dem Meere kam, desto lauter heulte und pfiff der Sturm, desto lärmender erscholl das Gebraus der an die Felsen des Baal Zephonberges gepeitschten brandenden Wogen. Jetzt — eine kurze Stunde lag hinter ihm, seit er den Turm verlassen — erreichte er die ersten Zelte des Lagers, und der ihm wohlbekannte Ruf: „Unrein!", sowie die Trauergewänder derer, die ihm mit grindigen, entstellten Gesichtern von den Trümmern der Zelte her entgegenschauten, die der Sturm umgerissen, belehrten ihn, daß er zu den Aussätzigen gelangt sei, denen Mose gebot, außerhalb des Lagers zu rasten.

Doch seine Eile war so groß, daß er ihr Quartier nicht umging, sondern es in beschleunigtem Laufe mitten durchschnitt. Es hielt ihn auch nicht auf, als eine hochstämmige Palme, die der Sturm entwurzelt, so dicht neben ihm zu Boden schlug, daß die Wedel ihrer Krone ihn streiften.

Endlich gelangte er zu den Zelten und Hürden der

Seinen, von denen gleichfalls nicht wenige umgerissen waren.

Den ersten Bekannten, den er antraf, fragte er nach Nun, dem Vater seiner verstorbenen Mutter und des Josua.

Er hatte sich mit Mose und anderen Aeltesten des Volkes an den Strand begeben, und Ephraim folgte ihm dorthin, und die feuchte, salzige Seeluft erfrischte ihn und kühlte ihm die Stirn.

Doch er konnte nicht gleich Gehör bei ihm finden, und so sammelte er den Geist und brachte den keuchenden Atem zur Ruhe, während er zusah, wie sich die Gesuchten mit buntgekleideten phönizischen Schiffern lebhaft besprachen.

Es war dem so viel jüngern untersagt, die grauen Häupter des Volkes in der Beratung zu stören, die sich auf die See beziehen mußte; denn die Hebräer wiesen fortwährend auf die Spitze des Meerbusens, und die Phönizier bald auf diese, bald auf den Berg und den Himmel, bald gen Norden, die Heimat des immer noch wachsenden Sturmes.

Ein vorspringendes Gemäuer schützte die alten Männer vor dem Orkane, und doch hatten sie Mühe, sich an den Führerstäben und den Steinen des Bauwerks aufrecht zu halten.

Endlich nahm die Unterredung ein Ende, und während der Jüngling die Riesengestalt des Mose langsamen und doch sichern Schrittes mit den Vornehmsten der Hebräer dem Meeresufer zuschreiten sah, arbeitete sich Nun, unterstützt von einem seiner Hirten, so schnell er vermochte, mühsam dem Sturme entgegen auf das Lager zu. Er trug ein Trauergewand, und während die anderen freudig und hoffnungsfroh dreinschauten, als sie sich trennten, behielt sein schönes, von weißem Bart- und Haupthaar umwallbtes Antlitz den Ausdruck eines Seele und Leib belastenden Kummers.

Erst als Ephraim ihn anrief, richtete er das gesenkte Löwenhaupt in die Höhe, und wie er seiner ansichtig ward, schwankte er überrascht und erschrocken zurück und hielt sich fester an dem starken Hirtenarm, der ihn stützte.

Durch die freigegebenen Sklaven, die er in Tanis zurückgelassen hatte, war ihm Kunde von dem grausamen Geschick des Sohnes und Enkels geworden.

Da hatte der Greis das Gewand zerrissen, das Haupt mit Asche bestreut, Trauerkleider angelegt und die Seele abgehärmt um den geliebten, herrlichen, einzigen Sohn und den blühenden Enkel.

Nun stand Ephraim vor ihm, und nachdem er ihm die Hände auf die Schulter gelegt, ihn geküßt und wieder geküßt, vergewisserte er sich, ob sein Sohn noch am Leben und seiner und des Volkes gedenke.

Sobald der Jüngling dies freudig bejaht, schlang er ihm den Arm um die Schulter, damit er, sein Blut und kein Fremder, ihn von nun an gegen die Gewalt des Sturmes beschütze.

Er hatte ernste und bringende Pflichten zu erfüllen, von denen ihn nichts zurückhalten durfte; doch wie der feurige Knabe ihm auf dem Wege zum Lager durch das Gebrüll des Orkanes ins Ohr rief, daß er seine Hirten und Altersgenossen aufbieten wolle, um den Hosea, der sich jetzt Josua nenne, zu befreien, erwachte die ungestüme Frische des Greises, und indem er den Enkel fester ans Herz zog, sprudelte er hervor, er sei ein Greis,

doch nicht zu alt, um eine Art zu schwingen und mit
der jugendlichen Schar des Ephraim den Sohn zu befreien. Dabei leuchteten ihm die thränenfeuchten Augen,
und mit dem freien Arm wies er nach oben und rief:
„Der Gott meiner Väter, auf den ich zu bauen lernte, wacht
über seinen Getreuen! Siehst Du dort an der Spitze des
Meeresarmes den Sand, den Tang und die Muscheln?
Noch vor einer Stunde stand dort das Wasser, und
brausende Wellen trieben da mit weißem Schaume ihr
Spiel. Das ist der Weg, Knabe, der uns Rettung
verheißt; denn hält der Wind an, so zieht sich die Flut
— die seekundigen Phönizier verheißen es — noch weiter
zurück in das Meer. Ihr Gott des Nordwindes, sagen
sie, sei uns gewogen, und droben auf der Baal Zephon-
spitze entzünden ihm schon ihre Knaben ein Feuer; wir
aber wissen, daß ein anderer es ist, der uns den Weg
in die Wüste eröffnet. Es stand übel um uns, mein
Knabe!"

„Ja, Großvater!" rief der Jüngling. „Wie dem
Löwen in der Fallgrube ist's euch ergangen, und das Heer
der Aegypter — vom ersten bis zum letzten Mann zog
es an mir vorüber — es ist gewaltig und unbesiegbar.
Ich bin geeilt, so schnell die Füße mich trugen, um Euch
zu melden, wie viele Schwerbewaffnete, Bogenschützen,
Rosse und Wagen . . ."

„Wir wissen, wir wissen," unterbrach ihn der Greis,
„doch nun sind wir zur Stelle!"

Damit wies er auf ein zusammengesunkenes Zelt,
das seine Knechte zu stützen versuchten und neben dem
ein uralter Hebräer, sein Vater Elisama, in Tücher ge-
wickelt, auf einem Tragstuhle ruhte.

Eilfertig rief Nun ihm einige Worte zu und führte
den Ephraim ihm entgegen. Während dieser aber den
Urgroßvater umarmte und sich von ihm streicheln und
herzen ließ, befahl Nun mit jugendlicher Lebhaftigkeit den
Hirten und Dienern: „Laßt das Zelt sinken, ihr Leute!
Der Sturm hat die Arbeit für euch begonnen! Wickelt
das Tuch um die Stäbe, belastet die Karren und Tiere!
Die Hände gerührt! Und Du, Gabbi, Du, Samma und
Jakob, hin zu den anderen! Die Stunde des Aufbruchs
ist da! Jeder soll sich eilen, die Wagen bespannen, die
Tiere schirren und rüsten, so schnell es nur angeht. Der
Herr zeigt uns den Weg, und in seinem Namen und
auf des Mose Geheiß soll jeder sich tummeln! Schärft
allen ein, die alte Ordnung zu halten. Wir wandern an
der Spitze des Zuges, dann kommen die anderen Stämme
und endlich die Fremden und die aussätzigen Männer und
Weiber. Freut euch, ihr Leute; denn unser Gott thut
ein großes Wunder und legt das Meer für uns, sein
erwähltes Volk, trocken. Danke ihm jeder bei der Arbeit
und bete zu ihm aus der Tiefe des Herzens, daß er uns
weiter beschirme. Wer nicht will, daß das Schwert ihn
erwürge und die Wucht der Wagen des Pharao zermalme,
der setze die beste Kraft ein und vergesse der Ruhe! Die
wartet unser, sobald wir der Fährnis entronnen. Her
mit dem Zelttuche dort; das wickle ich selber. Mit an-
gefaßt, Knabe! Schaut zu den Kindern Manasse hinüber,
die sind schon beim Packen und Laden! Recht so, mein
Ephraim, Du weißt die Hände zu brauchen! Was uns
noch obliegt! Der Kopf, der alte, vergeßliche Kopf! Es
ist so vieles auf einmal über mich gekommen! Du, Raphu,
hast hurtige Füße; — ich aber nahm auf mich, die

Fremden zum raschen Aufbruch zu mahnen. Schnell
denn zu ihnen hinüber und treibe sie an, daß sie nicht
zu weit zurückbleiben hinter dem Volke. Die Zeit ist
kostbar! Herr, Herr, mein Gott, breite die schirmende
Hand über dein Volk und treibe die Wogen auch fürder
zurück mit dem Sturm, deinem gewaltigen Odem! Bete
jeder in der Stille, während er sich rührt; der Allgegenwärtige, der in die Herzen schaut, er vernimmt ihn dennoch. Diese Last ist Dir zu schwer, Ephraim; Du überhebst
Dich! Aber nein! Der Knabe hat sie dennoch bewältigt!
Thut es ihm nach, Leute, und ihr von Succoth, freut
euch der Kraft eures jugendlichen Herrn!"

Diese Worte galten den Hirten, den Knechten und
Mägden Ephraims, von denen die meisten ihm mitten
unter der Arbeit einen Gruß zugerufen, ihm die Hand
oder den Arm geküßt hatten und sich seiner Wiederkehr
freuten. Sie packten und luden, wickelten und schirrten,
rafften auf und hoben oder hielten das Vieh, das der
Sturm beängstigte, eifrig mit Schlägen und Rufen zusammen.

Die von Succoth wollten es dem jungen Gebieter,
die von Tanis dem Enkel ihres Herrn nachthun, und
die anderen Herdenbesitzer und geringen Leute vom Stamme
Ephraim, deren Zelte das ihres Hauptes Nun umgaben,
thaten das Gleiche, um hinter den anderen nicht zurückzubleiben, und doch dauerte es etliche Stunden, bis jedes
Zelt, der Hausrat und die Nahrung für Mensch und Vieh
ihren Platz auf den Lasttieren und Karren wieder gefunden
und die Alten, Schwachen und Kranken auf Sänften
und Wagen untergebracht oder gebettet worden waren.

Von fern her trug der Sturm bisweilen einen Laut

der tiefen Stimme des Moje oder der höheren des Aaron bis zu der Stelle, wo die Ephraimiten die Hände regten. Aber weder sie, noch die vom Stamme Juda bedurften der Mahnung; denn über diese gebot Hur und Naheson, und dem ersteren stand Mirjam, seine Neuvermählte, zur Seite. Mit den übrigen Stämmen und den Fremden sah es anders aus, und der Halsstarrigkeit und Feigheit ihrer Häupter war die Schuld beizumessen, daß das Volk in eine so mißliche Lage geraten.

Zweiundzwanzigstes Kapitel.

———

Die Mitte der Festungsreihe Etham zu durchbrechen und auf dem nächsten nach Palästina führenden Wege weiter gen Nordosten zu ziehen, hatte sich als unmöglich erwiesen; doch auch der zweite Plan des Mose, das Volk um das Migdol des Südens herumzuführen, war gescheitert; denn Späher hatten berichtet, daß die Besatzung desselben eine große Verstärkung erhalten. Da war denn die Menge auf den Gottesmann eingedrungen und hatte erklärt, lieber mit den Ihren heimzukehren und die Gnade des Pharao anzurufen, als sich selbst, ihre Weiber und Kinder niedermetzeln zu lassen.

Es waren mehrere Tage erforderlich gewesen, sie zurückzuhalten; als aber neue Kundschafter berichteten, der Pharao ziehe mit einer gewaltigen Heerschar heran, da schien die Zeit gekommen, die aufs äußerste gefährdeten Wanderer zu dem Wagnis des Durchbruchs zu zwingen, und Mose setzte die volle Wucht seiner gebieterischen Persönlichkeit, Aaron die ganze Kraft seiner hinreißenden Beredsamkeit ein, und der alte Nun und Hur suchten

mit dem eigenen kühnen Sinn den der anderen zu entflammen. Doch die Schreckenskunde hatte den letzten Rest
von Selbstbewußtsein und Gottvertrauen bei den meisten
gebrochen, und sie waren schon zu dem Entschlusse gelangt, den Pharao ihrer Reue zu versichern, als die Botschafter, die sie selbst, hinter dem Rücken der Führer,
ausgesandt hatten, zurückkehrten und versicherten, dem
nahenden Heere sei befohlen worden, keines Hebräers zu
schonen und auch denen, die um Gnade flehen sollten,
mit der Schärfe des Schwertes zu zeigen, wie der Pharao
diejenigen strafe, durch deren verruchte Zauberkünste Elend
und Tod über so viele Aegypter gekommen.

Da war ihnen denn zu spät bewußt geworden, daß
die Rückkehr ihnen noch sichereres Verderben bringen
werde als kühnes Vordringen. Wie aber die waffenfähigen
Männer dem Hur und Nun bis hart vor das Migdol
des Südens gefolgt waren, hatten sie sich zur Flucht
gewandt, sobald sie den lecken Schall der ägyptischen
Kriegstrompeten vernommen. Als sie dann mit aufgelösten
Gliedern, mutlos und verdrossen, wieder zu dem Volke
gestoßen, waren neue, übertriebene Berichte über die
Streitmacht des Pharao in das Lager gekommen, und
nun hatten sich Todesangst und Verzweiflung auch der
beherzteren Männer bemächtigt. Jede Mahnung war in
die Schanze geschlagen, jeder Drohung gespottet worden,
und die meuternde Menge hatte die Führer mit fortgerissen, bis sie nach einer kurzen Wanderung an das
Schilfmeer gelangt und durch seine tiefen grünen Wogen
gezwungen worden war, von der Flucht gen Süden zu
lassen.

So hatte das Volk denn zwischen Pihahiroth und

Baal Zephon das Lager bezogen, und hier war es wieder gelungen, die Verzagten auf den Gott ihrer Väter zu weisen.

Im Angesicht des sicheren Verderbens, vor dem keines Menschen Macht sie zu schützen vermochte, hatten sie von neuem gelernt, den Blick nach oben zu richten; in der Seele des Mose aber war die Sorge und das Mitleid mit den armen, schwergeprüften Scharen, die seinem Rufe gefolgt, wieder mächtig geworden. In der letzten Nacht hatte er eine der unteren Höhen des Baal Zephonberges erstiegen und, von brausendem Sturm umtobt und von der zischenden Brandung umbraust, den Herrn seinen Gott gesucht und seine Nähe empfunden. Auch war er nicht müde geworden, ihm die Not der Seinen ans Herz zu legen und ihn anzuflehen, sie zu erretten.

Und zur selben Stunde war auch Mirjam, das Weib des Hur, an das Ufer des Meeres getreten, um unter einer einsamen Palme ihren Gott, als dessen vertraute Dienerin sie sich immer noch fühlte, um das Gleiche zu bitten. Hier legte sie ihm das Schicksal der Weiber und Kinder ans Herz, die im Vertrauen auf ihn in die Ferne gezogen. Auch um für den Freund ihrer Jugend, der nun in furchtbarer Gefangenschaft schmachtete, zu beten, war sie auf die Kniee gesunken; doch sie hatte nur zaghaft und leise in die Höhe gerufen: „Vergiß des unseligen Hosea nicht, Herr, den ich auf dein Geheiß Josua nannte, wenn er sich auch weniger gehorsam deinem Rufe erwies als Mose, mein Bruder, und Hur, mein Gemahl! Gedenke auch des jungen Ephraim, der ein Enkel ist des Nun, deines treuen Knechtes!"

Darauf begab sie sich in das Häuptlingszelt ihres
Gatten zurück, während mancher geringe Mann und
manches arme, geängstigte Weib aus dem Volke vor dem
schlichten Zelte oder auf der dürftigen, thränenfeuchten
Matte die bange Seele zu dem Gott seiner Väter erhob
und ihm die Sorge für diejenigen anbefahl, die seinem
Herzen die Liebsten.

So war das Lager in jener Nacht der höchsten Not
zu einem Tempel geworden, in dem Hoch und Gering,
Familienhaupt und Hausfrau, Herr und Sklave, ja auch
der schwer heimgesuchte Aussätzige, seinen Gott suchte
und fand.

Endlich war der Morgen gekommen, an dem Ephraim
sein kindliches Gebet in den Sturm hineingerufen und
das Meer den Rückzug begonnen hatte.

Als dann das Volk mit eigenen Augen das Wunder
schaute, das der Höchste für seine Erwählten vollbrachte,
wurden aus Verzweifelnden und Verzagten ebenso viele
glaubensstarke, hoffnungsfrohe Menschen.

Nicht nur unter den Ephraimiten, nein, auch unter
den anderen Stämmen, den Fremden und Aussätzigen
trieb die neu erwachte frohe Zuversicht jeden einzelnen
an, sich mit dem Aufgebot aller Kräfte zur Wanderung
zu rüsten, und zum erstenmale sammelte und ordnete
sich das Volk ohne Streit und Hader, ohne Gewaltthat,
Verwünschungen und Thränen.

Nach Sonnenuntergang betrat Mose mit hoch erhobenem Stabe, Aaron singend und betend, allen voran
die Spitze der Meeresbucht.

Der Sturm, der immer noch mit gleicher Heftigkeit
brauste, hatte sie von den Wogen frei gefegt und wehte

die Flammen und den Rauch der Fackeln, die man vor
den Stämmen hertrug, nach Südwesten.

Den obersten Führern, an denen aller Augen mit
zuversichtlicher Spannung hingen, folgte der alte Nun
mit den Ephraimiten. Der Boden der See, den sie betraten, war fester, feuchter Sand, auf dem selbst die
Herden wie auf einer glatten Bahn, die nach dem Meere
zu sanft geneigt war, dahinzuschreiten vermochten.

Ephraim, in dem die Aeltesten jetzt schon den künftigen
Häuptling sahen, hatte auf seines Großvaters Vorschlag
den Auftrag empfangen, Sorge zu tragen, daß der Zug
nicht ins Stocken gerate, und es war ihm zu diesem
Behuf der Stab eines Führers anvertraut worden; denn
die Fischer, deren Hütten am Fuße des Baal Zephonberges standen, waren wie die phönizischen Schiffsführer
der Ansicht, daß die See, wenn der Mond seine Höhe
erreiche, wieder in ihr altes Bett zurücktreten werde, und
darum war jeder Aufenthalt zu vermeiden.

Der Sturm freute den Jüngling, und wenn die Locken
ihm flogen, und er bei dem Hinundher, das sein Amt ihm
auferlegte, siegreich gegen ihn ankämpfte, erschien ihm dies
wie ein Vorgeschmack des Wagnisses, das er im Sinne trug.

So ging es durch die Dunkelheit fort, die der Abend-
dämmerung schnell gefolgt war. Der strenge Duft des
Seetangs und der Fische, die auf dem Land zurückgeblieben waren, behagte dem Knaben, der sich zum
Manne herangereift fühlte, besser als der süße Narden-
geruch im Zelte Kasanas. Einmal flog ihm die Erinnerung an sie durch den Sinn, sonst aber gab es
während dieser Stunden keinen Augenblick, der ihm Zeit
gelassen hätte, ihrer zu gedenken.

Er hatte alle Hände voll zu thun; denn hier galt
es, den Tang beiseite schaffen, den eine Woge auf den
Weg geschleudert, dort den leitenden Bock einer Schafherde, die sich weigerte, den feuchten Grund zu beschreiten,
an den Hörnern fassen und ihn sich nachzuziehen, oder
auch Rinder und Lasttiere durch eine Lache zu treiben,
vor der sie scheuten.

Manchmal hatte er auch die Schulter an einen schwer
beladenen Karren zu stemmen, dessen Räder zu tief in
dem weichen Sande versanken, und wie sich selbst bei
dieser wunderbaren, folgenschweren Wanderung hart am
ägyptischen Ufer zwischen zwei Hirtenscharen Streit um
den Vortritt erhob, ließ er schnell durch das Los entscheiden, wer voranzuziehen, wer zurückzubleiben habe.
Zwei kleine Mädchen, die sich weinend sträubten, eine
Lache zu durchschreiten, während die Mutter mit dem
Säugling auf dem Arme zu schaffen hatte, trug er rasch
entschlossen durch das seichte Wasser, und den Lastwagen,
dem ein Rad gebrochen, ließ er beim Licht der Fackeln
behend zur Seite schaffen und befahl kräftigen Frönern,
die nur ein Bündelchen trugen, sich mit den Säcken und
Ballen, ja auch mit den Trümmern des Fuhrwerkes zu
beladen. Weinenden Frauen und Kindern warf er ein
tröstendes Wort zu, und traf der Schein einer Fackel
das Antlitz eines Altersgenossen, auf dessen Mitwirkung
bei der Befreiung des Josua er hoffte, so stellte er ihm
in kurzen Worten eine kühne That in Aussicht, die er im
Bunde mit ihm zu wagen gedenke.

Die Rauchpfannenträger, welche sonst den Wandernden vorauszogen, mußten diesmal ihre Reihen beschließen;
denn der aus Nordosten daherbrausende Sturm hätte den

Qualm dem Volke entgegengetrieben. Sie standen am
ägyptischen Ufer, und schon war der ganze Zug an ihnen
vorübergekommen, nur nicht die Aussätzigen, die als aller-
letzte den Fremden folgten. Diese waren eine bunte Schar
und bestanden aus Asiaten semitischen Blutes, welche dem
Frondienste oder harten Strafen entwichen, die das ägyptische Gesetz über sie verhängt, aus Krämern, die unter
den Tausenden der Auswanderer Käufer für ihre Waren
fanden, oder auch aus Schasu-Hirten, denen die Grenz-
beamten die Heimkehr verwehrt. Ihnen gegenüber hatte
Ephraim einen schweren Stand; denn sie weigerten sich,
das feste Land zu verlassen, bevor man die Aussätzigen
nicht veranlasse, sich ferner von ihnen zu halten; doch
auch sie brachte der Jüngling mit Hilfe der Aeltesten des
Stammes Benjamin, der ihnen voranzog, zum Gehorsam,
indem er sie mit der Verheißung der Phönizier und Fischer
bedrohte, daß der Mond, wenn er sich zum Untergang
neige, die See in ihr altes Bett zurückziehen werde.
Endlich veranlaßte er den verständigen Führer der Aussätzigen, einen früheren ägyptischen Priester, wenigstens
die Hälfte des gebotenen Abstandes innezuhalten.

Der Sturm hatte indessen mit gesteigerter Macht zu
wehen fortgefahren, und sein Gebraus und langgezogenes
Pfeifen, das sich mit dem Geheul der gepeitschten Wogen
und dem dröhnenden Lärm der Brandung vermischte,
übertönte die Kommandorufe der Aeltesten, das Angst-
geheul der Weiber, das Geschrei der Kinder, das Gebrüll
und Blöken der zitternden Herden und das Winseln der
Hunde. Nur den nächsten war Ephraims Stimme noch
verständlich, und dazu erloschen viele Fackeln, während
andere nur schwer in Brand zu erhalten waren. Wie

er aber tief aufatmend und langsamen Schrittes hinter
den letzten Aussätzigen eine Weile über den feuchten Grund
hingeschritten war, um sich einige Ruhe zu gönnen,
hörte er hinter sich seinen Namen rufen, und wie er sich
umwandte, gewahrte er einen seiner früheren Spielgefährten, der von einem Kundschaftsgange heimkehrte und
mit triefender Stirn und fliegendem Odem dem Jüngling,
in dessen Hand er den Führerstab sah, ins Ohr rief, die
Wagen des Pharao zögen der übrigen Streitmacht voran.
Bei Pihahiroth habe er sie verlassen, und wenn sie sich dort
nicht aufhielten, um den anderen Truppen Zeit zu gönnen,
sich an sie zu schließen, könnten sie jeden Augenblick die
Flüchtlinge ereilen. Damit trabte er an den Aussätzigen
vorbei, um zu den Führern zu gelangen; Ephraim aber
blieb mitten im Wege stehen, preßte die Hand an die Stirn,
und die Sorge überkam mit neuer Gewalt seine Seele.

Er wußte, daß die nahende Streitmacht die Männer,
Weiber und Kinder, die er eben in ihrer rührenden Angst
und Hilflosigkeit gesehen, zertreten werde wie der Fuß
der Menschen einen Ameisenzug, und wieder trieb ihn
alles, was in ihm, zum Beten, und aus seinem beklommenen Herzen drang der flehende Ruf in die Nacht:
„Eli, Eli, großer Gott in der Höhe! Du weißt — denn
ich habe es dir ja gesagt, und dein allsehendes Auge muß
es gewahren trotz des Dunkels dieser Nacht — wie es um
das Volk steht, das du in ein neues Land zu führen
verheißen. Gedenke deines Gelübdes, Jehova! Sei uns
gnädig, du Gewaltiger, Großer! Unser Feind naht mit
unwiderstehlicher Macht! Halte ihn auf! Rette uns!
Bewahre die armen Weiber und die Kinder! Rette uns,
sei uns gnädig!"

Er hatte während dieses Gebetes die Augen nach oben gerichtet, und auf der Spitze des Baal Zephonberges das rote Glanzlicht eines Feuers bemerkt. Es war von den Phöniziern entzündet worden, um den Baal des Nordwindes den Stammverwandten günstig und ihn feindlich gegen die verhaßten Aegypter zu stimmen.

Das war freundlich; er aber setzte auf einen andern Gott seine Hoffnung, und wie er weiter Umschau hielt am Himmelsdom, über den graues und schwarzes Gewölk hinjagte, sich zusammenballte, zerriß und dann neue Bahnen suchte in der Höhe, gewahrte er zwischen zwei auseinanderweichenden Wolkenmassen den silbernen Glanz des vollen Mondes, der die Höhe seiner Bahn jetzt schon erreicht.

Da erfaßte ihn neues Zagen; denn er gedachte der Verheißung der des Windes und Wetters kundigen Männer. Lüstete es die Meerflut jetzt, das alte Bett neu zu erfüllen, so war es um die Seinen geschehen; denn auch nach Norden hin, wo zwischen Schlamm und Klippen tiefe Wasserlachen standen, gab es kein Entrinnen. Fluteten die Wogen in den nächsten Stunden zurück, so ward der Same Abrahams von der Erde vertilgt, wie die Schrift, die man in das Wachs ritzt, unter dem Druck der warmen Hand von der Tafel verschwindet.

Doch war denn nicht dies dem Untergang erlesene Volk dasselbe, das der Herr sich zu dem seinen erkoren? Konnte er es in die Hand derer geben, die doch auch seine eigenen Feinde?

Nein, nein, tausendfach nein!

Und der Mond, der das Verderben veranlassen sollte, er hatte sich ja vor kurzem zum Verbündeten seiner Flucht gemacht und war ihm gewogen. Nur hoffen und glauben, nur nicht das Zutrauen verlieren!

Und noch war ja nichts, war gar nichts verloren.

Mochte geschehen, was da wollte, das ganze Volk brauchte nicht zu verderben, und sein Stamm, der an der Spitze der Wanderer dahinzog, gewiß nicht; denn viele mußten das jenseitige Ufer erreicht haben, ja vielleicht mehr als er dachte; denn die Bucht war nicht breit, und selbst die Aussätzigen, die letzten des Zuges, schon ein gutes Stück auf dem feuchten Sande vorwärts gekommen.

Nun blieb er hinter allen zurück, um auf das Nahen der feindlichen Wagen zu lauschen. Am Ufer der Bucht legte er das Ohr an die Erde, und er durfte sich auf die Schärfe seines Gehöres verlassen; denn wie oft hatte er in dieser Stellung auf den fernen Tritt verirrter Rinder oder beim Jagen auf das Nahen der Antilopen- und Gazellenrudel gelauscht.

Als der letzte war er der am schwersten Bedrohte; doch was kam auf ihn an?

Wie gern hätte er das eigene junge Leben hingegeben, um die anderen zu retten!

Seit er den Führerstab in der Hand hielt, war es ihm, als habe er die Pflicht übernommen, über die Seinen zu wachen, und so lauschte er und lauschte, bis er erst ein kaum hörbares Zittern des Bodens und endlich ein leises Dröhnen vernahm. Das war der Feind, das mußten die Wagen des Pharao sein, und wie schnell rissen die stolzen Rosse sie vorwärts!

Als habe ihn ein Geißelhieb getroffen, sprang er nun auf und jagte weiter, um die anderen zur Eile zu drängen.

Wie drückend schwül war die Luft geworden trotz
des rasenden Sturmes, der schon so viele Fackeln verlöscht! Den Mond hielten die Wolken verborgen, doch
heller und immer heller glänzte das flackernde Feuer auf
der Spitze des hohen Baal Zephonberges. Die Funken, die
aus seiner Mitte aufwärts stoben, sprühten und jagten gen
Westen; denn der Wind kam nunmehr von Osten.

Kaum hatte er dies wahrgenommen, als er auch
schon zu den Pfannen tragenden Knaben zurückeilte, die
den Zug beschlossen, um ihnen in fliegender Hast zu befehlen, die Kupfergefässe neu zu füllen und dafür zu
sorgen, daß ihnen der Dampf voll und dicht entsteige;
sagte er sich doch, daß der Sturm den Hengsten vor den
Streitwagen den Qualm entgegentreiben und sie scheu
machen oder aufhalten werde.

Kein Mittel schien ihm zu gering, jeder gewonnene
Augenblick kostbar, und sobald er sich überzeugt, daß die
Rauchwolken aus den Kesseln sich voll und den Atem
beklemmend über den Weg breiteten, den das Volk hinter
sich gelassen, eilte er vorwärts und rief den Aeltesten,
die er überholte, zu, die Wagen des Pharao seien nicht
mehr fern, und es thue not, den Marsch zu beschleunigen.
Und alsbald nahmen Wanderer, Träger, Fuhrleute und
Hirten alle Kraft zusammen, rascher vorwärts zu kommen,
und ob auch der Wind, der immer entschiedener von
Osten herkam, das Vordringen erschwerte, kämpfte doch
alles wacker gegen ihn an, und die Furcht vor den
nahenden Verfolgern verdoppelte die Kräfte.

Wie ein Hirtenhund, der die Herde bewacht und
antreibt, kam der Jüngling den Häuptern der Stämme
vor, die ihm beifällig winkten, wo er sich zeigte; und

als er sich durch die wandernden Scharen gewunden und
gegen den Sturm vorwärts gekämpft hatte, trieb ihm
wie zum Lohne der Ostwind ein seltsames Rufen entgegen; denn je näher er seinem Ursprung kam, desto
lauter erscholl es, desto sicherer erkannte er, daß es ein
heller Jubel und Freudengeschrei sei, das erste, das seit
langer Zeit aus der Brust eines Hebräers erklungen.

Den Jüngling erfrischte es wie ein kühler Trank
nach langem Durste, und er konnte sich nicht enthalten,
laut aufzujauchzen und den anderen glückselig zuzurufen:
„Gerettet, gerettet!"

Schon hatten zwei Stämme das östliche Ufer der
Bucht betreten, und von ihnen ging das Jubelgeschrei
aus, welches im Bunde mit dem Feuer, das aus großen
Pechpfannen hart am Ufer aufflammte, den Nahenden
den Mut erheben und ihre erschlaffenden Kräfte auf-
frischen sollte. In ihrem Schein sah er auch die majestätische
Gestalt des Mose auf einem Hügel am Ufer, wie sie den
Stab nach der See hin ausstreckte, und dies Bild prägte
sich ihm wie jedem der Wanderer, dem größten und
kleinsten, fester ein als alle anderen und steigerte gewaltig
die Zuversicht seines Herzens. Dieser Mann war ja der
Vertraute des Höchsten, und so lange er den Stab hob,
waren die Wogen wie gebannt, und durch seinen Knecht
versagte Gott ihnen die Rückkehr.

An den Allmächtigen brauchte er, Ephraim, sich
nicht mehr zu wenden; — das lag in der Hand dieses
Erhabenen, Großen; doch seine kleine Pflicht, das Vor-
wärtskommen des Einzelnen im Auge zu behalten, mußte
er auch fürder erfüllen.

Bis zu den Aussätzigen und den Knaben mit den

Rauchkesseln eilte Ephraim, dem Wanderstrome entgegen, zurück, und jeder neuen Abteilung rief er zu: „Gerettet, gerettet! Am Ziel! Der Stab des Mose bändigt die Wogen! Schon viele haben das Ufer betreten! Danket dem Herrn! Vorwärts, auf daß auch ihr mit einstimmen könnt in den Jubel! Auf die beiden roten Feuer richtet die Augen! Die Geretteten sind es, die sie entzündet! Zwischen ihnen steht der Knecht des Herrn und erhebt seinen Stab."

Dann senkte er abermals das Ohr und heftete es, im feuchten Sande knieend, an den Boden, und nun vernahm er deutlich und nah das Rasseln der Räder und hurtigen Hufschlag.

Doch während er noch lauschte, kam dies Geräusch allmälich zur Ruhe, und er hörte nichts mehr als das Geheul des wütenden Sturmes und den drohenden Schlag der hochflutenden Wellen oder einen vereinzelten Aufschrei, den der Ostwind bis hieher führte.

Die Wagen waren bis an die trockenen Stellen der Bucht gelangt und zauderten eine gute Weile, bevor sie die Fahrt auf diesem gefahrvollen Wege fortsetzten; plötzlich aber erscholl der ägyptische Kriegsruf, und das Rädergerassel ließ sich von neuem vernehmen. Langsamer als vorher kam es näher, — doch schneller, als das Volk zu wandern vermochte.

Auch für die Aegypter blieb der Weg frei von den Wellen; aber wenn die Seinen nur einen kleinen Vorsprung behielten, brauchte ihm nicht mehr für die Zukunft zu bangen; denn die Geretteten konnten sich während der Nacht in die Wüstenberge zerstreuen und sich an Stätten verbergen, wohin ihnen kein Wagen und Roß zu folgen

vermochte. Mose kannte dies Land, in dem er so lange
als Flüchtling geweilt; es kam nur darauf an, ihn von
dem Nahen des Feindes zu unterrichten. So betraute er
denn einen seiner Spielgefährten vom Stamme Benjamin
mit der Botschaft, und dieser hatte es nicht mehr allzuweit
bis an das rettende Ufer. Er selbst aber blieb zurück, um die
nahende Heerschar weiter zu überwachen; denn schon hörte
er, ohne sich zu bücken oder zu lauschen und trotz des
Sturmes, der ihm entgegenbrauste, das Rasseln der Räder
und das Wiehern der Hengste. Die Aussätzigen aber,
denen es gleichfalls ans Ohr klang, jammerten und klagten
und sahen sich schon zu Boden geworfen, überfahren oder
in das kalte Wogengrab gedrängt; denn der Weg war
enger geworden, und das Meer schien das preisgegebene
Land nunmehr ernstlich zurückgewinnen zu wollen.

Mensch und Vieh konnte nicht mehr in so breiten
Reihen vorwärts wie früher, und während sich die Glieder
der eilenden Scharen zusammengezogen, verlängerten sie
sich, und kostbare Zeit ging verloren. Die zur Rechten
wateten bereits durch das vordringende Wasser — hastig,
angstvoll; denn schon hörte man von fern die Kommandorufe der ägyptischen Führer.

Doch die Feinde mußten wohl aufgehalten werden,
und Ephraim erkannte leicht die Ursache der verminderten
Schnelligkeit des Gegners; denn der Weg ward immer
weicher, und die schmalen Räder der Streitwagen mußten
wohl tief in ihn einschneiden und vielleicht bis an die
Achsen in ihm versinken.

Geschützt von der Finsternis schlich er sich, soweit
es anging, an die Verfolger heran und vernahm hier
einen Fluch, dort den grimmen Befehl, die Geißel kräftiger

zu brauchen; endlich aber hörte er deutlich, wie ein Führer dem Nebenmann zurief: „Verdammter Unsinn! Hätten sie uns nur vor Mittag aufbrechen lassen und nicht abgewartet, bis man die Vorzeichen geprüft und den Anna mit aller Feierlichkeit an die Stelle des Baï gesetzt, es wäre ein leichtes Stück Arbeit gewesen, und wir hätten sie wie einen Wachtelschwarm gefangen! Der Oberpriester hat sich doch sonst im Felde wacker gehalten, und nun gibt er die Führung aus der Hand, weil ein sterbendes Weib ihm das Herz rührt!"

„Die Mutter des Siptah!" fiel ihm ein anderer begütigend ins Wort. „Und doch! Zwanzig Prinzessinnen hätten ihn von der Pflicht gegen uns nicht abwenden dürfen. Wär' er geblieben, wir brauchten die Mähren nicht zu Tode zu schinden, und das in einer Zeit, wo jeder verständige Führer die Leute beim Lagerfeuer läßt, beim Nachtmahl und Brettspiel. Auf die Gäule, Heter! Da stecken wir wieder im Sande!"

Hierauf erhob sich hinter dem ersten Wagen ein lautes Geschrei, und Ephraim hörte, wie eine neue Stimme ausrief: „Vorwärts, und geht es auch den Rossen ans Leben!"

„Wenn Umkehr noch möglich wäre," ließ sich dann der oberste Führer der Wagenkämpfer, der allen voranfuhr, ein Verwandter des Königs, wieder vernehmen, „ich ließe jetzt wenden. Aber so! Eins würde über das andere geraten. Also vorwärts, was es auch koste. Wir sind ihnen hart auf den Fersen. Halt, halt! Der verfluchte beißende Rauch! Aber wartet, ihr Hunde! Sobald der Weg sich erweitert, fahren wir euch kurz und klein, und für jeden, den ich übrig lasse, sollen mir die

Götter einen Lebenstag rauben! Wieder eine Fackel erloschen! Man sieht nicht die Hand vor dem Auge. In
solcher Stunde möchte man lieber eine Bettlerkrücke als
den Kommandostab führen!"

„Und um den Hals eine Henkerschlinge statt der
goldenen Kette!" fluchte ein anderer. „Käme der Mond
nur wieder heraus! Weil die Horoskopen vorausgesagt,
er werde in ganzer Fülle leuchten vom Abend bis zum
Morgen, riet ich bei dem späten Aufbruche selbst, die
Nacht zum Tage zu machen! Wär' es nur heller! . . ."

Doch dieser Satz blieb unvollendet; denn ein Windstoß, der aus den südöstlichen Schluchten des Baal
Zephonberges wie ein wildes Tier losbrach, stürzte sich
auf die Wanderer, und eine hohe Woge übergoß Ephraim
über und über.

Schnaufend warf er das Haar zurück und trocknete
die Augen; hinter ihm aber ertönte lautes Angstgeschrei
aus der Brust ägyptischer Männer; denn dieselbe Welle,
die ihn getroffen, hatte die vordersten Wagen ins Meer
gerissen.

Da begann dem Jüngling auch für die Seinen zu
bangen, und während er vorwärts jagte, um sich wieder
mit ihnen zu vereinen, erhellte ein flammender Blitz die
Bucht, den Baal Zephonberg und alles ringsum. Noch
ließ der Donner geraume Zeit auf sich warten, bald aber
kam das Unwetter näher, und endlich zuckten die Blitze
nicht mehr als leuchtende Zacken, sondern wie formlose
Feuermassen durch das Dunkel, und bevor sie erloschen,
erscholl das betäubende Krachen des Donners, dessen
wildes Getöse an den harten, nackten Felsenhängen des
steinigen Berges widerhallte und sich in tiefen, grollenden

Tonwellen fortpflanzte bis an die Spitze der Bucht und das Ufer.

Weit und breit ward Meer und Land, Mensch und Tier von blendendem Licht übergossen, wenn sich das verderbenschwangere Gewölk von neuem entlud, und die Wogen der See und die Luft über ihr färbten sich dann mit einem schwefeligen Gelb, durch das der grelle Blitzschein wie durch eine grüngelbe Glaswand leuchtete und flammte.

Jetzt meinte Ephraim auch wahrzunehmen, daß die schwärzesten Wetterwolken von Süden und nicht von Norden her heranzogen; dann aber zeigte ihm der Glanz der Blitze, daß hinter ihm hier ein scheu gewordenes Gespann in das Meer jagte, dort ein Wagen über den andern stürzte und weiter nach vorn mehrere Fuhrwerke sich ineinander festfuhren, zum Verderben derer, die sie trugen, und als Hindernis für das Vordringen der anderen.

Dennoch kam der Feind vorwärts, und der Zwischenraum, welcher die Entweichenden von den Nachsetzenden trennte, vergrößerte sich nicht. Aber die Unordnung unter den letzteren war so groß geworden, daß das Angstgeschrei der Krieger und die ermutigenden und wetternden Rufe der Führer laut vernehmbar wurden, sobald das wilde Krachen der Donnerschläge verstummte.

Doch so schwarz die Gewitterwolken am südlichen Horizonte auch waren, so wild das Unwetter auch tobte, hielt der verfinsterte Himmel dennoch seine Gewässer zurück, und was die Wanderer benetzte, war nicht das Naß der Wolken, sondern das Meer, dessen Wogen immer höher und voller aufspritzten und immer häufiger die trockene Spitze der Bucht beleckten.

Schmaler und schmaler ward der Weg und mit ihm das Ende des Zuges.

Inzwischen fuhren die Flammen, welche aus den Pechpfannen aufstiegen, fort, den Geängstigten das rettende Ziel zu zeigen und sie an Mose zu erinnern und seinen ihm von Gott verliehenen Stab. Jeder Schritt brachte die Wanderer ihm näher.

Nun verriet ein lauter Jubelruf, daß auch der Stamm Benjamin das Ufer erreicht; doch er war zuletzt nur watend und von schäumenden Sturzwellen durchnäßt vorwärts gekommen. Unsägliche Anstrengung hatte es gekostet, die Rinder vor dem Wogenschwall zu retten, die Lastwagen vorwärts zu bringen und das Vieh zusammenzuhalten; aber jetzt stand Mensch und Tier wohlgeborgen am Ufer. Es galt nur noch den Fremden und Aussätzigen zu helfen. Diese besaßen keine eigenen Herden, die ersteren aber desto mehr, und das Ungewitter erfüllte auch das Woll- und Hornvieh mit solchem Entsetzen, daß es sich sträubte, durch die Wasser zu waten, die den Weg schon fußhoch bedeckten. Da eilte Ephraim ans Land, rief die Hirten am Ufer auf, ihm zu folgen, und unter seiner Führung halfen sie die Herden vorwärts treiben.

Und es gelang, und von den Fremden betrat unter Donner und Blitz, begrüßt von lautem Zuruf, der letzte Mann und das letzte Stück Vieh das rettende Ufer.

Die Aussätzigen hatten bis an die Kniee, ja zuletzt bis zum Gürtel durch das Wasser zu waten, und bevor sie noch das Land erreicht, öffneten sich die Schleusen des Himmels, und strömlings rauschte der Regen auf sie nieder. Doch auch sie gelangten ans Ziel, und brach auch am Ufer manche Mutter, die ihr Kind lange auf Arm

oder Schulter getragen, in die Kniee, fühlte auch mancher
dieser Unglücklichen, der, im Bunde mit kräftigeren Leidensgenossen, den Karren durch den erweichten Boden gerissen
oder die Sänfte watend durch das Wasser geschleppt, das
entstellte Haupt fieberhaft glühen, so entkamen doch auch
sie dem Verderben.

Jenseits der Palmen, die am Rande einiger Quellen
unfern des Ufers auf hügeligem Boden grünten, sollten
sie das Kommende erwarten; die anderen aber wurden
weiter ins Land geführt, um auf ein gegebenes Zeichen
die Wanderung gen Südosten in die Berge zu beginnen,
durch deren unwirtliches steiniges Gebiet ein geordnetes
Heer und die Streitwagen nur schwer fortzukommen vermochten.

Hur hatte seine Hirten um sich versammelt, und sie
standen mit Lanzen, Schleudern und kurzen Schwertern
bereit, über die Feinde herzufallen, die es wagen würden,
das feste Land zu betreten. Roß und Mann sollte nieder-
gemacht und aus den Fuhrwerken eine hohe Burg gebildet
werden, um den nachfolgenden Aegyptern den Weg zu
verlegen.

Die Pechpfannen am Strande wurden so fleißig
gespeist und beschirmt, daß sie weder der strömende Regen
noch der Sturm verlösche. Sie sollten den Hirten leuchten,
welche es auf sich genommen, die Wagenkämpfer zu überfallen, und der alte Nun, Hur und Ephraim standen an
ihrer Spitze.

Doch vergebens erwartete man die Verfolger, und
da der Jüngling von allen zuerst im Schein des Pech-
pfannenfeuers wahrnahm, daß der Weg, den die Geretteten gezogen, der breiten Fläche des Meeres gleich

geworden, und der Rauch statt nach Südwesten nach Norden geweht ward, quoll — es war um die Zeit der ersten Morgenwache — aus seiner von Dank und Freude überströmenden Brust der jubelnde Ruf: „Seht auf die Pfannen! Der Wind hat sich gedreht! Jetzt treibt er die See gen Mitternacht. Das Heer des Pharao wird von den Wogen verschlungen!"

Da blieb es eine kurze Zeit lang stumm im Kreis der Geretteten; plötzlich aber rief die laute Stimme des Nun: „Er hat recht gesehen, Kinder! Was sind wir Menschen! Herr, Herr! Streng und furchtbar gehst du ins Gericht mit deinen Feinden!"

Hier unterbrach ihn lautes Geschrei; denn bei den Quellen, wo Mose tief erschöpft an einer Palme lehnte und Aaron mit vielen anderen weilte, war gleichfalls wahrgenommen worden, was Ephraim bemerkt, — und von Mund zu Mund zog die frohe, schreckliche, unglaubliche und doch wahre und von Augenblick zu Augenblick sicherer bestätigte Kunde.

Manches Auge richtete sich nach oben, und da zog das schwarze Gewölk über sie hin gen Norden und immer weiter gen Norden.

Der Gewitterregen ließ nach; statt der Blitze und des Donners aber gewahrte man nur noch helles Wetterleuchten über der Landenge und der fernen See des Nordens, und im Süden hellte der Himmel sich auf.

Endlich brach auch der untergehende Mond aus grauen Wolkenstreifen hervor, und sein friedvolles Licht versilberte die Höhe des Baal Zephon und die Ufer der Bucht, die sich nun wieder mit rauschenden Wogen bedeckte.

Der tosende und pfeifende Sturm verwandelte

sich in das leise Gesäusel des Morgenwindes, der von Mittag her kam, und das Meer, das, einem brüllenden Untier vergleichbar, die Felsen bestürmt hatte, ruhte nun zuckend und mit gebrochener Kraft vor dem steinernen Fuß des Gebirges.

Ueber den Leichen so Vieler breitete die See noch eine kurze Weile ein dunkles Bahrtuch, und der verblassende Mond trug vor dem eigenen Heimgang Sorge, daß es der feuchten Ruhestätte eines Königs und so vieler Großen nicht an köstlichem Zierat fehle; denn seine Strahlen übergossen und verbrämten ihre Decke, die Fläche des Meeres, über und über mit köstlichem Schmuck von blitzenden Diamanten in silberner Fassung.

Während der Osten sich erhellt und der Himmel sich mit glühendem Frührot bekleidet hatte, war das Lager aufgerichtet worden; doch blieb wenig Zeit für einen schnellen Imbiß; denn schon kurz nach Sonnenaufgang rief das Erz das wandernde Volk zusammen, und sobald es sich bei den Quellen vereint hatte, schwang Mirjam das Tambourin, schüttelte den Schellenreifen und schlug das Kalbfell, daß es weithin dröhnte und klingelte, und wie sie leichten Fußes dahinschritt, folgten ihr die Frauen und Mädchen in rhythmischem Takte des Reigens; sie aber sang:

„Singen will ich dem Jehova; — denn erhaben ist er; Rosse und Wagen, er stürzte sie ins Meer!

Feiere mein Lied den Jehova; denn er ward meine Rettung; — er ist mein Gott — und ich will ihn preisen!

Er, der meiner Väter Gott — ihn erhebe mein Sang!

Die Wagen des Pharao und seine Macht, er warf sie ins Meer — seiner Wagenkämpfer Blüte, im Schilfmeer ging sie unter.

Die Meerflut breitete sich über sie hin — und wie Steine sanken
sie hinab in den Abgrund.

Deine Rechte, Jehova, deſſen Macht und Erhabenheit groß iſt —
deine rechte Hand hat die Feinde zerſchmettert.

Mit deiner Herrlichkeit vernichteſt du die, die ſich gegen dich erheben — und dein Zorn, den du gegen ſie losläßt, verzehrt
ſie, wie das Feuer die Stoppeln.

Da du in die Waſſer blieſeſt, häuften ſie ſich auf, — die Fluten
erhoben ſich wie Dämme, und die Strömungen zerrannen
mitten im Meere.

Der Feind rief: Ich ſetze ihnen nach, ich hole ſie ein, wir teilen
die Beute — meinen Mut kühl' ich an ihnen — und meine
Hand ſoll ſie vertilgen;

Du aber blieſeſt in das Meer, die Wogen gingen über ſie hin
— und wie Blei verſanken ſie in den mächtigen Gewäſſern.

Wer iſt dir gleich unter den Göttern, Jehova?

Wer von ihnen wäre ſo herrlich und heilig wie du — furchtbar
an Ruhm und Wunder verrichtend!

Mit deiner Gnade leiteſt du dein Volk, das du erlöſeſt — und
mit deiner Macht führſt du es zu deiner heiligen Wohnung.“

Frauen und Männer ſtimmten mit ein, wenn ſie
den Ruf wiederholte: „Singen will ich dem Jehova;
denn erhaben iſt er; — Roſſe und Wagen, er ſtürzte
ſie ins Meer.“

Dies Lied und dieſe Feierſtunde blieb den Hebräern
unvergeſſen, und jeder war voll von ſeinem Gott und
hoffte froh und dankbar auf beſſere, glückſeligere Tage.

Dreiundzwanzigstes Kapitel.

Das Loblied war verklungen, doch ob auch das Unwetter längst ausgetobt hatte, bedeckten den Morgen-
himmel, den das Frührot köstlich geschmückt, doch wieder
graue Dünste, und von Südwesten her wehte immer
noch ein kräftiger Wind, der die See aufrührte und die
Kronen der Palmen neben den Quellen schüttelte und
wiegte.

Das gerettete Volk hatte dem Höchsten die Ehre
gegeben, und selbst der Kühlste und Widerwilligste in
den Lobgesang Mirjams eingestimmt; doch schon als der
Reigen dem Meere nahe gekommen, hätte mancher gern
den geordneten Zug verlassen, um an den Strand zu
eilen, wohin manches ihn lockte.

Jetzt hatten sich Hunderte an das Ufer begeben, wo
die Wogen als großmütige Räuber zurückerstatteten und
an den Strand spülten, was sie in dieser Nacht erbeutet.

Auch die Frauen ließen sich nicht von dem Wind
zurückhalten; denn die mächtigsten Triebe der Menschen-
brust, Habsucht und Rachgier, zogen sie an das Ufer.

Da erschien in jedem Augenblick etwas Neues, das

die Begehrlichkeit reizte; denn hier lag die Leiche eines
Kriegers, dort sein zertrümmerter Wagen im Sande.
Diesem riß man, wenn er einem Großen angehört hatte,
den silbernen oder goldenen Zierat ab, jenem aber zog
man das kurze Schwert oder Schlachtbeil aus dem Gürtel,
und Männer und Weiber geringeren Standes, Sklaven
und Sklavinnen von den Hebräern und Fremden beraubten die Leichen der Spangen und Reifen von edlem
Metall oder drehten den Ertrunkenen die Ringe von
den geschwollenen Fingern.

Die Raben, die dem wandernden Volke gefolgt und
während des Sturmes verschwunden waren, hatten sich
wieder eingestellt und kämpften kreischend gegen den Wind,
um wenigstens den Platz über der Beute zu behaupten,
deren Witterung sie anzog.

Aber gieriger als sie zeigte sich die Hefe der wandernden Scharen, und wo das Meer ein kostbares Stück
ans Land gespült, gab es wildes Geschrei und wütendes
Balgen. Die Führer hielten sich zurück; denn das Volk,
meinten sie, habe ein Recht auf diese Beute, und wo
einer sich unterfing, der rohen Habsucht zu wehren, versagte man ihm den Gehorsam.

Was die Aegypter in den letzten Stunden über sie
gebracht, war so furchtbar gewesen, daß es auch Besseren
nicht in den Sinn kam, den Durst nach Rache zu zügeln.
Sogar graubärtige Männer von würdiger Haltung und
Frauen und Mütter, deren Aussehen auf milde Gesinnung
deutete, stießen die einzelnen Unglücklichen zurück, denen
es gelungen war, auf den Trümmern der Streitwagen
oder Vorratskarren den Strand zu erreichen. Mit den
Hirten- und Wanderstäben, Messern und Aexten zwangen

sie jene, mit Steinwürfen und Schmähungen diese, die Hände von dem rettenden Holze zu lösen, und die wenigen, die das Land dennoch betreten hatten, wurden von den wütenden Haufen in die See zurückgetrieben, die sich ihrer vergeblich erbarmt.

Der Ingrimm war so groß und die Rache eine so heilige Pflicht, daß niemand der Achtung, des Mitleids, der Schonung gedachte, die dem Unglück gebührt, und kein Wort erklang, das zur Großmut und zum Erbarmen aufgerufen oder auch nur an den Vorteil erinnert hätte, den der Gerettete als kriegsgefangener Sklave durch das Lösegeld zu bringen verhieß.

„Tod dem Erzfeind!" — „Verderben über ihn!" — „Nieder mit ihnen!" — „Gebt sie den Fischen zur Speise!" — „Ihr triebt uns ins Meer mit unseren Kindern, zurück jetzt mit euch in die Salzflut!" — Das waren die Rufe, die sich überall erhoben und denen keiner wehrte, auch nicht Mirjam und Ephraim, die gleichfalls an den Strand gegangen waren, um dem Schauspiel beizuwohnen, das sich dort darbot.

Aus der Jungfrau war die Gattin des Hur geworden, und der neue Ehestand hatte wenig an ihrem Thun und Wesen geändert. Das Schicksal des Volkes und der Verkehr mit dem Gotte, als dessen Prophetin sie sich fühlte, waren ihr auch jetzt noch das Höchste, und nun sich erfüllt, was sie gehofft und erbetet, nun sie bei dem ersten großen Erfolg ihres Strebens in ihrem Sange den Gefühlen der Gläubigen Ausdruck gegeben, nun sie endlich, gleichsam als Führerin der dankbaren Menge, ihr singend vorausgeschritten war, meinte sie den Höhepunkt ihres Daseins erreicht zu haben.

Erst Ephraim hatte sie wieder an Hosea erinnert, und während sie mit jenem von dem Gefangenen sprach, schritt sie doch stolz einher wie eine Königin und erwiderte die Grüße der Menge mit majestätischer Würde. Ihre Augen strahlten vor Glückseligkeit, und ihre Züge gewannen nur auf kurze Augenblicke den Ausdruck des Mitleides, wenn der Heimgekehrte von dem Schwersten berichtete, das er mit dem Oheim erduldet. Wohl gedachte sie noch des Mannes, den sie geliebt, doch er war ihr nicht mehr nötig für die hohen Ziele ihres Strebens.

Eben hatte Ephraim auch der schönen ägyptischen Frau erwähnt, die seinem Oheim hold gewesen, und auf deren Fürsprache hin den Gefangenen die Kette abgenommen worden sei, als sich an einer Stelle des Strandes, wo viele Leute zusammengeströmt waren, ein lautes Lärmen erhob. In wildes Wutgeheul mischte sich Freudengeschrei, und die Vermutung lag nahe, daß die See dort etwas besonders Kostbares ans Land gespült habe.

Da lockte die Neugier beide ans Ufer, und weil Mirjams hohes Ansehen die Menge veranlaßte, auseinander zu treten, konnten sie bald den Kasten eines großen, der Räder beraubten Reisewagens und seinen beklagenswerten Inhalt gewahren. Der linnene Schirm, der jenen bedeckt hatte, war abgebrochen, und auf seinem Boden sah man zwei ältere Aegypterinnen; eine jüngere dritte aber lehnte an der Hinterwand dieses seltsamen, zum Nachen gewordenen Fahrzeuges. Die ersteren lagen tot in dem Wasser, das seinen Boden bedeckte, und etliche Hebräerinnen standen im Begriff, der einen vornehmeren Leiche den kostbaren Goldschmuck von Hals und Armen zu reißen. Die jüngere Frau hatte ein wunderbares Ungefähr am

Leben erhalten, und jetzt reichte sie hebräischen Weibern ihr kostbares Geschmeide. Dabei zitterten ihr die fahlen Lippen und feinen, halb erstarrten Hände, und mit leiser, wohlklingender Stimme verhieß sie den Räuberinnen, ihnen alles zu geben und ein großes Lösegeld zu zahlen, wenn sie ihrer schonten. Sie sei ja noch so jung, und sie habe auch einem Hebräer Gutes erwiesen; — sie möchten sie nur hören.

Rührend klang diese Bitte, doch ward sie so häufig von Verwünschungen und Drohungen unterbrochen, daß sie nur wenigen hörbar wurde. Eben kreischte sie laut auf; denn ein rohes Weib riß ihr die goldene Schlange aus dem Ohr, als Mirjam und Ephraim das Ufer erreichten.

Wie ein Dolchstich traf der Angstschrei der Aegypterin das Herz des Jünglings, und das Blut wich ihm aus den Wangen, da er Kasana in ihr erkannte.

Die Leichen neben ihr waren ihre Amme und die Gattin des Oberpriesters Bay.

Seiner selbst kaum mächtig, stieß Ephraim die Männer, die ihn von der Ueberfallenen trennten, beiseite, eilte auf die Trümmer des Wagens zu, sprang auf den Dünen-hügel, an dessen Fuß das Fahrzeug gestrandet, und rief mit glühenden Wangen und in ungestümer Erregung:

„Zurück! Wehe dem, der sie anrührt!"

Aber schon hatte die eine Hebräerin, das Weib eines Ziegelstreichers, dem ein Kind auf der Wanderung durch die See unter schrecklichen Krämpfen gestorben, Kasana den Dolch aus dem Gürtel gerissen und ihn ihr mit dem höhnischen Schrei: „Das für meine kleine Ruth, Du Dirne!" in den Rücken gestoßen. Dann hob sie die kleine blutende Waffe zu einem neuen Stoße; doch bevor fie die Feindin zum andernmal getroffen, ſtürzte ſich Ephraim zwiſchen ſie und ihr Opfer und entwand ihr den Dolch. Dann ſtellte er ſich vor die Verwundete, ſchwang die Klinge und rief laut drohend: „Wer ſie an-rührt, ihr Mörder und Räuberinnen, deſſen Blut miſcht ſich mit dem dieſes Weibes!" Dann warf er ſich vor dem blutenden Körper der Verwundeten nieder, und da er ſie bar der Beſinnung fand, nahm er ſie auf die Arme und trug ſie Mirjam entgegen.

Einige Augenblicke ließen die überraſchten Plünderer ihn ſprachlos gewähren, doch, bevor er noch ſein Ziel erreicht, ſcholl es ringsum: „Rache, Rache!" — „Uns, die wir das Weib gefunden, uns allein gehört die Beute!" — „Wie darf der freche Ephraimit ſich vermeſſen, uns Räuber und Mörder zu ſchelten?" — „Wo es angeht, ägyptiſches Blut zu vergießen, da ſoll es rinnen!" — „Wie der Herr unſer Gott, ſo ſchonen auch wir keines Feindes!" — „Auf ihn!" — „Entreißt ihm das Mädchen!"

Doch der Jüngling achtete nicht dieſer Ausbrüche des Zorns, bis er das Haupt Kaſanas in den Schoß Mirjams gebettet, die auf dem nächſten Dünenhügel Platz gefunden, und wie die empörte Menge, die Weiber den Männern voran, auf ihn eindrang, ſchwang er abermals den Dolch und rief: „Zurück gebiet' ich noch einmal! Wer von Ephraim und Juda hier iſt, der trete zu mir und zu Mirjam, der Gemahlin ſeines Häuptlings! Recht ſo, ihr Brüder, und wehe dem, der ſie anrührt! Nach Rache ſchreit ihr? Iſt ſie euch nicht etwa durch das Scheuſal dort ge-worden, das die arme Wehrloſe ermordet? Den Schmuck eures Opfers verlangt ihr? Wohl, wohl; er gehört euch und ich geb' euch von dem meinen dazu, wenn ihr

dem Weibe des Hur überlaßt, für diese Sterbende zu
sorgen!"

Damit bückte er sich über Kasana, nahm von ihr,
was sie noch an Spangen und Ringen trug, und überließ es den begehrlichen Händen, die sich darnach ausgestreckt hatten. Endlich streifte er sich selbst den breiten
goldenen Reifen vom Arme, hielt ihn in die Höhe und
rief: „Dies ist das versprochene Aufgeld! Zieht ihr euch
gelassen zurück und überlaßt der Mirjam dies Weib, so
geb' ich euch das Gold, und ihr teilt euch darein. Lüstet
euch nach mehr Blut, dann kommt nur heran; doch den
Reifen behalt' ich!"

Diese Worte verfehlten nicht ihre Wirkung. Die
wütenden Weiber schauten bald auf den schweren, breiten
goldenen Reifen, bald auf den schönen Jüngling, und
die Männer von Juda und Ephraim, die sich um ihn
geschart, blickten einander fragend ins Antlitz; endlich
aber rief die Frau eines fremden Krämers: „Gibt er
das Gold her, so lassen wir dem feinen Häuptlingssohne
das blutende Liebchen."

Dieser Entscheidung stimmten die anderen bei, und
obgleich das empörte Weib des Ziegelstreichers, das als
Rächerin ihres Kindes eine Gott wohlgefällige That verrichtet zu haben meinte und dafür eine Mörderin gescholten worden war, den Jünglinge mit wilden Geberden
schmähte, wurde sie von der Menge nach dem Strande
mit fortgedrängt, wo sie neue Beute zu finden hoffte.

Während dieser bedrohlichen Verhandlung hatte
Mirjam furchtlos und mit kundiger Hand die Wunde
Kasanas untersucht und verbunden. Der Dolch, den der
Prinz Siptah der schönen Geliebten scherzend geschenkt,

damit sie nicht waffenlos in den Krieg ziehe, hatte ihr unter der Schulter eine tiefe Wunde geschlagen, und das Blut war so reichlich geflossen, daß die matte Flamme ihres Lebens jeden Augenblick zu verlöschen drohte.

Aber sie lebte noch, und so wurde sie in das Zelt des Nun getragen, das am schnellsten erreichbar.

Der alte Stammfürst hatte eben die Hirten und Jünglinge, welche Ephraim aufgerufen, seinen gefangenen Sohn zu befreien, mit Waffen versehen und sich ihnen anzuschließen versprochen, als der traurige Zug auf ihn zuschritt.

Wie Kasana den herrlichen Greis, so hatte dieser schon vor vielen Jahren die liebliche Tochter des Obersten Hornecht ins Herz geschlossen.

Niemals war sie ihm begegnet, ohne ihn durch einen Gruß zu erfreuen, den er stets mit einem guten Worte, wie: „Der Herr segne Dich, Kind!" oder: „Eine schöne Stunde, in der dem Alten etwas so Holdseliges begegnete!" erwidert hatte. Vor manchem Jahre — sie war noch mit der Kinderlocke geschmückt gewesen — hatte er ihr sogar ein Lamm mit besonders seidiger schnee- weißer Wolle gesandt, nachdem er von ihrem Vater das Korn seines Gutes gegen Rinder seiner berühmten Zucht eingetauscht, — und was sein Sohn ihm von Kasana er- zählt, war wohl geeignet gewesen, sein Wohlgefallen an ihr zu steigern.

Er sah in ihr die Allerbegehrenswerteste unter der ganzen heranwachsenden Jugend von Tanis, und wäre sie das Kind hebräischer Eltern gewesen, hätte es ihn beglückt, sie mit dem Sohn zu verbinden.

Seinen Liebling so wiederzufinden verursachte dem

Greise solches Herzweh, daß ihm helle Thränen in den
schneeigen Bart rannen und ihm die Stimme zitterte,
als er, während er sie begrüßte, den blutigen Verband
an ihrer Schulter wahrnahm.

Nachdem man sie auf seinem Lager ausgestreckt und
Nun der heilkundigen Prophetin den eigenen Arzneikasten zur Verfügung gestellt hatte, bat Mirjam die
Männer, sie mit der Kranken allein zu lassen, und als
sie dieselben wieder in das Zelt rief, hatte sie die Schwer-
verwundete mit Arzneien gestärkt und sorgfältiger, als
es vorher angegangen war, verbunden.

Mit geordnetem Haar, vom Blute gesäubert, lag sie
unter frischen Linnentüchern da wie ein schlummerndes,
kaum zur Jungfrau herangereiftes Kind.

Wohl atmete sie noch, doch weder in Wangen noch
Lippen hatte das Blut zurückkehren wollen, und erst nachdem sie den Trank, den Mirjam für sie gemischt, zum
andernmale genommen, öffnete sie die Augen.

Am Fußende ihres Lagers stand der Greis mit
dem Enkel, und beide hätten einander gern gefragt, wie
es komme, daß der andere den Thränen nicht wehren
könne, sobald er dieser Fremden ins Antlitz schaute.

Die Gewißheit, die sich dem Ephraim so unerwartet
aufgedrängt, daß Kasana schlecht sei und treulos, hatte
ihn schnell von ihr abgewandt und ihn auf den guten
Weg zurückgeschreckt, den er verlassen. Dennoch war tief
in ihm verschlossen geblieben, was er vor ihrem Zelte
erlauscht, und wie er dem Großvater und der Mirjam
erzählt, daß sie für die Gefangenen mitleidig eingetreten
sei, und beide gewünscht hatten, mehr von ihr zu vernehmen, war es ihm ergangen wie einem Vater, der

Zeuge des Verbrechens eines lieben Sohnes gewesen, und von dem Ruchlosen, das er erlauscht, war ihm kein Wort über die Lippen gekommen.

Jetzt freute er sich seines Schweigens; denn was er auch gesehen und gehört haben mochte, dies holdselige Geschöpf war gewiß keiner Schändlichkeit fähig!

Für den alten Nun hatte sie nie aufgehört, das liebliche Kind, als welches er sie kennen gelernt, seine Augenweide und Herzensfreude zu bleiben. So blickte er ihr denn mit zärtlicher Sorge in die schmerzlich zuckenden Züge, und wie sie endlich die Augen öffnete, lächelte er ihr mit väterlicher Innigkeit zu. Sie aber erkannte ihn und Ephraim sogleich, der Blick ihres Auges verriet es; doch der Versuch, ihnen zuzunicken, scheiterte an ihrer Schwäche. Dennoch verriet ihr ausdrucksvolles Gesicht Ueberraschung und Freude, und als Mirjam ihr die Arznei zum drittenmal gereicht und ihr die Stirn mit einer kräftigen Essenz benetzt hatte, schaute sie einem nach dem andern mit den großen Augen ins Antlitz, und wie sie die besorgten Mienen der Männer bemerkte, gelang es ihr, leise zu sagen: „Die Wunde thut weh, — und der Tod . . . Muß ich schon sterben?"

Da schaute der eine den andern fragend an, und die Männer hätten ihr gern die schreckliche Wahrheit verborgen; sie aber fuhr fort: „O laßt es mich wissen! Ach bitte, sagt mir die Wahrheit!" Und Mirjam, die neben ihr auf dem Boden kniete, fand nun den Mut, zu erwidern: „Ja, Du armes, junges Geschöpf, die Wunde ist tief, doch was meine Kunst vermag, das soll geschehen, Dir das Leben so lang zu erhalten, wie es nur angeht."

Gütig und mitleidsvoll klangen diese Worte, und doch schien die tiefe Stimme der Prophetin Kasana weh zu thun; denn ihr Mund verzog sich schmerzlich während Mirjams Rede, und als sie sie beendet, schloß die Leidende die Augen, und eine große Thräne nach der andern rann ihr über die Wangen.

Um sie her herrschte tiefes, banges Schweigen, bis sie die Lider wiederum aufschlug, und indem sie den Blick mühsam auf Mirjam richtete, leise und wie befremdet von etwas Seltsamem fragte: „Du bist ein Weib und übst dennoch die Kunst des Arztes?"

Da versetzte die andere: „Mein Gott hat mir geboten, für die Leidenden unter meinem Volke zu sorgen."

Nun begann das Auge der Sterbenden unruhig zu funkeln, und lauter als vorher, ja mit einer Bestimmtheit, welche die anderen überraschte, stieß sie hervor: „Du bist Mirjam, das Weib, das den Hosea zu sich berief," und als die andere ungesäumt und selbstbewußt versetzte: „Du sagst es!" fuhr Kasana fort: „Und Du bist von sonderbarer, gebieterischer Schönheit und vermagst wohl auch viel. Er folgte Deinem Rufe, und Du — Du ließest Dich dennoch einem andern vermählen?"

Da entgegnete die Prophetin zum andernmal, doch mit dumpfem Ernste: „Du sagst es!" Die Sterbende aber schloß wiederum die Augen, und ihren Mund umspielte ein seltsames, überlegenes Lächeln. Doch es währte nicht lange; denn eine große, peinliche Unruhe ergriff sie. Die Finger der kleinen Hände, die Lippen, ja selbst die Augenlider blieben ihr in steter Bewegung, und ihre schmale, glatte Stirn faltete sich, als ob sie etwas Schweres bedenke.

Endlich brach sich Bahn, was sie bedrängte, und wie aus der Ruhe gestört rief sie ängstlich: „Du dort bist Ephraim, der wie sein Sohn war, und Du bist Nun, der Alte, sein lieber Vater. Da steht ihr und werdet leben ... Aber ich, — ich ... O, wie ist es doch so schwer, das Licht zu verlassen ... Vor den Richterstuhl des Osiris führt mich Anubis. Mein Herz wird gewogen, und dann ..."

Hier schauderte sie zusammen und schloß und öffnete die zitternden Hände; bald aber sammelte sie sich wieder und begann von neuem zu reden. Doch Mirjam verbot es ihr streng, weil es ihr Ende beschleunigen werde.

Da raffte die Leidende sich zusammen und rief hastig und so laut sie vermochte, nachdem sie der Prophetin hohe Gestalt mit einem langen Blick gemessen: „Du willst mich hindern, zu thun, was ich muß? — Du?!"

Ein leiser Hohn hatte aus dieser Frage geklungen; doch sie mochte fühlen, daß es geboten sei, die Kräfte zu sparen; denn weit gelassener und als rede sie zu sich selbst, fuhr sie fort: „So kann ich nicht hingehen, so nicht! Wie es gekommen; warum ich alles, alles ... Muß ich es büßen, so will ich nicht klagen, wenn Er nur erfährt, wie es gekommen. O Nun, guter alter Nun, der mir das Lamm schenkte, wie ich noch klein war — ich hatt' es so lieb — und Du, Ephraim, mein Knabe, euch will ich alles vertrauen."

Hier schnitt ihr ein wehes Hüsteln das Wort ab; doch sobald sie den Atem zurückgewonnen, wandte sie sich Mirjam wieder zu und rief in einem Tone, aus dem bittere Abneigung in so bestimmter Weise klang, daß es diejenigen, welche ihr freundliches Wesen kannten

befremdet hätte: „Aber Du dort, — Du große Frau, mit
der tiefen Stimme, die Du ein Arzt bist, Du hast ihn
aus Tanis fortgelockt, von seinen Kriegern und auch von
mir . . . Er, er that Dir den Willen. Und Du . . .
Eines andern Weib bist Du geworden; es war wohl nach
seiner Ankunft . . . Ja! Denn als Ephraim ihn rief, nannte
er Dich noch eine Jungfrau . . . Ich weiß nicht, ob es ihm,
dem Hosea, Schmerzen bereitet . . . Doch ein anderes
weiß ich, und das ist, daß ich etwas bekennen will und
muß, bevor es zu spät . . . Und das sollen nur diejenigen
hören, die ihn lieben, und ich — hörst Du? — ich
liebe ihn, liebe ihn mehr als alles andere auf Erden!
Aber Du? Du hast einen Gemahl und einen Gott,
dessen Geboten Du eifrig folgst, — Du sagst es ja selbst.
Was kann Hosea Dir sein? So bitt' ich Dich denn,
uns zu verlassen. Es waren mir wenige zuwider von
allen, die mir begegnet; — aber Du, — Deine Stimme,
Dein Auge — es schnürt mir das Herz zu — und bliebst
Du mir nahe, ich könnte nicht reden, wie ich doch muß . . .
und das Sprechen, o, es thut mir so weh! Nur bevor
Du gehst — Du bist ja ein Arzt — laß mich das eine
noch wissen: — ich habe ihm mancherlei sagen zu lassen,
bevor ich sterbe . . . Wird das Reden mein Tod sein?"

Da fand die Prophetin wiederum kein anderes Wort
als das kurze: „Du sagst es!" und diesmal klang es
warnend und fest.

Wie sie dann schwankend zwischen der Pflicht, die
sie als Arzt der Kranken schuldete, und dem Antrieb, dem
Gebot einer Sterbenden nicht entgegen zu handeln, aus
dem Blick des greisen Nun die Aufforderung las, der
andern den Willen zu thun, verließ sie gesenkten Hauptes

das Zelt; draußen aber gingen die bitteren Worte der
Unglücklichen ihr nach und verdarben ihr den so glor-
reich begonnenen Tag und noch manche spätere Stunde,
und bis ans Ende wußte sie sich nicht zu erklären,
warum sie dieser armen Sterbenden gegenüber die Empfindung beherrscht hatte, daß sie geringer sei als jene,
und hinter ihr zurückzustehen habe.

Sobald sich Kasana dann mit dem Großvater und
Enkel allein sah, und Ephraim sich neben dem Lager auf
die Kniee niedergelassen, der Greis aber ihr die Stirn
geküßt und das weiße Haupt vorgebeugt hatte, um ihren
leisen Worten zu lauschen, begann sie wieder:

„Jetzt wird mir wohler. Dies große Weib . . .
Die finsteren, zusammengewachsenen Brauen . . . Die
nachtschwarzen Augen; — sie glühen so heiß, und doch
sind sie kalt . . . Diese Frau . . . Hat Hosea sie geliebt,
Vater? Sag es mir; ich frage gewiß nicht aus eitler
Neugier!“

„Er ehrte sie,“ versetzte der Greis bekümmert, „wie
jeder im Volke; denn sie ist hohen Geistes, und unser
Gott läßt sie seine Stimme vernehmen; Du aber, mein
Liebling, bist ihm von Kind an teuer gewesen, das
weiß ich.“

Da ergriff die Sterbende ein leiser Schauer. Kurze
Zeit schloß sie die Augen, und ihren Mund umspielte ein
sonniges Lächeln.

Dies währte so lange, daß Nun schon meinte, der
Tod fordere sie ab und mit dem Arzneibecher in der
Hand ihren Atem belauschte.

Sie schien es nicht zu merken; doch als sie die
Augen endlich wieder aufschlug, streckte sie die Hand

nach dem Tranke aus, nahm ihn und begann dann von neuem: „Es war mir eben, als hätte ich ihn gesehen, den Hosea. Er trug den kriegerischen Schmuck, wie damals, als er mich zum erstenmal auf den Arm nahm. Ich war noch klein, und ich fürchtete mich vor ihm, weil er so ernst, und die Amme hatte mir gesagt, daß er sehr viele Feinde erschlagen. Aber es freute mich, wenn er kam, und ging er, dann war ich traurig. So gingen die Jahre dahin, und mit mir selbst wuchs die Liebe. Mein junges Herz war so voll von ihm, so voll ... Auch noch wie sie mich gezwungen, dem andern zu folgen, und nachdem ich Witwe geworden."

Die letzten Worte hatten kaum vernehmbar leise geklungen, und sie ruhte einige Zeit, bevor sie fortfuhr: „Hosea weiß das auch alles, nur nicht, wie ich mich gesorgt, wenn er im Feld stand, und wie ich mich nach ihm gesehnt, bevor er zurückkam. Endlich, endlich kehrte er heim, und wie ich mich auf das Wiedersehen freute! Doch er, Hosea? ... Das Weib — ich weiß es von Ephraim — die große, hochmütige Frau rief ihn nach Pithom. Doch er kehrte zurück, und dann ... O Nun, Dein Sohn ... Das war das Schwerste! ... Er schlug meine Hand aus, die der Vater ihm anbot ... Und das, wie das weh that! ... Ich kann nicht mehr! ... Gib mir zu trinken!"

Ihre Wangen hatten sich bei diesen schmerzlichen Bekenntnissen gerötet, und da der erfahrene Greis wahrnahm, wie schnell die Anstrengung, der sie sich unterzog, sie dem Tode näher brachte, bat er sie, schweigend zu ruhen; sie aber bestand darauf, die ihr noch vergönnte Zeit zu benützen, und zwang sie auch der stechende

Schmerz, mit dem ein kurzer Husten sie quälte, die Hand auf die Brust zu drücken, fuhr sie doch fort:

„Dann kam der Haß; doch es währte nicht lange, — und heißer geliebt als damals, wie ich dem armen Sträflinge nachfuhr — Du weißt ja, mein Knabe — hab' ich ihn nimmer. Aber dann begann das Gräßliche, das Böse, das Arge ... das ich ihn wissen lassen muß, damit er mich nicht verachte, wenn er etwa erfährt ... Ich hatte ja nie eine Mutter, und keiner war da, mich zu warnen ... Wo soll ich nur beginnen? Der Prinz Siptah — Du kennst ihn wohl, Vater — der schlechte Mann, wird bald gebieten über mein Land. Mein Vater ist mit ihm verschworen ... Gütige Götter, ich kann nicht weiter!"

Angst und Verzweiflung malten sich bei diesen Worten in ihren Zügen; Ephraim aber unterbrach sie und bekannte mit nassen Augen und zitternder Stimme, daß er alles wisse. Dann wiederholte er, was er vor ihrem Zelte erlauscht, und sie bestätigte es mit winkenden Blicken.

Als er endlich auch der Gattin des Statthalters und Oberpriesters Baï erwähnte, deren Leiche mit ihr an den Strand getrieben worden, unterbrach sie ihn mit dem leisen Rufe: „Sie hat das alles ersonnen. Ihr Gatte sollte der Allergrößte werden im Lande und auch den Pharao regieren; denn Siptah ist kein Sohn eines Königs."

„Und," unterbrach sie der Greis, um sie zum Schweigen zu bringen und ihr zu helfen, das mitzuteilen, was sie zu sagen wünschte, „wie Baï ihn hob, so kann er ihn stürzen. Noch sicherer als der Entthronte wird er ein

Werkzeug des Mannes werden, der ihn zum Könige ausrief; der Syrer Aarsu aber ist mir bekannt, und sehe
ich recht, so kommt die Zeit, da er in dem zerrütteten,
von inneren Unruhen zerfleischten Aegypten für sich selbst
nach der Macht streben wird, zu der er anderen durch seine
Söldner verhalf. Du aber, Kind, was trieb Dich an,
dem Heere und dem schändlichen Wüstlinge zu folgen?"

Da leuchteten die Augen der Sterbenden auf; denn
diese Frage führte sie geradenwegs auf das, was sie mitzuteilen wünschte, und so antwortete sie so laut und
schnell, wie es ihre Mattigkeit zuließ: „Um Deines Sohnes
willen, ihm zu Liebe, um den Hosea zu befreien, that
ich's. Ich hatt' es noch am Abend vorher dem Weibe
des Baï abgeschlagen fest und bestimmt. Aber als ich
Deinen Sohn wiedersah bei dem Brunnen, und er,
Hosea . . . O, zuletzt war er so liebevoll und küßte
mich freundlich . . . Und da — da . . . Mein armes
Herz! In Elend sah ich ihn, den besten der Menschen,
in Schimpf und Siechtum verkommen. Und als er nun
fortzog mit der Kette am Fuße, da fuhr es mir durch
den Sinn . . ."

„Da faßtest Du wackeres, thörichtes, irregeleitetes
Kind den Entschluß," rief der Greis, „das Herz des
künftigen Königs für Dich zu entflammen, um durch ihn
meinen Sohn, Deinen Freund, zu befreien?"

Hier lächelte die Sterbende ihm wiederum be-
stätigend zu und rief leise: „Ja, ja, darum, nur darum!
Und der Prinz ist mir so widrig gewesen. Und die
Schande, die Schmach — o, wie schrecklich es war!"

„Und um meines Sohnes willen hast Du sie auf Dich
genommen," unterbrach sie der Greis, und ihre Hand, die

er an die Lippen zog, wurde feucht von seinen Thränen;
sie aber wandte den Blick auf Ephraim und schluchzte
leise: „Auch an diesen da dacht' ich. Er war ja so
jung, und in den Bergwerken ist es so gräßlich."

Dabei schauderte sie wieder zusammen; der Jüngling aber bedeckte ihre glühende Rechte mit Küssen, während
sie ihm und dem Greise liebreich ins Antlitz schaute und
mit halb gebrochener Stimme fortfuhr: „O, nun ist es
gut, und schenken ihm die Götter die Freiheit . . ."

Hier unterbrach sie Ephraim, um feurig zu rufen:
„Heute noch geht es fort zu den Minen! Ich und meine
Genossen und der Großvater mit uns treiben seine Wächter
zu Paaren!"

„Und aus diesem Munde soll er vernehmen," fügte
der Greis hinzu, „wie treu ihn Kasana geliebt, und daß
sein Leben zu kurz sein wird, um ihr für solches Opfer
zu danken."

Doch die Stimme versagte ihm; — von dem Antlitz
der Sterbenden aber war alles Schmerzliche geschwunden
und lange Zeit schaute sie stumm und glückselig aufwärts.
Nach und nach zog sich indes ihre glatte Stirn sorgenvoll
zusammen, und leise stieß sie hervor: „Gut, alles gut . . .
Nur das eine . . . Meine Leiche . . . Unbalsamirt . . .
Ohne die heiligen Amulette . . ."

Der Greis aber fiel ihr ins Wort: „Sobald Du
die Augen geschlossen, übergebe ich sie wohlverwahrt dem
phönizischen Schiffsherrn, der hier weilt, damit er sie
Deinem Vater überbringe."

Da versuchte sie das Haupt ihm zuzuwenden, um
ihm mit einem warmen Blicke zu danken; doch plötzlich
griff sie mit beiden Händen an die Brust, purpurnes

Blut trat ihr auf die Lippen, auf ihren Wangen wech-
selte tiefe Bläffe mit flammendem Rot, und nach einem
kurzen, schmerzlichen Kampfe sank sie zurück. Der Tod
legte ihr die Hand auf das liebreiche Herz, und ihre
Züge gewannen das Ansehen eines Kindes, dem die
Mutter seinen Irrtum vergeben und es vor dem Ent-
schlummern ans Herz gezogen.

Weinend drückte der Greis der Entschlafenen die
Augen zu, Ephraim küßte ihr tief erschüttert die ge-
schloffenen Lider, und nachdem beide kurze Zeit geschwiegen,
sagte der Alte: „Ich frage nicht gern nach unserem
Schickſal jenseits des Grabes, das selbst Mose nicht kennt;
doch wer so lebte, daß sein Andenken freundlich bewahrt
bleibt in den Seelen derer, die er geliebt, der hat, denk'
ich, das Seine für die Fortdauer nach dem Tode gethan!
Dieser Verstorbenen wollen wir in den besten Stunden
gedenken. Thun wir an ihrer Leiche, was wir gelobt,
und dann hinaus, um demjenigen, dem Kaſana ihr Bestes
geopfert, zu zeigen, daß wir ihn nicht schlechter lieben
als dies ägyptische Weib.“

Vierundzwanzigstes Kapitel.

———

Die in die Minen transportirten Staatsgefangenen kamen diesmal nur langsam vorwärts.

Von einer schlechteren, an Widerwärtigkeiten, Hindernissen und Unfällen reicheren Fahrt durch die Wüste wußte der erfahrene Führer nicht zu erzählen.

Einer seiner Maulwürfe, Ephraim, war ihm entwischt, seine treuen Spürhunde hatte er eingebüßt, und nachdem seine Schar von einem Unwetter, wie es in diesen Wüstenstrichen alle fünf Jahre kaum einmal vorkam, erschreckt und durchnäßt worden war, hatte sich am folgenden Abend ein zweites entladen — dasselbe, welches dem Heere des Pharao den Untergang bereitet — und dies war noch heftiger und anhaltender gewesen. Der Sturm hatte den Marsch aufgehalten, und nach dem letzten Wolkenbruche waren infolge der nassen Nachtquartiere im Freien einige Sträflinge und Wächter am Fieber erkrankt. Auch die des Regens ungewohnten ägyptischen Esel hatten gelitten, und der beste war am Wege liegen geblieben.

Endlich hatte man sich gezwungen gesehen, zwei

verstorbene Sträflinge in den Boden zu scharren und
drei schwer erkrankte auf die übriggebliebenen Grautiere
zu setzen, die Gefangenen aber mit den Vorräten zu beladen, welche die Esel vorher getragen. Dergleichen war
dem Führer in seiner fünfundzwanzigjährigen Thätigkeit
zum erstenmale begegnet, und er sah schweren Verweisen
entgegen.

Das alles wirkte übel auf die Stimmung des Mannes,
der sonst als der gutherzigste seiner Amtsgenossen bekannt
war, und Josua, der Genoß des unverschämten Burschen,
an dessen Flucht sich die übrigen Aergernisse knüpften,
bekam seinen Verdruß am schwersten zu fühlen.

Vielleicht wäre der gereizte Mann milder mit ihm
verfahren, wenn er geklagt hätte wie sein Hintermann,
oder in Flüche ausgebrochen wäre wie sein Kettengenosse,
der sich in drohenden Hinweisen auf kommende Zeiten
erging, in denen seine Schwägerin dem Pharao nahe
stehen und diejenigen zu finden wissen werde, welche ihren
lieben Verwandten mißhandelt.

Aber Hosea hatte sich vorgenommen, was der rohe
Gesell und seine Genossen ihm auch zufügen würden, mit
der gleichen Ruhe über sich ergehen zu lassen wie den
Sonnenbrand, der ihn, seit er Waffen trug, auf manchem
Marsch durch die Wüste gequält, und sein männlich fester
Sinn half ihm, diesem Entschlusse treu zu bleiben.

·· Wenn ihn der Führer mit unerhörten Lasten über-
bürdete, nahm er die ganze, große Kraft seiner Muskeln
zusammen und wankte ohne einen Laut des Widerspruchs
mit ihnen vorwärts, bis die Kniee ihm bebten; dann
aber stürzte der Führer auf ihn zu, riß ihm einige Ballen
von der Schulter und rief, er erkenne wohl seine Bosheit.

Es lüste ihn nur, am Wege liegen zu bleiben, um ihn in neue Ungelegenheiten zu stürzen; aber so lasse er sich nicht um das Leben der Leute betrügen, deren man in den Bergwerken bedürfe.

Einmal hatte der Führer ihm eine blutende Wunde geschlagen; gleich darauf aber war er mit aller Sorgfalt bemüht gewesen, sie zu heilen, hatte ihm Wein zur Stärkung gereicht und die Wanderung einen halben Tag verzögert, um ihm Ruhe zu gönnen.

Des Prinzen Siptah Verheißung, denjenigen reich zu belohnen, der ihm die Nachricht vom Tode dieses Gefangenen bringe, hatte er nicht vergessen, doch sie war es gerade, die den redlichen Mann veranlaßte, sorglich über das Leben Josuas zu wachen; denn das Bewußtsein, um irgend eines Vorteils willen seine Pflicht verletzt zu haben, hätte ihm die Lust an Speise und Trank und den ruhigen Schlaf, seine höchsten Güter, verdorben.

So ward der hebräische Sträfling zwar gequält, doch nie über das Maß des Erträglichen hinaus, und es gereichte ihm zur Lust, mit der eigenen großen Kraft den schwächeren Genossen manche Erleichterung zu schaffen.

Er hatte sein Geschick dem Gott, der ihn in seinen Dienst berufen, ans Herz gelegt; doch er wußte wohl, daß es mit dem bloßen frommen Zutrauen nicht gethan sei, und so dachte er Tag und Nacht auf Flucht. Aber die Kette, die ihn mit dem Leidensgenossen verband, war so festgeschmiedet und wurde jeden Morgen und Abend so sorglich befühlt und gehämmert, daß der Versuch, zu entweichen, ihn nur in noch schwereres Elend gestürzt haben würde.

Die Sträflinge waren zuerst durch hügeliges Land,

dann mit einer langen Gebirgskette im Auge bergan gezogen und endlich zu einer Wüstenlandschaft gelangt, aus
der stark abgestumpfte Sandsteinkegel vereinzelt aus dem
felsigen Grund aufstiegen.

Bei einem großen Berge, den die Natur aus flachen
Steinlagen aufgeschichtet zu haben schien, wurde am fünften
Abend gerastet, und wie die Sonne des sechsten Tages
sich erhob, schwenkten sie in ein Seitenthal ab, das in
die Minen der Bechlandschaft führte.

Ueberholt hatte sie nur in den ersten Tagen ein
Bote aus dem Silberhause des Königs; dagegen waren
ihnen mehrere kleine Transportzüge begegnet, welche Mala-
chit, Türkise und Kupfer, sowie die aus diesem Metall
in der Nähe der Minen verfertigten grünen Glasflüsse
nach Aegypten brachten.

Unter denen, welche ihnen am Eingange des Quer-
thales, in das sie am letzten Morgen einlenkten, begegneten,
befand sich auch ein Ehepaar, das heimwärts zog, nachdem es der König begnadigt. Der Führer wies auf
dasselbe, um seine erschöpften Maulwürfe zu ermutigen,
doch übte ihr Anblick die entgegengesetzte Wirkung; denn
das wirre Haar des Mannes, der die dreißiger Jahre
kaum überschritten, war ergraut, seine ursprünglich hohe
Gestalt gebeugt und abgemagert und sein nackter Rücken
von Narben und blutrünstigen Striemen entstellt; die
Frau aber, welche sein Elend geteilt, war erblindet. Mit
dem dumpfen Brüten des Irrsinns kauerte sie auf einem
Esel, und ob auch der Vorbeimarsch der Sträflinge das
Schweigen der Wüste auffällig genug unterbrach und ihr
Gehör scharf geblieben war, achtete sie der ihr Begegnenden
nicht und fuhr fort, gleichgiltig ins Leere zu starren.

Der Anblick dieser Unglücklichen stellte Hosea die eigene schreckliche Zukunft wie im Spiegelbilde vor Augen, und zum erstenmale stöhnte er laut auf und schlug die Hand vor das Antlitz.

Dies gewahrte der Führer, und ergriffen von dem Entsetzen des Mannes, dessen Standhaftigkeit ihm bis dahin unvergleichlich erschienen, rief er ihm zu: „So kehren sie nicht alle heim, so nicht, nein, gewiß nicht!"

„Weil sie einen trostloseren Anblick bieten," dachte er bei sich. „Aber die armen Wichte brauchen das nicht im voraus zu wissen. Komm' ich das nächstemal her, so will ich nach dem Hosea fragen; denn es soll mich wundern, was inzwischen aus diesem Stiere von einem Manne geworden. Die Stärksten und Standhaftesten richtet es oft am schnellsten zu Grunde."

Hierauf schwang er wie ein Fuhrmann, der ein lediges Gespann vor sich hintreibt, die Geißel über die Sträflinge hin, ohne sie zu berühren. Dann wies er auf eine Rauchwolke, die hinter einer Höhenwand zur Rechten des Weges aufstieg, und rief: „Da wären schon die Schmelzöfen! Um Mittag sind wir am Ziel. Es fehlt dort nicht an Feuer, die Linsen zu kochen, und ein Stück Hammelfleisch gibt es wohl gleichfalls; denn wir feiern ja heute den Geburtstag des guten Gottes, des Sohnes der Sonne; Leben blühe ihm, Heil und Gesundheit!"

Eine halbe Stunde ging es nun durch ein trockenes Flußbett mit hohen Wänden weiter, in dem nach den letzten Wolkenbrüchen ein tiefer Gebirgsstrom rauschend zu Thale geeilt war und heute nur noch wenige Lachen verdunsteten.

Nachdem die traurige Schar einen steil abfallenden

Berg umgangen, auf dessen Spitze ein kleiner ägyptischer Tempel der Hathor und eine ziemliche Anzahl von Grabsteinen standen, näherte sie sich der Krümmung des Thales, das in die Schlucht der Bergwerke führte.

Vor den Thoren des Tempelchens auf dem Berge wehten Fahnen von hohen Masten, die zu Ehren des Geburtstages des Pharao aufgehißt waren, und als aus dem sonst so stillen Minenthale den Wanderern ein lautes Schreien, Tosen und Klirren entgegenscholl, meinte der Führer, das höchste Fest der Gefangenen werde in ungewöhnlich geräuschvoller Weise gefeiert und teilte diese Vermutung den anderen Wächtern mit, die lauschend stehen geblieben waren.

Darauf schritt der Zug ohne Aufenthalt weiter, und keiner richtete auch nur das ermüdete Haupt auf; denn die Mittagssonne brannte so grimmig und die blendend hell beleuchteten Wände der Schlucht strömten solche Glut aus, als gelte es, die Hitze der Schmelzöfen in ihrer Nähe zu überbieten.

Trotz des nahen Zieles schwankten die Wanderer wie im Schlafe dahin, und nur einem einzigen hemmte die gewaltigste Spannung den Atem.

Wie das Schlachtroß im Pflug den Hals krümmt, die Nüstern bläht und den Blick feurig erhebt, so hatte Josuas gebeugte Gestalt, trotz des Sackes, der ihm die Schultern belastete, sich hoch aufgerichtet, und sein leuchtender Blick war der Stelle zugewandt, woher das Geräusch kam, das der Führer für lauten Festlärm gehalten.

Doch er, Josua, wußte es besser! Das Getöse, welches dort erscholl, er konnte es nie verkennen: es war der Schlachtruf ägyptischer Truppen, war das Signal

der Trompete, die zum Sammeln rief, war das Waffen-
gerassel und Kriegsgeschrei feindlicher Horden.

Zu einer schnellen That bereit, rief er den Kettengenossen an und flüsterte ihm gebieterisch zu: „Die
Stunde der Befreiung ist da. Gib acht und folge mir
blindlings."

Da faßte auch den andern eine mächtige Bewegung,
und kaum hatte Hosea in das Seitenthal geschaut, als er
dem Leidensgefährten befahl, sich bereit zu halten.

Der erste Blick in die Schlucht hatte ihm auf der
Spitze einer Felsenklippe ein von weißem Haar umrahmtes,
würdiges Haupt gezeigt, das seines Vaters. Unter Zehntausenden und aus weit größerer Entfernung hätte er es
erkannt! Von dem geliebten Greise aber wandte er einen
raschen Blick auf den Führer, der erschrocken und sprachlos stehen geblieben war und in der Meinung, es sei
eine Meuterei unter den Staatsgefangenen ausgebrochen,
in schneller Gegenwart des Geistes den anderen Wächtern
mit heiserer Stimme zurief: „Hinter die Sträflinge, und
jeden niedergeschlagen, der zu fliehen versucht!"

Kaum aber waren seine Untergebenen an das Ende
des Zuges geeilt, als Josua dem Genossen zuraunte:
„Auf ihn!"

Damit überfiel der Hebräer, der mit dem Gefährten
an der Spitze des Zuges wanderte, den überraschten
Führer, und Josua faßte seinen rechten, der andere seinen
linken Arm, bevor er sich dessen versah.

Zwar strebte der starke Mann, dessen Kraft die Wut
verdoppelte, wild und eifrig sich loszuringen, doch mit
stählernen Griffen hielt ihn Josua und mit ihm sein
Kettengenosse fest.

Ein rascher Blick hatte dem Feldhauptmann den Weg gezeigt, den er einzuschlagen habe, um zu den Seinen zu stoßen. Zwar führte er an einer kleinen Schar von ägyptischen Bogenschützen vorbei, die Pfeile auf die Hebräer an der gegenüberliegenden Thalwand versandten; doch der Feind durfte nicht wagen, auf ihn und seinen Gefährten zu schießen; denn die mächtige Gestalt des Führers, den Kleid und Waffen kenntlich genug machten, deckte sie beide.

„Hebe die Kette mit der Rechten," flüsterte der Krieger dem andern zu, „ich halte unsern lebenden Schild. Wir müssen die Berglehne im Krebsgang ersteigen!"

Sein Genosse gehorchte, und wie sie sich den Feinden auf Schußweite genähert, hielten sie ihnen den Führer, bald seitwärts, bald rückwärts schreitend, entgegen, und mit dem weithin tönenden Rufe: „Der Sohn des Nun kehrt zurück zu dem Vater und seinem Volke!" näherte Josua sich Schritt für Schritt den hebräischen Streitern.

Noch hatte keiner der Aegypter, die den Führer kannten, gewagt, einen Pfeil auf die entweichenden Sträflinge zu versenden, als von der Berglehne her, welche das zusammengekettete Paar rückwärts schreitend erstieg, dem Krieger sein Name in hellem Jubelton entgegenklang, und gleich darauf Ephraim mit einer Schar von jugendlichen Streitern die Höhe herab und gerade auf ihn zugeeilt kam.

Zu seinem Erstaunen sah Josua in den Händen eines jeden dieser Söhne seines Volkes den großen Schild eines ägyptischen Schwerbewaffneten, ein Schwert oder eine Streitart. Aber auch die Hirtenschleuder und der

Sack mit gerundeten Steinen waren an vieler Gürtel
befestigt.

Ephraim führte die Genossen, und bevor er den
Oheim begrüßte, ließ er jene in zwei Gliedern, wie eine
doppelte Mauer, zwischen Josua und die feindlichen Bogenschützen treten.

Nun erst gab er sich der Freude des Wiedersehens
hin, und ihm folgte bald eine zweite frohe Begrüßung;
denn auch der alte Nun war, geschützt von den hohen
ägyptischen Schilden, die das Meer ans Land gespült
hatte, zu dem vorspringenden Felsen geführt worden, in
dessen Schutz rüstige Hände dem Josua und seinem Genossen die Ketten abfeilten, während Ephraim mit einigen
anderen den Führer fesselte.

Dieser Unglückliche hatte jeden Widerstand aufgegeben
und ließ wie vernichtet alles über sich ergehen. Bevor
man ihm die Arme auf den Rücken zusammenband, bat
er nur, sich die Augen trocknen zu dürfen; denn Thräne
auf Thräne rann dem harten Manne, der sich, überlistet
und überwältigt, nicht mehr für fähig hielt, seines Amtes
zu warten, in den grauen Bart.

Der Greis zog den befreiten, wiedergewonnenen, einzigen Sohn, den er schon als verloren betrauert, mit leidenschaftlicher Innigkeit ans Herz. Dann ließ er ihn los, trat
von ihm zurück und ward nicht müde, sich an seinem Anblick zu weiden und sich wiederholen zu lassen, daß er,
treu seinem Gotte, sich dem Dienste des Volkes geweiht.

Doch nur kurze Zeit gönnten sich beide die Wonne
dieses schönen Wiederbegegnens; denn der Kampf forderte
sein Recht, und wie von selbst ging seine Leitung auf
Josua über.

Er hatte mit dankbarer Freude, die aber doch nicht
frei von schmerzlicher Wehmut, erfahren, welches Ende das
tapfere Heer genommen, zu dessen Führern er sich lange
mit Stolz gezählt, und weiter, daß eine andere Schar von
bewaffneten Hirten unter Führung des Hur, des Gatten
der Mirjam, die Türkisminen von Dophka überfallen habe,
welche, weiter südlich gelegen, in einigen Stunden zu erreichen waren. Siegte sie, so sollte sie vor Sonnenuntergang zu der jugendlichen Mannschaft des Ephraim stoßen.

Diese brannte vor Begier, sich auf die Aegypter zu
werfen, der besonnene Josua aber, der die Gegner gemustert, zweifelte zwar nicht, daß sie den feurigen Hirten,
die ihnen an Zahl weit überlegen, weichen müßten; doch
gerade bei diesem Kampfe, der um seinetwillen geführt
ward, lag es ihm am Herzen, wenig Blut zu vergießen,
und so befahl er dem Ephraim, einen Wedel von der
nächsten Palme zu schneiden, ließ sich einen Schild reichen
und trat, indem er den Frieden kündenden Zweig schwang
und sich doch vorsichtig deckte, ganz allein dem Feinde
entgegen.

Die Hauptmacht desselben stand vor dem Eingang
der Minen, und, vertraut mit den Zeichen, welche zu
Verhandlungen luden, ersuchte er ihren Befehlshaber um
eine Unterredung.

Dieser zeigte sich geneigt, eine solche zu gewähren,
doch wünschte er sich zuerst von dem Inhalt eines Briefes
zu unterrichten, den man ihm eben überbracht und der
Schlimmes enthalten mußte; das ging unverkennbar aus
den Mienen des Boten und einigen abgerissenen, doch
inhaltsschweren Worten hervor, die dieser seinen Lands-
leuten zugeraunt hatte.

Während einige Krieger des Pharao dem erschöpften und bestaubten Läufer Erfrischungen reichten und mit allen Zeichen des Entsetzens den Mitteilungen lauschten, die er mit heiserer Stimme hervorstieß, las der Befehlshaber das Schreiben.

Seine Züge verfinsterten sich, und als er schloß, ballte er den Papyrus ingrimmig zusammen; denn er hatte nichts Geringeres gemeldet als den Untergang des Heeres, den Tod des Pharao Menephtah und ferner, daß der älteste seiner überlebenden Söhne als zweiter Seti ausgerufen und gekrönt worden sei, nachdem der Versuch des Prinzen Siptah, sich des Thrones zu bemächtigen, gescheitert. Dieser war in die Sumpfdistrikte des Delta geflohen, und der Syrer Aarsu, nachdem er von ihm abgefallen und sich auf die Seite des neuen Königs gestellt, zum Befehlshaber sämtlicher Söldnertruppen erhoben worden. Baï, den Oberpriester und Oberrichter, hatte der zweite Seti seiner Würden entsetzt und aus seiner Nähe verbannt. Die mit dem Siptah Verschworenen sollten nicht in die Kupferminen, sondern in die äthiopischen Goldbergwerke abgeführt werden. Es hieß auch, daß viele Weiber aus dem Hause der Abgeschlossenen, und sicher die Mutter des Siptah, erdrosselt worden seien. Jeder Krieger, den man in den Bergwerken entbehren konnte, sollte sogleich nach Tanis aufbrechen, da es an gedienten Leuten für die neu herzustellenden Legionen fehlte.

Diese Nachrichten übten eine mächtige Wirkung; denn nachdem Josua dem Befehlshaber mitgeteilt, daß er von dem Untergange des ägyptischen Heeres unterrichtet sei und in wenigen Stunden neue Scharen erwarte, welche mit der Einnahme von Dophka beauftragt, stimmte der Aegypter den aufbegehrenden Ton um und suchte nur noch günstige Bedingungen für den Abzug zu erzielen. Er wußte nur zu gut, wie schwach die Besatzung der Türkisminen sei, und daß er aus der Heimat keinen Beistand zu erwarten habe. Außerdem erweckte die Person des Vermittlers sein Zutrauen, und so gab er sich denn nach mancherlei Einwänden und Drohungen mit der Bewilligung zufrieden, daß die Besatzung samt den Lasttieren und dem nötigen Mundvorrat ungeschädigt abziehen dürfe. Freilich sollte dies erst geschehen, nachdem sie die Waffen gestreckt und den Hebräern alle Gänge gezeigt, in denen Sträflinge arbeiteten.

Ungesäumt ging nun die junge hebräische Schar an die Entwaffnung der Aegypter, die ihr an Zahl um das Doppelte nachstand, und manchem alten Krieger netzte sich dabei das Auge, mancher zerbrach die Lanze oder zerknickte die Pfeile unter Verwünschungen und Flüchen, und etliche Graubärte, die früher unter dem Josua gedient und ihn erkannten, erhoben die Fäuste und schalten ihn einen Verräter.

Der Abhub des Heeres war es, der zu diesem Dienst in die Wüste gesandt ward, und die meisten trugen den Stempel der Verderbtheit und eines verhärteten Gemütes auf dem Antlitz. Man wußte am Nil diejenigen zu wählen, denen erbarmungslose Strenge gegen Wehrlose zur Pflicht gemacht wurde.

Endlich öffnete man die Minen, und Josua selbst ergriff eine Grubenlampe und drang in den heißen Stollen, wo die Staatsgefangenen nackt und mit Ketten belastet das kupferhaltige Gestein von den Wänden schlugen.

Schon aus der Ferne hörte er, wie die Hacken mit den schwalbenschwanzförmigen Spitzen in den Felsen bissen. Dann vernahm er das klägliche Geheul gequälter Männer und Frauen; denn grausame Vögte waren ihnen in die Grube gefolgt und trieben die Säumigen an, die Hände zu rühren.

Heute, am Geburtstag des Pharao, waren sie am Morgen in den Hathortempel auf der Spitze der benachbarten Höhe getrieben worden, um für den König zu beten, der sie in das tiefste Elend gestürzt; und sie wären auch bis zum nächsten Morgen von der Arbeit befreit geblieben, wenn nicht der unerwartete Ueberfall den Hauptmann veranlaßt hätte, sie in die Minen zurückzutreiben. Darum waren dort heute auch die Weiber thätig, denen es sonst nur oblag, die Erze zu zerstampfen und durchzusieben, deren man für die Bereitung von Glasflüssen und Färbestoffen bedurfte.

Als die Sträflinge die Schritte und das Rufen Josuas hörten, das von den nackten Felsenwänden widerhallte, fürchteten sie, neues Ungemach werde über sie verhängt, und ihr Heulen und Jammern ließ sich überall vernehmen. Aber bald hatte der Befreier die ersten erreicht, und die frohe Kunde, daß er komme, um ihrem traurigen Los ein Ende zu machen, pflanzte sich schnell bis in die hintersten Tiefen des Schachtes fort.

Ein wildes Jauchzen erfüllte die an wehe Klagen und heiße Thränen gewöhnten Räume; doch auch lauter Hilferuf, klägliches Jammern, Stöhnen und Röcheln drang an Josuas Ohr; denn ein heißblütiger Mann war auf den verhaßtesten der Vögte eingedrungen und hatte ihn mit der Hacke niedergeschlagen. Sein Beispiel

entzündete schnell die Rachgier anderer, und bevor man
es hindern konnte, waren die übrigen Vögte demselben
Schicksal verfallen. Doch sie hatten sich gewehrt, und
manches Gefangenen Leiche deckte neben der seines Pei-
nigers den Boden.

Dem Rufe Josuas folgend dräng endlich die befreite
Menge an das Tageslicht. Wild und roh klang ihr
Geschrei, in das sich das Rasseln der Ketten, die sie
hinter sich her schleiften, mißtönend mischte.

Auch der Unerschrockenste unter den Hebräern, der
dieser Schar von Verzweifelten im Licht der Sonne begegnete, schrak vor ihrem Anblick zurück; denn die ge-
blendeten und geröteten Augen dieser Unglücklichen, von
denen viele vormals im eigenen Hause oder am Hofe des
Königs jedes Gut des Lebens genossen, die zärtliche Mütter
und Väter gewesen, die sich des Wohlthuns erfreut und
teilgehabt hatten an allen Segnungen der Kultur eines
reich begabten Volkes — diese Augen blinzelten zwar
erst unter den Thränen, mit denen der schnelle Uebergang
aus der Nacht der Höhle in den Glanz der Mittagssonne
sie gefüllt, bald aber funkelten sie wild und gierig wie
die der hungernden Eulen.

Anfänglich rangen sie zaudernd, befangen, überwältigt von der wunderbaren Wendung ihres Schicksals
nach Fassung und wehrten den Hebräern nicht, die auf
Josuas Wink ihnen die Ketten von den Knöcheln zu
feilen begannen; dann aber gewahrten sie die entwaffneten
Krieger und Vögte, die, von Ephraim und seinen Genossen bewacht, zur Seite einer Felswand aufgestellt
waren, und nun bemächtigte sich ihrer eine seltsame Bewegung. Mit einem Gekreisch und Gejohle, das kein

Name zu bezeichnen, kein Wort zu beschreiben vermag,
rissen sie sich von denen los, die sie ihrer Bande zu ent=
ledigen trachteten, und obgleich sie sich mit keinem Blick
oder Wort verständigt, folgten sie dem gleichen furchtbaren
Triebe und stürzten sich, ohne des Erzes zu achten, das
sie belastete, auf die Entwaffneten. Bevor die Hebräer
es zu hindern vermochten, warf sich jeder auf denjenigen,
der ihm am wehesten gethan, und nun sah man hier einen
abgezehrten Mann, der dem stärkeren Feinde die Hände
um den Hals schlug, dort eine Schar von nackten, durch
Not und Verwahrlosung gräßlich entstellten Weibern auf
den Mann stürzen, der sie am rohesten gekränkt, geschlagen,
beleidigt, und mit Zähnen und Nägeln ließ eine jede die
lang zurückgehaltene Wut an ihm aus.

Es war, als hätte die Hochflut des Hasses den
Damm gesprengt und suche sich nun, bar jeder Fessel,
ihr Opfer.

Es gab ein Entsetzen erregendes Angreifen und Ab=
wehren, ein grimmiges, blutiges Gebalge auf den Füßen
und im rötlichen Sande des Bodens, ein das Ohr zer=
reißendes Schreien, Winseln und Heulen; ja es fiel
schwer, Einzelnes in diesem widrigen Gewirr von Män=
nern und Weibern zu unterscheiden, das die wildeste
Leidenschaft, die bis zum Blutdurst gesteigerte Begier
nach Vergeltung, und von der andern Seite die Todes=
angst und die Kraft der Notwehr fester und fester in=
einander wob.

Nur wenige Sträflinge hatten sich zurückzuhalten
gewußt, doch auch sie kreischten den Genossen aufreizende
Worte zu, schmähten die Angegriffenen in heißer Erregung
und schüttelten die Fäuste.

Unerhört wie die Grausamkeiten, unter denen die Befreiten gelitten, war jetzt der Ingrimm, mit dem sie sich auf ihre Peiniger stürzten.

Aber Josua hatte den letzteren die Waffen genommen, und sie standen darum unter seinem Schutze.

So befahl er denn den Seinen, die Ringenden auseinander zu reißen, ging es an, ohne Blut zu vergießen; doch dies Werk war kein leichtes, und es kam dabei zu mancher neuen entsetzlichen Unthat. Endlich aber gelang es; und nun erwies sich, wie gewaltig die Leidenschaft die Kräfte auch der Erschöpften und Verkommenen steigert; denn obgleich keine Waffe bei diesem Streit gebraucht worden war, deckte doch eine beträchtliche Anzahl von Leichen die Wahlstatt, und unter den Sicherheitswächtern bluteten die meisten aus gräßlichen Wunden.

Nachdem alles zur Ruhe gekommen, verlangte Josua die Liste der Gefangenen von dem verwundeten Befehlshaber; der aber wies auf den Schreiber des Bergwerkes, den keiner der Gefangenen angerührt hatte. Er war ihr Arzt gewesen und ihnen freundlich begegnet, ein älterer Mann, den viel Schweres betroffen und der, weil er selbst wußte, wie weh das Leid thut, gern bereit war, es zu lindern, wo es ihm bei anderen begegnete.

Willig verlas er die Namen der Sträflinge, unter denen sich mehrere Hebräer befanden, und nachdem jeder einzelne vorgetreten, erklärten sich viele bereit, den Auswanderern zu folgen.

Als die entwaffneten Krieger und Sicherheitswächter endlich den Heimweg antraten, trennte der Führer, welcher den Josua und seine Schicksalsgenossen hieher geleitet, sich von den anderen Aegyptern, trat befangen und gesenkten

Hauptes auf den alten Nun und seinen Sohn zu und
bat sie, ihnen folgen zu dürfen; denn daheim erwarte
ihn nichts Gutes, und einen so mächtigen Gott wie den
ihren gebe es nicht in Aegypten. Es sei ihm nicht entgangen, wie Hosea, der doch einmal ein Feldhauptmann
gewesen, in den allerschlimmsten Lagen die Hände zu
diesem Gott erhoben, und eine gleiche Standhaftigkeit,
wie ihm darauf zu teil geworden, sei ihm nimmer begegnet. Jetzt wisse er aber auch, daß der nämliche Gott
das gewaltige Heer des Pharao in das Meer versenkt
habe, um die Seinen zu retten. Solcher Gott sei seinem
Herzen genehm, und er wünsche sich nichts Besseres, als
hinfort bei denen zu bleiben, die seine Diener.

Josua gestattete ihm gern, sich zu dem Volke zu
gesellen. Dann zeigte es sich, daß sich fünfzehn Hebräer
unter den befreiten Sträflingen befanden, und zur besonderen Freude Ephraims auch Ruben, der Gatte der armen
schwermütigen Milca, die sich so fest an Mirjam geschlossen.
Sein zurückgezogenes, wortkarges Wesen war ihm zu gute
gekommen, und die schwere Zwangsarbeit schien seinem
kräftigen Körper nur wenig angethan zu haben.

Das Hochgefühl des Sieges, die Freude des Ge-
lingens hatte sich Ephraims und seiner jugendlichen Schar
bemächtigt; als aber die Sonne unterging und von Hur
und seiner Schar sich immer noch nichts zeigte, wurden
Nun und die Seinen von Unruhe ergriffen.

Schon hatte Ephraim es auf sich genommen, mit
einigen Genossen sich auf Kundschaft zu begeben, als ein
Bote meldete, den Streitern des Hur sei beim Anblick der
wohlgeschützten ägyptischen Burg der Mut gesunken. Ihr
Führer habe sie zwar zur Erstürmung derselben gedrängt,

doch seine Schar sei vor solchem Wagnis zurückgeschreckt, und wenn Nun und die Seinen keine Hilfe brächten, würden sie unverrichteter Sache abziehen.

Da ward denn beschlossen, den Zaghaften Hilfe zu bringen. Mit froher Zuversicht zog man ihnen entgegen, und auf dieser Wanderung durch die nächtliche Kühlung schilderten Ephraim und Nun dem Josua, wie sie Kasana gefunden und wie sie gestorben. Was sie dem Geliebten mitzuteilen gewünscht, ward diesem nun kund, und der Krieger vernahm es tief bewegt und blieb nachdenklich und still, bis sie nach Dophka, dem Thal der Türkisminen, gelangten, aus dessen Mitte sich die Veste erhob, an die sich die Häuser der Sträflinge schlossen.

Hur und die Seinen hatten sich in einem Querthal verborgen gehalten, und nachdem Josua die gesamte Macht der Hebräer in mehrere Rotten geteilt und jeder eine bestimmte Aufgabe gestellt, gab er beim Grauen des Morgens das Zeichen zum Sturme.

Nach kurzem Kampfe wurde die kleine Besatzung überwältigt und die Veste genommen. Die entwaffneten Aegypter sandte man, wie ihre Genossen aus den Kupferminen, heimwärts Die Gefangenen wurden befreit und den Aussätzigen, deren Quartier in einem Seitenthal jenseits der Minen lag, und unter denen sich auch diejenigen befanden, welche auf Josuas Geheiß hierher geführt worden waren, gestattet, den Siegern in gemessener Entfernung zu folgen.

Was Hur, der Gatte Mirjams, nicht vermocht, dem Josua war es gelungen, und bevor die jungen Krieger mit Ephraim abzogen, versammelte sie der alte Nun und dankte mit ihnen dem Herrn. Auch diejenigen, welche unter Hurs Führung gestanden, stimmten mit ein in dies Gebet, und wo Josua sich zeigte, jauchzten des Ephraim jugendliche Genossen ihm zu.

„Heil unserem Feldhauptmann!" erscholl es oft während der weiteren Wanderung, „Heil ihm, den der Höchste selbst sich zum Schwerte erkoren! Ihm folgen wir gern; durch ihn führt Gott uns zum Siege!"

Auch an diesen Rufen beteiligten sich die Streiter des Hur, und er wehrte ihnen nicht; ja nach der Er= stürmung der Veste hatte er dem Josua gedankt und ihm Freude über seine Befreiung zu erkennen gegeben.

Beim Aufbruch war der jüngere zurückgetreten, um dem älteren Manne den Vortritt zu lassen; Hur aber hatte den greisen Nun, der ihm an Jahren hoch über= legen, ersucht, an die Spitze des Zuges zu treten, ob= gleich er selbst nach der Rettung des Volkes am Ufer des Schilfmeeres von Mose und den Aeltesten zum obersten Befehlshaber der hebräischen Streitmacht bestellt worden war.

Der Weg führte zuerst durch ein ebenes Gebirgsthal. Dann überschritt er den Paß der Schwertspitze, welcher als einzige Straße den Verkehr der Bergwerke mit dem Schilf= meer vermittelte.

Rauh und öde war die felsige Landschaft, steil der zu erklimmende Pfad. Josuas greiser Vater, der in den ebenen Flächen Gosens erwachsen und des Bergsteigens ungewohnt, wurde unter frohem Zuruf der anderen von Sohn und Enkel auf den Armen getragen, bis die Paß= höhe erreicht war; der Gatte Mirjams aber, der an der Spitze seines Kriegsvolks der Abteilung der Genossen des Ephraim folgte, vernahm den Jubel der Jünglinge, stieg

ihnen gesenkten Hauptes nach und blickte dabei finster
zu Boden.

Hier oben galt es, zu rasten, um das Volk zu erwarten, welches durch die Wüste Sin nach Dophka geführt werden sollte.

Von der Paßhöhe schauten die Sieger nach den
Wanderern aus; doch noch ließ sich nichts von ihnen
gewahren. Wenn jene aber auf den Gebirgspfad zurück-
blickten, den sie gekommen, bot sich ihnen ein anderer Anblick, so groß und wunderbar, daß er jedes Auge wie mit
Zauberkraft anzog; denn zu ihren Füßen lag ein rundes
Thal, das rings von hohen Klippen, Riffen, Zacken und
Zinken umgeben war, die hier kreideweiß, dort raben-
schwarz, hier grau und braun, dort rot und grün aus
dem Sande emporzuwachsen schienen und nach dem azur-
blauen, von blendendem Licht gesättigten Wüstenhimmel
wiesen, an dem kein Wölkchen sich zeigte.

Nackt und leer, schweigend und leblos war alles,
was hier den Blicken sich darbot. An den Hängen der
vielfarbigen Felsen, die den sandigen Thalgrund umgaben,
wuchs kein Halm oder ärmliches Pflänzchen. Kein Vogel,
kein Wurm oder Käfer belebte diese schweigende, allem
Leben feindliche Stätte. Hier begegnete dem Auge nichts,
was an das menschliche Dasein, sein Säen, Pflanzen
und Schaffen erinnert hätte. Diese großen, keinem lebenden Wesen dienenden Gebilde schien Gott für sich selbst
gemacht zu haben. Wer in diese Einöde eindrang, der
betrat einen Platz, den sich der Höchste vielleicht zur Rast-
und Rückzugsstätte erwählt, wie das stille, unnahbare
Allerheiligste der Tempel.

Die junge Mannschaft hatte schweigend auf das

wunderbare Gemälde zu ihren Füßen geschaut. Jetzt
lagerte sie und zeigte sich beflissen, dem alten Nun dienst-
lich zu sein, der die Gesellschaft der Jugend liebte. Unter
einem schnell errichteten Schirmdach ruhte er in ihrer Mitte
und erzählte mit leuchtenden Augen von den Thaten, die
sein Sohn als Feldhauptmann verrichtet.

Josua und Hur standen während dessen noch immer
auf der Höhe des Passes, und jener schaute schweigend zu
dem öden Felsenthal nieder, das sich, überwölbt von der
blauen Kuppel des Himmels, umgeben von berghohen
Säulen und Pfeilern aus Gottes eigener Werkstatt, als
gewaltigste aller Tempelhallen vor ihm aufthat.

Der ältere Mann hatte lange finster zu Boden geblickt; plötzlich aber unterbrach er das Schweigen und
sagte: „Zu Succoth war es, wo ich ein Mal errichtete
und den Herrn anrief, ein Zeuge zu sein zwischen mir
und Dir. An dieser Stätte, in dieser Stille aber scheint
es mir, als sei uns auch ohne ein Mal oder Zeichen
seine Nähe gewiß.“ Hier richtete er sich höher auf und
fuhr fort: „Und ich hebe nun den Blick zu Dir auf,
Adonaï, und richte mein armes Wort an Dich, Jehova,
Du Gott Abrahams und unserer Väter, damit Du zum
andernmale ein Zeuge seiest zwischen mir und diesem
Manne, den Du selbst in Deinen Dienst beriefest, daß er
Dein Schwert sei!“

Mit hocherhobenen Augen und Händen hatte er
diese Worte gerufen. Dann wandte er sich an den andern und sagte mit feierlichem Ernst: „So frage ich Dich
denn, Hosea, Sohn des Nun, gedenkst Du des Zeug-
nisses, das Du und ich ablegten vor den Steinen zu
Succoth?“

„Ich gedenke seiner," lautete die Antwort. „Und in schwerem Mißgeschick und großer Gefahr hab' ich erkannt, was der Höchste von mir begehrt, und bin gewillt, was ich ihm danke an Kraft des Leibes und der Seele, ihm zu widmen, ihm allein und seinem Volke, das auch das meine. Josua will ich hinfort heißen ... Nicht bei den Aegyptern, bei keinem fremden Könige suche ich fürder Beistand; denn der Herr unser Gott war es, der mich durch den Mund Deines Weibes mit diesem Namen beschenkte."

Da fiel ihm Hur mit feierlichem Ernste ins Wort: „Das ist, was ich zu vernehmen erwartet, und da auch an dieser Stätte der Höchste ein Zeuge ist zwischen mir und Dir und dieses Zwiegespräch anhört, so sei hier erfüllt, was ich vor seinem Angesicht gelobte: Zum obersten Befehlshaber über die Streitmacht des Volkes haben mich die Häupter der Stämme und Mose, der Diener des Herrn, erhoben. Nun aber nennst Du Dich Josua und hast geschworen, keinem andern zu dienen als dem Herrn unserem Gott. Auch ist mir wohl bewußt, daß Du als Führer einer Heerschar Größeres vermagst als ich, der ich hinter den Herden ergraute, oder als jeder andere Hebräer, wie er auch heiße, und so erfülle sich denn das Gelübde von Succoth. Von Mose, dem Knechte des Herrn, und den Aeltesten will ich fordern, daß sie Dir das Amt des Führers vertrauen. In ihre Hand lege ich die Entscheidung, und weil ich fühle, daß der Höchste mir ins Herz schaut, so sei auch bekannt, daß ich Deiner in stillem Grolle gedachte. Doch zum Besten des Volkes will ich vergessen, was zwischen uns liegt, und hier biet' ich Dir die Rechte!" Damit reichte er Josua die

Hand, und dieser ergriff sie und entgegnete mit offenem
Freimut:

„Dein Wort ist das eines Mannes, und so sei es
denn auch das meine. Um des Volkes und der Sache
willen, der wir beide dienen, nehm' ich an, was Du mir
bietest. Doch weil Du den Höchsten zum Zeugen anriefest
und er mich hört, will auch ich der vollen Wahrheit die
Ehre geben in allen Stücken. Was Du auf mich übertragen lassen willst, das Amt des obersten Führers der
Streitmacht, dazu hat der Herr selbst mich berufen.
Durch Mirjam, Dein Weib, ist es geschehen, und es gebührt mir. Doch daß Du mir die eigene Würde abzu-
treten gewillt bist, darin erkenne ich dennoch eine rühm-
liche That; weiß ich doch, wie schwer es dem Manne
fällt, der Macht zu entsagen, zumal wenn es zu Gunsten
eines jüngeren geschieht, der fremd seinem Herzen. Du
hast es gethan, und ich bin Dir dankbar. Doch auch
ich habe Deiner in stillem Grolle gedacht; denn an Dich
verlor ich ein anderes Gut, dem der Mann wohl noch
schwerer entsagt als dem Amte: die Liebe des Weibes!“

Da rief Hur, und das Blut stieg ihm heiß in die
Wangen: „Mirjam! Ich zwang sie nicht in die Ehe;
ja ohne daß ich sie nach der Väter Sitte mit dem
Brautschatz erkaufte — aus freiem Antrieb ward sie mein
Weib!“

„Ich weiß es,“ entgegnete der andere gelassen, „doch
einer hat sie länger und heißer als Du zu besitzen begehrt,
und das Feuer der Eifersucht brannte ihn schmerzlich.
Aber laß von der Sorge; denn wenn Du ihr jetzt auch
den Scheidungsbrief ausstelltest und sie zu mir führtest,
auf daß ich ihr Zelt und Arme öffne, ich würde doch rufen:

Warum haſt Du Dir und mir ſolches gethan? Denn
vor kurzem erſt hab' ich erfahren, was des Weibes Liebe
iſt und vermag, und daß ich mich irrte, da ich wähnte,
ſie teile die Glut meines Herzens. Auch hab' ich bei
der Wanderung mit der Kette am Fuße, im ſchwerſten
Mißgeſchick mir ſelber gelobt, was mir innewohnt an
Kraft und Feuer des Leibes und der Seele, keinem zu
widmen unter den Menſchen als unſerem Volke. Auch
die Liebe des Weibes ſoll mich nicht abwendig machen
von der großen Pflicht, die ich auf mich genommen.
Was aber Deine Hausfrau angeht, ſo werde ich fremd
neben ihr hingehen, es ſei denn, daß ſie als Prophetin
mich ruft, um mir eine neue Botſchaft des Herrn zu
verkünden." Damit reichte er dem andern die Hand,
und während Hur ſie ergriff, ward es laut unter den
Streitern; denn Boten erſtiegen den Berg, die rufend
und winkend auf die gewaltige Staubſäule wieſen, die
dem Volke voranzog.

Fünfundzwanzigstes Kapitel.

— —

Die Wanderer kamen näher und näher, und viele der jungen Streiter eilten ihnen entgegen.

Es waren nicht mehr die frohen Scharen, die triumphirend in den Lobgesang Mirjams eingestimmt hatten, nein, langsam und gebeugt wankten sie jetzt dem Berge entgegen. Es galt für sie, die Paßhöhe von der steileren Seite her zu erklimmen, und wie seufzten die Träger, wie kläglich wimmerten die Frauen und Kinder, wie wild fluchten die Fuhrleute, welche die Gespanne den schmalen, schroffen Pfad hinanzutreiben hatten, wie heiser klangen die vertrockneten Stimmen der halbverschmachteten Männer, wenn sie die Schultern gemeinsam an ein Fuhrwerk stemmten, um den Lasttieren zu helfen.

Einem geschlagenen Heere ähnlich erschienen dem Josua, der den Nahenden entgegenschaute, diese Tausende, die noch vor wenigen Tagen die rettende Gnade des Herrn so dankbar empfunden.

Aber der Weg, den sie von der letzten Lagerstätte, dem Hafen am Schilfmeer aus, zurückgelegt hatten, war auch wild, wasserlos und für sie, die in den fruchtbaren

Ebenen Unterägyptens erwachsen, beschwerlich und Grauen erregend gewesen.

Mitten in die nackte Felsenlandschaft hatte er hineingeführt, und überall war das an den Blick ins Weite und üppiges Grün gewöhnte Auge beengenden Schranken und der nackten Einöde begegnet.

Seitdem sie die Babapforte durchschritten, hatten sie in dem Thale gleichen Namens und auf der weiteren Wanderung durch die Wüste Sin nur Thäler mit steil aufragenden Felswänden gefunden. Ein hoher Berg in der Farbe des Todes hatte schwarz und schauerlich die braunroten Abhänge rings überragt, und diese waren den Wanderern wie ungeheure Werke von Menschenhand erschienen; denn ihre in gleichmäßigen Zwischenräumen aufgetürmten Quaderschichten lagen offen zu Tage, und man hätte meinen mögen, daß die riesigen Baugehilfen, deren Hände sich hier im Dienste des Weltenbildners gerührt, abberufen worden seien, bevor sie dies Werk vollendet, das in dieser Einöde kein prüfendes Auge zu scheuen hatte und das keinem lebenden Wesen zu dienen bestimmt schien. Graue und braune Granitklippen und Risse erhoben sich zur Seite des Weges, und in dem Sand, der ihn bedeckte, lagen hohe Haufen kleiner roter Porphyrbrocken und kohlschwarze, wie von Hämmern zerschlagene Steine, die den Schlacken glichen, aus denen man Erze geschmolzen. Grünlich schimmernde, wunderlich geformte Felsmassen umgaben die wenig umfangreichen, von Bergen umragten Kreise der Hochthäler, von denen sich eines an das andere schloß. Der aufsteigende Weg durchschnitt sie, und oftmals hatte die Wanderer, wenn sie einen dieser Kessel betraten, die Furcht beschlichen, das hohe

Gefels in seinem Hintergrunde werde sie zur Umkehr zwingen. Dann hatte sich Murren und Klagen erhoben; doch bald war der Ausgang sichtbar geworden, der in eine neue Felsmulde führte.

Beim Aufbruch von dem Hafen am Schilfmeer waren sie häufig dornigen Gummiakazien und einem duftigen Wüstenkraut*begegnet, das den Tieren mundete; doch je weiter der Zug in die felsige Einöde drang, desto dürrer und heißer war der Sand geworden, und endlich hatte das Auge vergeblich nach Kräutern und Bäumen gesucht.

Zu Elim war man süßen Quellen und Schatten spendenden Palmen begegnet und am Schilfmeer wohl= gefüllten Zisternen; doch schon beim Lager in der Wüste Sin hatte man nichts gefunden, um den Durst zu löschen, und um Mittag war es gewesen, als hätte ein Heer von tückischen Dämonen den Schatten von den Felswänden geschnitten; denn alles leuchtete und glühte in diesen Kesseln und Mulden, und nirgends hatte es Schutz vor dem Brande der Sonne gegeben.

Im Lager war das letzte mitgeführte Wasser an Menschen und Tiere verteilt worden, und als der Zug sich am Morgen auf den Weg gemacht, hatte sich kein Tropfen mehr gefunden, um den wachsenden Durst zu stillen.

Da war die alte, kleingläubige Unlust und Wider= spenstigkeit wiederum über die Menge gekommen. Die Verwünschungen gegen Mose und die Aeltesten, die sie aus dem Wohlsein im wasserreichen Aegypten in solches Elend geführt, hatten kein Ende gefunden; doch als das Volk endlich den Paß der Schwertspitze erklomm,

waren die verdorrten Stimmbänder schon zu trocken geworden, um laut zu schmähen und zu fluchen.

Die Boten des alten Nun, des Ephraim und Hur
hatten den Nahenden bereits mitgeteilt, daß die junge
Mannschaft einen Sieg erfochten und dem Josua und
anderen Gefangenen die Freiheit zurückgegeben habe; doch
die Erschlaffung war so groß gewesen, daß selbst durch
diese gute Kunde wenig geändert und nur ein flüchtiges
Lächeln an dem bärtigen Mund der Männer oder ein
schnelles Aufflackern des erloschenen Glanzes in dunklen
Frauenaugen sichtbar geworden war.

Selbst Mirjam hatte sich mit der blassen Milca bei
ihren Begleitern gehalten und nicht wie sonst die Weiber
aufgerufen, dem Höchsten zu danken.

Ruben, der Gatte ihrer schwermütigen Schutz-
befohlenen, der die Furcht vor Enttäuschung noch wehrte,
sich der neu erwachten Hoffnung hinzugeben, war ein
stiller, schweigsamer Mann, und so wußte der erste
Bote nicht zu sagen, ob jener zu den Befreiten gehöre.
Dennoch bemächtigte sich Milcas eine große Erregung, und
da Mirjam ihr anbefahl, sich still zu gedulden, eilte sie
von einer Gespielin zur andern und bestürmte sie mit
dringenden Fragen. Als sie aber auch bei der letzten keine
Auskunft über den verlorenen Geliebten erhielt, brach sie
in lautes Schluchzen aus und flüchtete sich wieder zu der
Prophetin. Doch auch bei ihr fand sie geringen Trost;
denn sie, der es bevorstand, den Gatten als Sieger zu
begrüßen und den Freund ihrer Kindheit gerettet wiederzusehen, war in sich gekehrt und beklommen, und es schien,
als bedrücke eine schwere Last ihre Seele.

Mose hatte, sobald er erfahren, daß der Ueberfall

der Minen geglückt und Josua befreit sei, das Volk verlassen; denn es war ihm berichtet worden, daß die streitbaren Amalekiter, welche die Oase am Fuße des Sinaiberges bewohnten, sich schon rüsteten, um den Wanderern
den Durchgang durch ihre an Wasser und Palmen reiche
Wüsteninsel zu wehren. Da war er mit einigen auserwählten Männern quer durch das Gebirge auf Kundschaft gezogen. Zwischen Alus und Raphidim, dem vor
der Oase gelegenen Thale, gedachte er wieder zu den
Seinen zu stoßen.

Abidan, das Haupt der Benjaminiten, sowie nach
ihrer Rückkehr von den Bergwerken Hur und Nun, die
Fürsten der Stämme Juda und Ephraim, sollten indes
seine und seiner Begleiter Stelle vertreten.

Wie sich das Volk nun dem aufsteigenden Passe
näherte, kam ihnen Hur mit anderen Befreiten entgegen,
und einer war ihnen allen vorausgeeilt, der junge Ruben,
Milcas Neuvermählter. Sie aber hatte ihn, als er den
Berg hinabstürmte, schon von weitem erkannt und war
ihm, trotz Mirjams Einspruch, bis in die Mitte des
Stammes Simeon, der dem ihren voranzog, entgegengeeilt.

Dort hatte der Anblick ihres Wiederfindens manche
müde Seele erhoben, und wie sie endlich, dicht aneinander-
geschmiegt, Mirjam entgegeneilten und diese ihrem Pfleg-
ling ins Antlitz schaute, meinte sie, es habe sich ein
Wunder ereignet; denn aus der bleichen Lilie war eine
in lichtem Wangenrot glänzende Rose geworden. Dazu
blieben ihr die Lippen, die sie nur noch selten und scheu
zu einer Bitte oder Antwort geöffnet, in steter Bewegung;
denn wie viel begehrte sie zu wissen, wie viel hatte sie

dem schweigsamen Geliebten abzufragen, der so Furchtbares
erduldet!

Es war ein schönes, glückseliges Paar, und ihm
selbst schien es, als ziehe es nicht an nackten Felsen vorüber, auf dürren Wüstenpfaden dahin, sondern durch
eine Frühlingslandschaft, wo Quellen rieseln und Vögel
singen.

Auch Mirjam, die alles gethan, um die Hinsiechende
aufrecht zu halten, that der Anblick ihrer Glückseligkeit
wohl. Doch bald verschwand jede Spur freudigen Mit-
gefühles von ihrem Antlitz; denn während Ruben und
Milca wie von Flügeln getragen den Boden der Einöde
kaum zu berühren schienen, schritt sie gesenkten Hauptes
vorwärts, bedrückt von der Last des Gedankens, daß sie
selbst es verschuldet, wenn kein ähnliches Glück auch für
sie aus dieser Stunde erblühe.

Sie sagte sich, daß sie ein schweres, jeden Lohnes
würdiges, Gott gefälliges Opfer gebracht, da sie sich versagt, der Stimme des Herzens zu folgen, und doch kam
ihr das sterbende ägyptische Weib nicht aus dem Sinn,
das ihr das Recht abgesprochen, sich zu denen zu zählen,
die den Hosea liebten, und das um seiner Liebe willen
so jung gestorben.

Sie, Mirjam, lebte, sie hatte die heißesten Wünsche
ihrer Seele getötet, die Pflicht verbot ihr, dessen in heißer
Sehnsucht zu gedenken, der dort oben weilte, der Sache
der Seinen und dem Gott seiner Väter ergeben, ein freier,
herrlicher Mann, vielleicht der künftige Führer der Streitmacht ihres Volkes, in Zukunft, wenn Mose es so bestimmte, nach ihm der Erste und Größte aller Hebräer,
und dennoch ihr verloren, verloren auf immer.

Wäre sie in jener verhängnisvollen Nacht dem Verlangen des weiblichen Herzens gefolgt und nicht den For-
berungen des Berufes, der sie hoch über die anderen
Weiber stellte, er hielte sie jetzt schon längst in den Armen,
wie der stille Ruben seine arme, schwache und nun so
überreiche, rüstig dahinschreitende Milca.

Welche Gedanken!

In ihres Herzens tiefsten Schacht mußte sie sie zu-
rückzujagen und sie zu vernichten suchen; denn für sie
war es Sünde, das Wiedersehen mit einem andern so
heiß zu ersehnen! Und sie wünschte jetzt den Gatten
herbei, wie einen Retter vor sich selbst und den ver-
botenen Wünschen dieser grausamen Stunde.

Der Stammesfürst von Juda, Hur, war ihr Gemahl,
nicht der frühere Aegypter, der befreite Sträfling.

Was hatte sie noch nach dem Ephraimiten zu fragen,
dem sie abgesagt auf immer?

Warum konnte es sie noch kränken, daß der Befreite
ihr nicht entgegenkam, warum hegte sie im Stillen die
thörichte Hoffnung, eine ernste Pflicht halte ihn dort oben
zurück?

Sie sah und hörte kaum noch, was um sie her
vorging, und erst der dankbare Gruß, den Milca ihrem
Gatten entgegenrief, lehrte sie, daß Hur sich ihr nähere.

Schon von fern hatte er ihr zugewinkt, doch er kam
allein, ohne den Hosea, den Josua, gleichviel, wie der
Befreite sich nannte; und daß sie dies schmerzte, ja, daß
es ihr ins Herz stach, brachte sie gegen sich selbst auf.
Sie schätzte ja den älteren Gatten, und es fiel ihr nicht
schwer, ihn freundlich willkommen zu heißen.

Froh und innig erwiderte er ihre Begrüßung, doch

als sie ihn auf das neu vereinte Paar wies und ihn als
Sieger und Erretter des Ruben und so vieler Unglücklichen rühmte, bekannte er frei, daß dies Lob nicht ihm,
sondern dem „Josua“ zukomme, den sie selbst im Namen
des Höchsten berufen, die Streitmacht des Volkes zu
führen.

Da entfärbte sie sich, und ob auch der Weg steil
aufwärts führte, drang sie doch mit dringenden Fragen
in den Gemahl. Als sie dann erfuhr, daß jener droben
mit dem Vater und der jungen Mannschaft beim Weine
raste und daß Hur ihm gelobt, willig zurückzutreten,
wenn Mose das Feldherrnamt auf ihn übertrage, zogen
sich die zusammengewachsenen Brauen unter ihrer hohen
Stirn finster zusammen, und mit herber Strenge rief sie:
„Du bist mein Herr, und es ziemt mir nicht, Dir zu
widerstreben, auch nicht, wenn Du der eigenen Hausfrau
so weit vergißt, daß Du hinter den Mann zurücktrittst,
der es einst wagte, die Augen zu ihr zu erheben.“

Da unterbrach er sie eifrig: „Er kennt Dich nicht
mehr, und wollte ich Dir den Scheidebrief geben, er
trachtete doch nicht mehr nach Deinem Besitze.“

„Nicht?“ fragte sie mit einem gezwungenen Lächeln.
„Und Du dankst ihm selbst diese Kunde?“

„Dem Heil des Volkes hat er sich mit Leib und
Seele ergeben, und er entsagt der Liebe des Weibes,“
entgegnete Hur. Sie aber rief:

„Das Entsagen ist leicht, wo das Verlangen nichts
nach sich ziehen würde als neue Abweisung und Schande!
Nicht ihm, der in der Stunde der höchsten Gefahr bei
den Aegyptern Hilfe suchte, nein, Dir allein, der das
Volk zum ersten Siege führte beim Vorratshause von

Succoth und den der Herr selbst durch Mose, seinen Knecht, mit dem Feldherrnamt betraute, Dir gebührt der Oberbefehl über die Streitmacht!"

Da blickte ihr Gatte beunruhigt zu dem Weibe auf, für das er in später, heißer Liebe entbrannt war, und wie er ihre Wangen glühen und ihren Atem fliegen sah, mußte er nicht, ob er dies der Mühe des Steigens zuschreiben solle oder dem leidenschaftlichen Ehrgeiz ihrer hochfliegenden Seele, den sie nunmehr auch auf ihn, ihren Herrn, übertrug.

Daß er ihr so viel mehr galt als der jüngere, heldenhafte Mann, vor dessen Wiederkehr ihn gebangt, that ihm wohl; doch er war in strenger Pflichterfüllung ergraut, und was er für recht erkannte, davon wich er nicht ab. Dem Weibe seiner Jugend, das er vor etlichen Jahren zu Grabe getragen, waren seine Winke Befehle gewesen, und auch von Mirjams Seite hatte er noch keinen Widerspruch erfahren. Daß Josua am besten vorbereitet sei, die Streitmacht des Volkes zu führen, war nicht zu bezweifeln, und so entgegnete er mit fliegendem Atem, denn auch ihm fiel das Steigen sauer: „Deine hohe Meinung ehrt und freut mich; aber wenn mich Mose und die Aeltesten auch mit dem Oberbefehl betrauen, wirst Du doch des Males zu Succoth und meines Gelübdes gedenken. Ich behielt es stets im Sinne und werde es halten."

Da blickte sie verdrossen zur Seite und sprach nicht weiter, bis sie die Höhe erklommen.

Droben begrüßten die siegreichen Jünglinge die heranziehenden Ihren mit lautem Zuruf.

Die Freude des Wiedersehens, der erbeutete Mund-

vorrat und der Trank, der, wenn auch nur sparsam, an die
der Erquickung am meisten Bedürftigen verteilt werden
konnte, hob den gesunkenen Mut der Erschöpften, und
die Durstenden kürzten die Rast auf der Paßhöhe ab,
um Dophka`um so eher zu erreichen. Sie hatten von
Josua vernommen, daß sie dort nicht nur verschüttete
Zisternen, sondern auch eine verborgene Quelle finden
würden, deren Vorhandensein ihm durch den früheren
Führer der Gefangenen verraten worden war.

Der Weg führte bergab. „Eile" heißt die Losung
des Verschmachtenden, der einem Brunnen entgegengeht,
und so gelangten die Wanderer kurz nach Sonnenuntergang in das Thal der Türkisminen, wo sie um den
Hügel her, der die zerstörte Veste und die verbrannten
Magazine von Dophka getragen, das Lager aufschlugen.

Die in einem Akazienhain der Göttin Hathor verborgene Quelle war bald gefunden. Feuer auf Feuer
entzündete sich schnell. Die wankelmütigen Herzen, die
in der Wüste Sin der Verzweiflung nahe gewesen, füllten
sich wieder mit Daseinslust, Hoffnung und dankbarem
Glauben. Die schönen Akazienbäume waren freilich gefällt
worden, um den Zugang zu der Quelle zu erleichtern, deren
erquickendes Naß diese wunderbare Wandlung bewirkte.

Auf der Höhe des Passes hatten Josua und Mirjam
sich wiedergesehen, doch nur Zeit gefunden, einander
flüchtig zu begrüßen. Hier im Lager kamen sie näher
zusammen.

Es war schon spät; denn die Aeltesten hatten lange
über die Maßregeln gegen einen plötzlichen Ueberfall der
Amalekiter Rat gehalten.

Josua war mit dem Vater unter ihnen erschienen.

Von allen Seiten hatte man den Erben des fürstlichen, hochgeschätzten Greises freudig begrüßt, und sein Rat, eine Vorhut aus jugendlichen, eine Nachhut aus älteren Streitern zu bilden und auserlesene kleine Scharen der ersteren auf Kundschaft zu entsenden, war willig angenommen worden.

Er durfte sich sagen, daß er mit allem vertraut sei, was zur Leitung und zum Schutz einer großen Streitmacht gehöre. Gott selbst hatte ihn mit dem Feldherrnamte betraut, und Mose ihn, indem er ihm die Mahnung, stark und fest zu sein, übersandte, in dieser Würde bestätigt. Auch Hur, der sie jetzt bekleidete, war Willens, sie auf ihn zu übertragen. Und dieses Mannes Wort stand fest, wenn er es auch verabsäumt hatte, seine Zusage vor den Aeltesten zu wiederholen. Jedenfalls war mit Josua verhandelt worden, als sei er jetzt schon der Feldherr, und er selbst fühlte sich als solcher.

Nachdem die Versammlung auseinandergegangen, hatte Hur ihn aufgefordert, trotz der späten Stunde ihn vor sein Zelt zu begleiten, und der Krieger war ihm gefolgt, da es ihn verlangte, sich mit Mirjam auszusprechen. In Gegenwart ihres Gemahls wollte er ihr zeigen, daß er nun den Weg gefunden, auf den sie ihn so eifrig gewiesen.

· Vor der Gattin eines andern verstummten die zärtlichen Neigungen eines Hebräers. Daß er nichts mehr von ihr begehre, mußte dem Weibe des Hur bewußt sein. Er selbst hatte ganz und gar, auch in einsamen Stunden, aufgehört ihrer zu begehren.

Er gestand sich zu, daß sie ein großes, majestätisches Weib sei, doch es fröstelte ihn jetzt, wenn er dieser Größe gedachte.

Auch ihre Handlungsweise hatte ein neues Licht für ihn gewonnen. Ja, wie sie ihn auf der Paßhöhe mit einem kühlen Lächeln begrüßt hatte, war er zu der Ueberzeugung gelangt, daß sie einander völlig entfremdet; und diese Empfindung sollte sich bei dem lodernden Feuer vor dem stattlichen Häuptlingszelte, wo er ihr wieder begegnete, mehr und mehr steigern.

Der gerettete Ruben mit seiner Milca hatte Mirjam längst verlassen, und während des einsamen Wartens war ihr mancherlei durch den Sinn gezogen, das sie denjenigen, dem sie so viel gewährt, daß es ihr jetzt wie eine Sünde aufs Herz fiel, fühlen lassen wollte.

Man grollt denen am leichtesten, gegen die man sich im Unrecht befindet, und das Weib hält die Gabe seiner Liebe für so groß und kostbar, daß es auch von dem Verstoßenen fordert, nimmer aufzuhören, ihrer mit Dank zu gedenken. Josua aber hatte sich gerühmt, der Frau, für die er einst in heißer Leidenschaft geglüht und die er in den Armen gehalten, nicht mehr zu begehren, auch wenn sie ihm angetragen würde. Und er hatte diese Gesinnung bethätigt, indem er, ohne ihr entgegenzukommen, sie müßig erwartet.

Jetzt endlich kam er, und zwar in Gesellschaft ihres Gatten, der hinter ihm zurückzutreten bereit stand.

Aber noch war sie da, um offenen Auges für den allzu großmütigen Gemahl zu wachen.

Der ältere Mann, mit dessen Geschick sie das ihre vereint, und dessen treue Hingebung sie rührte, sollte von keinem um die führende Stellung betrogen werden, die ihm gebührte, und an der er festhalten mußte, schon weil es ihr widerstand, das Weib eines Mannes zu sein, der nicht mehr beanspruchen durfte für den allerersten nach ihren Brüdern zu gelten.

So bitter, wund und gereizt hatte die gefeierte Frau, die an ihre Prophetengabe glaubte, sich noch nie gefühlt. Sie gestand es sich nicht selbst ein, und doch war ihr, als verlange der Haß, mit dem Mose sie gegen die Aegypter entflammt, und der nun gegenstandslos geworden, ein neues Ziel, und als richte er sich jetzt gegen den einzigen Mann, den sie jemals geliebt.

Aber auch eine wahrhaftige Frau kann sich gütig gegen jeden zeigen, den sie nicht verachtet, und so errötete sie zwar tief beim Anblick des Mannes, dessen Kuß sie erwidert, doch empfing sie ihn freundlich und mit teilnehmenden Fragen.

Dabei nannte sie ihn indes bei seinem alten Namen Hosea, und als er wahrnahm, daß dies geflissentlich geschehe, fragte er sie, ob sie vergessen, daß sie selbst es gewesen, die ihm als Vertraute des Höchsten geboten, sich fürderhin „Josua" zu nennen.

Da entgegnete sie, und ihre Wangen gewannen dabei eine schärfere Spannung, ihr Gedächtnis sei gut, doch mahne er sie an eine Zeit, deren sie lieber vergesse. Den Namen, den der Herr ihm gegeben, habe er selbst von sich gewiesen, indem er die Gnade der Aegypter der Hilfe vorgezogen, deren Gott ihn versichert. Sie werde, treu der alten Gewohnheit, fortfahren, ihn „Hosea" zu rufen.

Solcher Feindseligkeit hatte sich der redliche Krieger nicht versehen, doch wahrte er die ziemliche Ruhe und erwiderte gelassen, er werde ihr selten Gelegenheit geben, ihn so oder anders zu nennen. Diejenigen, welche ihm wohlgesinnt, bequemten sich gern, ihn Josua zu heißen.

Da entgegnete Mirjam, hierzu werde auch sie bereit
sein, wenn ihr Gatte es billige und er selbst darauf
bestehe; denn der Name sei nur ein Kleid. Anders freilich
verhalte es sich mit Aemtern und Würden.

Als Josua sie sodann versicherte, er glaube noch
immer, daß Gott selbst es gewesen, der ihn durch ihren,
seiner Prophetin, Mund berufen, die Streiter des Volkes
zu führen, und daß er keinem als dem Mose das Recht
einräume, ihm den Anspruch auf dies Amt zu entziehen,
stimmte Hur ihm bei und reichte ihm die Hand.

Da ließ Mirjam den Zwang fahren, den sie sich
bis dahin auferlegt hatte und fuhr mit herausforderndem
Eifer fort:

„Auch darin bin ich anderer Meinung! Du entzogst
Dich dem Rufe des Höchsten. Kannst Du es leugnen?
Und wie der Allgegenwärtige Dich nun statt an der
Spitze der Deinen zu Füßen des Pharao fand, da ent-
kleidete er Dich des Amtes, womit er Dich betraut. Als
der gewaltigste aller Feldherren bot er Sturm und Wogen
auf, und sie verschlangen den Feind. — So endeten die,
die Deine Freunde, bis ihre schweren Ketten Dich fühlen
ließen, wie sie Dir und den Deinen gesinnt. Ich aber
feierte indes die Gnade des Höchsten, und das Volk
stimmte ein in mein Loblied. Und noch am nämlichen
Tage berief der Herr statt Deiner einen andern zum
Führer der Streitmacht, und dieser andere, Du weißt
es ja, ist mein Gemahl. Und hat Hur die Kunst des
Krieges auch nie erlernt, so führt ihm Gott doch sicher
den Arm, und wer ist es, der den Sieg verleiht, außer
Ihm? Mein Gatte — hör' es zum andernmal — er
allein ist der Feldherr, und hat er es in der Ueberfülle

seiner Großmut vergessen, so wird er doch festhalten an seinem Amte, wenn er bedenkt, wessen Hand es war, die ihn dazu erkor, und ich, sein Weib, erhebe die Stimme und rufe es ihm ins Gedächtnis zurück!"

Da wandte sich Josua zum Gehen, um diesem peinlichen Streit ein Ende zu machen, Hur aber hielt ihn zurück und versicherte, tief aufgebracht über die ungehörige Einmischung seiner Hausfrau in die Angelegenheiten der Männer, daß er auf seiner Zusage bestehe. Eines Weibes mißgünstige Worte verwehe der Wind. An Mose werde es sein, zu erklären, wen sich Jehova zum Feldherrn erlesen.

Bei dieser Entgegnung hatte Hur der Gattin mit strenger Würde und zur Besonnenheit mahnend ins Antlitz geschaut, und sie schien bewirkt zu haben, was sie bezweckte; denn Mirjam war ihnen bald blaß, bald tief errötend gefolgt; auch hielt sie den Gast zurück, als liege ihr daran, ihn zu begütigen, indem sie ihm mit zitternder Hand winkte, ihr näher zu treten.

„Nur noch eins," begann sie tief atmend, „möchte ich Dir sagen, damit Du mich nicht verkennest. Ich heiße jedermann unseren Freund, der sich der Sache des Volkes hingibt, und wie aufopfernd Du dies zu thun gedenkst, hat Hur mir berichtet. Dein Zutrauen auf die Gnade des Pharao war's, das uns trennte, — und darum weiß ich Deinen ernsten und entschiedenen Bruch mit den Aegyptern zu schätzen; doch ich würdige die Größe dieser That erst recht, seitdem ich erfuhr, daß Dich nicht nur lange Gewohnheit, sondern auch andere Fesseln mit dem Feinde verbanden."

„Worauf zielt diese Rede?" fiel ihr Josua hier

ins Wort, überzeugt, daß sie soeben einen neuen Pfeil, der ihn zu verwunden bestimmt, auf die Sehne gelegt. Sie aber achtete nicht seines Einwandes und fuhr mit einer herausfordernden Schärfe des Blicks, die der Gemessenheit ihrer Rede widersprach, gelassen fort: „Das Schilfmeer spülte, nachdem uns die Führung des Herrn vor dem Feinde errettet, die schönste Frau, die uns lange begegnet, ans Ufer. Ich verband ihr die Wunde, die ein hebräisches Weib ihr geschlagen, und sie gestand, daß sie voll sei von Liebe zu Dir, und sterbend gedachte sie Deiner, als des Abgottes ihrer Seele."

Da stieß Josua, aufgebracht bis ins Tiefste, hervor: „Wäre das die volle Wahrheit, Weib des Hur, so hätte mein Vater mich falsch berichtet; denn soviel ich von ihm hörte, legte die Unglückliche das letzte Bekenntnis nur vor denen ab, die mich lieben; nicht aber vor Dir. Und sie that recht daran, Deine Gegenwart zu scheuen; denn Du hättest sie nimmer verstanden!"

Hier sah er ein überlegenes Lächeln den Mund Mirjams umspielen; er aber wies es zurück, indem er fortfuhr: „Dein Geist, o, er ist zehnfach schärfer, als es der dieser Aermsten jemals gewesen. Doch Dein Herz, das dem Größten geöffnet war, für die Liebe gibt es darin keinen Raum. — Ohne zu erfahren, was sie ist, wird es altern und aufhören zu schlagen! Und trotz Deiner flammenden Blicke sag' ich Dir weiter: Du bist mehr als ein Weib, bist eine Prophetin; ich aber kann mich so hoher Gaben nicht rühmen. Ich bin nichts als ein schlichter Mann, dem das Dreinschlagen besser ansteht als das Schauen in die Zukunft. Und doch sehe ich voraus, was da kommt: Den Haß, in dem Du gegen

mich entbranntest, Du wirst ihn nähren. Auch in das
Herz Deines Gatten wirst Du ihn einzupflanzen und
ihn mit allem Eifer zu schüren versuchen. Und ich weiß
auch, warum! Der flammende Ehrgeiz, der Dich verzehrt,
will nicht ertragen, eines Mannes Weib zu sein, der vor
einem andern zurücktritt. Du weigerst Dich, mich bei
dem Namen zu nennen, den ich Dir danke. Doch wenn
der Haß und der Hochmut nicht auch das eine Gefühl
in Dir erstickten, das uns noch eint: die Liebe zu unserem
Volke, dann kommt der Tag, an dem Du mir freiwillig
nahst und mich „Josua" rufest, unaufgefordert und aus
freiem Antrieb des Herzens."

Damit grüßte er Mirjam und ihren Gatten mit
einer kurzen Bewegung und verschwand im Dunkel der
Nacht.

Hur blickte ihm finster nach und fand kein Wort,
bis der Schritt des späten Gastes in dem schlummernden
Lager verhallt war; dann aber brach sich der mühsam
zurückgehaltene Zorn des ernsten Mannes, der bis dahin
voll zärtlicher Bewunderung zu seinem jungen Weibe
aufgeschaut hatte, schrankenlos Bahn.

Mit zwei langen Schritten trat er ihr, die noch
bleicher als er und wie verstört ins Feuer schaute, dicht
gegenüber. Seine Stimme hatte den metallischen Wohl-
laut verloren, und schrill und scharf klang es, als er ihr
zurief: „Ich hatte den Mut, um eine Jungfrau zu werben, die sich Gott näher wähnte als die anderen Weiber,
und nun sie die meine geworden, läßt sie mich solche
Vermessenheit büßen."

„Büßen?" rang es sich ihr von den fahlen Lippen,
und ein herausfordernder Blick flammte ihm aus ihren

schwarzen Augen entgegen. Er aber erfaßte unbeirrt und mit einem so festen Griff ihre Hand, daß es sie schmerzte, und fuhr fort, wie er begonnen: „Ja, Du läßt es mich büßen! — Schande über mich, wenn ich dieser schmachvollen Stunde andere folgen lasse, die ihr gleichen."

Da suchte sie ihm die Hand zu entwinden, er aber gab sie nicht frei und sprach weiter: „Damit Du der Stolz meines Hauses werdest, warb ich um Dich. Ehre dachte ich zu säen, und nun ernte ich Schimpf; denn was gäbe es Schmählicheres für den Mann, als ein Weib, das ihn meistert, das sich vermißt, dem Freund, den das Gastrecht schützt, mit feindlichen Reden das Herz zu verwunden? Einer Frau, wie Du es nicht bist, einer schlichten und rechten, die auf das verflossene Leben des Gatten blickt und nicht nur darauf sinnt, wie es seine Größe mehre, weil es sie zu teilen begehrt, ihr brauchte ich nicht ins Ohr zu rufen, daß Hur, daß der Mann, der Dein Gatte, in seinem langen Leben der Würden und Ehren genug geerntet, um davon eines Teiles entraten zu können, ohne dadurch geringer zu werden. Nicht wer der erste ist im Oberbefehl, sondern wer sich am höchsten hervorthut in der opferwilligen Liebe für das Volk, der ist vor Jehovas Augen der Größte. Hoch willst Du stehen, als Berufene Gottes willst Du von der Menge geehrt sein. Ich wehr' es Dir nicht, so lange Du nicht vergißt, was die Pflicht der Hausfrau gebietet. Wohl schuldest Du mir auch Liebe; denn Du hast sie mir gelobt am Tage der Hochzeit; doch das Menschenherz kann nur geben, was ihm zu eigen, und Hosea hat recht, wenn er sagt, daß Deiner kalten Seele die Liebe fremd sei, die warm ist und andere erwärmet."

Damit wandte er ihr den Rücken und trat in den dunklen Raum des Zeltes zurück; sie aber blieb beim Feuer stehen, dessen flackernder Glanz ihr schönes, tief erblaßtes Antlitz streifte.

Sie hatte die Zähne fest zusammengebissen, die Hände auf den wogenden Busen gedrückt, und so schaute sie dem Entschwundenen nach.

Im Vollgefühl seiner Würde, groß und Ehrfurcht gebietend, ein echtes, fürstliches Stammeshaupt und ihr hoch überlegen, hatte der ergrauende Gatte ihr gegenüber gestanden. Jedes seiner Worte war ihr wie ein Lanzenstich in die Brust gedrungen. Die Wucht der Wahrheit hatte ihnen die volle Wirkung gesichert und Mirjam einen Spiegel vorgehalten, der ihr ein Bild zeigte, vor dem sie erschrak.

Jetzt drängte es sie, ihm nachzueilen und die Liebe zurückzuerbitten, mit der er sie — die Vereinsamte hatte es dankbar empfunden — bis dahin umfangen.

Sie fühlte, daß sie sein kostbares Geschenk zu erwidern vermöge; denn wie sehnte sie sich so innig nach einem vergebenden, gütigen Worte aus seinem Munde.

Gleich einem Saatfeld, das von giftigem Mehltau befallen ist, — welk, verdorrt, erstarrt schien ihr das eigene Innere; und doch hatte es einmal darin gegrünt und geblüht!

Da dachte sie des Ackerlandes in Gosen, das, nachdem es reiche Ernten getragen, hart blieb und dürr, bis das Naß des Stromes kam, um es wiederum zu erweichen und die Saat, die es aufgenommen, zum Keimen zu bringen. So war es auch mit ihrem Innern bestellt, nur daß sie das reifende Korn in das Feuer

geworfen und nun mit freventlicher Hand einen Damm
aufgeworfen zwischen dem befeuchtenden Naß und dem
vertrockneten Lande.

Doch noch war es Zeit!

Sie wußte ja, daß er in einer Hinsicht im Unrecht,
daß sie ein Weib sei wie jedes andere und fähig, mit
heißer Leidenschaft nach dem geliebten Manne zu verlangen. Es hing nur von ihr ab, es ihn in ihren Armen erkennen zu lassen.

Jetzt freilich war er berechtigt, sie für hart und
gefühllos zu halten; denn da, wo sonst die Liebe in ihr
ergrünt, entsprang nun ein bitterer Quell, der alles ver-
darb, was er berührte.

War das die Rache des Herzens, dessen heiße Wünsche
sie so heldenhaft ertötet?

Gott hatte ihr schwerstes Opfer verschmäht; es war
nicht möglich, daran zu zweifeln; denn seine Herrlichkeit
erschien ihr nicht mehr in herzerhebenden Gesichten, und
so war sie kaum mehr berechtigt, sich seine Prophetin
zu nennen. Dies Opfer hatte sie, die Wahrhaftige, zur
Unwahrheit verleitet, und sie, die im Bewußtsein, das
Rechte zu suchen, mit sich selbst in Eintracht gelebt, in
marternde Unruhe gestürzt. Ihr, der einst so Hoffnungs-
reichen, blühte seit jener großen, schweren That nichts
mehr, wonach sie sich sehnte. Sie, die kein Weib gekannt, vor dem sie zurückgetreten wäre, hatte beschämt
einer armen Sterbenden weichen müssen. Jedem war sie
wohlgesinnt gewesen, der ihres Blutes und der heiligen
Sache ihres Volkes ergeben, und nun hatte sie einen
der Besten und Edelsten mit feindseliger Bitterkeit verwundet. Der ärmsten Frönersfrau glückte es, den Gatten,

der sie einmal geliebt, fester an sich zu ziehen, — sie hatte
sich den ihren freventlich entfremdet.

Als Schutz Suchende war sie fröstelnd an seinen
Herd getreten, doch sie hatte es dort wärmer gefunden,
als sie gehofft, und seine Großmut und Liebe waren wie
Balsam auf ihre wunde Seele gefallen. Zwar konnte
er ihr nicht wiedergeben, was sie verloren, doch willkommenen Ersatz.

Ach, er hielt sie ja nicht mehr für fähig einer zärtlichen Regung, und doch brauchte sie Liebe, um zu leben,
und um die seine zurückzugewinnen, schien ihr kein Opfer
zu schwer. Aber der Stolz war gleichfalls eine Bedingung
ihres Daseins, und so oft sie sich anschickte, dem Gatten
das Herz demütig zu öffnen, überkam sie die Furcht, sich
zu erniedrigen, und wie gebannt blieb sie stehen, bis das
brennende Holz zu ihren Füßen qualmend zusammenbrach
und Finsternis sie umfing.

Nun beschlich sie ein seltsames Bangen.

Zwei Fledermäuse, die aus den Minen gekommen
waren und das Feuer umkreist hatten, schossen dicht und
gespenstisch an ihr vorüber. Alles drängte sie in das Zelt
zurück, zu ihm hin, und mit einem raschen Entschluß
betrat sie den weiten, durch eine Lampe erleuchteten Raum.
Doch er war leer, und die Sklavin, die sie empfing,
meldete ihr, Hur werde bis zum Aufbruch bei dem Sohn
und Enkel verbleiben.

Da ergriff sie ein schmerzliches Herzweh, und so
ratlos und beschämt, wie sie sich nicht seit der Kindheit
gefühlt, legte sie sich nieder.

Wenige Stunden später ward das Lager geweckt,
und als ihr Gatte beim Grauen des Morgens mit einem

kurzen Gruße das Zelt betrat, hob ihr der Stolz wieder
das Haupt und ihr Gegengruß klang kühl und gemessen.

Er kam ja nicht allein; sein Sohn Uri war
bei ihm.

Dazu schaute er ernster drein als sonst; denn die
Männer von Juda hatten sich in der Frühe versammelt
und ihm ans Herz gelegt, die Feldherrnwürde nicht auf
einen Mann übergehen zu lassen, der zu einem andern
Stamme als dem ihren gehörte.

Das war ihm unerwartet gekommen. Er hatte sie
auf die Entscheidung des Mose verwiesen, und der Wunsch,
daß sie gegen ihn ausfallen möge, verschärfte sich, da
seines jungen Weibes selbstbewußter Blick ihm von neuem
die Seele erregte.

Sechsundzwanzigstes Kapitel.

Erfrischt und gehobenen Mutes machte sich das Volk in der Frühe des folgenden Morgens auf den Weg; doch der kleine Quell, den man zuletzt durch Graben zum Fließen gezwungen, war völlig erschöpft.

Indes trug man es leicht, daß er sich weigerte, Vorrat zum Mitnehmen zu spenden; denn man erwartete, zu Alus einen neuen Brunnen zu finden.

In strahlender Majestät hatte sich die Sonne am reinen Himmel erhoben. Das Licht bewährte seine erweckende Kraft auch an den Herzen der Menschen, und wie die blaue Kuppel in der Höhe, so strahlten die Felsen und der gelbe Sand des Weges. Die würzige, reine, leichte, von der Frische der Nacht abgekühlte Luft der Wüste hob die Brust der Wanderer, und das Schreiten ward zum Vergnügen.

Die Männer zeigten größere Zuversicht, die Augen der Weiber glänzten froher als seit langer Zeit; denn der Herr hatte dem Volke wieder bewiesen, daß er seiner in der Not gedenke, und Väter und Mütter sahen stolz auf die Söhne, die den Feind überwältigt. Im Kreise

der meisten Stämme hatte man einen verloren Gegebenen
wieder begrüßt. Es war auch eine willkommene Pflicht,
die Schäden gut zu machen, welche die furchtbare Zwangsarbeit ihm zugefügt hatte. Dazu freute man sich nicht
nur unter den Ephraimiten, sondern überall der Wiederkehr Josuas, wie nunmehr alle, außer denen vom Stamme
Juda, den früheren Hosea riefen, indem sie der tröstlichen
Verheißung gedachten, die in diesem Namen verborgen.

Die Jünglinge, die unter ihm die Aegypter zu
Paaren getrieben, berichteten den Ihren, was der Sohn
des Nun für ein Mann sei, wie er alles bedenke und
jeden an den Platz stelle, für den er geeignet. Wen sein
Blick treffe, in dem entzünde sich die Kampflust. Vor
seinem bloßen Schlachtrufe wichen die Feinde.

Auch wer von dem alten Nun und seinem tapferen
Enkel sprach, dem leuchteten die Augen. Dem Stamme
Ephraim, dessen hohe Ansprüche manchem ein Aergernis
gewesen, ward auf dieser Wanderung gern der Vortritt
gelassen. Nur die von Juda hörte man murren und
schelten. Es mußte wohl auch Grund zur Unzufriedenheit
geben; denn ihr Stammesfürst Hur und sein junges Weib
schritten diesmal, wie von einer schweren Last bedrückt,
vorwärts. Wer sie um etwas ansprach, der hätte besser
gethan, eine andere Stunde zu wählen.

So lange die Sonne schräg stand, gab es noch
einigen Schatten am Saume der Sandsteinfelsen, die
den Weg zu beiden Seiten begrenzten oder sich in seiner
Mitte erhoben, und wie die Söhne des Kora ein Lied
anstimmten, sang Jung und Alt mit, und am frohsten
und dankbarsten Milca, die nicht mehr bleich war, und
Ruben, ihr befreiter, glücklicher Gatte.

Die Kinder lasen goldgelbe Koloquintenäpfel auf, die, abseits von den verdorrten Ranken wie vom Himmel gefallen, im Wege lagen, und brachten sie den Eltern. Doch sie waren bitter wie Galle, und ein grämlicher Alter vom Stamme Sebulon, der ihre festen Schalen dennoch aufbewahrte, um Salben darin zu bewahren, sagte: „So wird's auch mit diesem Tage ergehen. Er hat jetzt noch ein fröhliches Ansehen; steigt aber die Sonne erst höher und wir finden kein Wasser, dann werden wir die Bitterkeit kosten!"

Und nur zu bald ward seine Voraussagung zur Wahrheit; denn wie der Weg, der, nachdem er die Sandsteingegend verlassen, immerfort durch Felsgebilde, die rotem Ziegel- und grauem Feldsteingemäuer glichen, bald sanft, bald steiler bergan führte, so stieg auch die Sonne höher und höher, und von Stunde zu Stunde steigerte sich die Hitze des Tages.

Schärfere Pfeile hatte sie noch nie auf die Wanderer versandt, und erbarmungslos trafen sie unbedeckte Scheitel und Nacken.

Hier sank ein Alter, dort ein Jüngerer unter ihrem brennenden Stich zusammen oder taumelte, von den Seinen gestützt, fiebernd und mit der Hand an der Stirn wie ein Trunkener vorwärts. Frauen und Männern löste sich die entzündete Haut von Gesicht und Händen, und da war keiner, dem die Hitze nicht den Gaumen und die Zunge ausgedörrt, die rüstige Kraft und den neu erwachten Mut beeinträchtigt hätte.

Das Vieh schritt gesenkten Hauptes und mit schleppenden Füßen widerwillig vorwärts oder wälzte sich aufsässig am Boden, bis die Geißel des Hirten es zwang, die erschlafften Kräfte zusammenzuraffen.

Um Mittag ward dem Volke zu rasten gestattet;
doch wo es Erholung suchen sollte, gab es keine Hand
breit Schatten. Wer sich im Brand des Mittags ausstreckte, der fand statt Erfrischung nur neue Qualen.
Da drängten denn die Gepeinigten selbst zum Aufbruch
und der Quelle von Alus entgegen.

Bisher hatte die Hitze Tag für Tag, nachdem die
Sonne am wolkenlosen Wüstenhimmel den Lauf gen
Westen begonnen, nachgelassen und vor dem Einbruch
der Dämmerung ein frischerer Lufthauch die Stirnen ge-
kühlt; heute aber blieb die Felsenlandschaft viele Stunden
lang von der Glut des Mittags gesättigt, bis sich von
der See, von Westen her ein leises, frischeres Wehen
erhob. Zu gleicher Zeit blieb die Vorhut, welche auf
Josuas Rat den Wanderern vorausschritt, stehen, und
der ganze Zug kam ins Stocken.

Mann, Weib und Kind wandten die Augen und
wiesen mit Händen und Händchen, den Stäben und
Krücken auf die nämliche Stelle; denn dort ward der
Blick von einem wunderbaren, nie gesehenen Schauspiel
gefesselt.

Ein Ruf des Erstaunens und der Bewunderung
scholl hell von den trockenen, müden Lippen, die sich
längst nicht mehr zu Rede und Gegenrede geöffnet, und
bald pflanzte er sich fort von Glied zu Glied, von Stamm
zu Stamm, bis zu den Aussätzigen am Ende des Zuges
und der Nachhut, die ihnen folgte. Einer stieß den andern an und raunte ihm einen Namen zu, der jedem
bekannt, den des heiligen Berges, wo der Herr dem
Mose verheißen, es in ein gut und geräumig Land zu
führen, das von Milch und Honig fließe.

Keiner hatte es den Ermatteten gesagt, und doch war jedem bewußt, daß er hier zum erstenmale den Horeb erblicke und seine Sinaispitze, die heiligste Höhe dieses granitenen Gebirgsstockes.

Wenn ein Berg, so war dieser der Thron des allmächtigen Gottes ihrer Väter!

Wie der Busch, aus dem er dort zu seinem Erwählten gesprochen, so schien zu dieser Stunde der geweihte Berg selbst in Flammen zu stehen. Hoch und majestätisch überragte seine siebenzackige Krone von fern die Höhen und Thäler weit und breit, und sie glühte dem Volke entgegen wie ein riesengroßer, von dem Licht eines Weltenbrandes durchleuchteter Rubin.

Dergleichen hatte noch kein Auge geschaut. Dann sank die Sonne tiefer und tiefer und ging im Meere, das sich hinter dem Gebirge verbarg, zur Ruhe. Nun verwandelte sich der glühende Rubin in einen dunklen Amethyst und nahm endlich das tiefe Blau des Veilchens an; die Blicke des Volkes aber hingen fort und fort wie gebannt an der heiligen Stätte. — Ja, als das Tagesgestirn schon völlig verschwunden und sein Widerschein eine lang hingestreckte Wolke mit leuchtenden Rändern schmückte, öffneten die Augen sich weiter; denn ein von der Größe dieses Schauspiels ergriffener Mann vom Stamme Benjamin hatte in derselben den lang dahinwallenden, mit Gold umsäumten Mantel Jehovas erkannt, und die Nachbarn, denen er ihn wies, glaubten ihm und teilten seine fromme Erregung.

Kurze Zeit hatte dieser erhebende Anblick die Wanderer Durst und Erschöpfung vergessen lassen. Doch bald sollte sich der höchste Aufschwung in die tiefste Mutlosigkeit

verwandeln; denn da die Nacht hereinbrach und nach
einem kurzen Marsche die Stätte Alus erreicht war, ergab
es sich, daß der Wüstenstamm, der hier gehaust, gestern,
bevor er die Zelte abgebrochen, seinen ohnehin brackigen
Quell mit Geröll und Steinen verschüttet.

Was man Trinkbares mit sich geführt, war schon
vor Dophka aufgebraucht worden, und der erschöpfte Quell
der Minen hatte keinen Schlauch zu füllen gestattet. Der
Durst vertrocknete nicht nur den Gaumen, sondern begann
in den Eingeweiden zu brennen. Der verdorrte Schlund
weigerte sich, die festen Speisen aufzunehmen, an denen
es nicht fehlte. Wohin man blickte, gab es Trostloses,
Mitleid Erweckendes und Empörendes zu schauen und zu
hören.

Hier tobten und fluchten, klagten und stöhnten
Männer und Weiber, dort ergaben sie sich dumpfer Verzweiflung. Andere, deren jammernde Kinder nach Wasser
schrieen, hatten sich zu dem verschütteten Quell begeben
und balgten sich um ein Plätzchen am Boden, von dem
aus sie einige Tropfen des kostbaren Nasses in einem
Schälchen zu sammeln gedachten. Dazu blökte das Vieh
so ängstlich und schmerzlich, daß es den Hirten wie ein
Vorwurf ins Herz schnitt.

Nur wenige gaben sich die Mühe, das Zelt auf-
zuschlagen. Die Nacht war so warm, und je eher man
vorwärts kam, um so besser; denn wenige Stunden von
hier hatte Mose zu den Wanderern zu stoßen versprochen.
Er allein konnte Rat schaffen, seine Pflicht war es, Mensch
und Vieh vor dem Verschmachten zu schützen!

Wenn der Gott, der ihnen so Herrliches gelobt, sie
in der Wüste umkommen ließ mit den Ihren, so war der

Mann, dessen Führung sie sich anvertraut, ein Betrüger, und der Gott, auf dessen Macht und Gnade er sie hinzuweisen nicht abließ, falscher und ohnmächtiger als die menschen- und tierköpfigen Götzen, zu denen sie in Aegypten gebetet.

Zwischen Verwünschungen und Lästerungen wurden auch Drohungen laut. Wo Aaron, der zu dem Volke zurückgekehrt war, sich zeigte und es anredete, streckten sich ihm geballte Fäuste entgegen. ·

Auch Mirjam mußte auf ihres Gatten Gebot bald davon abstehen, die Frauen mit begütigendem Zuspruch zu trösten, nachdem ein Weib, an dessen trockener Mutterbrust der Säugling verröchelte, einen Stein erhoben und andere es ihr nachgethan hatten.

Der alte Nun und sein Sohn fanden besseres Gehör.

Beide stimmten darin überein, daß Josua zu kämpfen haben werde, gleichviel an welchen Platz Mose ihn stelle; Hur aber führte ihn selbst zu den Streitern, die ihn freudig begrüßten.

Der Greis wie der jüngere Mann verstanden es wohl, ihr Zutrauen zu stärken. Sie erzählten den Männern von der quellenreichen Oase der Amalekiter, die nicht mehr gar fern sei, und wiesen sie auf die Waffen in ihrer Hand, mit denen der Herr selbst sie gerüstet.

Josua versicherte ihnen, sie seien den Kriegern des Wüstenstammes an Zahl weit überlegen. Wenn die junge Mannschaft sich so wacker halte wie bei den Kupferminen und zu Dophka, werde ihr mit Gottes Beistand der Sieg gehören.

Nach Mitternacht ließ Josua, nachdem er mit den Aeltesten Rücksprache genommen, in die Posaune stoßen,

welche die streitbaren Männer zusammenrief. Unter dem
hellen Sternenhimmel musterte er sie, teilte sie in Rotten,
gab jeder einen passenden Führer und schärfte ihnen die
Bedeutung der Rufe ein, denen sie zu folgen hatten.

Schlaff und halb verdurstet waren sie zusammen-
gekommen, doch die neue Thätigkeit, zu der ihr rüstiger
Führer sie anhielt, die Hoffnung auf Sieg und die kost-
barste der Beuten: ein Stück Land am Fuß des heiligen
Berges, reich an Quellen und Palmen, kräftigte wunderbar
ihre verlorene Spannkraft.

Ephraim war unter ihnen und belebte auch andere
durch seine unermüdliche Frische. Wenn aber der frühere
Feldhauptmann, an dem der Herr schon bewährt, daß er
ihn des Beistandes würdig erachte, den ihm sein Name
verhieß, ihnen ans Herz legte, auf die Allmacht Gottes
zu bauen, so wirkte das ganz anders, als wenn Aaron
es that, dessen mahnende Reden sie seit dem Aufbruch
täglich vernommen.

Hatte Josua gesprochen, dann rang sich von mancher
jungen Lippe, ob sie auch nach Erfrischung lechzte, der
begeisterte Ruf: „Heil dem Feldherrn! Du bist unser
Führer; keinem andern werden wir folgen!"

Nun aber erklärte er ihnen ernst und entschieden, daß
er den Gehorsam, den er ihnen anbefohlen, am strengsten
selbst zu üben gedenke. Willig werde er als letzter Mann
in das letzte Glied treten, wenn Mose es also gebiete.

Noch glänzten die Sterne hell am wolkenlosen Himmel,
als die Stierhörner das Volk zum Aufbruch mahnten. Der
Vortrab war indes schon vorausgesandt worden, um dem
Mose zu berichten, wie es um die Seinen bestellt, und
Ephraim folgte den Boten, nachdem die Uebung beendet.

Während des weiteren Marsches hielt Josua die
Krieger so eng zusammen, als sei jetzt schon ein Ueberfall
zu erwarten. Dabei benützte er jeden Augenblick, um der
Mannschaft und ihren Führern Lehren für den kommenden
Kampf zu erteilen, sie zu beobachten und ihre Rotten
fester zu ordnen. So hielt er sie und ihre Aufmerksamkeit
wach, bis die Gestirne verblaßten.

Selten nur erhob sich Widerspruch oder Klage unter
den Streitern; um so lauter aber ward das Murren,
das Fluchen und Drohen bei denen, die keine Waffen
trugen. Schon bevor der Morgen graute, ließ sich aus
dem Munde der durstenden Männer, denen die Mattigkeit
die Kniee brach und das Elend der Weiber und Kinder dicht
vor Augen stand, der Ruf immer häufiger vernehmen:
„Auf den Mose! Wir steinigen ihn, wo wir ihn finden!"

Mancher las auch schon mit lauten Flüchen und
blitzenden Augen ein Felsstück vom Boden, und der Ingrimm der Menge äußerte sich endlich so wild und leiden-
schaftlich, daß Hur die Wohlgesinnten unter den Aeltesten
zu Rate zog und dann mit den Streitern von Juda dem
Volke vorauseilte, um Mose, kam es zum Aeußersten, mit
bewaffneter Hand vor den Empörern zu schützen.

Josua wurde beauftragt, die Banden der Meuterer
zurückzuhalten, die drohend und lästernd sich an den
Streitern vorbeizudrängen strebten.

Als die Sonne endlich mit blendender Pracht auf-
ging, ward die Wanderung zu einem jämmerlichen Vor-
wärtsschleichen und Wanken. Auch die bewaffnete Mannschaft zog dahin wie gelähmt. Nur wenn die Meuterer
vorwärts zu dringen suchten, that sie ihre Pflicht und
wies sie mit Schwertern und Lanzen zurück.

Zu beiden Seiten des Thales, das die Wanderer durchschritten, erhoben sich jetzt hohe Wände von grauem Granit, der wunderlich glitzerte und blinkte, wenn die schrägen Strahlen des Tagesgestirns die reichlich in das Urgestein eingesprengten Quarzstücke trafen.

Um Mittag mußte es wieder glühend heiß werden zwischen diesen an manchen Stellen nah zusammentretenden nackten Felsmauern; noch aber herrschte die Kühlung des Morgens. Wenigstens das Vieh fand einige Erfrischung; denn es bot sich ihm mancher Busch des saftigen, duftenden Betharân*) zur Speise, und die Hirtenknaben nahmen die Röcklein auf, füllten damit die so entstandenen Schürzen und hielten sie den Lieblingen, trotz der eigenen Erschöpfung, vor die hungrigen Mäuler.

So waren sie eine kleine Stunde fortgeschlichen, als plötzlich ein lautes Jubelgeschrei erscholl, das vom Vortrab von Glied zu Glied sich fortpflanzte, bis zu den letzten Männern der Nachhut.

Keiner hatte in Worten vernommen, welchem Ereignis es den Ursprung verdanke, und doch wußte jeder, daß es nichts anderes bedeute, als den Fund frischen Wassers.

Nun kehrte Ephraim zurück, um die frohe Kunde zu bestätigen, und wie wirkte sie auf die Erschlafften!

Als hätte jeder jetzt schon in vollen Zügen den Krug geleert, richteten sie sich auf und strebten mit verdoppelter Geschwindigkeit vorwärts. Die Rotten der Streitmacht setzten ihnen kein Hindernis mehr in den Weg und grüßten die Angehörigen fröhlich, die sich an ihnen vorüberdrängten.

---

*) Cantolina fragrantissima.

Doch bald staute sich der rasch dahinfließende Strom; denn die Labung verheißende Stelle hielt die Vordersten, und mit ihnen den ganzen Zug mit größerer Macht zurück als Gräben und Wälle.

Aus der wandernden Heerschar ward ein gewaltiger, das Thal erfüllender Auflauf. Endlich erschienen Männer und Weiber mit frohen Gesichtern und vollen Krügen und Eimern in der Hand und auf dem Haupt, winkten den Freunden heiter zu, riefen ihnen tröstende Worte entgegen und suchten sich durch die Menge zu den Ihren zu drängen; vielen aber ward der kostbare Schatz, bevor sie das Ziel erreicht, gewaltsam entrissen.

Auch Josua hatte sich mit seinen Rotten den Weg bis in die Nähe der Labungsquelle gebahnt, um Ordnung unter den gierigen Wasserschöpfern zu halten. Doch es galt, sich noch einige Zeit zu gedulden; denn die kräftigen Männer vom Stamme Juda, mit denen Hur den übrigen vorangezogen war, schwangen noch die Hacken und stemmten sich an die Hebebäume, die sie schnell aus den Stämmen naher Dornakazien gefertigt, um gewaltige Blöcke aus dem Wege zu räumen und den Zugang zu dem Wasserstrom zu erweitern, der aus mehreren Felsenspalten hervordrang.

Anfänglich hatte sich der Quell in einem Haufen moosiger Granitblöcke und von dort aus in die Erde verloren; jetzt aber war man so weit gekommen, das Entrinnen und Versickern des kostbaren Nasses aufzuhalten und einen Behälter zu bilden, aus dem man auch das Vieh tränken konnte.

Wem es bereits gelungen war, den Krug zu füllen, der hatte sich des Wassers aus dem Abfluß bemächtigt,

der von dem schnell erwachsenden Damme durchgelassen
worden war. Jetzt hielten die zu Wächtern des Lagers
bestellten Männer alle zurück, um dem Wasser Zeit zu
lassen, sich in dem neuen, weiten Behälter zu klären, dem
es in überraschender Fülle zufloß.

Im Angesichte der Gottesgabe, nach der man so
stürmisch geschrieen, war es leicht, sich zu gedulden. Man
hatte den Schatz gehoben und brauchte ihn nur noch zu
bergen. Kein Wort der Unzufriedenheit, kein Murren
und Schelten ließ sich mehr vernehmen; ja viele blickten
kleinlaut und beschämt auf die neue Gabe des Höchsten.

Dazu erscholl aus der Ferne lautes, frohes Rufen
und Reden; der Gottesmann aber, der die Thäler und
Felsen, die Weideplätze und Quellen des Horebgebietes
wie kein anderer kannte und der dem Volke wiederum so
Großes gespendet, hatte sich in eine nahe Schlucht zurückgezogen, als suche er dort Zuflucht vor dem Danke und
den Heilrufen, die sich mit wachsender Begeisterung und
in immer weiteren Kreisen erhoben, und vor allem Ruhe
und Sammlung für die eigene, tief erschütterte Seele.

Bald erschollen auch inbrünstige Lobgesänge auf den
Herrn aus der Mitte der erfrischten, neu belebten, von
heißem Dank überströmenden Scharen, die noch nie
reicher an Hoffnung und freudiger Zuversicht das Lager
errichtet.

Liederklang, fröhliches Gelächter, Scherze und mun-
terer Zuruf begleiteten den Aufbau jedes Zeltes, und das
Lager entstand so schnell, als sei es durch einen Zauber
dem Boden entwachsen.

Kampflustig blitzten die Augen der jungen Mannschaft,
und manches Stück Vieh verblutete, um das Mahl zu

einem Festschmause zu machen. — Die Mütter, die für
Herd und Lager das Ihre gethan, begaben sich mit den
Kindern an der Hand zu dem Quell und zeigten ihnen
die Stelle, wo der Stab des Moses den Seinen das aus
den Granitspalten hervorquillende Wasser gewiesen. Auch
viele Männer umstanden mit erhobenen Augen und Händen die Stätte, an der sich Jehova den Seinen so gnädig
erzeigt, und unter ihnen mancher Meuterer, der sich schon
nach dem Felsstück gebückt, mit dem er den Vertrauten
Gottes zu steinigen gedachte. Niemand bezweifelte, daß
hier ein neues, großes Wunder geschehen.

Alte prägten den Jungen ein, dieses Tages und
dieses Trunkes nie zu vergessen, und eine Großmutter
netzte am Saume der Quelle den Enkeln die Stirnen, um
die Kleinen für das künftige Leben des göttlichen Schutzes
zu versichern.

Hoffnung, Dank und warmes Zutrauen herrschten
überall, wohin man schaute, und selbst die Furcht vor
den kriegerischen Söhnen Amaleks war geschwunden; denn
was konnte denen geschehen, die der Gnade solches all-
vermögenden Schutzherrn vertrauten?

Nur einem Zelte, dem stattlichsten von allen, dem
des Stammfürsten von Juda, blieb die Freude der anderen fern.

Mirjam saß allein unter ihren Frauen, nachdem sie
schweigend das Mahl der von dankbarer Begeisterung
überströmenden Männer geteilt und später von Ruben,
dem Gatten der Milca erfahren, Mose habe dem Josua
vor allen Aeltesten das Amt des Feldherrn vertraut.
Hur, ihr Gemahl, hatte sie weiter gehört, sei mit Freuden

bereit gewesen, dem Sohne des Nun die Führung der
Streitmacht zu überlassen.

Diesmal hatte die Prophetin sich fern von den Lobgesängen des Volkes gehalten. Als Milca und ihre Frauen
in sie gedrungen waren, ihnen zu der Quelle zu folgen,
hatte sie den Bittenden allein zu gehen geboten.

Sie erwartete den Gemahl und wünschte ihn allein
zu begrüßen; mußte sie ihm doch zeigen, daß sie nach
seiner Vergebung verlange. Aber er kehrte nicht heim;
denn nachdem der Rat der Aeltesten auseinandergegangen,
stand er dem neuen Feldherrn bei, die Streiter zu ordnen,
und er that es als Gehilfe, als Untergebener des Hosea,
der ihr seine Berufung und den Namen Josua verdankte.

Ihre Dienerinnen, die sich wieder eingefunden hatten,
zogen nun Fäden von der Spindel; ihr aber war diese
niedrige Arbeit zuwider, und während sie die Hände ruhen
ließ und müßig ins Leere starrte, schlichen ihr die Stunden
langsam dahin. Dabei fühlte sie, wie ihr Vorsatz, sich
dem Gatten demütig zu nahen, mehr und mehr erlahmte.
Es drängte sie, um die Kraft zu beten, sich vor demjenigen
zu beugen, der ja ihr Herr war; doch die an heißes Flehen
gewöhnte Prophetin konnte die rechte Andacht nicht finden.
War es ihr einmal gelungen, sich zu sammeln und das
Herz zu erheben, so ward sie gestört. Jede neue Nachricht,
die aus dem Lager zu ihr drang, steigerte ihren Mißmut.
Als es endlich Abend geworden, kam ein Bote, der ihr
befahl, nicht für das Nachtmahl der Männer zu sorgen,
das längst bereit stand. Hur, sein Sohn und Enkel ge-
dächten, der Ladung des Nun und Josua zu folgen.

Da fiel es ihr sauer, die Thränen zurückzuhalten.
Hätte sie ihnen aber vergönnt, ungehindert zu fließen,

wären ihr Zähren des Zornes und der gekränkten Frauen-
würde, nicht des Kummers und der Sehnsucht über die
Wangen geflossen.

In den Stunden der Abendwachen zogen die Krieger
an ihr vorüber, und von Rotte zu Rotte klangen ihr
Heilrufe auf Josua entgegen.

Auch wo die Worte „Fest und stark!" sich vernehmen ließen, dachte man dessen, der ihr einst teuer gewesen und den sie jetzt haßte, sie gestand es sich frei.
Nur seine eigenen Stammesgenossen hatten ihren Gatten
mit einem Zuruf geehrt. War das der Dank für die
Großmut, mit der er sich zu Gunsten des jüngeren Mannes
der Würde entkleidet, die ihm allein zukam? Den Gemahl so zurückgesetzt zu sehen, schnitt ihr ins Herz und
that ihr noch weher, als daß Hur sie, die Neuvermählte,
allein ließ.

Das Nachtmahl vor dem Zelt der Ephraimiten
dauerte lange. Vor Mitternacht schickte sie die Dienerinnen
zur Ruhe und legte sich nieder, um den Heimkehrenden
zu erwarten und ihm alles zu bekennen, was ihr weh
gethan, was sie aufgebracht und wonach sie sich sehnte.

Das Wachen, dachte sie, werde ihr bei solchem
Seelenschmerz leicht sein. Aber die großen Anstrengungen
und Erregungen der letzten Tage und Nächte machten
sich geltend, und mitten während eines Gebetes um De-
mut und die Liebe ihres Herrn übermannte sie der
Schlummer. Endlich zur Zeit der ersten Morgenwache,
es begann eben zu dämmern, schreckte sie der Schall der
Posaunen, der auf nahe Gefahr wies, aus dem Schlaf.

Da erhob sie sich schnell, und wie sie auf das Lager
ihres Gatten blickte, fand sie es leer. Doch es war benützt

worden, und auf dem sandigen Boden — denn Matten
waren nur über den Wohnraum des Zeltes gebreitet —
sah sie dicht bei ihrem Lager die Spuren der Füße
des Hur.

Er hatte sich hart vor demselben hingestellt und
ihr vielleicht, während sie schlief, sehnsüchtig ins Antlitz
geschaut.

Ja, so war es wirklich geschehen; ihre alte Sklavin
teilte es ihr ungefragt mit. Denn nachdem sie den Hur
geweckt, hatte sie mit zugeschaut, wie er Mirjam behutsam
in das Antlitz geleuchtet und sich dann lange über sie
gebeugt, wie um sie zu küssen.

Das war eine gute Kunde, und sie erfreute die ein-
same Frau so sehr, daß sie der Gemessenheit, die ihr sonst
eigen, vergaß und der kleinen, gekrümmten Greisin, die
schon ihren Eltern gedient, die Lippen auf die faltige
Stirn drückte. Dann ließ sie sich schnell das Haar
ordnen, sich mit dem lichtblauen Festgewand bekleiden,
das Hur ihr geschenkt, und eilte hinaus, um Abschied
von ihm zu nehmen.

Die Kriegsscharen hatten sich inzwischen geordnet.
Man begann die Zelte abzureißen, und Mirjam suchte
den Gatten lange vergebens. Endlich fand sie ihn; doch
er war in ein ernstes Gespräch mit Josua verwickelt, und
als sie diesen erblickte, rieselte ein kalter Schauer durch
das Blut der Prophetin, und sie gewann es nicht über
sich, den Männern näher zu treten.

Siebenundzwanzigstes Kapitel.

Ein schwerer Kampf stand bevor; denn wie die Späher berichteten, hatten sich an die Amalekiter auch andere Wüstenstämme geschlossen. Trotzdem waren die hebräischen Scharen den ihren an Zahl um das Doppelte überlegen. Aber wie weit standen die Streiter des Josua an kriegerischer Tüchtigkeit hinter dem an Schlacht und Ueberfall gewöhnten Gegner zurück!

Der Feind kam von Süden, von der Oase am Fuße des heiligen Berges her, und diese war das uralte Heim ihres Stammes, ihre Ernährerin, ihre schöne Geliebte, ihr alles und wohl wert, den letzten Blutstropfen für sie zu vergießen.

Josua, nunmehr der von Mose und dem ganzen Volke anerkannte Feldherr der hebräischen Streitmacht, führte seine neu gebildeten Rotten bis zu der breitesten Stelle des Thales, die ihm gestattete, die Ueberzahl seines Kriegsvolkes besser zur Geltung zu bringen.

Das Lager ließ er abbrechen und am nördlichen Ende der zum Schlachtfeld bestimmten Fläche Raphidim von neuem an einer schmaleren Stelle aufschlagen, welche

die Verteidigung der Zelte erleichterte. Den Oberbefehl
über dieselbe und die Krieger, die er zu ihrem Schutze
zurückließ, übertrug er seinem umsichtigen Vater.

Er hatte gewünscht, Mose und die älteren Stammes-
fürsten im Bereich des wohl behüteten Lagers zurückzulassen, doch der große Führer des Volkes war ihm zuvor-
gekommen und hatte mit Hur und Aaron eine Granitklippe
erstiegen, von deren hoher Spitze aus sich die Schlacht
überschauen ließ. So sahen denn die Kämpfenden den
Mose mit seinen beiden Gefährten auf der Spitze des
das Thal überragenden Felsens und wußten, daß der
Vertraute des Höchsten nicht ablassen werde, ihm ihre
Sache ans Herz zu legen und für sie um Sieg und
Schonung zu beten.

Aber auch jeder schlichte Mann im Heere, jedes
Weib und jeder Alte im Lager wußte in dieser Stunde
der Gefahr den Gott seiner Väter zu finden, und das
Kriegsgeschrei, das Josua gewählt: „Jehova das Panier!" verband die Herzen der Krieger mit dem Lenker
der Schlachten, erinnerte auch den mutlosesten und un-
geübtesten Streiter, daß er keinen Schritt thun und keinen
Streich führen könne, den der Herr nicht gewahre.

Jetzt erschollen die Posaunen und Stierhörner der
Hebräer lauter und immer lauter; denn die Amalekiter
drangen in die ebene Fläche vor, die der Schauplatz des
Kampfes sein sollte.

Es war ein sonderbares Schlachtfeld, das der geübte
Truppenführer aus freien Stücken nimmer gewählt haben
würde; denn es ward auf beiden Seiten von himmel-
hohen, grauen, steil aufragenden Granitwänden begrenzt.
Siegten die Feinde, so war auch das Lager verloren,

und was die Kriegskunst an Hilfsmitteln bot, mußte hier
auf dem denkbar kleinsten Raume ausgenutzt werden.

Den Feind zu umgehen oder ihm unerwartet in die
Flanke zu fallen, schien hier unmöglich; aber auch die
Felsen mußten dem Heerführer dienen; denn er hatte,
wo es anging, seine geschickten Schleuderer und geübten
Bogenschützen die Abhänge bis zu mäßiger Höhe erklimmen lassen und sie unterrichtet, auf welche Zeichen hin
sie in den Kampf eingreifen sollten.

Schon auf den ersten Blick erkannte der Feldherr,
daß er den Gegner nicht überschätzt; denn diejenigen,
welche den Kampf eröffneten, waren bärtige Männer mit
braunen, scharf geschnittenen, mannhaften Zügen, aus
denen schwarze Augen dem Feinde voll Kampfbegier und
wildem Haß entgegenglühten.

Wie der graubärtige, narbige Führer, waren alle
von schmächtigem, biegsamem Gliederbau. Als wohlgeübte
Streiter schwangen sie das eherne Sichelschwert, die ge-
krümmte Tartsche von schwerem, scharfem Holz oder die
Lanze, die unter der Spitze mit Kamelhaarbüscheln geziert
war. Das Schlachtgeschrei scholl laut, grimmig und
todesmutig aus der festen Brust dieser Männer, für die
es galt, zu siegen oder den teuersten Besitz an den Feind
zu verlieren.

Dem ersten Ansturm stellte sich Josua an der Spitze
derer entgegen, die er mit den großen Schildern und
Lanzen der Aegypter bewaffnet, und diese widerstanden,
angefeuert von dem tapferen Führer, eine gute Weile;
zumal dem wilden Gegner der schmale Zugang in das
Schlachtfeld seine Kraft voll zur Geltung zu bringen
verwehrte.

Als aber die feindlichen Fußgänger zurücktraten, und eine Schar von Kriegern auf schnellen Dromedaren gegen die Hebräer losbrach, entsetzten sich viele vor dem befremdlichen Ansehen der ihnen nur vom Hörensagen bekannten großen und seltsamen Thiere.

Mit lautem Angstgeschrei warfen sie den Schild von sich und flohen. Wo eine Lücke sich zeigte, trieb der Reiter das Dromedar in sie hinein und hieb mit der langen, scharfen Tartsche von oben her nach dem Gegner. Da dachten die solchen Angriffs ungewohnten Hirten nur noch an den eigenen Schutz, und mancher wandte sich zur Flucht; denn jähes Entsetzen ergriff ihn, wenn sein Auge der flammende Blick, oder sein Ohr das schrille, ingrimmige Gekreisch eines der wütenden amalekitischen Weiber traf, die mit in den Kampf gezogen waren, um den Mut ihrer Männer zu entflammen und den Feind zu erschrecken. An ledernen Riemen, die von den Sätteln hingen, hielten sie sich mit der Linken und ließen sich von dem Höckertiere nachschleppen, wohin es gelenkt ward. Der Haß schien das schwache Frauenherz einer jeden gegen Todesfurcht, Mitleid und weibliche Scheu gestählt zu haben, und das furchtbare Zetergeschrei dieser Megären brach auch manchem kühneren Hebräer den Mut.

Aber kaum sah der Feldherr die Seinen weichen, als er aus diesem Mißgeschick Vorteil zog und ihnen befahl, noch weiter zurückzutreten und dem Feind den Eingang in das Thal zu öffnen; denn er sagte sich, daß er die größere Menge seiner Krieger wirksamer verwenden könne, sobald es möglich werde, den Gegner von vorn und von beiden Seiten her zu bedrängen und die Schleuderer und Bogenschützen mit in den Kampf eingreifen zu lassen.

Ephraim und seine mutigsten Genossen, die ihn als Boten umgaben, wurden nun an das nördliche Ende des Thales und zu den Führern der Rotten, die dort aufgestellt waren, entsandt, um ihnen mitzuteilen, was er bezwecke, und ihnen den Befehl zum Vorrücken zu geben.

Flink wie Gazellen enteilten die schnellfüßigen Hirtenknaben, und bald zeigte es sich, daß der Feldherr das Rechte getroffen; denn sobald die Amalekiter die Mitte des Thales erreicht, wurden sie von allen Seiten angefallen, und viele, die mutig vorwärts stürmten, sanken, während sie das Schwert oder die Lanze schwangen, in den Sand, wenn sie von den Felshängen her der runde Stein oder der scharfe Pfeil der Schleuderer und Bogenschützen traf.

Mose weilte indessen mit Aaron und Hur auf der das Schlachtfeld überragenden Klippe.

Von dort aus überwachte er den Kampf, an dem er, der in Werken des Friedens Ergraute, nur mit Herz und Seele teilnahm.

Keine Bewegung, kein erhobenes oder sinkendes Schwert des Freundes oder Feindes entging seinem spähenden Blicke; als aber der Angriff begonnen, und der Feldherr mit gutem Bedacht dem Gegner den Weg bis in das Herz seiner Streitmacht freigelegt hatte, rief Hur dem greisen Gottesmanne zu: „Meiner Hausfrau, Deiner Schwester hoher Geist erkannte doch wohl das Rechte. Der Sohn des Nun verwirkte die Berufung des Höchsten. Welch eine Führung! Wir sind in der Uebermacht, und der Feind dringt ungehindert in die Mitte des Heeres. Wie die Wasser des Schilfmeeres zur Seite traten, da der Herr es gebot, so weichen unsere Rotten, und dazu, wie es scheint, auf ihres Feldherrn Befehl."

„Um Amalek zu verschlingen wie die Wogen der See den Aegypter," lautete die Antwort des Mose.

Dann streckte er die erhobenen Arme gen Himmel und rief: „Schau hernieder, Jehova, auf dein Volk, das in neuer Bedrängnis. Stähle den Arm und schärfe den Blick dessen, den du zu deinem Schwerte erwähltest! Verleihe ihm die Hilfe, die du ihm verhießest, da du ihn, den Hosea, Josua nanntest! Und ist es dir nicht mehr genehm, daß er, der sich stark und fest erwies, wie es deinem Feldherrn ziemt, unsere Streiter in die Schlacht führt, so stelle du dich selbst mit den Heerscharen des Himmels an die Spitze der Deinen, daß sie die Feinde deines Volkes vernichten."

So betete der Gottesmann mit hoch erhobenen Armen und ließ nicht ab, zu flehen und den Gott anzurufen, dessen hoher Wille den seinen lenkte, und bald raunte Aaron ihm zu, der Feind werde hart bedrängt, und der Mut der Ihren bewähre sich herrlich. Josua sei bald hier, bald dort, und schon lichteten sich die Reihen des Feindes, während die der Hebräer zuzunehmen schienen.

Und Hur bestätigte diese Rede und fügte hinzu, daß sich unermüdlicher Eifer und heldenhafte Todesverachtung dem Sohne des Nun nicht absprechen lasse. Eben habe er einen der wildesten Amalekiterführer mit dem Schlacht-beil gefällt.

Da atmete Mose tief auf, ließ die Arme sinken und folgte scharf gespannt dem weiteren Verlaufe der Schlacht, die unter ihm wogte und drängte, tobte und lärmte.

Die Sonne hatte inzwischen die Mittagshöhe erreicht und strahlte mit sengender Glut auf die Streitenden nieder. Den grauen Granitwänden des Thales entströmten immer heißere Gluten, und den drei Männern auf der Klippe perlten längst die glühenden Stirnen. Wie mußte denen da unten die Hitze des Mittags das Kämpfen und Ringen erschweren, wie mochte den Blutenden, die dort in den Staub gesunken, die Wunde brennen!

Mose fühlte das alles, als habe er es selbst zu erdulden; denn seine unerschütterlich feste Seele war reich an Mitleid, und er hatte diejenigen, die seines Blutes, und für die er lebte und wirkte, betete und dachte, ins Herz geschlossen wie ein Vater das Kind.

Die Wunden der Seinen thaten ihm weh, doch in stolzer Freude schlug ihm das Herz, wenn er mit ansah, wie diejenigen, deren feige Unterwürfigkeit seinen Zorn noch vor kurzem so mächtig entflammt, sich zu wehren und anzugreifen lernten, wenn unter ihm eine junge Schar nach der andern mit dem hellen Rufe: „Jehova das Panier!" auf die Feinde stürzte.

In Josuas stolzer Heldengestalt sah er die Enkel seines Volkes, wie er sie sich dachte und wünschte, und jetzt bezweifelte er nicht mehr, daß der Herr selbst den Sohn des Nun zum Feldherrn berufen. So hell wie in dieser Stunde hatte sein großes Herrscherauge selten geleuchtet.

Doch was war das?

Auch den Lippen des Aaron entrang sich ein Ruf des Schreckens, und Hur erhob sich entsetzt und blickte mit banger Spannung nach Norden; denn von dort her, wo die Zelte des Volkes standen, ließ sich neuer Schlachtruf

und dazwischen lautes, klägliches Geschrei vernehmen, das
nicht nur von Männern auszugehen schien, sondern auch
von Frauen und Kindern.

Das Lager ward überfallen.

Eine Amalekiterschar hatte sich lange vor Beginn der
Schlacht von den anderen getrennt und durch eine nur
ihr bekannte Gebirgsschlucht den Weg zu ihm gefunden.

Da dachte Hur seines jungen Weibes, vor Aarons
inneres Auge stellten sich Eliseba, seine treue Hausfrau,
seine Kinder und Enkel, und beide richteten mit flehenden
Blicken die stumme Bitte an Mose, sie zu entlassen, um
denen zu Hilfe zu eilen, die ihnen das Liebste; der strenge
Führer aber weigerte sie ihnen und hielt sie zurück.

Dann hob er wieder, hoch aufgerichtet, Herz und
Hände gen Himmel. Mit inbrünstiger Wärme rief er
den Höchsten an und ließ nicht ab vom Gebete, und je
weiter die Zeit vorschritt, desto heißer ward sein Flehen;
denn was die Streiter gewonnen hatten, schien verloren
zu gehen. — Jeder neue Blick auf das Schlachtfeld,
jede Kunde, die er von den Begleitern empfing, wenn
seine bei dem Herrn, seinem Gott, weilende Seele blind
und taub gewesen war für das Schauspiel zu seinen
Füßen, erschwerte die Last seiner Sorgen.

Josua hatte sich an der Spitze einer starken Abteilung aus dem Kampfe zurückgezogen und mit ihm
Bezaleel, der Enkel des Hur, Oholiab, sein liebster Genoß,
der junge Ephraim und Ruben, der Gatte der Milca.

Mit dem Herzen voller Segenswünsche war auch
Hur ihnen mit den Blicken gefolgt; denn sie hatten sich
sicher nur aus der Schlacht entfernt, um das Lager zu
retten. Gespannten Ohres lauschte er von nun an gen

Norden, als ahne er, wie nahe die einzelnen abgebrochenen Laute des Geschreis und der Klage ihn angingen, die der Wind von den Zelten her zu ihm hintrug.

Der alte Nun hatte sich gegen die amalekitische Schar, die das Lager überfallen, zur Wehr gesetzt und wacker gefochten; doch als er wahrnahm, daß die Rotten, die Josua unter seinen Befehl gestellt, dem Ansturm des Gegners nicht mehr lange standhalten konnten, ließ er den Feldherrn um Verstärkung bitten; — Josua aber vertraute sogleich dem zweiten Haupt des Stammes Juda, Naheson, sowie dem Uri, dem Sohne des Hur, der sich durch Mut und Besonnenheit ausgezeichnet hatte, die fernere Leitung der Schlacht und eilte mit anderen Auserwählten dem Vater zu Hilfe.

Keinen Augenblick hatte er verloren, und doch war die Entscheidung schon gefallen, als er auf dem Kampfplatze erschien; denn da er sich dem Lager näherte, hatten die Amalekiter bereits die Scharen seines Vaters durchbrochen, ihn von ihnen abgeschnitten und sich in das Lager gestürzt.

Zuerst hieb der Feldherr nun den tapfern Greis aus dem Feinde heraus; dann aber galt es, die Wüstensöhne aus den Zelten zu treiben, und dabei gab es ein heißes Ringen, Mann gegen Mann und Brust an Brust, und er selbst konnte doch nur an einer Stelle sein und mußte der jungen Mannschaft überlassen, in jedem einzelnen Falle das Rechte zu treffen.

Auch hier erhob er den Schlachtruf: „Jehova das Panier!" und warf sich mit ihm auf das Häuptlingszelt des Hur, dessen der Feind sich zuerst bemächtigt, und wo der Kampf am heißesten tobte.

Vor seinem Eingang deckten schon viele Leichen den Boden, und wütende Amalekiter rangen noch mit einer Schar von Hebräern; aus seinem Innern aber tönte wildes und angstvolles Geschrei.

Beflügelten Fußes übersprang er die Schwelle, und nun bot sich ihm ein Schauspiel, das auch den unerschrockenen Mann mit Entsetzen erfüllte; denn auf der linken Seite des breiten Zeltbodens wälzten sich Hebräer und Amalekiter ringend auf den blutigen Matten, zu seiner rechten aber gewahrte er Mirjam und einige ihrer Dienerinnen, denen die Feinde die Hände gebunden.

Die Männer hatten sie als kostbare Beute mit fortführen wollen, doch ein amalekitisches Weib, das, rasend vor Haß, Rachgier und Eifersucht, die fremden Frauen dem Flammentode preiszugeben begehrte, blies in die Kohlen des Herdes und brachte sie mit Hilfe des Schleiers, den sie Mirjam vom Haupte gerissen, zu lodernder Glut.

Ein furchtbarer Lärm erfüllte den weiten abgeschlossenen Raum, als Josua in das Zelt sprang.

Hier tobten streitende Männer, dort erhoben Dienerinnen der Prophetin ein lautes Gezeter oder schrieen, da sie die Nahenden erblickten, um Beistand und Rettung.

Ihre Herrin lag totenbleich auf den Knieen vor demselben vornehmen Häuptlinge des Feindes, dessen Weib sie mit dem Feuertode bedroht.

Wie einem Geist, der der Erde entstiegen, starrte sie dem Retter entgegen, und was nun geschah, prägte sich dem Gedächtnisse Mirjams ein als eine Reihe von blutigen, schrecklichen, zusammenhanglosen und doch unvergeßlich herrlichen Bildern.

Da war zuerst der amalekitische Häuptling, der sie gebunden, eine wundervolle Heldengestalt.

Einem Aar seiner Berge glich dieser tief gebräunte Krieger mit der kühnen, gebogenen Nase, dem schwarzen Bart und den flammenden Augen. Doch bald sollte ein anderer sich mit ihm messen, der Mann, der ihrem Herzen teuer gewesen.

Sie hatte ihn oft einem Löwen verglichen, aber niemals war er ihr dem Könige der Wüste ähnlicher erschienen.

Furchtbar und gewaltig waren beide. Niemand hätte vorauszusagen vermocht, wer von ihnen unterliegen werde, wer siegen; ihr aber war es beschieden, ihrem Ringen zuzuschauen, und schon hatte der heißblütige Wüstensohn das Kriegsgeschrei erhoben und sich auf den besonneneren Hebräer gestürzt.

Daß man nicht fortzuleben vermöge, wenn das Herz das Pochen minutenlang einstellt, war ja jedem Kinde bekannt, und doch wußte sie, daß das ihre stille gestanden, wie erstarrt und versteint, als der Löwe in Gefahr geriet, dem Aar zu unterliegen, als das blanke Messer des letzteren aufgeblitzt und sie das Blut gewahrt hatte, das aus der Schulter des andern hervorquoll.

Doch nun hatte das erstarrte Herz sich wiederum geregt, ja schneller als je zu schlagen begonnen; denn plötzlich war aus dem löwenmutigen Streiter, dem sie noch eben mit bitterem Haß gegrollt, von neuem und wie durch ein Wunder der Freund ihrer Jugend geworden. Mit Posaunen und Cymbelschall hatte die Liebe sich wieder aufgemacht, um mit triumphirender Lust Eingang in ihre jüngst noch so öde, verarmte Seele zu

halten. Was sie von ihm getrennt, war plötzlich vergessen und begraben, und brünstiger war der Höchste nie
angerufen worden als in dem kurzen Gebete für ihn,
das sich damals ihrem Herzen entrungen. Und so heiß
ihr Flehen gewesen, so schnell hatte es Erhörung gefunden; denn der Aar war zu Falle gekommen und
hatte unter der überlegenen Kraft des Löwen die Schwingen
gestreckt.

Dann war es Mirjam dunkel vor den Augen geworden, und nur wie im Traum hatte sie gefühlt, wie
Ephraim die Stricke an ihren Knöcheln zerschnitt.

Bald darauf gewann sie auch die volle Besinnung
zurück, und nun sah sie zu ihren Füßen den blutenden
Körper des überwundenen Häuptlings und auf der andern Seite des Zeltes Leichen und Verwundete am Boden,
Amalekiter und Hebräer, und unter ihnen viele Sklaven
ihres Gemahls. Neben den Gefallenen aber standen aufrecht und siegesfroh rüstige Krieger ihres Volkes, und
unter ihnen die würdige Greisengestalt des Nun und auch
Josua, dem der Vater die Wunde verband.

Das zu thun, sie empfand es, wäre an ihr und an
keinem andern gewesen, und eine tiefe Scham, ein
brennender Schmerz überfiel sie, da sie bedachte, was sie
an diesem Manne gefrevelt.

Sie wußte nicht, wie sie, die ihm so tiefes Weh
bereitet, dies wieder gut machen, wie sie vergelten solle,
was sie ihm dankte.

Ihr ganzes Herz war übervoll von Sehnsucht nach
einem versöhnlichen Worte aus seinem Munde, und so
näherte sie sich ihm über den blutbefleckten Boden hin
auf den Knieen; doch ihre beredten Prophetinnenlippen

waren wie gelähmt und konnten das rechte Wort nicht
finden, bis sich plötzlich aus ihrer beklommenen Brust laut
und flehentlich der Ruf hervorrang: „Josua, o Josua!
Ich habe mich schwer an Dir versündigt und will es
büßen mein Leben lang; nur verschmähe nicht meinen
Dank! Weis' ihn nicht von Dir, und wenn Du kannst,
so vergib mir!"

Weiter hatte sie nichts zu sagen vermocht; dann
aber — und auch das sollte sie nimmer vergessen —
waren die Augen ihr übergeflossen von heißen Thränen,
und er hatte sie mit unwiderstehlicher Kraft und doch mit
so sanfter Hand, wie die Mutter das gefallene Kind,
vom Boden erhoben, und aus seinem Munde waren ihr
milde, freundliche, volle Vergebung verheißende Worte ent-
gegengeklungen. Auch der Druck seiner Rechten hatte sie
versichert, daß er ihr nicht mehr zürne.

Sie fühlte sie noch in der ihren und vernahm seine
Versicherung, daß er den Namen Josua aus keinem Munde
lieber höre als aus dem ihren.

Mit dem Schlachtgeschrei: „Jehova das Panier!"
hatte er ihr endlich den Rücken gewandt, und noch lange
tönte sein heller Klang und der begeisterte Zuruf seiner
Krieger ihr nach vor dem inneren Ohr.

Zuletzt war es still geworden um sie her, und sie
wußte nur noch, daß sie nie so heiß und bitterlich geweint wie zu jener Stunde, weder vorher noch nachher.
Auch hatte sie dem Gotte, der sie zu seiner Prophetin
berufen, zwei feierliche Gelübde geleistet.

Die beiden aber, denen sie gegolten, umtoste indessen
der Lärm der Schlacht.

Der eine hatte seine Scharen aus dem geretteten

Lager wiederum dem Feinde entgegengeführt, der andere
überwachte mit dem Führer des Volkes das Hinundher
des immer wütender tobenden Streites.

Josua fand die Seinen in schwerer Bedrängnis.
Hier wichen sie, dort widerstanden sie nur noch matt dem
Angriff der Wüstensöhne; Hur aber schaute mit wachsen-
der und doppelter Besorgnis auf den Verlauf des Kampfes;
denn im Lager sah er Weib und Enkel, unter sich den
Sohn in Todesgefahr.

Das Vaterherz schmerzte ihn, wenn er den Uri zurückweichen sah; drang er dann aufs neue vor und that
dem Feinde durch einen wohl geleiteten Angriff Abbruch,
dann hob es sich freudig, und er hätte ihm gern ein
lobendes Wort zugerufen.

Aber wessen Ohr wäre scharf genug gewesen, um
eines einzelnen Mannes Stimme aus dem Waffengeklirr
und Kriegsgeschrei, dem Gekreisch der Weiber und dem
Jammern der Verwundeten, dem widrigen Grunzen der
Kamele, dem Posaunen- und Hörnerblasen dort unten
heraus zu verstehen?

Jetzt hatte die vorderste Amalekiterschar sich schon
wie ein Keil in die hintersten Rotten der Hebräer geschoben.

Wenn es dieser gelang, den Nachfolgenden den Weg
zu bahnen und sich mit der Abteilung zu vereinen, die
das Lager angriff, dann war die Schlacht verloren und
der Untergang des Volkes besiegelt; denn am südlichen
Eingang des Thales stand noch eine Schar der Amalekiter,
die nicht mit eingriff in den Kampf und bestimmt schien,
die Oase im äußersten Falle vor den Feinden zu schützen.

Da zeigte sich eine neue Ueberraschung.

Die Wüstensöhne hatten sich schon so weit vorwärts
gekämpft, daß sie die Geschosse der Schleuderer und
Schützen kaum mehr zu erreichen vermochten. Wenn
diese nicht müßig bleiben sollten, mußten sie hinab in das
Schlachtfeld gerufen werden.

Hur hätte dem Uri längst zurufen mögen, ihrer
zu gedenken und sie neu zu verwenden; nun aber zeigte
sich plötzlich die Gestalt eines Jünglings, der sich behend
wie eine Bergziege ihnen von der Seite des Lagers her
nahte, indem er von einem Felsen zum andern kletterte
und sprang.

Sobald er die Ersten erreicht, sprach er mit ihnen,
machte den Folgenden Zeichen, diese gaben sie weiter
und endlich klömmen sie alle zu Thale, erstiegen dann
gemeinsam die westliche Felswand bis zur Höhe einiger
Männer und verschwanden plötzlich, als habe das Gestein
sie verschlungen.

Der Jüngling, dem die Schleuderer und Schützen
folgten, war Ephraim.

Ein schwarzer Schatten an der Felswand, in der
er mit den anderen verschwand, mußte die Oeffnung
einer Schlucht sein, und durch diese sollten sie wohl denen
zugeführt werden, die dem Josua zum Entsatz des Lagers
gefolgt.

So glaubte nicht nur Hur, sondern auch Aaron,
und der erstere begann wieder an Josuas Berufung zu
zweifeln; denn was denen in den Zelten zu gute kommen
sollte, schwächte das Heer, dessen Führung seinem Sohn
und seinem Amtsgenossen Naheson oblag.

Der Kampf um das Lager hatte schon stundenlang
gedauert und Mose nicht abgelassen, mit gen Himmel

geftrecften Händen zu beten, als den Amalefitern ein
gewaltiger Vorftoß gelang.

Da raffte fich der Führer des Volfes zu einem
neuen lauteren Anruf des Höchften zufammen; doch dem
Erfchöpften wanften die Kniee, und der ermattete Arm
fanf ihm nieder. Aber feine Seele hatte die Schwung-
fraft, fein Herz das Verlangen bewahrt, von demjenigen
nicht zu laffen, der die Schlachten leitet.

Der Führer wollte nicht müßig fein in diefem Kampfe,
und feine Waffe war das Gebet.

Wie ein Kind, das von der Mutter nicht läßt, bis
fie ihm gewährt, was es für die Gefchwifter felbftlos er-
bittet, flammerte er fich flehend an den Allmächtigen, der
fich bis dahin ihm und den Seinen wie ein Vater bewährt und fie aus den fchwerften Gefahren wunderbar
errettet.

Doch fein Leib war erfchöpft, und fo rief er den
Begleitern, und fie fchoben ihm einen Felsblock hin, auf
den er fich niederließ, um mit neuen Gebeten des Höchften
Herz zu beftürmen.

Da faß er, und verfagten ihm auch die ermatteten
Glieder den Dienft, war ihm doch die Seele gehorfam
und erhob fich mit allem Feuer zu dem Lenfer des Schick-
fals der Menfchen.

Aber die Arme erlahmten ihm mehr und mehr und
fanfen endlich, wie von fchweren Bleimaffen belaftet, nieder, und doch war es ihm feit Jahren Bedürfnis geworden,
fie himmelwärts zu ftrecken, wenn er den Gott in der
Höhe mit aller Inbrunft anrief.

Das wußten feine Gefährten, und fie meinten wahrgenommen zu haben, daß, fo oft dem großen Führer

die Hände sanken, die Söhne Amaleks einen neuen Vorteil errangen.

Darum stützten sie ihm eifrig die Arme, der eine auf der rechten, der andere auf der linken Seite, und ob der gewaltige Mann auch nicht mehr mit verständlichen Worten die Stimme zu erheben vermochte, ob ihm der riesige Leib auch hin und wieder wankte, und ob es ihm auch mehr als einmal war, als schwanke der Stein, der ihn trug, das Thal und mit ihm die ganze Erde, blieben seine Augen und Hände doch nach oben gerichtet. Keinen Augenblick hörte er auf, den Höchsten anzurufen, bis plötzlich von der Seite des Lagers her helles Siegesgeschrei, von den felsigen Wänden des Thales laut widerhallend, erscholl.

Josua war wieder auf dem Schlachtfeld erschienen und stürzte sich an der Spitze der Seinen mit unwiderstehlicher Macht auf die Feinde.

Von nun an gewann der Streit ein neues Ansehen.

Wohl schwankte noch die Entscheidung, und Mose konnte nicht aufhören, das Herz und die gestützten Hände nach oben zu richten, aber endlich, endlich kam auch dies letzte lange Ringen zum Abschluß. Die Reihen der Amalekiter wankten und jagten endlich aufgelöst und entmutigt nach dem südlichen Eingang des Thales hin, von woher sie gekommen.

Auch von dorther ließ sich Geschrei vernehmen und von tausend Lippen jauchzte es: „Jehova das Panier!“, „Sieg!“ und wiederum „Sieg!“

Da löste der Gottesmann die Arme von den stützenden Schultern der Gefährten, schwang sie frei und hoch auf und rief mit erneuter, wunderbar erfrischter Kraft:

„Dank Dir, mein Gott und Herr! Jehova das Panier!
Das Volk ist gerettet!"

Dann umnachteten sich dem Erschöpften die Augen.
Aber um weniges später hob er wiederum den Blick und
sah, wie Ephraim mit den Schützen und Schleuderern
die Amalekiterschar, welche am südlichen Eingang des
Thales stand, überfiel, während Josua die Hauptmacht
der Wüstensöhne ihren weichenden Brüdern entgegentrieb.

Der Feldherr hatte durch Gefangene von einer
Schlucht gehört, die guten Kletterern gestatte, in einen
Hohlweg zu gelangen, der zu dem südlichen Ende des
Schlachtfeldes führte, und Ephraim war mit den Bogen-
schützen und Schleuderern, seinem Befehle gehorsam, auf
diesem beschwerlichen Pfade der letzten widerstandsfähigen
Schar des Gegners in den Rücken gefallen.

Von zwei Seiten her bedrängt, gelichtet und entmutigt, gaben die Söhne Amaleks den Kampf auf, und
nun zeigte es sich, wie die in diesem Bergland erwachsenen
Kinder der Wüste die Füße zu brauchen verstanden;
denn auf ein Zeichen ihres Führers erstachen sie die
Dromedare und flogen dann auseinander wie Federn,
in die der Wind stößt. Schroffe Berglehnen, die für
Menschen unersteigbar schienen, erklommen sie, behenden
Eidechsen vergleichbar, auf Händen und Füßen; viele
andere aber entkamen durch die Schlucht, welche die
gefangenen Sklaven dem Josua verraten.

———⁘———

Achtundzwanzigstes Kapitel.

Die größere Hälfte der Amalekiter war gefallen oder deckte verwundet das Schlachtfeld; auch wußte der Feldherr, daß die anderen Wüstenstämme, die sich an sie geschlossen, die Geschlagenen ihrer Gewohnheit gemäß verlassen und in die eigenen Gebiete zurückkehren würden.

Dennoch schien es wahrscheinlich, daß die Verzweiflung den Entkommenen den Mut geben werde, ihre Oase nicht ohne Schwertstreich in die Hände der Hebräer fallen zu lassen.

Aber Josuas Streiter waren zu erschöpft, als daß es möglich gewesen wäre, sie sogleich weiter zu führen.

Er selbst hatte aus mehreren leichten Wunden geblutet, und die Anstrengungen der letzten Tage machten sich auch an seinem stählernen Leibe fühlbar.

Dazu ging die Sonne, die sich, als die Schlacht begonnen, noch nicht lange erhoben, schon zur Rüste, und galt es, den Eingang in die Oase zu erzwingen, war es nicht rätlich, im Dunkeln zu kämpfen.

Was ihm und mehr noch seinen wackeren Streitern notthat, war Rast bis zum Grauen des Frühlichts.

Rings um sich her sah er lauter frohe, von stolzem
Selbstgefühl strahlende Gesichter, und wie er die Rotten
abziehen ließ, um sich im Lager unter den Ihren des
Sieges zu freuen, brach jede Schar, die ermattet und
langsam an ihm vorbeikam, in so frische und hell tönende
Rufe aus, als hätten sie der Erschöpfung vergessen, die
jedem noch kurz vorher das Haupt gebeugt und die Füße
belastet.

„Heil dem Josua!", „Heil dem Sieger!" scholl es
noch von den Felswänden zurück, nachdem schon die letzten
Rotten seinen Blicken entschwunden. Doch weit heller
klangen in seinem Innern die Worte nach, mit denen
ihm Mose gedankt, und sie hatten gelautet: „Als rechtes
Schwert des Höchsten, stark und fest, bewährtest Du Dich.
So lang der Herr Deine Hilfe und Jehova das Panier,
haben wir keinen Widersacher zu fürchten!"

Noch immer meinte er, den Kuß des großen Gottesmannes, der ihn vor allem Volke an die Brust gezogen,
auf Stirn und Scheitel zu fühlen, und es war nichts
Kleines, der mächtigen Erregung Herr zu werden, die
der Abschluß dieses folgenschweren Tages in ihm erweckt.

Ein starkes Verlangen, mit sich selbst ins Reine zu
kommen, bevor er sich wieder unter die jubelnde Menge
mischte und dem Vater begegnete, dem ein Anteil an
allem Großen zukam, das seine Seele bewegte, hielt ihn
auf dem Schlachtfelde zurück.

Es war zu einer Stätte geworden, wo Grauen und
Entsetzen herrschten; denn wer es außer ihm nicht verlassen, den hielt der Tod oder schwere Wunden darauf
zurück.

Die Raben, die den Wanderern gefolgt waren,

wiegten sich über den Leichen und wagten es schon, sich
tiefer zu der reich besetzten Tafel niederzulassen. Die
Witterung des Blutes hatte die Raubtiere aus ihren
Bergen und felsigen Schlupfwinkeln herbeigelockt, und ihr
Gebrüll und gieriges Bellen ließ sich von allen Seiten
vernehmen.

Wie dann das Dunkel der Dämmerung folgte, begannen Lichter über dem blutgedüngten Boden dahin zu
wanken. Sie halfen den Sklaven und denen, die einen
der Ihren vermißten, den Freund vom Feind, die Verwundeten von den Toten zu sondern, und mancher Klage-
laut aus der Brust eines Schwergetroffenen mischte sich
in das Krächzen der schwarzen Vögel und in das Heulen
der hungrigen Schakale und Hyänen, Füchse und Panther.

Aber Josua kannte die Schrecken des Schlachtfeldes
und fürchtete sich nicht.

An einen Felsen gelehnt sah er dieselben Sterne
aufgehen, die ihm vor dem Zelte im Lager zu Tanis
geleuchtet, als er im tiefsten Zwiespalt mit sich selbst vor
der schwersten Entscheidung seines Lebens gestanden.

Der Umlauf eines Monats hatte sich seitdem voll-
zogen, und doch war diese kurze Spanne Zeit Zeuge
einer unerhörten Wandlung seines gesamten inneren und
äußeren Lebens geworden.

Was ihm in jener Nacht vor dem Zelte, in dem
der fiebernde Ephraim ruhte, groß, herrlich, des Auf-
gebots aller Kräfte würdig erschienen, das lag heute als
eitel und nichtig weit hinter ihm.

Nach den Ehren und Würden, mit denen die Willkür
des launenhaften, schwachen Königs eines fremden Volkes
ihn groß und reich machen konnte, fragte er nicht mehr.

Was war ihm noch die wohlgeordnete und geschulte Kriegsmacht, zu deren Feldhauptleuten er sich mit so freudigem Stolze gezählt?

Er begriff kaum, daß es eine Zeit gegeben, in der er nichts höher erstrebt hatte, als über mehr und immer mehr Tausendschaften der Aegypter zu gebieten, in der es ihm das Herz gehoben, wenn ihm ein neuer Titel oder ein prunkendes Ehrenzeichen von solchen zugesprochen worden war, die er meist seiner Achtung unwert gehalten.

Von den Aegyptern hatte er alles, von dem eigenen Volke gar nichts erwartet.

Noch in jener Nacht vor dem Zelte war ihm die große Masse derjenigen, die seines Blutes, zuwider gewesen als erbärmliche, in entwürdigender Fronarbeit verkommende Knechte. Selbst auf die Vornehmeren unter ihnen hatte er hochmütig herabgeschaut; denn sie waren Rinderhirten und schon als solche den Aegyptern, deren Empfindungen er teilte, verächtlich.

Ein Herdenbesitzer war auch sein eigener Vater, und wenn er ihn hochgeschätzt, so hatte er es trotz seines Standes, und zunächst nur gethan, weil sein ganzes Wesen Ehrfurcht, weil des herrlichen Greises feurige Frische Liebe von jedermann heischte, und allen voran von ihm, seinem dankbaren Sohne.

Zu ihm hatte er nie aufgehört, sich gern zu bekennen, sonst aber war er bemüht gewesen, sich unter den Waffenbrüdern so zu halten, daß sie seiner Herkunft vergaßen und ihn in jeder Hinsicht für einen der Ihrigen hielten. Seine Ahnfrau Asnath, die Gattin des Joseph, war eine Aegypterin gewesen, und er hatte sich dessen gerühmt.

Und jetzt, und heute?

Jeden hätte er seinen Unwillen fühlen lassen, der ihn einen Aegypter gescholten, und was er noch beim letzten Neumond nur zu gern, als sei es eine Schande, von sich abgewälzt und verborgen hätte, das erhob ihm in der folgenden Neumondnacht, die eben sternenhell begann, das Haupt mit freudigem Stolze.

Welch ein Hochgefühl, mit berechtigtem Selbstbewußtsein sich als denjenigen fühlen zu dürfen, der er war!

Wie eine dauernde Lüge, eine Fahnenflucht ohne Ende wollte ihm jetzt sein Leben und Treiben als ägyptischer Feldhauptmann erscheinen. Sein wahrhaftiger Sinn jubelte auf in dem Bewußtsein, daß das unwürdige Verleugnen und Verbergen seines Blutes ein Ende genommen.

Mit frohem Dank empfand er, daß er ein Mitglied sei des Volkes, welches der Höchste allen anderen vorzog, daß er zu einer Gemeinschaft gehöre, unter der auch der Geringste, ja auch schon das Kind, die Hände betend erhob zu einem Gotte, den die bevorzugten Geister unter den Aegyptern mit den Schranken des Geheimnisses umgaben, weil sie ihr Volk für zu schwach und stumpf an Geist hielten, um vor seiner gewaltigen Größe zu bestehen und sie zu begreifen.

Und dieser einige, einzige Gott, vor dem die ganze bunte Götterwelt der Aegypter in das Nichts versank, er hatte ihn, den Sohn des Nun, aus den Tausenden der Seinen zum Vorkämpfer und Beschützer seines erwählten Volkes erlesen und ihm einen Namen geschenkt, der ihn seiner Hilfe versicherte.

Seinem Gotte gehorsam und unter seinem Schutze
dem eigenen Volke Blut und Leben zu weihen, ein höheres
Lebensziel, meinte er, habe sich noch keiner gesteckt. Die
schwarzen Augen flammten ihm feurig und heller auf,
da er seiner gedachte. Das Herz schien ihm zu klein
für all die Liebe, mit der er an den Brüdern gut zu
machen wünschte, was er in früheren Jahren gegen sie
gefehlt.

Wohl hatte er ein hohes, edles Weib, auf dessen
Besitz er gehofft, an einen andern verloren; doch dies
trübte mit nichten die freudige Begeisterung seiner Seele;
denn er hatte aufgehört, ihrer zu begehren, so hoch ihr
Bild ihm auch immer noch vor der Seele stand. Jetzt
dachte er ihrer nur noch mit ruhigem Dank; denn er
bekannte sich gern, daß sein neues Leben mit der ent-
scheidenden Nacht begonnen habe, in der ihm Mirjam
das Beispiel gegeben, für Gott und das Volk alles zu
opfern, ja auch das Liebste.

Was die Prophetin gegen ihn gefehlt, es war aus-
getilgt aus seiner Erinnerung; denn er war gewöhnt, zu
vergessen, was er vergeben. Jetzt fühlte er nur noch die
Größe dessen, was er ihr schuldig. Wie ein herrlicher
Baum, der gen Himmel ragt, wo zwei feindliche Länder
einander berühren, stand sie zwischen seinem früheren und
jetzigen Leben. War auch die Liebe zu Grabe getragen,
konnte doch er und sie nimmer aufhören, Hand in Hand
dem gleichen Ziele entgegen auf dem nämlichen Wege
zu wandeln.

Noch einmal überschaute er die Strecke, die er schon
zurückgelegt hatte, und er durfte sich sagen, daß unter
seiner Führung in kurzer Frist aus elenden Frönern

wackere Streiter geworden. Im Felde hatten sie bereits
aus freiem Antrieb gehorchen, nach dem Siege das Haupt
hoch tragen gelernt. Und nach jedem neuen Erfolg
mußte es besser mit ihnen werden. Schon heute durfte
es ihm nicht nur begehrenswert, sondern auch sehr wohl
ausführbar erscheinen, an ihrer Spitze ein Vaterland für
sie zu erstreiten, das sie lieben und wo sie in Freiheit
und Wohlsein die tüchtigen Männer werden konnten, zu
denen er sie heranzubilden begehrte.

Unter den Schrecken des Schlachtfeldes, in mond-
loser Nacht zog tageshelle Freudigkeit in sein Herz, und
mit dem leisen Rufe: „Gott und mein Volk!" und einem
dankbaren Blick hinauf zu der sternenhellen Höhe verließ
er das mit Leichen besäte Thal des Todes wie ein
Triumphator, der über die Palmenzweige und Blumen
dahinschreitet, die ihm das dankbare Volk auf die Sieges-
bahn streute.

Schluß.

———

Im Lager empfing ihn ein lebendiges Treiben.

Vor den Zelten brannten Feuer, die fröhliche Menschengruppen umgaben, und manches Stück Vieh wurde hier als Dankopfer, dort für das festliche Nachtmahl geschlachtet.

Wo Josua sich zeigte, empfing ihn froher Zuruf; den Vater aber fand er nicht; denn er war einer Ladung des Hur gefolgt, und vor dem Zelte desselben umarmte der Sohn den von dankbarer Glückseligkeit strahlenden Greis.

Auch von Mirjam und ihrem Gemahl ward der späte Gast in einer Weise empfangen, die ihm wohlthat; denn Hur reichte ihm mit offener Herzlichkeit die Hand, sie aber verneigte sich ehrerbietig, und aus ihrem Blick leuchtete ihm freudige Dankbarkeit entgegen.

Bevor er sich niederließ, winkte ihm Hur zur Seite, befahl dem Sklaven, der eben ein Kalb geschlachtet, es in zwei Stücke zu zerlegen, wies auf dieselben und sagte: „Du hast Großes an dem Volke und mir gethan, Sohn des Nun, und mein Leben ist zu kurz für den

Dank, zu dem Du mich und meine Hausfrau verpflichtet.
Kannst Du die bitteren Worte vergessen, die uns zu
Dophka den Frieden trübten — und Du sagst, Du habest
es gethan — so laß uns in Zukunft als Bundesbrüder
zusammenhalten und für einander eintreten in Freud und
Leid, in Not und Gefahr. Das Feldherrnamt gehört
hinfort Dir allein, Josua, und keinem Andern, und des
freut sich das ganze Volk und allen voran freut es mich
und mit mir mein Weib. Teilst Du also mein Verlangen, die Bundesbrüderschaft mit mir zu schließen, so
schreite mit mir, nach der Väter Sitte, durch die Hälften
dieses geschlachteten Tieres."

Und Josua folgte gern dieser Ladung; Mirjam aber
war die erste, welche in die lauten Beifallsrufe einstimmte,
mit denen der greise Nun begann, und sie that es mit
feurigem Eifer; denn sie war es gewesen, die dem Gatten,
vor dem sie sich gedemütigt und dessen Liebe sie nun
wieder besaß, den Gedanken eingegeben hatte, Josua zu
dem Bündnis aufzufordern, das beide nunmehr geschlossen.

Dies alles war ihr nicht schwer gefallen; denn die
beiden Gelübde, die sie sich selbst geleistet, nachdem der
Sohn des Nun, den sie jetzt willig „Josua" nannte, sie
aus der Hand des Feindes errettet, gingen schon der Erfüllung entgegen, und sie fühlte, daß es eine gute Stunde
gewesen, in der sie sich zu ihnen entschlossen.

Das ihr neue Wohlgefühl, ein Weib zu sein wie
jedes andere, verlieh ihrem gesamten Wesen eine Milde,
die ihm bis dahin fremd gewesen, und diese erhielt ihr
die Liebe des Gatten, deren vollen Wert sie während der
bitteren Zeit erkannt, in der er ihr das Herz verschlossen.

In derselben Stunde, welche Hur und Josua zu
Bundesbrüdern machte, fand auch ein treues Menschen-
paar sich wieder, das heilige Pflichten von einander gerissen;
denn während die Freunde noch vor dem Zelte des Hur
des Mahles genossen, verlangten drei Leute aus dem
Volke den Nun, ihren Herrn, zu sprechen. Es waren die
alte Freigelassene, welche in Tanis zurückgeblieben, ihre
Tochter Hogla und Asser, ihr Bräutigam, von dem das
Mädchen sich getrennt, um die Eltern zu pflegen.

Der greise Eliab, ihr Vater, hatte ein schnelles Ende
gefunden, und Mutter und Tochter waren dann dem
Volke unter namenlosen Mühseligkeiten gefolgt, die letztere
auf dem Esel des Alten.

Nun empfing die treuen Menschen mit Freuden und
gab dem Asser die Hogla zum Weibe.

So war dieser blutige Tag für viele segenbringend
geworden, und doch sollte er mit einem schrillen Miß-
klang enden.

Während die Feuer im Lager brannten, ging es laut
her, und auf der ganzen Wanderung war kein Abend
ohne Zank und blutiges Handgemenge vergangen.

Oft hatte es Verwundungen und Totschlag gegeben,
wenn ein Beleidigter Rache geübt an dem Feinde, wenn
Unredliche sich an fremdem Besitz vergriffen oder Ver-
pflichtungen abgeleugnet hatten, die sie beschworen.

In solchen Fällen war es schwer gewesen, Ruhe zu
stiften und den Frevler zur Rechenschaft zu ziehen; denn
die Widerspenstigen weigerten sich, wen es auch sei, als
Richter anzuerkennen. Wer sich verletzt fühlte, rottete sich
mit anderen zusammen und suchte mit roher Gewalt sich
Recht zu verschaffen.

An jenem festlichen Abend nun überhörten Hur und
seine Gäste anfänglich den Lärm, an den jeder gewöhnt
war. Als sich aber in ihrer Nähe neben dem rohesten
Gebrüll auch heller Lichtschein erhob, begannen die Häuptlinge für die Sicherheit des Lagers zu fürchten, und so
standen sie auf, um der Ungebühr ein Ende zu machen,
und bald wurden sie Zeugen eines Schauspiels, das die
einen mit Zorn und Entsetzen, die anderen mit Kummer
erfüllte.

Die Freude des Sieges hatte die Menge berauscht.

Es drängte sie, der Dankbarkeit gegen die Gottheit
Ausdruck zu geben, und in der lebendigen Erinnerung
an die grausamen Dienste ihrer Heimat hatte eine Schar
von Phöniziern unter den Fremden ihrem Moloch ein
großes Feuer entzündet und stand schon im Begriff, einige
gefangene Amalekiter als das diesem Gotte willkommenste
Opfer in die Flammen zu schleudern.

Dicht dabei hatten Israeliten ein thönernes Bildnis
des ägyptischen Gottes Seth, welches einer seiner hebräischen Verehrer zum Schutz für sich und die Seinen mit
sich geführt, auf einen hohen Holzpfeiler gestellt.

Viele Hunderte umtanzten es singend und jubelnd.
Ihre Hingabe hätte nicht inniger, der Aufschwung ihrer
Seelen nicht höher sein können, wenn sie hier zusammengeströmt wären, um dem Gott ihrer Väter den Dank zu
zollen, der ihm gebührte.

Aaron hatte das Volk gleich nach der Rückkehr ins
Lager zu Lobgesängen und Dankgebeten versammelt, doch
in vielen war das Bedürfnis, in altgewohnter Weise ein
Abbild des Gottes zu sehen, zu dem sie die Seele erheben sollten, so stark gewesen, daß der bloße Anblick des

thönernen Götzen genügt hatte, sie auf die Kniee zu ziehen und sie dem wahren Gotte abwendig zu machen.

Beim Anblick der Molochdiener, welche die menschlichen Opfer schon banden, um sie in das Feuer zu schleudern, ergrimmte Josua, und da ihm die Verblendeten widerstanden, ließ er die Posaunen blasen und trieb sie mit seiner jungen Mannschaft, die ihm blindlings gehorchte und den Fremden nichts weniger als hold war, ohne Blut zu vergießen, in ihr Lagerquartier zurück.

Die Hebräer ließen sich durch eindringliche Mahnungen des alten Nun, des Hur und Naheson von dem Frevel abwenden, den der Undank doppelt strafwürdig machte. Doch auch unter ihnen verwanden es viele schwer, daß der feurige Greis das Götterbild zerschlagen, das ihnen wert, und ohne seine und seines Sohnes und Enkels Beliebtheit und die Ehrfurcht vor seinem schneeigen Haar hätte sich wohl manche Hand gegen ihn erhoben.

Mose hatte sich wie nach jeder großen Gefahr, welche die Gnade des Höchsten zu einem guten Ende geführt, in die Einsamkeit zurückgezogen, und Mirjam stiegen Thränen in die Augen, wenn sie des Schmerzes gedachte, den die Kunde von solchem Abfall und schwerem Undank dem großen Bruder bereiten werde.

Auch über Josuas frohe Zuversicht hatte sich ein finsterer Schatten gebreitet. Er lag schlaflos auf der Matte im Zelte seines Vaters und schaute auf das Geschehene zurück.

Seine Kriegerseele erhob der Gedanke, eine einige, allmächtige, nie irrende Kraft das All und das Leben der Menschen lenken und von der ganzen Kreatur unerbittlich Gehorsam fordern zu sehen. Daß von dem

Einen, unendlich Großen und Mächtigen alles abhing
und sich auf seinen Wink erhob, regelte oder zur Ruhe
begab, zeigte ihm jeder Blick in die Natur und das
Leben.

Ihm, dem Leiter einer kleinen Streitmacht, war sein
Gott der oberste und weitsichtigste aller Heerführer, der
einzige, dem der Sieg stets gewiß war.

Welcher Frevel, solchen Herrn zu beleidigen und
seine Wohlthat mit Abfall zu lohnen!

Und doch hatte das Volk vor seinen Augen das
Unerhörte begangen, und nun er sich die Vorgänge, die
ihn zum Einschreiten gezwungen, ins Gedächtnis zurückrief, erhob sich in ihm die Frage, wie es vor dem Zorn
des Höchsten zu schützen sei, wie man der blöden Menge
die Augen öffnen könne für seine wunderbare, Herz und
Sinn erweiternde Größe.

Doch er fand keine Antwort und sah auch keinen
Rat, wenn er sich die Zuchtlosigkeit und Willkür im Lager
vergegenwärtigte, die den Seinen verhängnisvoll zu werden
drohte.

Seine Streiter zum Gehorsam zu bringen, war ihm
gelungen. Sobald die Trompete sie rief, und er selbst
im Waffenschmuck an die Spitze der Gerüsteten trat,
unterwarfen sie den eigenen, starren Willen dem seinen.
Gab es denn nichts, sie auch während des friedlichen
Alltagslebens in den Schranken zu halten, welche in
Aegypten das Dasein auch des Geringsten und Schwächsten
sicherten und vor den Eingriffen des Uebermütigen und
Stärkeren schützten?

Unter solchen Erwägungen wachte er dem neuen
Morgen entgegen, und als die Sterne niedergingen,

sprang er auf, ließ in die Posaunen stoßen, und wie gestern, so sammelten sich auch heute widerspruchslos und vollzählig die neugebildeten Rotten.

Bald schritt er an ihrer Spitze durch das enge Felsthal, und nachdem sie eine Stunde schweigend durch die Finsternis gewandert, genossen die Streiter der erfrischenden Kühlung, welche dem jungen Morgen vorangeht.

Dann graute im Osten das Frühlicht, der Himmel begann sich zu erhellen, und der glühenden Pracht des Morgenrotes entstieg feierlich und riesengroß der majestätische Leib des heiligen Berges.

Nah und greifbar deutlich strebte er mit seinen bräunlichen Felsmassen, Klippen und Spalten vor den Wanderern aufwärts, und seine siebenzackige Krone umschwebte ein Adlerpaar, dessen breite Schwingen das junge Tageslicht mit schimmerndem Goldglanz umwob.

Da zwang wie vor Alus ein frommer Schauder die wandernde Schar zum Stillstand, und jeder, vom ersten bis zum letzten, hob in stummer Andacht die Hände auf zum Gebete.

Dann zogen die Krieger erhobenen Herzens weiter, und einer rief dem andern fröhlich zu, als ihnen hübsche dunkle Vöglein mit hellem Gezwitscher entgegenflogen, die Nähe frischen Wassers verkündend.

Kaum waren sie eine halbe Stunde weitergezogen, als sie blau-grünes Tamariskengebüsch und hoch ragende Palmen erblickten; endlich aber drang ihnen der lieblichste aller Klänge der Wüste an das lauschende Ohr: das Rauschen eines fließenden Wassers.

Das erquickte das Herz, und dazu erfüllte der

gewaltige Anblick des nahen Sinaiberges, *) dessen den
Himmel berührendes Haupt nunmehr ein Schleier von
bläulichen Dünsten verhüllte, die Seelen der in den flachen
Ebenen Gosens erwachsenen Männer mit andächtigem
Staunen.

Vorsichtig drangen sie nun weiter; denn vielleicht
hielt sich der Rest der geschlagenen Amalekiter in einem
Hinterhalt verborgen.

Doch kein Feind ließ sich sehen und hören, und als
einzige Spuren des Rachedurstes der Wüstensöhne fanden
die Hebräer ihre Häuser zerstört, die herrlichen Palmen
im Thale gefällt und ihre Gärtlein verwüstet.

Da galt es denn, die schlanken Stämme mit ihren
gewaltigen Kronen aus dem Wege zu räumen, damit sie
das Fortschreiten des Volkes nicht hinderten, und wie auch
diese Arbeit gethan war, stieg Josua durch eine steinige
Schlucht, die zu dem Bache im Thal hinabführte, auf die
erste Felsenstufe des Berges, um in der Nähe und Ferne
nach dem Feinde Umschau zu halten.

An roten Granitmassen, die grünliche Dioritadern
durchzogen, führte der steile Pfad ihn vorüber, bis er
hoch über der Oase zu einer ebenen Fläche gelangte, auf
der neben einer klaren Quelle grüne Sträucher und zarte
Gebirgsblumen die nackte Einöde schmückten.

_____

*) Der heutige Serbal, nicht der Sinai der Mönche, der unserer
Meinung nach erst in der Zeit des Justinian für den Berg der
Gesetzgebung erklärt ward. Die ausführliche Begründung unserer
Ansicht, daß der Serbal der Sinai der Schrift sei, die Lepsius vor
uns aussprach und andere mit uns teilen, findet sich in unserem
Werke:„ Durch Gosen zum Sinai, aus dem Wanderbuch und der
Bibliothek." 2. Aufl. Leipzig. 1832. Wilh. Engelmann.

Hier wollte er raſten, und als er Umſchau hielt, gewahrte er im Schatten eines überhängenden Felſens eine hohe Männergeſtalt.

Es war Moſe.

Der Flug ſeiner Gedanken hatte ihn der Gegenwart und ſeiner Umgebung ſo ganz entrückt, daß er des Joſua Nahen nicht wahrnahm; dieſen aber hielt ehrfurchtsvolle Scheu zurück, den Gottesmann zu ſtören.

Geduldig wartete er, bis jener das bärtige Haupt erhob und ihn mit freundlicher Würde begrüßte.

Nun ſchauten ſie gemeinſam in die Oaſe und die öden, ſteinigen Thäler des Berglandes zu ihren Füßen. Auch ein kleiner Abſchnitt des Schilfmeeres, das den weſtlichen Abhang des Berges beſpülte, ſchimmerte ihnen ſmaragdgrün entgegen.

Dabei ſprachen ſie von dem Volke und der Größe und Allmacht des Gottes, der ſie ſo wunderbar bis hierher geführt, und wie ſie gen Mitternacht ſchauten, gewahrten ſie den unabſehbar langen Strom der Wanderer, der, den Biegungen des Felſenthales folgend, der Oaſe langſam entgegenwogte.

Da öffnete Joſua dem Gottesmann das Herz und vertraute ihm, was er in der letzten ſchlafloſen Nacht ſich gefragt und worauf er keine Antwort gefunden. — Jener aber hörte ihn gelaſſen an und verſetzte dann mit tiefer, ſtockender Stimme und in gebrochenen Sätzen: „Die Zügelloſigkeit im Lager — ja wohl, ſie verdirbt mir das Volk! Doch in unſere Hand legte der Herr die Macht, ſie in Stücke zu ſchlagen. Wehe dem, der da widerſtrebt! Dieſe Macht, die erhaben iſt wie der Berg hier und unerſchütterlich wie ſein hartes Geſtein, ſie ſollen ſie fühlen!“

Dann war die grollende Rede des Mose verstummt.

Nachdem beide hierauf eine Zeit lang still ins Weite geblickt, brach Josua das Schweigen und fragte: „Und wie heißt diese Macht?"

Da scholl es fest und laut von den bärtigen Lippen des Gottesmannes: „Das Gesetz!" Und sein Stab wies dabei auf die Spitze des Berges.

Dann winkte er dem andern und verließ ihn; Josua aber vollendete die Ausschau und bemerkte auf den gelben Sohlen der Thäler dunkle Schatten, die sich hierhin und dorthin bewegten.

Das waren die Reste der geschlagenen Amalekiter, die neue Wohnsitze suchten.

Kurze Zeit noch behielt er sie im Auge, und nachdem er sich überzeugt, daß sie sich von der Oase entfernten, schritt er gedankenvoll zu Thal.

„Das Gesetz!" wiederholte er sich wieder und wieder.

Ja, das war es, was den Auswanderern fehlte! Seiner Strenge mochte es vorbehalten sein, die Horden, die der Knechtschaft entronnen, zu einem Volke umzubilden, würdig des Gottes, der ihm den Vorzug gab vor den anderen Völkern der Erde.

Hier ward das Sinnen des Feldherrn unterbrochen; denn menschliche Stimmen, das Gebrüll und Blöken der Herden, Hundegebell und feste Hammerschläge drangen von der Oase her zu ihm hinauf.

Man errichtete die Zelte, ein Werk des Friedens, wozu niemand seiner bedurfte.

Da legte er sich im Schatten eines dichten Tamariskengebüsches nieder, das von einer hohen Palmenkrone stolz überragt ward, und wohlig streckte er die Glieder in dem

Bewußtsein, daß nunmehr für das Volk gesorgt sei, im Kriege durch sein gutes Schwert, im Frieden durch das Gesetz. Das war viel, das stärkte die Hoffnung; aber nein, nein, — es war noch nicht alles, konnte das letzte nicht sein. Je länger er sann, desto tiefer fühlte er, daß es ihm nicht genug sei für die da unten, die er wie Brüder und Schwestern ins Herz geschlossen. Die breite Stirn umdüsterte sich ihm wieder, und von neuen Bedenken aus der Ruhe geschreckt, schüttelte er leise das Haupt.

Nein und abermals nein! Das Gesetz konnte denen, die ihm so teuer geworden, nicht alles gewähren, was er für sie begehrte. Noch ein Anderes war nötig, um ihre Zukunft so würdig und schön zu gestalten, wie er es schon auf dem Wege nach den Minen vor dem inneren Auge geschaut.

Aber was war, wie hieß dieses Andere?

Und nun begann er, sich das Gehirn zu zermartern, um es zu finden, und während er mit geschlossenen Lidern den sinnenden Gedanken gestattete, auch zu den anderen Völkern zu schweifen, denen er im Krieg und Frieden begegnet, um bei ihnen nach dem Einen auszuschauen, was den Seinen noch mangelte, übermannte ihn der Schlaf, und ein Traum zeigte ihm Mirjam und ein holdseliges Mädchenbild, das Kasana glich, wie sie ihm als reines, unschuldiges Kind oft entgegengeeilt war, und ihr folgte das weiße Lamm, das sein Vater vor vielen Jahren dem Liebling geschenkt.

Beide Traumgestalten reichten ihm eine Gabe und forderten ihn auf, die eine oder die andere zu wählen.

In Mirjams Händen ruhte eine schwere güldene

Tafel, an deren Spitze mit flammenden Lettern geschrieben
stand: „Das Gesetz", und die sie ihm mit düsterem Ernste
darbot. Das Kind hielt ihm einen jener schön gerundeten
Palmenwedel entgegen, die er oft als Friedensbote geschwungen.

Der Anblick der Tafel erfüllte ihn mit frommem
Schauder, der Palmenzweig wehte ihm freundlich entgegen,
und so ergriff er ihn schnell. Kaum aber hielt er ihn in
der Hand, als die Gestalt der Prophetin in der Luft
zerfloß wie ein Nebel, den der Morgenwind verweht.
In peinlicher Ueberraschung schaute er nun auf die Stelle,
wo sie gestanden, und erstaunt und beunruhigt über seine
seltsame Wahl, von der er doch fühlte, daß er mit ihr
das Rechte getroffen, fragte er das Kind, was seine Gabe
ihm und dem Volke bedeute.

Da winkte es ihm, wies in die Ferne und rief ihm
drei Worte zu, deren milder, wohllauter Klang ihm tief
in das Herz drang. Aber so sehr er sich auch mühte,
ihren Sinn zu erfassen, gelang es ihm doch nicht, und
wie er das Kind bat, sie ihm zu deuten, erwachte er
vom Klang der eigenen Stimme und stieg enttäuscht und
gedankenvoll in das Lager zurück.

In späterer Zeit versuchte er noch oft, sich dieser
Worte zu erinnern, doch immer vergebens. Die ganze
große Kraft seines Leibes und seiner Seele blieb dem
Volke gewidmet; sein Neffe Ephraim aber gründete später
als mächtiger Stammfürst, der die hohe Ehre verdiente,
die er genoß, ein eigenes Haus. In ihm sah der alte
Nun Urenkel erwachsen, die seinem edlen Geschlechte lange
Dauer verhießen.

Des Josua weiteres thatenreiches Leben und wie er

für die Seinen eine neue Heimat erstritt, ist jedermann bekannt.

Dort im gelobten Lande ward viele Jahrhunderte später zu Bethlehem ein anderer Jehoschua geboren, der der ganzen Menschheit schenkte, was der Sohn des Nun vergeblich für das Volk der Hebräer gesucht.

Die drei Worte aus dem Munde des Kindes aber, die der Feldherr nicht zu deuten vermochte, sie hatten gelautet: „Liebe, Gnade, Erlösung!"

Pandora.

Vermischte Schriften

von

Adolf Friedrich Graf von Schack.

Inhalt: Weltliteratur. — Tagebuch aus dem Odenwald. — Die erste und die zweite Renaissance. — Der Hexenturm von Lindheim. — Firdusis Königsbuch und Jussuf und Suleika. — Der Genfer See. — Ein Wort über die Lyrik. — Die sieben Infanten von Lara. — Das Grab in Syrakus. — Die Conquistadoren.

Preis geheftet M. 6. —; fein in Leinwand gebunden M. 7. —

Der berühmte Verfasser bringt hier eine Sammlung geistvoll durchdachter und formvollendeter Aufsätze aus mannigfaltigen, dem Interesse aller Gebildeten nahe liegenden Gebieten. Dieses neue Werk, das gleich der Büchse der Pandora eine Fülle verschiedenartigster köstlicher Gaben in sich schließt, wird den vielen Verehrern des gefeierten Dichters, wie überhaupt allen Freunden einer anregenden und gehaltvollen Lektüre hochwillkommen sein.

Ein halbes Jahrhundert.

Erinnerungen und Aufzeichnungen

von

Adolf Friedrich Graf von Schack.

Mit dem Porträt des Verfassers.
Zweite, durchgesehene Auflage.

3 Bände. Preis geheftet M. 15. —; fein gebunden M. 18. —

Das Buch gibt Anlaß zu einer Reihe von ernsten Betrachtungen, zur Erwägung tiefreichender ästhetischer und literarischer Fragen, hinterläßt Anregungen und Eindrücke aller Art und zuletzt wie zuerst ein Gefühl der Verehrung für den greisen Dichter und Kunstfreund, der den vollberechtigten Idealismus anderer Tage in die unsren herübergetragen hat, ohne darum den Lobredner vergangener Zeiten zu machen.

Zu beziehen durch alle Buchhandlungen des In- und Auslandes.

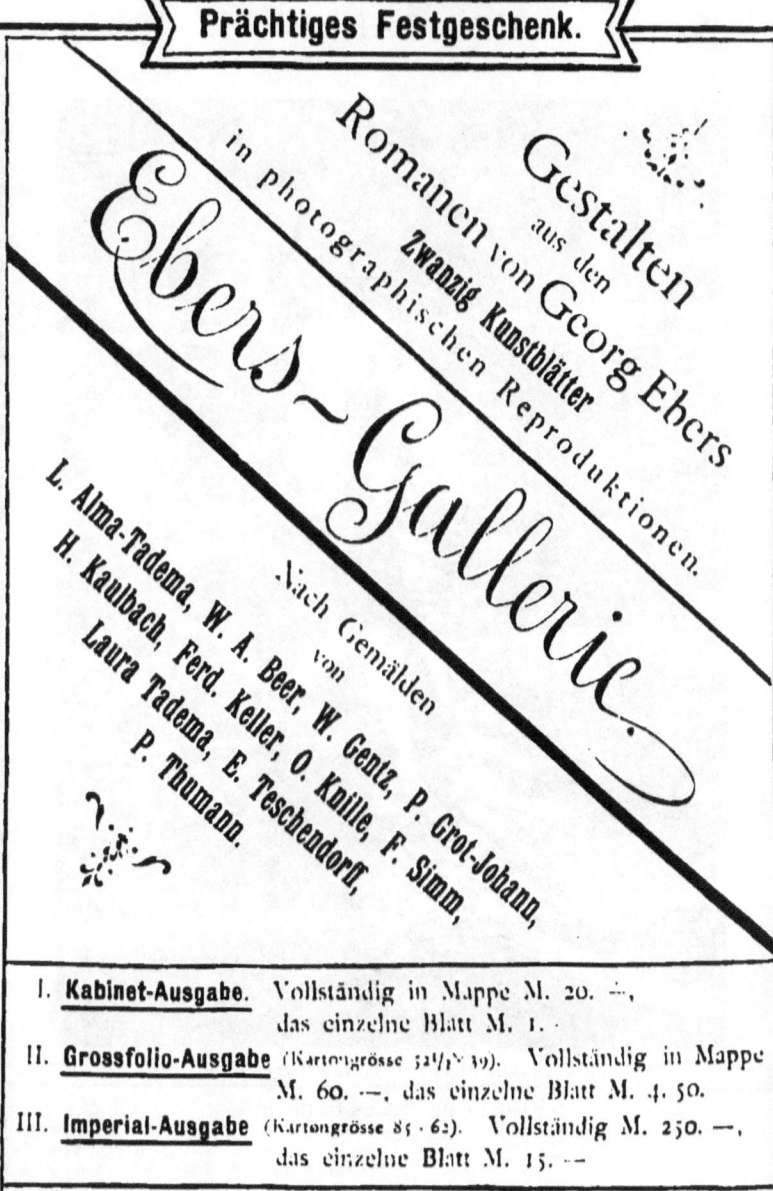

H. K....h: Ulrich mit Ruth während des Gewitters im Walde.

Inhalt der Ebers-Gallerie:

Eine ägyptische Königstochter . . . . . .

N. . . . . .

K.. . . . . . .

. . . .

Ca. . . . .

. . . .

C.. . . . . . .

. . . .

und R. . . . . . .

Homo sum . . . .

. Que. . . . . .

H.. . . . . . .

P.. . . . . . .

Die Schwestern: . . . F. Teschendorff: Klea und
. . . . . . L. Fr. Gutto. Klea im Tempel.
Der kaiser . . . . K. Wer. Selene von Argus
. . . . O. Kuille: Hadrian
. . . . . .
Die Frau Bürgemeisterin: . . H. Kaulbach:
Ma . . . . Bild der verstorbenen
. . . . . . H. Kaulbach. Georg begegnet
M.. . . . . . L. . . . Laura Tadema:
M.. . . . . . . Gretchens.
Ein Wort . . . H. Kaulbach. Ulrich mit Ruth.
. . . H. . . . . Die Flucht.
Eine Frage . . . L. Alma Tadema: Phaon bei
. . . . . . der Marmorbank

www.ingramcontent.com/pod-product-compliance
Lightning Source LLC
Chambersburg PA
CBHW030942110726
47900CB00004B/1087